垄上行

LONGSHANG XING

高黎明◎著

作家出版社

图书在版编目（CIP）数据

垄上行 / 高黎明著 . -- 北京：作家出版社，2025.
3. -- ISBN 978-7-5212-3282-0
Ⅰ. I267
中国国家版本馆 CIP 数据核字第 20259T6L09 号

垄上行

作　　者： 高黎明
责任编辑： 李亚梓
封面设计： 琥珀视觉
出版发行： 作家出版社有限公司
社　　址： 北京农展馆南里10号　　**邮　　编：** 100125
电话传真： 86-10-65067186（发行中心）
86-10-65004079（总编室）
E-mail:zuojia@zuojia.net.cn
http://www.zuojiachubanshe.com
印　　刷： 唐山玺诚印务有限公司
成品尺寸： 152×230
字　　数： 385千
印　　张： 28.5
版　　次： 2025年3月第1版
印　　次： 2025年3月第1次印刷
ISBN 978-7-5212-3282-0
定　　价： 68.00元

目录

第二辑

[8] 生活琐记

[9] 军旅痕迹

序　言

王培静

老乡高黎明说要出书，我刚听到有些吃惊，只知道他是摄影发烧友，拍照方面是行家，出过画册。别看他人长得瘦小，还是马拉松爱好者，在北京，马路宽且长，还有大公园，随便跑，回到老家山村，没地方跑，跑到南边山根再折回向北跑，几天不跑就浑身不舒服。可没听说他在文学创作上也有所“发展”呀！近日接到他打印的《垄上行》书稿，嘱我为他的散文集写序，看完书稿，我才相信，像老话说的：真人不露相。

只说是老乡，也不全面，我们还是战友，虽然不是一个车皮拉出来的，但都是身在军营，都身穿军装。他在二炮机关工作，我在总后勤部派出所。虽然在北京的老乡聚会上见过几面，但对他也不是特别了解，他不苟言笑，给人的印象是一脸严肃，有点清高的感觉。

这两年才知道，他是1983年的兵，年龄也比我小几岁。因编了他的一篇散文发在《海淀文艺》上，才对他的从军过程有所了解。

我们是真正意义上的老乡，老家村庄的距离只有不到1公里。所以小时候，我们共同呼吸过一个山沟里的空气，共同到同一座山上割过草、逮过蝎子，在同一片云彩下，享受过大雨的洗礼。

《母亲的心》中，母亲来北京蒸下的窝头，既是美食，也是念想儿，能存在冰箱里吃上一年，是夫人和女儿口中的“没有保质期”的免检食品。回忆小时候吃包子的过程，也是历历在目。

《姥姥》中，写到自己的姥爷，他有些大男子主义，姥姥的忍辱负重，勤俭持家，是多少家乡农村妇女原本生活的写照。《弟弟的眼睛》中，为治疗弟弟的眼疾，全家带他到处求医。兄弟情深，相互惦念和关心，弟弟那句“哥哥，今后我不能再到车站接你了”的话感天动地。《送酒》中，感受有眼疾的弟弟和弟妹日常挣钱的不容易。《两次婚礼》中，和北京的媳妇回老家路上坐驴车的过程，让我想起了1984年我第一次从部队探家，也是傍晚从东阿镇下了车，背了两个大包步行回家，在路上截了个驴车，让人家把行李给我捎到村里小卖部的经历。《看坡人》中，对看坡人和村里孩子们的斗智斗勇，把看坡人的善良和孩子们的顽皮写得很传神，没有亲身经历，是编不到这么圆满和真实的。

《老屋》中，作者写道:“老屋，对于父母意味着什么？对于我们又意味着什么？……我的爷爷却没有那么幸运，没能看着我父亲长大，没能看到迎我母亲进门，做老屋的主人。爷爷叫高令和，1919年生，早年参加民兵组织，在洪范、东阿地区配合平阴县大队打游击。1947年3月，国民党整编15旅两个旅进犯平阴，游击队被打散，还乡团四处抓人，爷爷白天在庄稼地里躲藏，晚上回到老屋睡觉。7月被还乡团抓走，杀害在东阿少岱山东面庄稼地里。那时，父亲不满3岁。

“爷爷的哥哥高令喜，当年参加平阴县武工队，与同村的高庆东、高丙臣是战友，1947年4月，遵照泰西地委指示队伍转进，过黄河渡船过程中，令喜爷爷和二十多名战士光荣牺牲。这是中共平阴党史上著名的‘黄河艾山渡口沉船事件’。两位亲人牺牲后没有留下任何遗物，被追认为革命烈士，他们的烈士墓碑安放在平阴县烈士陵园。

“老屋，养育了两位革命烈士。”

"老屋，给了我生命的起点坐标。"

不管现在老屋还在不在，老屋已经刻进了他的记忆里，任岁月更迭，永远再难抹去。

《文舒同学》中，作者这样叙述头一次见到从北京转学来的女同学："那天，于老师正上语文课，安校长领着她走进教室。她瘦高匀称的个子，圆脸，梳齐耳短发，刘海稍长，粉色的头绳系一束发辫，斜向头顶左侧，红色的上衣绣一朵莲花，肩上坠蓝带蓝边白色碎花书包。于老师向同学们介绍说，我们欢迎首都北京来的周文舒同学。文舒礼貌地鞠躬示意，垂顺丝滑的头发几乎遮住半张脸。"

同学们跟着文舒说普通话，向她学包书皮。"文舒有几天没有来上课。她课桌空着，放花书包和铅笔盒的地方，多了几道从窗棂斜射进来的阳光。老师说文舒请假了，她同街的学生说，好像得了病。

"过了几天，听说经村里高炳林医生诊断，初步确诊文舒得的是脑膜炎。后来，文舒被送进平阴县医院治疗，家人找到当时最有名的医生，也托多个亲戚和在平阴工作的高繁玉老爷爷，买来青霉素、链霉素针，能有的药，能请的医生，能用的治疗方案，都没能制止住文舒病情的蔓延。

"春暖花开的季节，村北面上下杏行的杏树，红的蕾，白的花，飘飘洒洒争奇斗艳；村东头的几棵香椿树枝杈顶端冒出了一朵朵紫红的芽；农田地堰北坡长出的苦菜，似开非开的花蕾在风中摇曳颤舞，天地万物似乎都在慢慢地苏醒。

"文舒却是个例外，她始终没能苏醒过来。"

那个叫文舒的北京女孩，在黎明少年的心里，留下了美好的印象。

命运使然，黎明不但在北京部队里成长为大校，还找了个北京姑娘结婚成家。

《煎饼的故事》，把养育了山东多少代人的煎饼，写成了人间美味，吃煎饼卷大葱，是山东人饭桌上永远不过时的标配。

《香椿》中，作者写道："对于香椿，不论是母亲捎来，还是邮寄来，我都会找一个非常合适的容器，把它盛起来，放得好好的，待日后一点一点品味、消化。

"有时候，想家的时候，我会主动地做个香椿鸡蛋，或者，做一顿香椿拌凉面，而后一个人坐下来，小酌一杯，那个香味，那里面的亲情，对家乡的眷恋，都在这自酌独品的气氛里啦。"

《山韭菜花》，黎明这样说："老家的两种咸菜，一是腌香椿，二是腌山韭菜花。吃的次数多，吃饭时专注留意不够，但每每这样一个简单吃饭过程，仿佛品读一封家书，读多次，多次读，昨天刚翻过几页，今天还想再读。

"这种感觉，或者味道，有的时候能说出来，有的时候能看出来，但是能够说出来看出来的，还不是纯粹家的味道。真正想家念家的味道，由此而引起的，是平静的、放在心上和装在脑里挥之不去的情绪。"

《画本》中，作者写到在小伙伴们中间，拥有画本的多少，决定你在别人心中的地位。画本也是孩子了解世界的另一扇窗口。

正如作者所说，家乡的老少爷们儿，他们是耀眼的星。

在那个农耕年代，他们是土地的主人，打井、浇地、种庄稼、侍弄土地、生儿育女，一辈辈，就这样延续下来，生存下来。

随着社会现代化的进程，科技解放了劳动力，留在农田的劳动者，也没有过去那么辛苦了。他们的子孙出去求学、工作，很少再愿意回到这儿生活。但这儿的山还在，水还流，这儿是他们的根，过年过节了，回来走走，解解乡愁！

这一篇篇散文，朴素得像田地里的一株株麦子、玉米、土豆、地瓜，没有华丽的外衣，只有浓得化不开的亲情和乡情！

黎明给我们这些在外漂泊的游子，呈上了一桌带有鲁西南风味的丰盛的精神大餐。

想来，他操弄文字也是正常，他可是通讯报道员出身，又在机关搞宣传、当秘书，几十年一直和文字打交道。和他聊天，走进他的心里，你会发现，他的心里有一团热火，是个有追求、有情怀的军人。

黎明这本散文集对乡土的守望，是唱给生他养他的南崖村的一首颂歌，也是一首挽歌！

黎明的散文，记录下他对生活的热爱，和对过往的感动时刻。第一辑是他对故乡的眷恋和回忆。第二辑，是他对大千世界和军营的认知和赞美！前部分的文字质朴，如家乡农村人的性格；后半部分的文字优美，诗意盈怀，对祖国的大好河山赞美有加。

工作之余，他走过许许多多的山山水水，遇到过诸多的感动和心动。我们或许为即时的、眼前的美景所吸引，为经历过的事而刻骨铭心，黎明却用他的笔留下其中的美，其中的感人之处。他的游记，泉水淙淙，如音如律，有丝竹之美，更有人文之悟。他的《狼牙山散记》文末，“峭壁上，一丛丛、一簇簇的山菊花，比上山时显得更加鲜艳夺目，由下到上，由上到下，由远至近，由近至远，它们是仙人种的吗？是岩石托付的吗？是自然赋予的吗？不，都不是，那分明是，我们一行所有同志、所有军人朋友，向狼牙山五勇士献上的花”。

看得出，黎明喜欢雨。他儿时山村的雨，写出了农民对雨水的期盼和珍惜，他也细细地描绘兰州听到的雨，京城知性的雨，胡杨林斜阳落叶的“雨”，这个中的味道，这美的心境，是他感悟之后，对大自然的诗意表达。你听，“雨，一直没有停下来的意思。看不到雨丝，唯窗外沿屋檐流下的水砸在楼下铁皮上，滴答成颂，那节奏或紧或慢，或急或缓，或轻或重，由不得你的性子，由不得夜半窗子里的这颗多感的、怦怦跳动的灵魂。”“希望有一天，风儿扬起树叶飘飘洒洒落下，阳光斜射进来把树叶打亮，欣赏一场梦寐以求的胡杨‘雨’。或许若干年后，胡杨在，胡杨‘雨’会再有，我等写满希望的星点文字会化泥重生。”

关于花语的文字，黎明笔下机关大院里的丁香，他能从中品咂出普通和美艳，更能从中感受到事业在他心里的分量。文字道出的是花语，真情实感表的是心语。

我常常为自己曾经的军营而歌，再现男兵女兵的故事，描的是心结，多的是对火热军营的赞美。黎明以他细腻的笔触，让我重回军营。长白山林的涛声，山沟连队的炊事班长，连队发生的神奇故事，入伍引路的老连长，等等，时过二三十年，记忆清晰如新。我敢说黎明在部队的进步，肯定离不开部队多年的培养教育，更是这诸多的人和事影响了他，成就了他，让他的精神世界充满对事业的热爱和对生活的赞美。

乡土和军营，历来是文学的富矿。黎明所忆所记所思，奠定了他文学写作的高起点，希望他在这条泥泞的路上行稳致远。

是为序。

作家简历：

王培静，中国作家协会会员、北京小小说沙龙会长。曾获冰心儿童图书奖、冰心散文奖、金麻雀奖、中国微型小说四次一等奖、长征文艺奖等。1982 年至今曾在《小说选刊》《中国作家》《时代文学》《小说界》《北京文学》《解放军文艺》《长城》《中国青年》等全国千余家报刊发表文学作品 400 多万字。作品《我有房子了》《长吻的魔力》《军礼》《编外女兵》《军魂》等分别入选北京、安徽、广东、江西、浙江、江苏、山东等 30 多所初高中的课外阅读试题和高考模拟试卷。出版有小说集《怎能不想你》《王培静微型小说选》《向往美好》《替我叫他一声哥》《寻找英雄》《幸福的感觉》《编外女兵》《谁不愿做只飞翔的鸟》《军魂》《男兵女兵》等 22 部。

自序　岁月的美学解释

岁月的光影里，总有一些人让你记住，记住他或她的相貌，性格特点，以至于几十年以后想起来、说起来，见面还能认得出、亲不够。岁月的沟槽里，总有一些事值得回味，或许记不住今天的晨钟暮鼓，却能想起若干年前的那一抹朝阳。

岁月的风，掠过无数的枝枝叶叶，你偏偏捡拾起几片叶子，信手夹入阅历的书签。麻麻匝匝的年轮里，总有几条宽窄粗细，记录下那年那月滋养的丰沛和枯寂。

人生的轨迹方程，特别在人们年轻的时候，总有几个变量影响到几个方位、若干个坐标，影响到人生轨迹的俯仰和曲直。岁月的塬上风风雨雨飘过，挽袖策马踉跄前行的人，有的为雨后的五彩长虹咏叹欢呼，有的为沾满泥泞的双脚低吟浅唱。岁月的山水画轴上，你以为是着屐而行幸运的谢公，吹去浮尘才发现，自己是牧羊的苏武。

生命进程中，有一些人，虽匆匆过客，却是你真正的贵人，促你成长，拉你前行，甚至把肩膀递给你，给你超越的机会。总有一些人，进入你的工作，进入你的生活，你会不自觉转换角色，将他们比作山，比作水，比作英雄，比作骏马，比作行船，比作轿夫，比作田里的苗、院里的猫，比作儿时的玩伴，几十个春夏秋冬过去，再端详他们，多数与印象的底片重合，没有更多的游移，蓦然回首，再端详自己，却像一头在田垄上躬身前行的犟驴。

有一些味道，亦如儿时娘亲做的手擀面，姥姥做的瓦罐炬鸡，夏秋收田地里偷吃的烧烤，生产队送到田间地头的桶装饭菜；亦如在桦树林中咂摸冰野葡萄的汁水，哨所里残破烧水壶煮出的饺子，机关食堂香气绕梁的红烧肉。忘不了农民乡亲如雨的汗水里伴有田垄的土味，忘不了城里晨跑的人大汗淋漓，多杂糅着一些薄薄淡淡的香味。

有一些目光，看到自己膝下的儿女孙辈，才觉醒尽孝的义务和责任。从故园转到都市，目光里写满困顿与追求，再从都市回到乡土，看到坍塌老屋老院，有的杂草丛生，再也看不见曾经的袅袅炊烟。有一些目光曾经在崖畔上的千年古松逗留，岁月的刀风刮走了古松，留下崖畔和深深浅浅的坑，那坑里埋有无数道哀怨的目光，在今天变成对绿水青山的凝视。有一些目光，经历过苦难和风雨，以及当下新时代的巨变。还有一些特殊的目光，悉数烽火狼烟，让生命的浪花在东风里绽放。

有一些脚印，走在沙漠里，像彗星拖过长长的彗尾，也像走过雨后的田埂，溜滑带泥，虽步履摇晃，却记得来时的路。有一种平台，热闹惊天动地，王朝马汉的角色，却也精神抖擞，脚步铿锵，那包公的唱段，即使再熟悉，你也不能哼唱半句。在这个平台上，你可以洒下更多的汗水，浇灌脚下的土壤，领略高处远方的风景。

有一段情愫，它系在村子石板铺就的街巷里，系在童年土坯垒就的教室里，系在老奶奶宽宽肥肥的棉裤腰上，系在母亲浆洗缝补的灯影里，系在藤条编织的草篮子提系上。或许将一缕情丝，深埋在田地庄稼垄里，被季节的铧犁翻上来，沐浴阳光，雨水滋润过，再埋下去，等待一场春雨的提醒。有一种情分，经过汗与血、火与冰的洗礼，经过生与死的考验，描染军旗更红，助推火箭腾飞。

有一段时光，照在小学透风的窗棂上，印在雨中光腚割草的山坡上，停在邻家田地的界石上，系在月下瓜田李下的藤叶上，刻在古老村落街巷的井栏上，洒在热闹非凡收获满满的场院里，或书写在热火朝天、敢拼能赢的练兵场上。

有一节音符，萦绕在山林树梢上，回荡在泉水奔腾跳跃的波涛里，滞留在碾子石磨辘轳转动的缝隙里，回响在乡村老戏台苇席编扎的围挡上，回响在山峪沟里田间地头的吆喝声，跳动在牲口圈里石槽上沙沙的吃草声，回响在山林里拉抬原木的号子声，回响在大山深处营区里传出的阵阵军号声。

有一丝伤感，来自一位抗美援朝志愿军老兵，胸前挂满军功章在公社门口徘徊，来自亦师亦友的小学老师，被坍塌的地堰夺去年轻的生命，来自弱视的老弟独自清唱姜育恒的歌，来自童年因病早逝的同班女同学，来自童年同岁长大的狗儿，在窝里老去时的哀鸣，来自秋天犁耙耕种结束，掉岗子下殒命的老牛。

我理解，遗忘和记忆是大脑基本的功能属性，又是两个从属于思想意识的数据包，有限的时间空间里，会有一些增增补补，也有些删删减减，增补的是真，是善，是美，删减的是虚，是假，是怨，是霾。相应地，也总有一些线索，沿着历史的脉络捋过去，某些习俗、习惯，渐渐固化成了符号，成了文化的元素，诸多线索的聚集，众多脉络的交织，沉淀下来的有泥沙，更有金子。这些金子是文化的延续、价值的迭代和升华，是根植于生命底盘的群体执着。

工作生活中，常常有一些感动、心动、惊诧，或者特别的感受，印在脑海里，成为“经历”的一部分，时间长了，一些感觉会淡化，思想层面的痕迹会弱化，仍有一些感觉如新，思想上的痕迹更重更深，从而成为精神世界的一部分。这一切，恰恰如天降雨润，叠加起来，从而使个人的生命变得更有分量。

伤感往往来得慢一些，几乎没有衰减，而且还有增益。随年龄的增加，现实的伤感似乎有些钝化，但过往的伤感存续十年、二十年，三四十年，味道不变，感觉如新。这些不仅是精神世界的一部分，而且是一个人宝贵的精神财富。

借田垄上的风，饮山泉池的水，蘸雨露酿的酒，记下这些感动、心动、惊诧和伤感，算是给曾经的岁月一个美学解释吧。

2024 年 9 月

第一辑

[1] 恩情老屋

母亲的心

母亲和父亲去年“五一”来京的时候，给我们一家蒸了一批窝窝头，今年“十一”之前我们终于吃完了。

做窝头，实际上是不得已为之。那做窝头的面，是母亲从老家买来的小米面和杂豆面。如果任由我们一家三口，想起来吃一点，想不起来就不吃的习惯，可能会放到长出虫子甚至虫子生出孙子。去年“五一”，母亲和父亲临返回山东济南的时候，把这些小米面和杂豆面，全部蒸成了窝窝头。

那天，我下班刚进家门，就闻见豆面的香味儿。进来，看见茶几上、饭桌上，放满了刚刚出锅的窝头。窝头分两种。一种是黏小米面做的，把大枣洗过，蒸熟，一个一个捻出枣核，再把枣泥直接掺进面里，黄里透着红；另一种是小米面和杂豆面窝窝头，小巧，像小茶杯那么大，黄澄澄的。有多少个我也记不得，除了那两天，父母在京，吃过几顿，剩下的全部装进冰箱冷冻室。夫人和孩子很少吃，倒是我做饭时便热上几个，最后是我一个人负责吃到底。我注意到，吃过的每一个窝头上，都有母亲捏窝窝头时留下的手印。

爱惜粮食，是母亲的教诲，直至不缺钱不缺粮的今天。我上小学的时候，母亲曾经在生产队磨坊干过几年。磨坊在村子北头，生产队挤出两间房子，买了两台电力磨面粉机，我们简称“钢磨”。几乎半个村庄的粮食，除了个别户家需要使用石头碾子碾碎做食材之外，大都送到那里粉碎，什么粮食都是如此，包括地瓜干儿。每户粉碎以后，面粉数量与送过来的粮食斤两必须相当。母亲和另两位辈分较高的乡亲，每磨完一户的粮食，都会把鼓胀着热气的布面袋，打了又打，抖了又抖，完全地装入户家口袋，扎紧口，贴上姓名条，等来取。那时钢磨上那里粉尘扑面，我曾经问过母亲，为什么使劲拍打那个布袋。母亲说，来磨粮食的乡里乡亲，都不易，磨完得够斤两，咱不能给人家抛撒了。

生产队有磨坊，最早的是邻村北崖，我曾去过那边磨粮食。一次我去取磨完的粮食，大概有 20 多斤棒子面（当地土语：玉米面）。皋门外头进村的路上，我遇到同龄的几个孩子，我把面袋放在路边，蹿上西面高坡，和他们玩起来，直到有家长高声喊孩子回家吃饭，我才回过味来。等我回到路上，那面袋已经不知去向。

回到家，自己不敢进门，就在院门外磨蹭。邻居家奶奶见我这模样，我把详情告诉了她。奶奶领着我进的我自己家，心想，这一顿挨打应该是板上钉钉啦。可那一天，母亲问清了情况，没有打我，只是说，以后把粮食送回家再玩儿去。奶奶帮着安慰了几句，走了。母亲说，那棒子面儿咱不吃，人家吃也是吃。

在农村生产队，参加集体劳动挣工分。每到麦收季节，农村学校早早地放了假，这在大学里应该叫暑假，在农村叫麦假，是农村孩子享有的“特权”。老师带队，早出晚归，随着大人们集体收麦子。大人们在麦田里收割、打捆，有麦穗掉在麦茬垄里，我们这些学生跟在后边捡拾起来，扎成一把一把的放进麦垛。带队老师，负责在后边检查督促，防止有人偷懒，检查有无遗漏。

夏收，热浪滚滚，勒在脖子上的草帽绳都能拧出水来。我们拾麦穗和大人们一样，盼着早早地到地头，或者听生产队长高声喊一声，“该歇歇了”，便到早已经侦察好的树荫底下休息。村里多山地，队里没有一块水浇田。不是大雨后，难见山泉水。口渴了，喝自己用注射盐水瓶子带的凉水，有时水喝光了，还渴，老师就教我们挖出地边的茅草根，学着咀嚼出一点微甜的汁水。出一天工大人记 10

分，我们记 3 分。干完活，步行三四公里路回家。每天回到家里，累得连吃晚饭的劲儿都没有了。

父亲在县城粮油门市部工作，我们家几乎没有断过粮。尽管那时，邻居们家里来了客人，有互相借面粉的。农村人家一般自家很少吃面粉，大人干体力活，常常有吃馍馍（馒头）的待遇。我们家生活总体算是好的，但也有一次断粮经历。开春的一天，我上午上学出门，母亲说，父亲下午带面粉回来，可能还有喂猪的鱼盐（腌过海鱼的粗盐，猪食配料）。上午，邻家奶奶家里来了客人，奶奶拿着瓢，来家里借面粉。母亲二话没说，把给我们擀面条的面粉全部给了奶奶。

中午，等我和妹妹放学回家，吃的是槐叶煮鸡蛋。母亲在院里那棵老槐树上，摘了一些嫩叶，洗过，在锅里煮，卧进去几个鸡蛋，撒了一点盐。盛到我碗里的是，绿绿的叶，扁扁的、白里浸着绿的鸡蛋，那槐树叶儿，嫩嫩的，滑滑的。母亲把鸡蛋都给了我和妹妹，她只吃了一碗槐树叶。那一次，是我吃过唯一一顿没有粮食的农家饭。

小时候，随母亲去梁山斑鸠店赶大集，去卖小米。有时肩上挑一些，有时候背一些。那个地方是东平湖区，很少种植谷子。我们村岗子上、岭子上长出的谷子，碾出的小米特别香。小米，大概是三到四毛钱一斤，到了集上，一会儿就卖完了。母亲怕我饿，买了包子给我，她自己手里还留着一个。

同去的几个街坊都已经卖完小米，和母亲说着话。往回走，需要路过一座山，山坳的名字叫“悬脸”，从那下来是一条很深很陡的土沟。

有一个邻居家的奶奶，像是刚刚生过孩子，奶水胀得厉害，她们便避开我这半大孩子，说是揉揉，还是谁开了句玩笑。我红着脸，低着头，自己往前面走了，没有跟大人一块。一直到出那条沟的沟沿儿上，等了一会儿，大人们才到。母亲见着我，从兜里拿出另一个包子，让我吃。

农村孩子，对食物的记忆刻骨铭心。现在买回的食物，大都有保质期，三个月，半年，一年，还有更长时间。而母亲给我们蒸的这些窝窝头，我吃了几乎一年半时间。女儿说，奶奶蒸的，爸爸吃得香，那是咱家唯一长期保质的。还是女儿懂我。

今天，我应该给母亲打个电话，告诉她，您蒸的那些窝窝头，我一个不剩，都吃光了。

2018 年 5 月

姥　姥

姥姥有名字，在邻村周河村娘家叫周茂玉，嫁给姥爷后叫李周氏。姥姥是小脚，生了三男两女，也就是我的大舅二舅三舅、大姨和我母亲。

在张海村，李家是大户。姥爷哥儿四个，姥爷最小，姥姥进门，上边三个妯娌嫂子，特别是大老爷夫人脾气不好，常给姥姥气吃。姥姥有活干有气吃没饭吃，常生闷气，身上常长疥疮，不是这里就是那里。

姥爷规矩大，好吃的要尽着他吃。舅舅从东边河沿捕来的鱼，姥姥炸两碗，姥爷先自己端一碗喝酒去了，很快回来对姥姥说，另一碗放着，他明天吃。姥姥和大小五个孩子瞪着眼，只闻见香味，吃不到嘴里。时间长了，姥姥再做好吃的，就先偷偷盛出一些，放厨房藏起来，留给孩子们吃。

姥爷因误伤了乡亲，1954 年跑到北京，拉洋车，也不往家邮钱。姥姥一家人日子过得十分紧巴，常有断顿的时候。生产队干活，每到收麦时，多数人家里粮食接不上茬，生产队就组织先偷偷分几捆麦子，拿回家来，搓搓，接续上吃。那时秋天多种高粱，收粮时，先给每户偷偷分几穗高粱。姥姥在生产队干完活，拿高粱回家，抽下炕上的席，卷起个筒，自己钻进半个身子，在里面摔打高粱穗，不让一粒粮食蹦出来。母亲说，姥姥用脱了皮的高粱米做粥，她和舅舅们吃得很香。

姥爷看三个孙子有功。吃东西的时候还是比较自我，一次炒了一碗豆角，吃剩下半碗的时候，三个孩子端着碗，瞪着眼看，姥爷抬手把半碗豆角全倒进自己碗里，小英、小广、小龙一起哭闹起来，姥姥领孙子孙女到厨房，把提前留出的豆角一一拨到他们饭碗里。

大舅后来到北京找姥爷，在北京成家，有一个女儿，他后来离婚回到老家。夫人和女儿地址、名字都记得，谁问都不说。姥姥想找到孙女，大舅直到去世，也没吐口。听母亲说，大舅是觉得对不起那娘儿俩，不好再找去，也没脸找回女儿。

1962 年，大舅从北京回来，说话多，干农活少。手里有几个钱，也不交给姥姥。可他对姥姥好，白天吃饭吃不饱，晚上大舅到书财家买热豆腐，自己先吃一块，再带一块回家，怕凉了，还藏在自己怀里。进门，见姥姥和两个舅都睡下了，他拿出豆腐到姥姥床前，小声地叫，娘，娘。

姥姥说，睡了，揍么（当地土语：干什么）？

大舅说，娘，你起唉。他怕两个舅听到，就不说叫娘起来吃热豆腐。

姥姥开始还起身吃过两口，说，你叫我吃，不给你弟弟妹妹吃。后来大舅再买热豆腐，姥姥就不吃了，说吃了心里难受。

大舅回来待了几年，转去东北闯荡。直到 1975 年又回到张海村。后来二舅有了苹果园，让他帮着看果园，他不干，后来到我家，母亲让他把院里牛粪捡起来，他也不干。自己一个人在高坡上的老房子里住。我结婚后和夫人去那里看过他。我夫人是北京人，我们和大舅聊起北京的许多地名，他如数家珍。谈起北京，大舅话就稠，姥姥想让我们套出大舅的秘密，始终未能如愿。

姥爷从北京回到山东就去泰安。每年，二舅和三舅都要带吃的用的去看他。后来姥爷回到家里，姥姥伺候他。二舅成家后有了小英小广，姥姥高兴。姥爷回来带这俩孩子，也算有功。他会蒸高庄馒头，很筋道，味道也很好。但有时还训斥姥姥，姥姥都不作声，忍过去了。

姥爷那一辈，家里哥儿四个，早年就分家另过。姥爷的哥哥在村里开油坊，姥爷开了间棉花作坊。兄弟多，妯娌间矛盾也多，姥姥深受其苦。给两个女儿找婆家，姥姥坚持只找家里是独苗的，家里只有哥儿一个，好过日子。就这样大姨嫁到东平的大吉城村，和姨夫日子过得相当不错，是东平湖区村里比较殷实的人家，姥姥十分得意。

准备嫁二女儿时，也就是我母亲，也是这样办理。姥姥的侄女，我管她叫辛姨，嫁我们村，与我家隔一条石街，姥姥从辛姨那里打听到我父亲是独苗，有文化，就托辛姨找我老奶奶和奶奶说亲。这中间，缠着小脚的姥姥专门来村里两趟，再亲自打听父亲及家境，让辛姨领着到我们胡同，认认家门，踮起小脚扒着门缝往院里看，就差敲门进家了。

我们家老奶奶和奶奶也没闲着，打听说张海村老李家闺女个个孝顺，母亲在乡卫生室工作，就答应了这门亲事。父母 1963 年结婚，1964 年有了我。后来的日子，姥姥常来我家，说我母亲进门就当家，吃穿不愁，特别高兴，一直认为她做对了，非常得意。

我觉得姥姥相当伟大。

姥姥家小院里有一口水井，二舅和三舅勤快，种了许多蔬菜，有黄瓜、豆角、茄子、大葱等。一次，三舅要来我家帮着干活，就顺手摘了一些黄瓜和豆角。黄瓜没有几条长成个的，三舅就摘了几条小嫩黄瓜，准备拿来。这让二舅看到了，说等那黄瓜再长长，大了，再摘，给姐姐送去也行。哥儿俩因此抬起了杠，一个嫌拿得少，想多拿点，一个想这么点儿的小黄瓜纽，摘了可惜，都是好心一片，亲情一箩筐啊。姥姥对我这两个舅这边劝解，那边安抚，说了几菜畦子话，总算不吵架了。那天三舅来我家，给我母亲告状说，为了摘黄瓜，二舅要揍他。多好多实诚的哥儿俩，多好多实诚的两个舅舅啊！

姥姥对我特好，我在洪范中学上高中，到周五早上带一周的干粮吃完了，中午就跑姥姥家吃饭。姥姥和舅舅尽可能迁就我做好吃的。姥姥家村东有一条小河，其实就是狼溪河的上游，每年冬天生产队组织挖河道苇坑泥，舅都会捉几条泥鳅带回来，姥姥就用白菜叶裹了，在灶台火里烧熟，留给我吃。一年母亲生病住院，姥姥来照顾我们四个。姥姥用从生产队分得的茄子，做馅包饺了，哄我们说那是肉馅的，我们吃得很香。

姥姥一生都在吃苦。姥爷早年躲难跑到北京，一个人快活得像神仙，不联系，不回家，不给家里寄钱。姥姥带着大姨、母亲、二舅、三舅生活，那时母亲才八九岁的样子。姥姥把娘家陪送的柜子、大立橱上的铜合页、铜锁鼻子，自己帽子上的银饰拆下来，走3里路去废品收购站卖掉，买来粮食给几张嘴糊口。

过新年，每家小孩子都希望有新衣服穿。姥姥为了让母亲、二舅、三舅穿上新衣服，买来布料，自己动手做，实在赶不出来，也会每人缝上一对儿新套袖，套在旧棉袄袖子上。大年初一，乡村邻里间互相拜年，都穿新衣服出门。为了赶时间，白天忙过年准备，如蒸馒头，做豆腐，摊煎饼，炸地瓜盒子，等等。累了一整天，姥姥等他们都睡下，拿起针线活儿，戴上顶针和花镜，在煤油灯豆大的灯光下，一直熬到后半夜，甚至到天亮。往往是给母亲和舅舅他们一个惊喜，因为，晚上睡觉前还没有模样的新衣服，过一个晚上，变戏法似的缝好了，能够穿身上出门串胡同了。他们都知道，姥姥一整个晚上都没有合眼。

早晨起床了，姥姥一脸的疲惫，鼻孔上两个黑圈，那是一夜的煤油灯熏染过的。

2018年4月

我 姨

春节前姨走了，那个最疼爱我的小脚的 82 岁的老姨走了，那个东平湖边大吉城村的普通农民走了。

姨家门口左边有一口水井，靠着这口井和自己的勤劳吃苦，姨和姨夫做了多年的豆腐，加上前山南峪 4 亩农田的收成，日子过得一直比较殷实。

早年做豆腐，卖豆腐，是山东老家老一辈维持生计“靠墙根的买卖”。记得我上小学的时候，一年春节去姨家，晚上隐约听姨夫说要泡第二天做豆腐的黄豆。我已经睡了一觉，醒了，看见姨戴着头巾在煤油下盯着簸箕挑选黄豆，几个有点发霉的豆扔在一边。姨爱干净，不论下地干农活，还是在家干家务，她总是戴着头巾。

第二天我问姨，姨说，豆腐的味道好，得有好豆子，咱家的豆多数是卖豆腐换来的，有个把乌包的，都得挑出来，不然，就会影响咱家豆腐味道。我不知道，别人家做豆腐生意是不是这样，尤其是现在，用生产线大批量做豆腐是否这样。想起这些，为姨和姨夫诚实讲质量的做法感动。这或许是姨和姨夫一直在周围几个村里声誉好的原因之一吧。

我姥姥家，三个舅舅，我姨和我母亲。当年给姨和我母亲找婆家时，家里兄弟妹妹多的，姥姥都没有同意。希望都找独苗的，进门就当家，好过日子。尽管姥姥家和姨夫家隔着一座山，姨也就认准姨夫的老实和精明，高兴地嫁过去。

姨孝顺老人在村子里有名。姨家在鲁西南东平湖区，冬天，表哥们在湖里捞鱼，晚上，姨家爷爷守在煤炉子边炖鱼。姨忙完了豆腐坊的事，拍拍身上落的灰，摘下那个头巾，来到公公身边，要过炉钩子，爽朗地说：爹，你睡觉去。

早年山东农村，对家中老人和下地干活的男劳力格外照顾。早晨用开水冲鸡蛋水，白面馒头给干活的吃，其他人包括娃娃，大都吃地瓜面或玉米面窝头。姨家三个人有这待遇，爷爷奶奶和姨夫。后来姨家生活水平提高，才改这一习惯，姨千方百计为两位老人改善生活，做他们爱吃的。公公病重，吃饭要喂，个人卫生不能自理，都是姨和姨夫精心伺候在身边。婆婆 1990 年 80 多岁去世，公公 2000 年 94 岁去世，幸福地走完了一生，姨，功不可没。姨近 70 岁，儿孙一大帮了，才完成了做儿媳妇的使命。

姨几乎不识字，是典型农村小脚老太太。说起孝顺，用她自己的话说，孝顺，就是笑着顺从老人。姨是我们晚辈的榜样，是街坊邻里的榜样，姨用她的一生在诠释和传承中华民族的传统美德。

或许是姨父和我父亲都是家里独苗的原因，我们两家平时来往比较密切。逢我母亲和父亲过生日，时间，姨记得最清楚，临近了，不论再忙，都是姨催着表哥表姐他们集中来给父母过生日。姨会像她过生日一样高兴，看着满屋跑来跑去的孙子孙女们，那份满足，洋溢在脸上，笑得合不拢嘴。

前年，父亲过 70 岁生日，我和夫人回老家。习惯先去村里看望姨和姨夫，告诉他们二老，年龄大了，父亲过生日，两位老人不要来了，表哥表嫂和姐姐来都代表了。

可那天，二哥允山开车带两位 80 多的老人来了。看着驼背瘦小身躯的姨，我差点掉泪下来。

我说：我妈说过您和姨夫不来了。

姨说：黎明来，你看我还壮实，我还能动弹，以后走不动了，想来也来不了啦。

我家住三楼，没有电梯，我要背姨上楼，姨坚决不肯，抓住栏杆一步一步走上去。那会儿，我搀扶着她老人家上楼，心里特不是滋味……

我小时候，春节才能见到姨。一是约好去姥姥家，二是去姨家。冬天住姨家，晚上用藤条编织的烘笼暖被窝，姨忙一会儿就过来摸摸热不热，过一会儿再添些火炭，对我特别关爱。现在有一首歌，唱道“你入学的花书包，有人给你拿”，那歌唱的是母亲。我小学用的花书包，是姨给我缝的。她用做衣服剩下的碎花布，蓝的、绿的、紫的，五颜六色，剪成3—5厘米边长的三角形或方块，而后一块一块连起来，底部和侧面用蓝色宽布条缝合连上，边沿再扎上花边。那个书包，直到我上初中，书多，装不下了，才没再背它上学。

入伍后，我每次回家探亲都去看望姨。姨常拉着我的手，鼓励我干好工作，说得最多的话：“你是给国家当差的，好好干，别惜力气，别犯错误。”

去年7月，我到济南出差，知道姨病了，顺便去肥城表哥家看她。姨病重，瘦得像又小了几号，见到我，她再也没有力气说出上边那句话，只是浅浅地笑着，轻轻唤我的名字。其实姨不知道，她说这句话的分量和我母亲对我的教诲同样重要，我须时刻铭记，躬身践行。

姨家院子不大，种有菊花、木槿花和橘子树。

姨，走了，我想她一定是摘了那头巾，含着笑，捧着那些花走的。

2015年1月

二　舅

二舅，叫李海方，在泉乡张海村，本身就是一个传奇。

他是一个农民。

（一）

我小时候，父亲在县城工作，家里的农活特别是需要大人干的重活，像建房、修房，耕地、种地，家里的猪圈牛圈需要“出圈”，（当地土语，把圈里积攒的粪肥淘出来）母亲多是请二舅来帮忙。二舅是有请必到。

二舅家张海村与我家南崖村，两个村子距离一公里半路。没有自行车，来回要走着去。小时候，我去姥姥家，路过村东面的小石桥。小桥往东是一条七八米深的土沟，直通二舅他们干活的石灰窑。路南边坡上，立着三棵柿子树，我在路上捡拾过半生不熟、半黄不青的柿子。小桥往南是一条小沟汊，左边是菜园，右边是芦苇，是《水经注》标明的“狼水”，现称狼溪河。

小石桥是用古石碑做的桥面。夏天，空气烫人，我穿着黑色凉鞋，从那桥上漫水而过，惬意地撒欢。漫过桥面的水，约有 20 公分，穿凉鞋走过去，脚底下的水是冰凉的。那是云翠山上渗下来的水，是扈泉流下来的水。在桥上，我走得很慢，还故意停下来，抬起一点脚，让水从脚下的鞋里流过，体会水流按摩脚心的感觉。

二舅是个石匠，他的师傅叫张尧灿，他们在一个石匠班子里，常常利用农闲时间，在本村或者附近几个村庄，给人家盖房子，做一些石匠活，挣一点钱，养家糊口。那时候姥姥健在，二舅、三舅还没有成家。

张海村的石灰窑在村东，再往东100米是书院村的山头。窑不大，建在土岗子上，附近乡村盖屋修房、筑路砌渠都用这里的石灰。他们多数石匠班子的人，同在窑上干活。从书院山头开山取石头，装窑、烧窑、出窑，既是力气活，更是辛苦活。请二舅来家里干活帮忙，我常去窑上。给我印象最深的是，他们出窑，都穿短衫，浑身冒汗，肩上晒掉了皮，头上顶一条湿毛巾，也有把毛巾搭肩上的。那毛巾，三五分钟拧一拧，尽是汗。

窑上的人都是二舅同村的，其中的多数我得叫他们舅舅，个别的叫哥哥，他们都认识我。我到了窑上，他们给我打招呼，往窑下边传话，叫海方，明来了。二舅很快被叫出来，我简单说了家中要干的活，二舅边擦汗边说，行，我这歇了工过去。

农家积攒肥料，大牲口是主力，人还要勤勉。农家的牲口，牛马驴羊猪，吃的草料，每一头都是经济可靠的造肥机器。但是关键还要靠人，靠人平时常往牲口圈里垫土，一层一层地垫起来，沤肥料，这样的肥料供庄稼有劲儿。隔上半月二十天，还要把这一层一层的肥料从圈里边淘出来。

那时候，我家养有一头牛、三五只羊和一头猪，拉土垫土的事情，一般是由我来干，“苔花如米小，也学牡丹开”，年龄小，学大人拉个地排车从东场院取土，既是为母亲分忧，又觉得很有乐趣。但是出圈，把这积累数日的肥，从圈里倒到院子外边，母亲从不让我沾手，都是请舅舅来干。

那个活既脏又累，二舅自己挖，自己一筐一筐挑到院子外边，那肩上压弯了的钩担（当地两头铁环连铁钩的扁担），像放大了的括号，咯吱作响，脚步咚咚，沉重有力，一趟一趟进院了，一趟一趟出门去。二舅来一般是大半天，母亲没有特别给舅舅做好吃的，顶多炒一碗鸡蛋。二舅吃完饭，不论早晚，都会将厨房的大水缸灌满才回家。而水井，离我们家有 300 多米远。

我上高中的时候，家里翻盖堂屋。二舅和他的师傅带着石匠班来干活，还有春方舅等等。山里人盖房子，用青石，一般不用砖，多是用青石打地基，并垒砌到窗台高。我们家是用青石垒到房顶。高家街往东小山底下，有一个大的花岗岩石窝，邻居们盖房多在那里开山取石。我周末到采石点帮二舅他们干活，主要是扶开山打炮眼的钢钎，两个大人抡铁锤砸，我在下面转钢钎，彼此都需要相当的胆量。真正有危险要胆量的是装填炸药和点火放炮，二舅会把我和其他石匠师傅支得远远的，他一人负责。我曾经问二舅，石匠里还有小年轻跑得快的，可以让他们放炮。二舅说，放炮，悬命的事，得咱自己干。

从石窝往家拉石头，是个苦重体力活。拉石头的车子是特制的，实际是用结实耐磨的木头，搭起的一个车骨架，模样像装上车轮子的短梯子。路经红沟边上一个大上坡，一车石头，三五吨重，仅靠人工很难拉上坡。我牵着家里向生产队借来的一头驴，带上驴套，在坡底下等候。二舅他们两人一车，拉车过来，挂上驴套，我就吆喝着驴使劲拉车到坡顶。然后他们自己驾车，把石头送到家。

二舅他们石匠班不讲究吃喝，但母亲尽可能地给他们做好吃的，做顶时候的饭。二舅垒墙实在忙不开了，我也会帮着抬石头，2.5 米长的圆木头杠子，二舅在那头，我在这头，铁链子捆着石块，几乎碰到二舅的脚。这样抬东西，我们当地叫让一个杠子头。这哪里是让杠子头，重量分明都压在二舅肩上。

二舅做石匠活，像木匠一样也有一个墨斗盒，用一只牛角，锯掉尖，留出线孔，上面挖一方槽，装上油墨和麻线轮，吊线时用小刷子往线上一抹，拉出线，绷直，用手指轻轻提起，瞬间松手，一条布满黑麻点的直线，就印在石块上。二舅手艺好，垒墙结实、平整，缝隙处理细腻，可以说，我家的五间堂屋，凝聚着他的心血。

记得那个夏天，二舅带着我，拉上地排车，到张海村西山上找屋檐板，为提高效率我们还带上午饭。鲁西南地区，过去常垛泥盖房，房顶四周垂直墙面放置石板，用来防止雨雪侵蚀墙面。屋檐有七八公分厚，大部分压在屋顶下，探出墙面 30 公分左右。找檐板是一个技术活，这种一层一层的岩石，最好到别人已经开过的石塘窝子寻找。把岩石层层劈开，成板，厚度一致，沿一边取直，方能使用。

一上午，我们收获十几平方米青石板。到午饭时山顶涌上浓云。我们吃过开水泡饼，正要到坡下拉车上来装车，忽然一阵急雨袭来，二舅把他的草帽扣到我头上。紧接着，玉米粒大的冰雹噼里啪啦地砸下来，二舅怕砸了我的脑袋，顺手把喝水的搪瓷碗扣到草帽顶上，自己抓过石匠工具袋，抖出里面的钢錾，举到头上。搪瓷碗在草帽顶上，草帽在我头上，雨淋冰雹砸，我们挨过艰难的三五分钟。地排车周围、底下，满是大大小小的冰雹，有的像葡萄、鸽子蛋，还有的像乒乓球。

1978 年前后，父亲在县粮油门市部工作，正对过是蔬菜公司，往南偏对过是服装厂。父亲给二舅在服装厂里边找了一个工作，主要干一些杂活。那些杂活，对于一个靠体力吃饭的农民来讲，使出十分之一的力气，就会干得很好。下班以后没有什么事，一直勤快的二舅闲得手痒痒，就到县城东边和北边的山上割草。

城里人，不用放牛放羊，也不用割草喂牲口，山上的草长势都很好，不像乡下，山坡、地头的草都被割秃了。二舅的业余时间，都花在山上。周末，自己带三四个馒头，一壶水，出去就是一天，能割几百斤的草回来。他找地方把草晒干，存放在一个小仓房里。等到秋天，他装了满满一地排车，35 里的路，拉回张海村家里。姥姥心疼二舅，劝他安心工作，不要再去割草。二舅说：割草，不累，下班没事干，闲着也是闲着。后来，因为二舅文化水平低，干工作比较勉强，工作一年就离开了服装厂，回家继续种他的田，守着姥姥过生活。

实在、吃苦、厚道是鲁西南农民的突出特点，在二舅身上体现得更为明显。二舅干一手好石匠活，吃苦耐劳孝敬老人，在附近村里人缘很好。年龄也不小了，姥姥为二舅成家着急，况且下边还有三舅。亲戚、乡亲们有介绍的，有打听的，都因年龄偏大没能促成。后来，姨和姨父他们在大吉城那边，听说和河滩西面银山那边有个姑娘，是从广西来的，具体情况不清楚，姨父就来和姥姥商量，并征求二舅意见。二舅说，人家南方人，说不定看不上咱。后来，舅妈进门和二舅结了婚，踏踏实实地过日子。最高兴的是姥姥，好像年轻了许多。姥姥说，像做梦一样，天上掉下个能干、漂亮的儿媳妇。

说世上的好多事情在缘分，也说有缘男女谁和谁过日子上天自有安排。二舅和舅妈，天赐的缘分，似乎地界隔得远了些，结缘时间来得迟了些。舅妈很快熟悉了自然环境，熟悉了家里的生活状态，和二舅过日子一天比一天红火。他们承包了队里的 6 亩多田，将靠近家院子的 3 亩田改种西瓜。

离张海村 1 里多地，就是洪范池大集。二舅和舅妈两个人拉一车瓜，集市南头、北头各设一个摊。二舅在北，舅妈在南，两个实在人，都不善于大声吆喝，专门切开一个西瓜让人家尝，尝得好吃，顾客就愿意买。舅妈这边切得块大，遇有问价格的，主动拿起一块来让人家尝。旱地沙甜的西瓜，本身就是活广告，赢来许多顾客，有的买一个，还有的买两个。我们村有赶集的买过西瓜，不知道摆摊的是我舅妈，回村的路上遇到我母亲，积极推荐去集市南头买西瓜。母亲找到舅妈西瓜摊，看到她请人尝瓜、劝人买瓜的全过程。种西瓜每年要倒茬，还要日夜看护，比较拴人，第二年，二舅就决定将瓜地改成苹果园。

二舅和舅妈两个人，从春忙到冬，侍弄果园。冬天他们给每一棵果树施肥，花六十元钱一车买来农家肥，有羊粪、猪粪、鸡粪。二百多棵树，每棵挖四五十公分深的坑，三五筐肥料堆进去，埋好压实。为了保护树根并且确保营养，还要记清楚，今年挖左边，明年挖右边。整个冬天，除去过春节，二舅和舅妈把果园翻个遍，剪枝，浇水，施肥料。

春天，整片果园变成花园，白色的苹果花，像一树一树的雪。先是疏花，有些苹果花长得比较密，为确保果子品质，须人工将一根枝条上多余的花骨朵掐掉。二舅说，这活累人，举着胳膊干活，一天下来，都想找根绳子把胳膊拴住挂果树枝上。这也是个技术活，舅妈开始不熟悉，二舅手把手教，直到学会。有邻居看两人辛苦，劝二舅找村里人帮工，二舅和舅妈始终坚持自己干，因为八十元一天加一顿饭的成本，还要算细账。春天，本是开花、赏花的季节，二舅和舅妈却要摘花、疏花，等到夕阳下山，顶着花，踩着满地的花瓣，从果树间走出来的时候，彼此拍去身上的花瓣，洋溢着的是收获，是幸福。

夏天，果园管理最要紧。一是疏果，果子过密，把多余的揪掉，心不能慈，手不能软。二是防治虫害，及时给果树打药。果树枝杈之间很密，打药时，背着药桶，或蹲着或趴着才行，时间长了，腰疼得厉害。二舅说：果园不打农药没收成，丧良心的事咱不干。二舅选有效期短的农药，不让药效带入成熟期。

秋天开始，就要给每一个苹果套上袋子，袋子上有大蒜味，确保苹果不生虫，模样好，品相干净。套袋子以后，一般也不再用农药，如果需要，能起保护作用，苹果沾不上一点农药。一般是二舅和舅妈两个人忙，有的时候时间紧了，请街坊上乡亲们来帮工，2010年一天工五十块钱，后来八十块钱，2017年已经涨到一百块钱了，而且是每天下工付现金。3亩果园，像拧紧发条的钟，把他们的生活支棱得风来火去。

霜降节气过后，摘收苹果。二舅往往先摘下一部分，送姨家表哥表弟、我们家，多家亲戚都想到送到，再留一部分给工作在外的孩子们。邻近的果园农户，一般按苹果大小，分级出售。二舅图省事，常常有开车来果园收的，价格差不多，不论大小，一次性全部卖给人家。每年卖苹果的钱，二舅都会留一些用作第二年果园投资，其余用在供孩子们上学上。正是这3亩果园，能够让二舅和舅妈有能力供得起三个孩子上大学，像村里人一样过上称心如意的生活。二舅经济条件好了，在村的南边，置了新院子，盖了 5 间敞亮的房子。

（二）

二舅对我们家的帮助，是无私的，只要是有所求，必有所为，他会积极想办法，这也是多年来我一直很敬佩他的原因之一。还有一点，就是二舅对三舅的关心。说实话，大舅不常在家，二舅和三舅帮着我们家干农活最多。后来，三舅得了肝炎病，住在县医院，多是二舅在病床前伺候他，有时我母亲也去。当时病房条件很差，二舅放下家里的农活，一直没有离开过。三舅病情发展很快，腹水严重，年轻而热切的求生欲望，坚守着最后一丝气息。二舅和母亲一直坚持给他治疗。母亲和二舅知道这病传染，小心翼翼地按医生嘱咐从三舅腹腔中抽水，以至于维持了三周的生命。每一次说到这些，二舅为之动容。母亲为有这样的好兄弟感到自豪。

1993 年 8 月，我女儿出生了，母亲来京帮我们带孩子。女儿快满月的时候，二舅从山东风尘仆仆地来北京。他从老家给背来小米、杂粮，还有半扇子猪肉。我很吃惊，那个时候还没有高铁，二舅是坐绿皮火车来的。我们一家人都很感动。

二舅说，他是第一次来北京。1960 年前后大舅在京拉过洋车，二舅不知道也没来过，老是想来北京转转。那天我陪着他，先转故宫，后到天安门广场，一直到前门大栅栏。二舅很高兴，我们照了一些相。中午，我们在一家饺子馆吃饭。那个饭馆，饺子论份儿，一份 15 个，我估计二舅干农活饭量大，给他要了三份，还点了几个小菜，我要了一份，边吃边看二舅吃，我知道那三份饺子还不够，又买了一份。那会儿的二舅有些不好意思，我说，干庄稼活的人，这点饺子吃不饱。二舅说，饱了，饱了，在家出力吃得多哩。

回家后，我给母亲和夫人说起，是不是给二舅买少了，夫人埋怨我说，你肯定买少了，二舅饭量大没吃饱。我曾经给母亲说过，二舅对我和我们家这样好，以后怎么报答啊！母亲说，你舅就这样，他也不图你们什么报答。俗话说，姑舅亲，辈辈亲，打断骨头连着筋，这真是一点不假，日子都过得紧巴的时候，二舅有一块钱会掏九毛九疼我，生活水平越来越好了，二舅依然倾其所能。果园里的苹果摘了，他自己可能留下的不是最好的，但留给我们的一定是最好的；唯一的一棵桃树果子熟了，一个不卖，把个儿最大、模样最端正的留给我们。有时我们不回老家过中秋节，二舅会开着三轮车，把精挑细选的果子送到平阴我父母处，待有车来京，再捎给我们。

二舅先送走了三舅，后送走了姥姥和姥爷，而后大姨也离我们而去。他们那一辈亲人，心连心，根连根，亲情所致，二舅是榜样。到我们这一辈，表姊妹十二个，二舅对我们疼爱有加，真诚无私。现在第三辈长大了，还有了第四、第五辈。我越发感觉到，二舅的感召力和凝聚力，亲戚越走越近，感情越走越深，越走动、交往，越能够走到一块儿去，能够聊到一块儿去，而这份亲情，难以从其他任何地方获得，因而显得弥足珍贵。

几乎每年正月初二我们一帮晚辈都去二舅家，看望二舅和舅妈。一帮外甥、外甥女，加上二舅家的表弟表妹，带上各自的孩子，二十多口子人就在他那里闹。有一年，天气特别冷，二舅屋子里没有装土暖气，只有里间屋的一个暖炉子和外间屋的一个炭炉子，房子大，感觉到屋里还不如外边暖和。二舅和舅妈在家习惯了，我夫人感觉到有点冷。二舅放下手里的活，从一个新的纸壳箱子里，拿出一个像摇头电扇模样的加热器，对着我夫人方向送暖风。原来二舅怕我夫人和女儿冬天在暖气环境生活惯了，来家里冷，为应急，专门到洪范池买回电加热器。第二年，二舅家里就安装了土暖气。

过节，我们去看望二舅和舅妈，大人孩子闹腾大半天，二舅和舅妈最高兴也最辛苦。高兴的是晚辈们多少有点出息，人丁兴旺，心里惦记着他们，吃饱、喝足，认好的食品还要拿走；辛苦的是，亲自下手做两桌子的菜。二舅做一手好农家菜，面食也非常拿手。为了我们去，他春节前就做准备，列出菜单，把蒸的炖的提前备出来。初二中午，只在里间厨房炒几个青菜、汤菜，蒸菜、炖菜放大锅笼屉里加热，一会儿工夫，就将大大小小的碗、盘子，二十多个菜端上桌。

清氽丸子，是平阴人招待客人的大菜、硬菜。二舅做得最地道。选精里脊肉，剁成馅，加上鸡蛋清和调料，锅里放清水煮半开，将鹌鹑蛋大小的丸子，放进水中，小火煨熟，出锅盛入汤碗，加一点香菜末提香。这汤，二舅做好，亲手端上餐桌，热腾腾的气儿，香喷喷的味儿，油汪汪的汤汁儿，看着我们喝汤吃肉烫得嘴歪，二舅满脸的得意。催我们快一点吃，别等凉了。曾经有一次二舅做这道菜，天冷，没吃几口，汤面上的油就凝固一层，二舅又热了一回，才吃完。

二舅和舅妈做菜，从不让我们打下手，两个人也偶尔追一把时尚。早些年，村里刚有饭店，许多人家来客人，都是从饭店叫菜，五十元、八十元、一百元一桌，按标准、时间直接送到家。二舅后来觉得饭店饭菜量大，但不如自己做的味道好，就又改回来，亲自下手。2017 年，我们再去看二舅和舅妈，他竟然用上了转桌。直径 1 米的底盘，中间一个转珠，上面放直径一米五六的加厚玻璃台面，可放茶几上，可放八仙桌上，像城里人和饭店一样，转着圈吃。

我们边吃饭，边称赞二舅。二舅说，有它真方便，要说会吃，还是城里人能，这桌子一百五十块一张，我买俩。

二舅转了一把桌面，补充说，村里我先买的，邻居们看着好用，都买来用。

（三）

二舅，老实，实诚，村里有名。有时候也很倔，真正赶到事儿上也不信邪。十多年前，二舅因为装运苹果的事，想请邻居家车给帮忙，恰好那天邻居家车有别的用，二舅作了一回难。实际上，张海村，田地也是坡高路远，二舅本来就想买一辆农用三轮车，拉肥料、装运苹果和地瓜。真正想买三轮车的，还是舅妈，舅妈心疼二舅，60 岁的人，干活累，地排车很不方便。

第二天，二舅自己带着舅妈烙的两张葱花饼，从银行取了钱，坐公交车跑到了东平县县城。打听到卖农用三轮车的商店，看好就付钱，直接买了一辆“时风智星”农用三轮车。他自己不会开，就让车店师傅在放车的院子里教自己。二十多分钟就学会基本操作，自己驾着新车就慢慢从东平县往回开。

走到半道儿，因为没有上牌子，让平阴东阿镇的交警给截住了。二舅出示了发票，说了半天，警察说手续不全，要扣车。二舅急了，给在交管局工作的我表哥允山打电话。表哥到现场帮二舅补齐了手续，才与二舅一起把车开进村。

那是二舅，第一次摸车，第一次开车，第一次开车跑了 80 多公里。舅妈和一家人为他吃惊。二舅把车停到院门外边，好长时间回不过神来，展示了半天，看够了，才开进院子。

这辆农用三轮车，在二舅手里变成了“宝马”。二舅多了可靠的帮手，往庄稼地、苹果园送肥料，搬运庄稼、苹果，山坡地拉水下种，只要是用上力气的农活，都动用车辆，有时下地干活，还让舅妈坐上，来回吃饭快捷方便。

现在，二舅 70 岁了，那辆车十年了，轮胎也已经换过两次，换挡操作杆儿也已经秃了，浅蓝色车漆掉得几乎露出骨架和铁皮，左前脸从上往下有一片整齐的碰撞痕迹，前脸镀锌装饰进气格栅亮条，十一根还剩六根，缺牙漏风，两个大灯没了，留下对称的俩窟窿，一对座椅上坐垫是舅妈用针线缝制的，坐在上面几乎看不到任何油路电路。就这废铁似的一堆物件，二舅要用时，三两下一捣鼓，马达又突突突地响起来，简直不可思议，让我这开习惯小车的人惊诧得几乎跳起来。

去年“十一”，我回家去，到村里看他。二舅开着那三轮车刚从地里回来，车上放两三化肥袋子土豆。我站在一边看着他开车进大门，他就那么歪着斜着，准确地将车靠在大门洞一边。二舅前后看看，车后留出三五公分的间隙，勉强能关上大门。他挺着腰，手扶方向盘，开得那么自信，停得那么稳当精准。

我不知道，表弟表妹他们那么多人见没见过二舅开车，见没见过二舅在家里开车的模样，见没见过二舅开这台破车的高超水平。我把二舅开车的图片发给表弟表妹，他们都高兴地为二舅点赞，给二舅打来电话。谁能相信眼前开农用三轮车的是 70 岁的老人呢，谁能相信他开的是跑了十年的“老爷车”。实际上二舅真的不像 70 岁的老人，他有点像 50 多岁，像我们这个年龄的人，他也那么有朝气，那么有精神头，还有那么好的身体。

上帝赋予庄稼人干不完的农活，同样又用风雨雷电，把血汗中的他们淬炼成钢。

说二舅比较倔，爱较真儿，还有一件事情。二舅有两男两女四个孩子，大表弟正广乌鲁木齐大学国防生毕业，在西安某部任职，小表弟正龙高中毕业一直想到部队锻炼。二舅开明，坚决支持。我给县武装部里朋友说好，如果有我们部队去接兵，就把他接来，当然前提是体检、政审合格才行。表弟自己在乡里报名，体检合格。那年武警部队也在县里征兵，征兵的同志和乡武装部工作人员，例行到家里走访。正巧，二舅和舅妈都不在家。征兵的同志看到正龙一米九〇的个头儿，问他愿不愿意到武警服役，他不知深浅，脱口而出，说愿意到二炮部队去。

当时那位武警接兵的同志和武装部工作人员，认为正龙态度不端正，没通过政审。二舅在村里听说这情况，带上儿子，找到乡武装部，给武装部的同志讲，这是我儿子，身体合格，又是高中生，听说政府说孩子政审不合格，为什么？武装部的同志认得二舅，了解他的为人，不知道正龙是他儿子，爷儿俩到了跟前才知道是一家人，误会了。二舅说，孩子的叔伯哥哥在二炮，表哥在二炮，他就是想到部队锻炼锻炼。孩子不懂事，我当爸的有责任。

武装部工作人员解释说，那天到家里，武警部队接兵的同志真的看上你家儿子了，高中生，那么大个子，一心想带他走，问了他，小子冷不丁迸出一句话，说想去二炮，噎得人家够呛。其实，刚高中毕业的表弟，对部队了解很少，对武警了解更少，凭感性说的话，让那位接兵的同志很难堪，如果答应他，也就没有这么多事了。那年，二舅送表弟穿上军装上车以后，给我打电话，才说了带孩子闯武装部的事。表弟参军到二炮部队，一直是优秀士官，荣立三等功。二舅引以为荣，这是后话。

（四）

二舅家，表弟表妹，姊妹四个，其中三位是大学生。

2014年的“十一”，是二舅和舅妈一生的重大节日。两个表弟，都是军人。他们约好，两对新人，同一天举办婚礼。那一天，二舅他们在院子外边，搭了一个彩棚，还请人铺上了一段红地毯。表弟哥俩，都穿着笔挺的军礼服，两位新媳妇浓妆艳抹，楚楚动人。二舅和舅妈精神焕发，高兴得合不拢嘴。简朴的婚礼，四位新人的同学朋友，都没有请，只来了亲戚。在张海村，在洪范泉乡，甚至在平阴县，兄弟两个都在部队，兄弟两个同时举办婚礼的，或许只有表弟他们哥儿俩了。

脚底下，红地毯有点薄，我感觉到硌脚。地毯盖着的是表弟哥儿俩熟悉的土地，他们曾经在这墙根下耍赖、逗蛐蛐、摔泥巴，也曾经在这里干活、捉迷藏、写作业，经常惹二舅生气、追赶、打屁股，也有欣赏、赞许和奖励。

拍合影时，二舅和舅妈坐长条板凳，四位新人站身后。二舅随姥姥有点罗锅的后背，特意挺得笔直。我参加组织过无数次的合影，从中读取的是官阶、敬畏、纪念和崇拜，而此时合影似乎有磨难、成长、自信和未来。二舅的眼睛一直让幸福的泪滋润着，含了半天始终没掉下来。

那天的喜酒，安排在村北的一家饭店，摆了七八桌酒席，前来喝喜酒的亲戚们、乡亲们，掰着指头数落哥俩小时候的顽皮，让两位从外地大城市来的新娘感受到庄稼人的朴实和厚道。新人给客人倒酒是当地的习俗，至少让客人喝四杯，多到十杯。很少有新人父母亲自倒酒的，可是二舅等孩子们每桌倒完酒，不顾喝酒脸红，拽上舅妈到每桌敬酒。有吃好喝好起身准备离开的客人又坐下来，迎合这片心意，感受这份新奇，一致对二舅和舅妈赞许不已。我感觉，所有喝喜酒的客人，祝福的是两对新人，更像是端着酒杯配合二舅和舅妈，完成他们一生重大而有意义的仪式。

在饭店门口，二舅送走最后一位客人，那别在胸前写有父亲两字的红花还在。他低头见有点斜，用满是老茧的手正了正。

姥爷那一辈儿，年轻时曾经在村里误伤过人，姥爷在泰安服过刑，对舅舅们负面影响大，一直影响三个舅舅，甚至是我们这一辈儿，在填档案涉及姥爷时，都填“历史清楚”。历史清楚和历史清白，就差一个字，对一个农村普通家庭名誉就是天上地下，就因为一个字能压垮一个家庭，影响到后代的生活幸福指数。

姥姥一生积德行善补偿过往的亏欠，一双小脚走路都小心翼翼，怕踩着别人的影子。给大姨找婆家时要对方根红苗正，给我母亲找婆家时，看中的是正直有文化的父亲，和两位烈士的家庭。

现在，时代变了，生活好了，孩子们长大了，二舅和舅妈心里舒坦了，越发地亮堂了。二舅打心里感谢党，对党的政策心存敬畏。他觉得，可以告慰已经过世的姥爷、姥姥、大舅、三舅他们。后来的他和现在的孩子们，遇上好政策，赶上新时代，孙辈们大学毕业后，都成了对社会有用的人，对国家有用的人，应该欣慰。按照现在民政优抚政策，二舅是村里唯一的双军属家庭。两个表弟，一个在战略支援部队，一个在火箭军部队，工作成绩优异，表现突出，两个家庭有了第三代，二舅引以为傲。

二舅家里四个孩子，都在外面工作，西安、贵州、北京、青岛，没有一个在身边。二舅十分开明，自己 70 岁了，不让孩子分心念家。二舅和舅妈，有时候到各家去，帮看孩子，照顾他们的生活，过几个月再回到村里，过两个人的小日子。孩子们不常回来，谁放假有空，谁回家看看。有时候是一家，有时两家约定回家，偶尔过年四家一块回来，十几口人在那个小院里，非常热闹。孙子、孙女，你追我赶，你来我往，几乎把房顶掀翻。这样的时刻，虽三天五天，够他们珍藏心底回忆一年。

二舅今年整 70 岁，有力气，还有梦想，继续向三亩果园几亩山地淘金，续写他的传奇，续写新农村的变迁，续写他和舅妈幸福生活的新一页。

2018 年 7 月

弟弟的眼睛

弟弟叫勇。应该说，他长着一双明亮的大眼睛，但实际视力只有 0.07。勇今年 35 岁，在县城里租了一间临街的门面房，开了一个小店，专门经营二锅头，生意也还不错。

勇的眼睛小时候及上学期间都是很好的。记得我在东北部队的时候，每次回山东老家探亲，都是勇去镇上的车站接我。当公共汽车缓缓驶进我们平阴洪范池小镇的车站，勇就远远地冲着汽车挥手，高声喊着哥哥，跟在车后狂奔。

幸福的家庭是相似的，不幸的家庭各有各的不幸。1993 年春天，父母突然带着勇来到北京。从带来的片子上看，勇的右脑附近长着一个鸡蛋大的东西，山东省立医院诊断为脑膜瘤。如果不及时治疗，就会有生命危险。父母是坚强的，可这次却泪流满面，紧紧揪着我的心。

我托一个好朋友，把勇送进了军内一家很大很大的医院。手术前，主治医生告诉我，勇手术以后可能会留下后遗症，也有可能会下肢瘫痪。我实在没有勇气把这个坏消息告诉父母，但还是自己去备好了轮椅。一位全国著名的神经外科专家给勇做了脑膜瘤切除手术。还好，肿瘤是良性的，手术非常成功。

术后，勇的大脑、语言思维及四肢都如以往，只是眼睛视力变得很弱很弱。对此，专家明确告诉我，勇的眼睛可以自然恢复，这在当时给我们全家很大的安慰。而后就是焦急地等待、期盼，都希望有一天突然出现奇迹，勇能像以前那样看到母亲日渐增多的丝丝白发，能突然看到小侄女可爱的笑容，能突然看到远处的高楼大厦和车水马龙般热闹的街道……

三个月、五个月、半年过去了，勇的视力依然没有变化。

我沉不住气了，带着勇走进了北京同仁医院。医生很负责任，检查确诊为手术后视神经萎缩。医生讲，这是世界各国都难医治的疑难杂症，目前的医疗水平根本无法医治，在医院进一步治疗也是白花钱。我十分后悔，没有及时带弟弟治疗眼睛。

在以后的几年内，我们又在北京找了好几家医院，又托朋友转到石家庄一家专科医院，勇的眼睛视力没有 0.01 的提高。这样，对专家的充分信任和对眼科医学的无知，使我们错过了及时治疗的最佳时机，可能给勇和我们全家留下了终生的遗憾、愧疚。

一次，我们哥俩在家聊天，谈起小时候的事。

勇说：那时候有多好，你每次回家，我都去车站接你，见着你就掉眼泪，然后就高兴地笑起来。说到这里，勇停顿了一下，又说，哥，你再回家的时候，我再也不能去接你了！我心痛无语。勇的话，深深地刺痛了我。

视力正常的人，永远也体会不到没有视力的痛苦。我曾试着在家中闭上眼睛两个小时，没有蓝天、白云，没有了红花、绿草，没有了位置感，没有了眼前的亲人，只有靠无尽的想象和对声音的感知，来了解周围的世界，来联系周围的亲人和朋友。迅速增加的恐惧、无助，会把你所有的骄傲和自信驱赶得一干二净。

为了消除勇的孤独，我买来音响。很快音响成了他唯一的朋友。勇开始喜欢台湾歌手姜育恒的歌，我帮他收集到了当时北京市场所能买到的所有磁带和 CD。我和夫人去上班了，他一个人在家唱歌。《再回首》《驿动的心》《梅花三弄》《跟往事干杯》《有空来坐坐》等歌曲，唱得很接近姜育恒，歌词沉郁悲怆，曲调低怨幽幽，略带沙哑的歌声，唱出了勇对命运的抗争和对未来的期盼。

兄弟亲情让我多了许多的惦念，肩上平添了更多的责任和义务。后来，我把勇送回济南平阴老家，在朋友帮助下，把勇几年没有回的家搬到了县城。

勇结了婚，那颗躁动的心开始活跃起来，不能靠父母养活的念头愈发地坚定。于是小两口开了一个小店批发零售烟酒，尽管挣的钱大都交了房租，但他还是执意地坚持下去——他已经扬起了希望的帆。

2002 年 3 月

送 酒

勇是我们姊妹四个中最小的弟弟，山东菏泽粮食学校毕业，分配在平阴县供销社工作。后来因患脑膜瘤，治愈后严重影响到视神经，一只眼视力光感，另一只眼只能看报纸大标题。他和夫人在县城做酒批发生意近二十年。经常往县城周边乡镇送酒，是他夫人开车，两个人风雨无阻。我春节回家，一早看到他们往车上装酒，自己决定不去晨练跑步，提出跟他们去村镇送酒。

六点三十分，还在装车。两个人从楼下地下室仓库往车上搬酒，中间要过四五个转弯，勇搬三箱酒，比较顺利，我注意到他有两次磕到墙上。那天，来电话要酒的多，他们就装了满满一车，车厢后边，仅留出一人勉强坐进的狭小空间，勇侧着身子坐进去。弟妹开车，我坐副驾。

县城早起吃饺子放炮的很多，我们就在榆山路大街两边楼宇里的鞭炮声中，出了平阴县城。行车中，勇问我要过前挡风玻璃处的抹布，在后边擦一擦酒箱子。他接过我递的抹布，自己在后边边摸索边擦拭纸壳箱子。村镇的鞭炮声四处响起，路上车多，早起的商户们，一如车上的弟弟和弟妹。

路过孔村铝厂，我问起他们两个生意状况。勇说：现在咱卖的酒，都是正规厂家的，没假酒，外地名酒厂或者其他大厂，有时刚推出一款新酒，市场上一些小厂会马上推出类似的酒，而且便宜许多。这种酒咱不能销。

勇把抹布递给我，接着说，现在咱家这里喝酒一般不品酒，多是看包装，外观好看，大气大方，送人有面子，经销批发都很规范，酒的品质没有问题。办批发，每箱酒加价几块钱，市场价格差不多；零售商户，只要酒能卖出去，加价会多一点。有个别酒甚至成倍地加。

弟妹开车十分小心，时速三四十公里。天，阴得特别灰，下小雨，路有点滑。周围不时地有雾气从车前飘过，能见度约有 50 米，眼前路况不明朗，我看得清清楚楚，勇看不见，蹲在后边的他，对酒生意的了解，心里像明镜似的。车转过一个弯，窗前稀稀拉拉飘起雪花。车里透冷风，凉气隔着玻璃进来，弟妹开启了热风。我穿了棉袄，还觉得浑身冷。

约七点二十分，到达第一家商铺。敲门，没有人答应，过了十分钟，勇给人家打过电话，听声音是说马上过来，让我们把酒卸在店门口。我们三个就往门口搬酒，勇看不太清，不断地核对酒的名称和数量。这酒全部搬到位了，店家来人开门。这时，勇他们两个又帮着店家往店里搬。清点完送的二十几箱货，店家付清酒款。勇两人商量，该过年了，这家是老客户，送店家一箱酒。他们两个忙活这一会儿，我数了数，车里还有三十多箱酒。

雪似乎小了些，我们开车再上路。我赞许不赊账的做法。勇说，以前咱好心，批发酒，赊过账，少的几百块，多的两三千，累计还有更多的。后来要账找不到人，是店家诈骗别人的大钱，跑路了。咱是小本生意，少挣两个也绝不赊账，再说要账也是比较麻烦的事。客户看着两个人不容易，也都习惯了。弟妹平时话就不多，这回边开车边补充：过中秋和春节，白酒好卖些。其他时间卖啤酒多，一箱子酒才挣 2 块钱，拉一车转一圈尽跑路了，都不一定够汽油钱。

弟妹说话三言两语离不开车，她说：哥，有地界儿，这车上坡一挡上不去，高勇下车推着上坡。

哥，俺俩常遇到好心人，帮着俺推车，勇补充说。这两人如此默契应和。

我觉得这车旧了，问他们是否该换辆新车。勇说：都是拉货，新旧一样，发动机换新的，轮胎常换，一般小毛病修修能跑。新车成本就上来了，咱实际也挣不到那么多钱。平阴市面上有钱的不少，工商管理也比较规范，多数商户认为我俩实在，薄利多销，互利互惠。批发酒，力求给下家商户的利润空间大些，人家挣钱，咱也挣钱。在下边乡镇，还有些老客户认俺俩。

快到下一家，雪花飘得似乎紧了，顺着摇下的车窗缝落进来，在车门把手上抖一抖精神才化成水。

勇打电话：三哥，马上到哈。

弟妹说：看见他家店门头了。三哥，看见门头了，勇对着手机接着说。

某超市门口，正“嗖嗖”、“嗞嗞”地放礼花，一股蓝色的烟，带着火药味扑面而来，店家说是迎接我们。店家三四个工作人员，均穿蓝色制服，满门口的酒箱子，五颜六色，像垒砌的墙，又像长城的垛口。

店家看到我，大声对勇说：老弟，过年买卖不错哈，找帮工的了。

勇解释说：哥，你看清楚了，你眼前这可是俺亲哥哥，从北京回来过年的。

我们和店家员工迅疾工夫，把货卸完。勇去结账，我上车等候。

约八时，我们空车返回。车轻快许多，跑得快，马达比来时好听多了。勇和弟妹的心情似乎也舒坦了。回到县城，父母电话说，在家等我们回去吃早饭。

他俩又去库房装车。

在三楼窗前，我看着他们一趟趟地搬酒装车。他俩没有上楼吃饭，那辆透风的车，又加入车流之中……

雨夹雪，似乎更紧了……

2018 年 2 月

我的老师

小学辛保苓老师，26 岁左右，正是风华正茂的年龄，我和他同村同族爷爷辈的辛义存是他的学生。一次辛义存在黑板上默写生字，写不出来，辛老师生气，手拿粉笔盒子，请他“喝茶”。

班里勤工俭学搞小夏收，割青草晒干卖钱，学生每人分得二三块钱，最后余出七分钱，没法再分，老师说买成信纸，撕成纸条，再分给同学们。

我带同学到村东面的大坑游泳，挨罚，辛老师让我们 6 个学生在校园里日头底下暴晒，说谁晒出汗来，谁就可以回教室上课。那天我们是校园里五个班的一道“风景”。

我带几名同学逃学，现场全程“观摩”全乡民兵打靶。我们在离射击靶场 200 米的红沟沟沿上，几个小伙伴用镰刀挖了藏身坑，现在专业就叫散兵坑，每人将各自的草篮子扣脑袋上。民兵们在沟那沿打了一上午，我们在沟这沿蹲了四小时。打靶结束时，我们被发现。几个穿蓝色警服的人员立刻跑过来，大着嗓门喊让我们迅速离开。

伙伴们谁泄的密，至今仍是个谜。那天下午，我刚进学校门就看见上午的几位，他们已经开始挨罚，我也被老师“请”过去，加入他们。那是个农村小学，中间 40 米见方是空场地，周围是教室。辛老师让我们自己找来四块砖头，找来四把秃笤帚疙瘩，趴在教室前场地上，做打靶“示范”，每人前面立一块砖头，把笤帚疙瘩架在砖头上，把子朝前，瞄对面学校安校长门上的锁。那会儿，趴在地上的我，似乎听见安校长办公室传来《路边捡起一个螺丝帽》的儿歌声。

不嫌事小不怕事大的同学围观过来，先是有人悄悄说话，让我们讲讲靶场见闻，后来不知为什么，他们又都笑得前仰后合。约有二十分钟时间，辛老师让我们从地上站起来，回教室上课。

下了课，我问几个围观的同学，我们趴在地上大家笑什么，后来怎么又不笑了，他们说：那谁穿了开裆裤，趴地上，露出半个腚瓜子（当地土语：屁股），后来他姐姐，回教室拿来个空花书包给他盖上了。

现在想来，真对不住老师和一同受过的同学们。入伍三十多年来，我轻武器射击成绩一直很好且稳定，应该是那个时候打下的基础。

辛老师受家人传宗接代思想影响，要生二胎，和夫人跑到东北，生了个男孩。五年后回到村里。我入伍后，给他写了信，他也回了信。这信，我存放三十多年，成了我们唯一的纪念。信中，他有自责，有对我的鼓励，并寄予殷切希望。他当时给村里交了罚款，报名参加乡里民办教师选拔考试，成绩优异，被录取到本乡陶峪村小学代课。

农村家庭大都有牛和羊，生成和积攒农家肥，靠人工往牛羊圈里填土，沤一段时间，就成最好的肥料。辛老师本人勤快，利用周末时间，想多给家里干点活。他拉地排车到村东头场院边取土，因为刚下过雨，土崖上面土比较软，下面才是干的，他使劲往里掏，结果上边的土坍塌下来，辛老师躲闪不及，被压在下面，过世。他夫人后来改嫁到邻村，我曾经请母亲找到师母，送些钱给她。母亲过后告我，以后别送了，一是人家现在不缺钱，二是每次见到我母亲，她都会很难过，不好再干扰她平静的生活。

初中印象最深的当数周长臣老师、万肇平老师和田加勇老师。当时上初中，同学们用巴掌大的纸，搞小抄，几乎每人都有，每门功课都有，火柴盒大小，我也搞过。一次通知考语文，教数学的周长臣老师来到教室，说今天考语文，而后用粉笔在黑板上写上“语文期中考试试题”几个字。这短短的一分多钟时间，我们都把语文小抄拿出来放好，把书包集中放在讲台上，老师眼皮底下。

过了约五分钟，看大家都回到座位上坐好，周老师便开始在黑板上写考题，从上往下全部是数学题，同学们无不惊诧错愕。数学学习委员举手报告，提醒老师考试语文。周老师转过身来，吹去手上的粉笔末，认真地讲：考什么题你们做什么题，哪有这么多问题？他转过身去的时候，我似乎看见老师诡异的微笑。据说，那天考出了大家的真实水平。

万肇平老师教初中物理。教学水平很高，我们都很崇拜他。一次物理考试，他出了八道题，我们考试结束，惊奇地发现正确答案与题的序号相同。发现这一规律必须每题都做对才行，即便前面知道大概规律，后边的题也都不敢含糊，再者即便估计到后边题目的答案，解题过程做错了也不行，也得不出那可预期的答案。

高中语文老师是王万信。一次该上古文课，上课铃响过五分钟，老师还没来，语文课代表窦重田去请老师。结果老师喝了点酒，忘了上课的事。老师端着大个儿水缸子，进教室。他没有带讲义，没有带书本，显然喝得有点高，但是讲课却是毫不含糊。辅导课内容教案和书本上都没有。

老师上讲台，黑板上粉笔板书，只见粉笔如飞似舞噼啪作响，从头到尾，一气呵成，整整一黑板是陆游的词《钗头凤》，而后认真地讲课，字词的原义，引申义，到每个句子及整篇词翻译成现代文，讲得滴水不漏。

课上完，下课铃准时响起。老师酒完全醒了，给同学们道歉。那节课，我们不仅学习了那首传唱七百多年炙手可热的词，后来还扩展学习了唐琬写给陆游的词《钗头凤》。我为这个惊天地泣鬼神的爱情故事感动。我们一家去绍兴，去了沈园，“见证了”当年老师讲的生动凄婉的爱情故事。

受王老师的影响，我背过一些古文。现在回去师生见面，酒酣处，还不时地朗朗背诵一段，而他，70岁了，记得比我还准确，背得比我还多。理解老师自己给学生一碗水，而老师要有一桶水的道理。

室内上体育课，是高中孙刚库老师的杰作。高二，我才知道了足球，开始受足球启蒙教育，知道了边裁、球门球、倒钩球。学校没有足球，老师让体育课代表用一个破篮球，划开一条缝，里面塞上麻绳和报纸，缝上口子，做成“足球”。没有足球场，就借用篮球场。篮球架下面一米半空间算是球门。我们一帮同学在篮球场上踢足球，踢得风生水起，至今难以忘怀。

不知道现在乡下的高中学生们，还这样上体育课吗？见识过这样踢足球吗？现在国家的足球事业不那么景气，男足很难踢出国门，把能猜输赢的法国章鱼保罗都气死了。我曾想为此写一篇《保罗祭》。

2015年2月

两次婚礼

二十世纪八十年代的军人，在部队举办婚礼，军味十足，相当热闹，但是，这不能代替回老家再办一场婚礼。

1990年初，夫人单枪匹马，带上结婚介绍信，从北京到东北我所在部队来结婚。我俩就在部队驻地的一个镇上，领了结婚证。我俩没有拍婚纱照。结婚证上，我着军装，夫人穿牛仔衣。那证，红红的大印，红红的相框，红红的缎面，硬壳封皮。

当年3月，我在政治部当干事，有三位我们报道组的报道员，我们关系都很好。那天帮着张罗的是报道组孙凤和干事，还有我的老乡、同年兵段延海和尹燕华，还有政治部文化站几名女兵。政治部张传恕副主任做证婚人。张副主任是我山东老乡，也是我的老上级，我写内部材料的本事多是跟他学的。

政治部所有办公室在办公楼一层。会议室在西侧走廊右首，可以容纳三十人同时开会。东边墙上挂一排马恩列斯毛邓周朱的像，这几乎是会议室标配。那天，我们按照简单婚礼形式，没有专门再挂毛主席纪念像，也没有准备礼服。我着军装，夫人换上从北京带去的紫色西服上衣，我们买了喜糖和红双喜牌香烟。

我和夫人互拜并三鞠躬，拜高堂的时候，没有父母在跟前，我们就冲着政治部张副主任鞠躬。现场两人啃苹果环节，捣乱的是同年兵打字员尹燕华。点烟和剥喜糖环节，夫人作了难，划着火柴，同事们稍微一口气吹灭，重新再点。我有参加部队婚礼的经验，让她多根火柴一起划，提高了成功率。结束时，张副主任讲：政治部又多了一个好儿媳妇。

1990年6月，我调到北京二炮机关，岗位新，要求高，想集中精力干好工作，不想回老家再办，但是父母坚决不同意。按父母的意思，我在家里是老大，底下还有两个妹妹，一个弟弟，大妹妹小霞已经结婚，小妹妹慧和小弟勇还没有结婚。在农村，家里长子结婚，是一家人的大事，是父母一生的大事。在父母眼里，这大儿子的婚礼，不再是我们两个新人的事，而是父母幸福人生结构的一个重要标志，仿佛他们的心气要上一个台阶，仿佛他们熬过的苦要开出甜蜜的花，仿佛他们珍藏了多年的老酒，专等一个启封的仪式。我和夫人商量，同意回家给家人一个交代，打开父母系了多年的心结。

“十一”之前，我把“十一”回家的消息给父母拍电报，日期就订10月1日那天。但临近“十一”我才请下假来。那时候，与现在一样，选婚礼的日子，都选双日子。选10月1日是国庆节，而那天是农历的八月十三，是单数，两个单日子合起来，就是双日子，所以我们就确定那一天办。

中间一个插曲。直到9月27日，我们两个主角没有到家，父母有点儿着急。说这么大的事情，到了跟前，还不见两个人影子，发了喜帖，定了客人，东西齐备，如果不回来怎么办？主事的是凡道老爷爷，他说：对黎明，我比较了解，说话靠谱，办事牢靠，仍然按原来计划准备。直到9月28日，收到我们29日到家的电报，他们才踏实起来，我父母也才完全放心。

有回家计划，父母早就做了准备，有了电报，家里紧锣密鼓地本着那天安排。后来才知道，家里还正式给亲戚们下了喜帖。当地风俗，下喜帖要组织人员送达亲戚家，本族本家的几名年轻人负责送喜帖。家里置办物品的大小事，全上交给父母。

好在乡亲们关系都非常好，又有凡道老爷爷主事，族里邻里家里，许多人来帮忙，收拾房屋，购买食材，拟定客人桌次，联系桌椅板凳，请来瓷器社餐具，等等。海方舅舅专门为此杀了一头猪，舅舅说，那头猪就好像是专为我这外甥结婚准备的。

从北京到山东平阴的路不那么顺，只能够坐北京至梁山县的长途。头天下午从赵公口长途汽车站上车，后半夜三点多钟在平阴东阿镇（老东阿县城）下车。那时间，大街上还没有路灯，只有个别店铺门口有照明灯，我和夫人拎着两个大箱子，敲开了一家宾馆的门，睡了三个多小时。

天一亮，我们提上行李，到车站去等车，那个时辰天早，还没有从东阿镇到洪范的公交车，招手截停过路车，也都说不顺道。我们心里比较急，简单吃了口面包，直接拖着两个箱子从东阿镇往洪范方向走，想着遇到同方向的车，搭一段是一段。我扛着一个没轱辘的箱子，夫人拖着一个带轱辘的，走得很慢。夫人委屈地说：长这么大，没遭过这样的罪。她穿着半高跟鞋，走土路很不方便，我就扛一个拖一个。

我们几乎是踉跄着，往东走到狼溪河大坝路上，有车往那方向开，我就请司机捎上我们，司机师傅告我只到前面窑头村，我们只好放弃。

约八点三十分，我们走到窑头村西头，这时从身后赶来了一辆驴车。一头灰色毛驴，驾着地排车辕子，小碎步慢跑，驴后侧面坐着一个大男孩，车上装有七八捆白酒和盐糖等日用品。我叫住他，问他去哪里，他说去洪范。我告他我是洪范南崖村的，从北京回来往家走，请他捎个脚。他说，你家南崖，我不认识你。我认真地告诉他我在村后街，以及父母名字。他说不知道。

我和夫人连扛带拖已经疲惫，我请他帮忙只把行李放车上，他同意，而后，他扽了一下驴缰绳，放慢了速度，我们一路同行。我们边走边聊，原来，他是村南边万吉安家的孩子，在村里开一个小卖部。他这一趟，是为过中秋节到东阿镇起货回来。

我看他有我弟弟高勇一般大年龄，就问他认不认识后街的高勇，我是高勇的哥哥。这会儿，他眼睛睁得大大的，像遇见了亲人，一骨碌从车上跳下来，说，我和高勇是同学，你在部队上吧？

我说是我，我们这是回村里结婚。

那孩子嘴甜，立即改口叫我哥哥，并让我和夫人坐上地排车。因车上带有货，又多了箱子，我说：能拉上行李，已经解决了大问题，我们步行就可以。我知道，农村人家舍得自己使劲，也舍不得努劲使唤自家牲口。我实在不好意思上他的车，最后还是让夫人坐了上去。

夫人坐驴车，生来第一次。

她坐在车帮前，背对着那孩子。土路，不平，车子颠得厉害。那孩子手持一根皮鞭，赶驴时只是扬起鞭子，喊声“驾”，就不往驴身上招呼。那鞭子，手柄是一尺多长的木棍，鞭头是一条细细的车外胎，用铁丝绑在木棍上。夫人看着好玩，要鞭子过来，照着驴屁股就是一鞭子，学着喊“驾”，也许是主人在跟前的缘故，那驴听话，加快了蹄步。

到洪范，8 公里路，我们聊着聊着就看见接站的家人。父亲和妹妹弟弟，已经在车站等我们。他们怎么也没有想到，我们两个坐驴车回家。夫人从驴车上下来，好像还没有坐够。我们一家人感谢那孩子一路帮助，他有点不好意思，与接站的小弟勇说话。因为是同村，他的驴车一直拉箱子到村头。

后来知道，那孩子小名叫三儿，他给那头驴也起了名字，叫“灰龙”。三儿和他的驴车在这山里公路上，来回拉货走过多少趟，可能数不清，生意还会继续，没有想到他的车拉了一对新人，一对从北京回农村结婚的新人，这是村里后来的一段佳话。结婚二十八年，夫人说，我们回山东老家结婚，是打的“驴的”。

农家小院里办婚礼，再简单，也要请“毛主席”出来。那天，我家堂屋外墙，挂上了《毛主席去安源》的相，玻璃相框有 80 公分高，50 公分宽。我们家院子不大，亲戚、邻居和熟识乡亲们，几乎挤满了院子。

司仪是凡道老爷爷，我和夫人在《毛主席去安源》挂像和众亲友面前，再一次敬拜天地，敬拜父母。等到夫妻对拜，夫人忍不住笑场，说，要是有个红盖头就好了。父母笑了，司仪笑了，众亲们也笑了。

那天来喝喜酒的，有十多桌，连前邻居炳芝老爷爷家也安排满了客人。

喜酒，镇上能买到最好的酒是“古贝春”。那天父亲母亲一脸的灿烂和喜悦。亲戚们、邻里乡亲们喝得像金秋的苹果，个个满脸红晕。

2018 年 4 月

看坡人

（上）

在农村，看护集体庄稼、林场的人，统称为“看坡人”，也有的称“看坡的”。七十年代，每家每户用来烧火的，一部分是秸秆，一部分是从山上捡回来的树叶树枝树杈，还有的到山上新砍树枝树杈，背回家，晒干，用来烧火。这违规违法，被看坡人逮住，必罚无疑。

夏收和秋收时节，看坡人最忙。夏收麦子，秋收玉米、豆子、棉花等农作物。这个时候，需要他们到田里去看护，防止有人偷窃破坏。我们村有 3000 多亩农田，南山那边看坡人姓万，村中间看坡人姓辛，他还是我们家亲戚，北边是高宪路老爷爷，他在高家街辈分最高，独身，勤快、本分，干活舍得出力气。

看坡，一靠责任心，二靠眼力，三靠腿脚。看坡人在乡亲们中知名度都比较高，那三四位，老老少少都认得他们，比大队书记名气大。他们常戴着一顶没帽檐的草帽，肩上扛一只四个铁齿的粪叉子，叉子上挑着一只四提系的破粪筐。

一次，几个割草的孩子，在青石板上燎黄豆，刚刚点着火，正好让高宪路老爷爷看到。这黄豆没烧熟，他就端着粪叉跑上来，吓得几个孩子没顾上吃一颗豆，四散钻进玉米地，没了影子。

高宪路老爷爷那时 30 多岁，身体好，对付小孩子很有一套。

他常年在田间地头转，有人没人、有事没事就喊一嗓子“哎——那是谁呀”。他自己扛粪叉捡的粪，都会藏起来放到一个地堰下，结果给别人挖了去，觉得自己冤得慌，老想骂人。有一家的孩子，夏初到地里割草，图省事，割了人家半分地刚长成团的地瓜秧，让老爷爷抓住，讨饶，不行。农村人都知道，这时砍地瓜秧直到秋天都没收成，太招人恨，结果报到大队里，罚这孩子家60斤红高粱。

有一次，几个小孩子割草回来，都背着草篮子。他们什么也没有偷，也没败坏（当地土语：破坏）集体农作物。宪路老爷爷看到以后，就奔过来，他必须翻看过草篮子才放心。这帮孩子，给他玩儿起了捉迷藏。他在后边撵，孩子们在前边跑，他不撵了，孩子们就停下。

这帮孩子扯着嗓子齐声喊：蹿（duàn，当地土语，撵）一蹿，跑一跑，不蹿再回来。老爷爷跑起来舍不得他的粪篮子，累得够呛，后来，他不再撵了，停了下来，抖动自己的上衣，好像衣服里面揣着个活物在动，他喊：我这里有只野兔子，你们谁要。他继续抖动上衣，好像真有兔子一样。结果，几个孩子停下来，好奇地等他过来，看他手里的兔子。结果，老爷爷跑过来，抓住了两个孩子，几个孩子才知道上当。老爷爷认真地把孩子们的草篮子翻了个遍，自然没发现任何情况。

山上，石板底下生蝎子。这些蝎子，大多在石头下面。石头，有的像簸箕大，有的像板凳大，还有的像砖头大。春天和秋天，农村孩子周末，不是帮大人干活，就是约几个人到山上逮蝎子，卖给商店，换回零花钱，方便买笔买本。我也不例外。

有一次，我在山上翻石头，找蝎子，听到有人喊，就停了下来。走到跟前才知，是负责看护山林的辛礼让姨夫。他夫人和我母亲，在娘家是亲叔伯姊妹。说起来是很近的亲戚。那天，我确实没有翻树穴。树穴，是当地土语，是山里栽种一棵小树苗的围堰，大都用一些扁扁的石头垒砌而成，这些石头下面，往往会藏蝎子。姨夫看山，主要是看护林地，包括山地里的树穴，不被人翻。那天，他以为我在翻树穴石头，跑过来制止。我给他解释，他也不听。后来，他把我送到家里给我母亲告了一状。

万家街看坡人姓万，是我妹夫宝运兄弟的亲戚，他的方法，更灵活管用。那个时候，每一家每一户烧柴都是大问题。有的人家，到山上去砍一些树枝，如柏树树杈，背回来，用作烧火做饭。

那位看坡人，走在胡同里，赶上一户人家做饭，闻到冒出的烟有一股柏树枝味。于是，喊着住户的名字，推开大门直奔人家厨房，那女主人正在折断柏树枝往锅灶底下送，锅底下噼里啪啦直响，火苗呼呼地直往外蹿。接着，在他家夹胡道（当地土语：两房之间较窄夹道）里，找到打开捆的新鲜柏树枝。就这样，那户人家受到了相应处罚。

其实，看坡，也是一种农活，看坡人和其他种庄稼的农民一样，靠自己的双手劳动，靠看护集体庄稼和山林挣工分。他们是农村生产生活秩序的监督者，是集体利益的维护者，应该被理解，应该被尊重，但是在当时物资匮乏的农村，也多被误解，尊重也显得比较稀缺和弥足珍贵。

（下）

七八十年代，鲁西南农村，乡亲们日子过得紧巴，吃饭问题基本解决，花钱是个问题，有的卖粮，有的养羊，有的上山淘“金”。农闲，去山里挖草药，像远志、柴胡、柏树籽等，卖掉补贴生活。只是捋柏树籽，会伤害到树，看山的专管此事。

有一次，前街看山的周叔在东山峪转圈，远远看到有人在一棵柏树上边摘柏树籽，身上好像还背一只口袋。周叔没有喊，准备悄悄地上去抓个现行，径直慢慢走过去，到跟前，他认出树上的人是后街 70 岁的二奶奶。

二奶奶脚蹬在树杈上，离地 3 米多，两个裤腿脚都用黑色的布条扎紧，如果再往上多扎一点，就真的像电影里八路军的“裹腿”，二奶奶左手抓住树干，右手捋柏树籽，一把一把往口袋里放。如果周叔此时猛不丁大喊一声，二奶奶会惊得从树上掉下来，摔坏身子骨。

山里的柏树，能够结籽儿的，一般都比较高大。柏树，又不像松树那样，有粗壮的枝杈可攀爬支撑，大都是直上直下，中间有些小枝杈，能够爬到上边儿摘到成串的柏籽，至少需要三四米高度，即便是年轻人，攀爬柏树也需要很高的技巧和体能。

看到树上的二奶奶，周叔已经没心思管柏树，心却提到了嗓子眼，只是远远地观望。他藏在一棵树后面，不敢吭气，有蚂蚱落在手背上都没敢动，怕闹出动静，惊了树上的老人家。等了一袋烟工夫，周叔的腿麻木了，想换另一条腿蹲着。只见二奶奶先把口袋从树上扔下来，自己搂住树干，抓着树枝，慢慢下到地上。她脚下，还有一只荆条篮子，里面已经有半篮柏树籽。周叔这才走到二奶奶跟前，帮她捡起地上散落的柏树籽，劝她说：这爬树危险，别采了，割两把草盖篮子上，回家吧。

看坡人，为集体庄稼负责，要与一帮一群经常招猫递狗的孩子周旋。前街万家老六兄弟，割草，饿了，掰了根老玉米，想在地里烧着吃，被看坡人万寿美发现。老六挎草篮子，在前面跑，万在后边追，撵了一会儿找不到人，万就在地头喊：早看见你了，出来吧，把那个棒子拿回家吧。

老六转到地堰上边，能看到万寿美在那里喊，扯了几个玉米叶子，里面裹上土，团成小团，用一个细树杈插上，扎紧，朝万投过去，自己撒腿跑了。身后玉米地里，传来万喊破嗓子的骂声和自言自语的解释声，听他喊：掰（当地读 bēi）下来的棒子，不再长了，你小子带家去，吃了能顶饿啊。

看坡人，有万绍正、李敬之、万寿美等几位，我不认识，也没去前街惹过他们。

秋天，在青石板上，孩子们烧黄豆粒，用掐来的干玉米尖儿，一点就着，那黄豆棵和豆荚也都发干了，黄豆粒儿在豆荚中，好像胀得要爆裂出来。用一点玉米尖儿和豆棵很快将黄豆烧熟。

小伙伴们，顾不得烫手，把烧得熟透的豆，往嘴里扔，满嘴喷香，紧张的同时，美滋滋的，遇到个别豆没有烧熟的，吃出豆腥味，马上吐掉。看坡人眼尖，远远地看到冒烟儿，就像看到烽火台冒烟一样，瞬间即到。

看坡人，跟孩子们斗勇斗智，明明看见，离得很近，也不喊，悄悄地接近，等看到石板上豆子烧好，小孩脱下上衣，扇去草灰，准备下嘴吃的时候，他突然出现，把孩子们吓跑，而他，却蹲下来，独享美味儿。有吃不完的，装兜里，带回家，给自家娃娃吃。

麦收和秋收季节，地里待熟的庄稼，尽是诱惑。有的乡亲家里新粮接续不上，就在参加集体劳动之后，到生产队熟透的庄稼地里私下"采收"。邻居五叔家里孩子多，接近断顿，一天麦收歇工之后，五婶急匆匆搓了一些新麦粒，装进衣服口袋，另将两只上衣袖口扎紧，装满。五婶背草篮子回家，被值守的宪路老爷爷逮住。翻看检查过草篮子，衣兜和两只坠着的袖管却摸不得，老爷爷摸孙辈媳妇外罩确有不妥。两人有问有答，最后五婶说出实话。

第二天晚，五叔两口子歇工回家，院门里地排车架子上放着十斤白面。

秋收季节下地里割草的孩子们，饿得前心贴后背，本能地会活动活动脑筋。在田地里，看坡人与孩子们形成一种巧妙的互动关系，看护与破坏，追赶与逃跑，蹲守防范与享受美味之间，恒定的身份和角色，从来没有改变，甚至是自己亲三叔二大爷都会彼此斗法。

调皮的孩子们，与看坡人的对立，始终没有改过。看坡人在孩子们心里的形象，始终高大不起来。以至于在街上遇见看坡人，都不正眼看他们。这种情况也有改变的时候，那就是，孩子们长大了，看坡人变老了，说到底，还是生活富裕了，人心向善，民心向好。

前街，李长连大爷也是看坡人之一，他们家和老六兄弟家里老人，是走动多年的亲戚。有一年，老六兄弟带了绳子和扁担，到山坡地头砍柏树枝。他爬上树，砍了以后往下扔，觉得自己砍得够两捆，才从树上下来。六兄弟脚一落地，看到的，不是自己砍下来的树枝，而是看坡人李长连。长连大爷把老六砍下来的柏树枝，用绳子集中捆起来，站在树下等他。

问：老六，这怎么着？

六兄弟被逮个正着，低声嗫嗫地说：你说咋着，就咋着呗。

那个时候，砍柏树枝被逮着，送到大队部，按所砍树枝斤两计算罚款数额，柏树枝，一斤罚五毛，眼前这一捆少说三十斤。五毛钱，是全家七八口人连牲口吃一个月的盐钱，十五元可是大钱。

长连大爷像其他看坡人一样，手里常提着一个四提系的粪筐，两人对话的时候，粪筐就在六兄弟身后。六兄弟怕被罚，更怕回家被父亲揍一顿，就悄悄地挪到粪筐边上，猛地一脚，把粪筐踢到地堰下去了。长连大爷发愣，六兄弟撒腿就跑，长连大爷却没有去追。

——在山上或者庄稼地里，大人能够撵上一个十二三岁的孩子是很困难的，况且还有撵上被揍被罚的危险。

天黑了，六兄弟一家人正在喝汤（当地土语：吃晚饭），长连大爷把两捆树枝挑回来，手里提着自己的粪筐。他先将树枝放在六兄弟家院门洞里，进屋和老人彼此说起话，其间说起砍柏树枝的事，对六兄弟说：你小子砍树枝，我没说你，你不应该踢我的粪篮子。

六兄弟坚决不承认。老父亲要揍他，长连大爷拉住说，家里有烧头儿（当地土语：烧火的），谁去砍树枝啊，过日子，谁家都有个缺烟少火的，别打坏了孩子。其实，两家是交往二十多年的亲戚。长连大爷 80 多岁，自今已经去世三年，六兄弟还对这件事耿耿于怀。因为，那天长连大爷离开家以后，六兄弟真被暴脾气的老爹狠狠地打了一顿。

看坡人坚持原则，唱黑脸，与孩子们对立，是职责所在，是物资匮乏年月特有的集体角色。他们出面看护集体的利益，挣工分，不比别的劳力多，得罪的人却是每个胡同都有，可是，他们的心一直是红色的。几位老看坡人已经故去，一些乡亲给他们的评语，大都是有点“孬”。不论那时，还是现在，这“孬”应是对看坡人的褒奖，是赞誉，是光荣，是他们留给后人的墓志铭。

我曾经和老六兄弟、村里其他乡亲谈起那些看坡人的故事，设想让他们再回到过去的日子，也做个看坡人，他们说，也许会像诸多看坡人一样，那么“孬”；设想让他们再回到童年，挎上草篮子，他们说，可能还会和看坡人继续周旋。

2018 年 4 月

贝　儿

贝儿，是条狗，是母亲从姥姥家抱来我们家的。那年我半岁，母亲右手抱着我，左手抱着它。贝儿，是母亲给起的名字。

贝儿长大的历程，我不知道，我童年的历程它都知道，我跑肚拉稀、骂人打架的事它都知道，但它不会说，更不会写。

我儿时记忆的起点，有两个，一个是老奶奶去世，我不知道哭，被办丧事的大人抹了一脸锅底灰，围着老奶奶的棺材转圈。另一个就是贝儿的窝，它住在我家东堂屋里，那里放了一些柴草，麦秸、玉米秸，还放农具，镐、镰刀、锄头、铁锹、草篮子等，屋里常年立放着一架老式织布机，织布机的下边，就是它的窝。

贝儿不跟我上学，母亲下田里干活都带着它。它从不走远，乖乖地跟着。母亲去井上挑水，有时候就不关家里院门，它看家。挑水排队，母亲在井台上等时间长了，那狗就坐到院门口等着。

那时候，我们家院子东边是一个场院，经常有人在那里打场，有乡亲们找件家什、喝口水，就到家里来寻。有位本族奶奶，往我家来借簸箕，尽管家里开着门，但是，贝儿不干，一直汪她，不让她进门，直到母亲挑水回来，奶奶才得以进门。奶奶要借用的簸箕，其实就放在院中间水磨顶上。

我有吃的，常常分一部分给贝儿，吃烤地瓜也要分给它一半。呼唤它过来，地瓜特别热，我就故意逗它，给它一块大的，它就先叼到一边儿，烫得舌头伸得老长。它不吃，回过头先看着我吃，等我剥了皮，扔给它，吃完了，它再吃它那块。估计还热，它就先用嘴和爪子把那地瓜撕开了，等凉了再下嘴。

贝儿通人性，听话，从不偷食，家里桌子上放的食物，只要我们不拿给它，它是绝对不会自己伸嘴够着去吃的，饿了也不会。这一习惯，在我们家如此，跑到别人家里，也乖乖如斯。

有一天上午，贝儿跑到邻居二奶奶家里，被刚要出门的二奶奶锁到了堂屋里。奶奶到了黑天才回来，案板上盆里放着肉馅好好的，八仙桌子上的熟地瓜也没动。只是，在他们家的炉灰那里多了一泡屎。二奶奶家，它熟悉，常去串门，二奶奶家人常喂它。第二天，二奶奶专门到我家，告诉母亲，表扬贝儿。那会儿，贝儿就在母亲跟前，边听边摇着尾巴撒欢。

贝儿是条母狗，东堂屋那个织布机底下是它的窝兼产房。它生小狗的时候，母亲会找些棉花或旧衣服给它铺上，吃食也很照顾它，直接端到织布机边上。它一次生有五六只的样子，生完就不再出院门。

刚出生的小狗，肉乎乎的，很傻、很呆萌、很好玩。狗狗的眼睛，刚刚生下来是眯着的，需要在七天左右，人工给它扒开，否则就影响眼睛发育。等到快满月，小狗们就会汪啊汪地叫开了，基本上是黑白花色绒毛，互相挤着拱着争着抢奶吃。

有时趁着贝儿不在窝里，我会偷偷抱出来一只，先放秤盘子称称重量，放被窝里玩够了再送回去。贝儿有数，知道少一只，急得在织布机那里“嗯嗯”地叫唤。小狗，都很漂亮，好多邻居过来问问看看，提前预订一只，有时候，这一窝没有了，再许下一窝给人家一只。

记得有一次，母亲从外面回来，看见院门被人从外边扛开，便大声往里一喊。看到本族的一个爷爷，用棉帽兜了一只小花狗出来，涨红了脸笑着对母亲说：怕别人把这小狗给要走，自己提前下手来家里拿。说着话，没有放回去的意思，抱着小狗，想从扛开的门下钻出去。母亲没有客气，说了他两句，还是让他把小狗抱走了。

时间长了，被抱走、抢走、偷走的狗娃都陆续长大，遇见贝儿，好像彼此认识，有心无语的动物，母子之间添了几分默契和感应。

后来，我喂过兔子，养过羊，有时顾不上专门给贝儿喂食，常常随便给它一口吃的，它一如既往，跟着我到处窜。我在周河上中学，每周回家一次。回家的时候，打开院门，它听到我的声音，高兴地往身上扑，摇晃着尾巴舔我的手。等我进了院，放下挑干粮的小扁担，他又会在我跟前，走来晃去，仿佛要告诉我它攒了一周的狗话。

狗，生命周期不到二十年，贝儿，在我们家养到了十六年。这中间，那架织布机搬出搬回用过几次，但它的窝一直在那个位置，织布机用完再搬回去立着，它稍微调整一下，又把那一点空间当成窝。

现在，贝儿老得跑不动了，就在那个柴房里，在那架织布机底下，日夜地叫，它的狗娃狗仔们，在我家院门口外转来转去。

连续两个周末，我回家，到织布机那里，听它叫喊，给它送食物。贝儿，那几乎祈求的眼神，睁累了，勉强地合上，过一会儿，再睁开看我，似乎在说，以后再也不能陪你玩了，再回家，也不能再撒欢迎接你了。

母亲看贝儿不停地叫唤，心疼至极，给它身子底下，垫上了两条麻袋，煮了鸡蛋给它吃。有邻居知道贝儿老了，不断到家里来问长问短，母亲估计是贝儿的叫声影响到邻居们了，极力解释，请求邻里理解。

外乡有人来村里收狗，听说我们家贝儿老了，有“狗宝”可能性比较大，出价五十块钱买走，母亲坚决不卖。直到有一天，贝儿在东堂屋里再也叫不出声。母亲把它抱到东屋，在屋里挖了一个很深的坑，用那两条麻袋裹上，把它埋了。

那个周末，我回家，到东屋，点上灯，坐了很久，很久。

2018 年 2 月

孩子们的“战争”

有人说，没有打过架的童年，是有欠缺的童年，童年没有打过架的，人生是不完整的。

对于我，不写写童年打架的事，好像自己的童年有空白有缺憾。多数朋友想来有同感。大人们都是从孩子时期过来的，这好像一句白话。大人们当孩子的时候都打过架，这不一定。

而我确实是个例外，就是多次打过架。小时候孩子之间的战争，从来都是幸福、完整童年的一部分，是一种不可逾越的生命形态，也是长大成人的必修课。从那时起，都在不自觉地被岁月拉着扯着催着赶着，不断寻求生命的意义。

单独打架，一对一，我记住的一般都是打赢的。人们回忆自己过去，往往也容易记住自己得意的时候，我也是。

我打过的架，几乎都是被动反击。

村里高家街有两个大水坑，街中间扈存生老爷爷家底下，是第一个，往下 200 米皋门子外边是第二个。每到夏天，下过大雨，山上、坡上、田里，流出的水，大都顺着两条石板路流进坑里。水大，第一个坑里的水溢出来，流到下边滋润第二个坑，坑里水面上漂着一些羊粪、枯树枝和草根树叶。

农村娃，没有见过城市里的游泳池和标准泳道，也很少见到南方水乡清亮干净的河水，下过大雨以后，才有可能去坑里游泳。后来条件改善，那是村里有了大机井之后的事了。

下边那水坑，实际就是高家街伙伴们的游泳池。那个坑，南北有 20 米长，10 多米宽，西面是第一生产队的菜园，一眼水井，北面东面是去菜园的路；坑东沿，有一个石头垒砌的簸箕口，是雨水的入口；南边是一个青石垒成的 1 米多宽的平台，离水面 1 米半左右。我们常在平台上打闹、玩耍、放衣服，常常光着身子，一手捏着鼻子，一手护着裆部，从平台上往坑里跳水。坑里的水，没有黄河水的浩浩荡荡、汹涌澎湃，却胜过黄河水的浑浊和颜色。

那天，我和几个伙伴在坑里游泳，防鼻子呛水，就用从家里偷出来的棉花，团成锥形，塞满鼻孔，防止耳朵灌水也是如法炮制。我善游，水浑，不耽误秀泳技，自由泳、仰泳、潜泳和水中踩水站立，可以和大孩子们比试。

令为，比我大 3 岁，是我爷爷辈的孩子，他也是游泳好手。我游着，踩水，整理一下耳朵塞子，突然自己的脚不知被谁从水底下拉了一把，猛地被拖进水里，呛了水。等自己上到水面，没有发现跟前有人潜泳浮出水面，令为是唯一潜泳上来的，离我 10 米远，他迅速抹了一把脸，冲我坏笑。

我不知道是谁，在水下拉了我一把。挣扎着冒出水面后，开始骂人。记不清了，那会儿的我肯定像疯了一样，嘴上说的，比水上漂的，干净不到哪里去。这时令为应声而来，我俩开始呛呛。

水里游泳的伙伴都停下来，手把着坑沿，看我俩抬杠。我退到水坑南沿平台上，这个时间，10 岁左右的毛蛋孩子，游泳都是一丝不挂。

我俩在台子上，撑起了老婆架子，他比我个子高，力气大，我几次被撂倒，我松了抓他胳膊的手。他的手也松了下来，正好这个时候，他身在坑沿边上。我急了，双手猛地向他身上打过去，他向后仰，直接掉进水坑里。我看没看他，转身找到自己的衣服，穿上，就往家跑，我跑出 20 米外的皋门子，回头看，他没来追我。

后来，我俩和好，常去上崖（当地读 yāi）子他家玩，在一起用镰刀在石崖板上刻字，去山上割草，下雨时脱下衣服塞到石头缝里，就是跟他学的。

小时候打架，现在想来还是十分有趣。我们村前后街，高家和周家，周家和万家，甚至是高家和万家，都有孩子们在街上、胡同里，追来追去，你来我往的“事迹”。今天你打赢，对方哭，甚至是鼻子流血了，家长多数护犊子，带上孩子就找到对方家里去。

往往是，来时脚步匆匆，急赤白脸，待对方大人见面道个歉，心里准备的满腹气话再也说不出口。在大人面前，打架赢了的和打输的，最后，都灰溜溜的，而打赢了的，人家找上门来，也得拎过孩子的耳朵，照屁股上打几巴掌，做做样子，有个交代。再就是，这些架大都发生在校外，在学校里，虽然也有大欺小的，总还是有所忌惮，显得规矩些。

我不懂儿童心理学，对小时候的行为也没有研究，一直想不明白，小时候打架，是一种什么心理状态和行为举止，彼此之间，同村，前后街，甚至于邻村的孩子，都没有仇、恨、怨，三辈算下来，还是指近（当地土语：较为亲近）的亲戚，显示什么？证明什么？释放的又是什么？是吃饱了撑的吗？可是那个年月，孩子们寡水淡食，肚里缺油少水，吃饱是可能的，但肯定一会儿就饿。打架，算是那个年龄过来人共同的经历和记忆。

村里有个半大小子，外号叫“棒槌三儿”，仗着个子大，嘴欠，在街上大声喊一个孩子考试得零蛋。当地管考试得零分称作“零蛋”，或称作“鸭蛋”。得零分的联合几个孩子揍了“棒槌三儿”一顿。这“棒槌三儿”被打吃了亏，伺机报复。

有一天，“棒槌三儿”在山上割草，遇见一个参与打他的孩子。他把那孩子的脑袋夹在两腿中间，屁股朝前，手里拿着一个红色枣木镰把，打那孩子屁股。被打的人，脖子被夹住，在他身后一声一声地惨叫，山峪，像扩音机一般把声音放大。过了几天，其他几个参与打架的，各摊两毛钱，到北崖村买了几个吊炉烧饼，约“棒槌三儿”一起吃了，几个人才和好。

第五生产队的俩孩子，平时要好，常常一块玩。一个下雨天，两个人玩砸铜钱游戏，输急了，在院子门洞子里打起来，其中一个人啃咬了另一个人的头皮，据说，那几天刚刚看过电影《小兵张嘎》。

我们最有影响的“群架”，是高家街的和邻村北崖村的孩子们打。双方参与的孩子，集中起来各有二十多个，有所谓的“怪毛”孩子，也有像我一样“老实本分听话”的。我积极参与，有时还是组织者。

北崖村是我们赶集必须经过的地方，逢农历初四、初九就是洪范大集，就有北崖村的孩子在村头路上“劫道”示狠。我们也有办法对付，去赶集时与村里大人同行。

北崖村的“对手”们很有气势，常常一伙孩子，从路上打到我们村北头。他们的“武器”，常备的是弹弓，以及随地可取的石子和土坷垃。他们打上门也有规律，常常在冬天的星期天。高家街的小伙伴们，心齐，有一人发现苗头，就能在十分钟之内通知到齐，什么吃饭、做作业、铡草喂牲口，统统放下，拿上弹弓就出门，什么大人喊，回家挨揍都会不计不顾。现在看一些抗战影视剧，把敌情当命令，一般来说，编剧老师应该有这类似经历。

“战场”相对固定。对方常常在联合中学后面土沟里上来，出了沟是3亩多自留地，冬天，那里是麦田。农村孩子大一点的一般进山拾柴火，小一点的没有作业，更不像现在报个学习班什么的，一句话，都闲得蛋疼。那块麦地南边，是个高坡，坡顶是我们生产队场院，场院外沿是半米多高的围墙。我们以围墙当阵地，居高临下“阻击”对方。

这样固定的“攻防”地点、方式，注定对我们有利。我们手里也有弹弓，用地排车内胎皮条做的，射程远，威力大，兜里放一把经过挑选的石子，做“弹药”，他们用弹弓射我们，我们以弹弓、小石子还击，一会儿他们就败下阵去。还好，多次“交战”彼此都没有人受伤。

当时为了打这样的架，我曾经用废弃的喷雾器管，试着造过“土枪”，管子直径10毫米，一头磨平，另一头压扁窝弯，嵌入刮好的半尺木枪托，管子上凿眼，8 号铁丝窝一个 S 形的击发器，用一个车内胎皮圈，像现在用的橡皮筋，勒上，做一个扳机。整体有 60 公分长。不过，与对方再打架时没有用上，因为听大人们说，有人使用自制“土枪”打兔子，枪管炸了，崩伤了自己的脸。我的脸皮没有足够的厚实。

我在高家街，不算是孩子头，但北崖村的“对手”们多数认识我。去张海村姥姥家，走下沟小路，也要路过北崖村，从村西头李家胡同过。一次，我从姥姥家回来，走到那里，正好与李家叫李光明的孩子碰上。他是北崖村与我们打架的孩子头，他父亲的名字，常常是双方交战时我方嘴上不尊不敬的对象。我俩年龄相近，他自恃在家门口，对我做鬼脸，做出撸袖子架势，给我示威。我俩个头差不多，虽能打过他，但不敢恋战，正好有大人荷锄而过，我选择“走”为上。

来回姥姥家，常走那个胡同。有一年下大雨，我从姥姥家回来，衣服淋湿了，在李家胡同一个大门口门洞避雨，雨足足下了一个多小时，还没住脚。门开了，有大人出来，看见我，问过我及父母名字，让我进家烤烤衣服。

我有点冷，没推迟，就跟着进到家里。屋里，光明在家，他吃惊地瞪着牛眼珠看着我。我心神不安地看着他，才知道这是他家。老人是他父亲。进屋后，老人给我一件衣服，像是光明的，让我把上衣脱下，烤烤。老人嘱咐尴尬至极的光明，拿出画本给我看。我没想到，两村大孩子打架时大不敬地喊着名字的老人，就在眼前，见面像仇人一样的孩子，就在跟前，进的却是他的家。

等雨停了，我穿着干衣服离开李家，老人送我到门洞外。那天，沟里已经是洪水滔滔，水上漂着檩条、门板、椽子、杂草、瓜果。印象里，那天是我至今遇到的最大的雨。

孩提时代参与打“群架”不是为了打败对方，好像重在掺和其中，与同伴们彼此认可和接受，每一次“战斗”都壮胆冲在前面，过后，又多为自己大胆的作为而感到骄傲。后来，我还多次参与过与北崖村的孩子们打架，但是再没有喊过李家老人家的名讳，我也不让同伴们再喊。

也许我与李家有缘，三年后，我和光明的哥哥光亮是高中同学，还是十分要好的同学，逢周末来回背干粮，常去李家。入伍以后，我才知道，同年入伍同班的战友北崖村的李长水，当年，两村孩子打架的阵容里，也有他。

2018 年 3 月

老屋

我家老屋，共有五间，堂屋三间，东屋两间，原是一户地主家的酒坊。分给我家的时候，院子往东，是一个场院，再没有人家。现在，房子东边，已经建起好多邻家新宅院，老屋几乎在村子中间甚至偏西了。

老屋，是典型北方土石房，地基至窗台是精致长条花岗岩垒砌而成，窗台往上除窗石外尽是黄泥垛起的墙，房顶是由石灰沙石捶打成形。几十年风雨冲刷，墙面刨蚀凹了半尺，朝阳的两个窗台，底下的窗棂有些朽痕，一个窗棂已经折了，外边挡上了一个铁皮桶做鸡窝，供母鸡下蛋专享。

我小时候，个子还没有窗台高，有鸡在里面咯咯叫，我会等在鸡窝底下，等鸡下完蛋，伸手去摸。我发现一个“秘密”，鸡蛋是从鸡的“肚子”底下生出来的，我曾经认真地跟父母说起过，跟邻居家的奶奶说起过。那蛋热乎，好像我一只手还拿不住，需要捧着到里间屋，踩着小凳放到陶瓷罐儿里。我上小学以后，才知道老母鸡不是从“肚子”下面下蛋。

老屋，土囤的地面，有几处碗大不规则的浅坑，经历过淡茶水和无数涮杯水的洗礼和浸渍，或许在不怎么显眼的地方，还留有爷爷奶奶、老爷爷老奶奶的脚印。八仙桌子两侧是北方人熟悉的古旧方椅，桌里面靠墙是一张条几，墙上贴着几张年画，是贺年日历，那是每年春节民政发给全国烈军属的纪念，这些画片，多是三军持枪组照和松鹤延年之类的图案。以往的年画，只要不掉角缺边，都会留在墙上，旧的不揭，新的又贴上，以至于大体年月能连续起来。

墙正面，是一个窗子，不大，窗上最显眼的是一张毛主席像。东墙面上有我的“三好学生”奖状，季节和时间大体也是“连号”。奖状上边是我家的两个相框，长约40公分，宽约30公分，里边有我父母和弟妹的照片，也有亲戚朋友的。记得最深的，是我1岁在照相馆儿童椅子上的净身照，还有一张我小时候坐父母中间的三人照，我穿的是碎花棉袄，1岁左右。记得清楚的是，我始终没有见过爷爷奶奶的照片。

里间屋放一张老式木床，床边墙上，挂着母亲织的花粗布，在墙角拐了个弯，当地叫“墙围子”。枣红、蓝色、细方格布，约70公分宽，上边用黑线缝的挂扣，单幅正好把床边半面墙围起来。墙上，尽是糊得满满的报纸，父亲从县城带回的报纸，有一半都糊墙上了，过去糊的发了黄，不再往下揭，也揭不下来，新的再往墙上糊。母亲识字不多，几乎没有贴倒的。

我曾经在这些报纸上，看到一篇文章上有“粮食产量徘徊不前”几个字，我觉得“徘徊”是个好词，就把二字用到了小学作文上。老师讲评作文之前先查了字典，讲得清楚明白。床沿，也是用两幅墙围一样的粗布接起来的帘子，显得那么协调和温馨。

1984年10月，我在北京通县学习，1985年春节，我入伍后第一次探家。邻居们陆续到家里，看我穿军装的样子，夸我长个子了，比在家里白，其实我一直也不怎么白。他们坐在我家煤炉子边儿上，有的坐在炕沿上，有辈分比较高的，坐在我家那两把椅子和长板凳上。屋里空间小，有坐了一会儿的，看到有新进来的邻居，就起身离开。好像，打我记事就没有这么多人进过我们家老屋。

他们一句接一句说话、问话，有时没等我回答，有的邻居就代为回答了：在部队上吃得好，大米白面的，吃饭匀适。他们说，东北天冷，夜里出门到外边撒尿，需要带上一根棍子，不然就冻上了，是真的吗？等等。他们不知道，在东北部队，我们每天三顿吃的是高粱米，偶尔吃一顿二米饭（大米和高粱米），一周只吃一顿馒头。有的邻居，让我讲北京，讲天安门，讲 1984 年“十一”大阅兵。其实，我在通县徐辛庄学习，只上街了一次。

屋里，乡亲们你一言我一语。说我离家两年，口音没变，还是一口的老家土话。他们不知，我从济南火车站下车，说山东话，返回部队上火车就说普通话，严格意义上，说的是山东普通话。淳朴实在的邻居们，还想到我父母不用再为我盖新屋了，甚至有的想给说媳妇（介绍对象），更多的，他们表示希望将自己的孩子送到部队锻炼。

那年春节回家，我几乎天天穿军装，串门走亲戚，在家招待客人，大年初一，穿上军装，陪父亲去几个长辈家拜年。在长辈家，父亲磕头，我与长辈们聊天。他们领着我看看家里满囤满仓的粮食，说现在有钱了，准备将自家老屋翻盖一新。

我家老屋里间，靠窗户放一张抽屉桌，桌上放的是母亲梳头用的镜子，镜子有两只环形的腿。我用镜面当秤盘，细绳系上镜子的腿儿，再用一根筷子，做成秤杆，用锁头做成秤砣，用来称量东西，多是称母亲的雪花膏瓶子，也称过小块的地瓜。母亲不让我坐在桌子上玩，我就自己搬来板凳，站在上面称量东西，母亲说我是跟村里开小卖铺的令符爷爷学的。

那个镜子，约有 A4 纸那么大，等中午太阳照进屋门的时候，我用镜子反光，照到屋里墙上，相框照片，茶壶茶碗，柜子扣鼻，纸板喇叭，檩条椽子，有时还照妹妹的脸和她的花棉袄，像迷恋两三个月一次神奇的电影一样，对镜子反射的光束着迷。后来在部队放电影和自己喜欢摄影或许与这有些关联。

老屋里还有一块大镜子，有立柜门一半大小，斜放在条几上。我约有五六岁的样子，看着父亲抽烟、村里大人们抽烟，自己摸不到父亲的烟卷，先自学卷喇叭筒，学得很快，将晒干的地瓜叶捻碎成末，点燃吸到嘴里有股怪味。看到大人吸烟从鼻子眼里往外冒烟，很神气，自己就坐在家里八仙桌子上，对着大镜子练习，可就是学不会。后来听大一点的孩子说要往肚里咽，才能从鼻孔里出气儿，我傻乎乎地试了试，呛得咳嗽不止，忽然找到点感觉，能自主从鼻孔出烟了。

堂屋正面，是一个木格窗子，四排窗棂二十个小方格，大人能伸手够到窗台。老屋后面是一处早已坍塌的老宅院，墙也只剩下半截，邻居令代爷爷将它改成一个小菜园子。夏天，里面种了好多豆角、辣椒和茄子，还有架瓜。爷爷和奶奶在屋后，摘了菜，就喊我母亲，或者拿着拐棍儿，敲两下窗子，一把一把地从窗子方格里往里塞菜，母亲在里面接，她们免不了窗里窗外聊几句闲篇。记得有一次爷爷奶奶从窗格塞架瓜，我站在桌子上接，窗格小，塞不进，过一会儿他们两位从我家门过，留下那只架瓜。

老屋漏雨，房子东北角的屋檐板有一点塌陷，房子后墙已经被雨水冲刷，薄了半尺，有些弱不禁风的样子。记得那年夏天，下大雨，我一个人在东边的床上睡觉，支着蚊帐，屋顶开始稍稍漏雨，湿了蚊帐一个角，母亲听见我嚷嚷，过来，把我从床上拎起，拎到了她的床上。约过了五分钟，听得“嗵”的一声，我刚才睡觉那床上房顶，落下脸盆大的沙石块，正好砸在我睡觉的那头儿。第二天，母亲和妹妹都说我命大。后来想起这事，哪里是自己命大，分明是娘亲。

冬天，堂屋门口里边，热烘烘的煤炭炉子使一家人的幸福指数上涨，就当时的农村来说那是相当奢侈。生铁炉子，五六米的烟筒，连起来伸到窗外，早起用干玉米芯引火点着，直到晚上睡觉，烧一整天，做饭、烧水、热猪食都用它。邻居们常来我家串门，守着炉子取暖喝茶聊家常。炉子很争气，几块黑得发亮的煤扔进炉膛，说几句话的工夫，烘烘地憋足了劲的炉火，把大半截烟筒烧红，一把白铁皮水壶冒着呲呲热气，热烈地呼应。

晚饭，母亲常常给我们做一锅白菜豆腐疙瘩汤，有时还放一点粉条。在大油罐子里，挖一块油，放锅里，葱花姜丝炝锅，满屋的香味，翻越院子墙头，飘进胡同里。吃疙瘩汤，再泡一些煎饼，吃得浑身冒汗。

邻居家爷爷奶奶特别疼我，常帮母亲看护我们几个孩子。往往做晚饭的时候，母亲会多做一点，爷爷奶奶来串门，请他们一块吃。有时是奶奶一个人先到，爷爷后脚找来。炉子底下多用来烤红薯，边上还拴有一圈 8 号铁丝，用来烤鞋、袜子、鞋垫子。那炉子，那铁丝圈，在冬天对于都是汗脚的我们，是雪中的炭火，是冬日的暖阳。

屋里最值钱的家具是一组立柜，三件，最下层是双开门立式衣柜，中间是一盒式翻盖衣柜，放换季的衣服，最上面是一节红漆翻盖花柜，那是姥姥给我母亲的陪嫁。红色柜子是母亲藏糖果、花生或爆米花的地方。那时我人小够不着，但是可以把椅子拖到立柜跟前，椅子上再放一把杌子，然后爬到杌子上，勉强可以打开柜子，抓一把好吃的，多是自己吃，有时候也哄妹妹。

农村人家放干粮，常常在屋里房梁上吊一个平板架子，用木头做框，挤扎上一排硬挺的高粱秆，主要透气也防老鼠。我们家也有这么一个，干粮放在上边，我“搭积木”也能够得着，实在不行就举着擀面杖往那架子边上捅。现在想起来小时候那点少得可怜的聪明，都用在破解母亲藏零吃秘密上了。

堂屋靠南墙，放一张“矮（音 yāi）桌子”，那是做饭的案板，切菜、做面食都用它。母亲善做面食，一块铁饼大小的面，三五分钟就擀完切好下锅，那面条细，长，匀，筋道。我最愿意听也最忘不了的是，母亲用菜刀切手擀面时，刀面触碰左手指甲细微的嘀嗒声响，这律动般美妙的声音里，写满母亲在家替在县城工作的父亲，对我的亲奶奶、老奶奶尽的孝道，写满对父亲真挚朴实的关爱，更写满对我们两双儿女无私忘我的爱。桌子曾经折过一个角，那是父亲在过年时，剁猪骨头砸掉的，后来父亲又把它接碴对上，钉上一个钉子，那里总是有个缺口。每到母亲擀面条的时候，那个地方漏面，硌擀面杖，母亲就会说起父亲。

厨房，早先酒坊烧锅的地方，屋顶常年烟熏火燎黝黑难辨，灶台朝北，陶瓷水缸放在南墙根。冬天缸里的水结冰，做饭时需要用水舀子把层冰砸开，然后烧冰水做饭。用冰水涮洗红薯，寒冷刺骨，冻得骨头缝疼，母亲将红薯再砍成圆块放到锅里，架上锅梁子（当地土语：井字格木质锅梁），展开箅子、笼布，放上干粮。我拉风箱帮母亲烧火，风箱有些发黑，竖柄把手和里面的两根连杆，都已经磨光变细，漏风，戴棉手套还觉得冷。母亲说，风箱是老奶奶从娘家背来的，比父亲年龄还大。

秋天收地瓜时间，农村开始糊窗棂。我去供销社，买回三张白纸，母亲用小锅式的铁瓢，把半瓢面烧成糊。堂屋东西两窗子各用一张纸，屋门上沿晾窗和方格后窗合用一张纸。先把窗棂上老旧窗棂纸清理干净，然后把糨糊均匀地抹在窗棂上，把纸展开抻平，贴在上面，中间不能有折缝，还要处理好窗子边与墙的折印，确保糊得严实，防止漏风。

我们姊妹四个都出生在老屋里。我记得，小弟快要出生的时候，姥姥在我们家伺候母亲。母亲当时是让我跑到前街找到高山家的奶奶来接生。在这个屋里，父母把我们姊妹几个看大养大，姨家的允桂姐姐帮母亲看护妹妹。我结婚，两个妹妹出嫁，都是在老屋办的酒席。母亲给我们做衣服，早年在煤油灯下，后来有了电灯，我们有单有棉，有短衫夹袄，做过多少件衣服，数不清，记不清，我想她手上、额头上的皱纹知道，几乎满头的白发清楚。

冬天穿棉裤，有些凉，我和妹妹弟弟都有过泼皮耍赖的时候，不起床，母亲在屋里地面上笼一把火，挨个把棉裤棉袄燎热，暖和了再穿。递到手里的棉袄棉裤，都还带有烟味。仿佛现在还能记起棉袄棉裤的温度，还能够闻到棉袄棉裤里淡淡的烟熏火燎的味道。

再进老屋的时候，似乎还能看到自己当年顽皮的影子，还能隐隐约约看到母亲在灯下，给我们缝制衣服的情景，还能够看到，母亲辛辛苦苦干完一天农活，再拖着疲惫的身体给我们做饭的模样。

高尔基说，世界上的一切光荣和骄傲，都来自母亲。这是真理。

老屋家具较为齐整，没有新置办，四条腿的家具有高有低，父母期许盼望四个孩子成长过程中，每一件家具都做过心中的标尺。父母看着我们一年年长高长大，会爬，会走，有矮桌子高，到八仙桌子高，有立柜那么高。

孩子每长一分，生命的进程中意味着什么？老屋，对于父母意味着什么？对于我们又意味着什么？有了自己的孩子以后，在孩子一天天长高的过程中，我才渐渐厘清明晰。

我的爷爷却没有那么幸运，没能看着我父亲长大，没能看到迎我母亲进门，做老屋的主人。爷爷叫高令和，1919 年生，早年参加民兵组织，在洪范、东阿地区配合平阴县大队打游击。1947 年 3 月，国民党整编 15 旅两个团进犯平阴，游击队被打散，还乡团四处抓人，爷爷白天在庄稼地里躲藏，晚上回到老屋睡觉。7 月被还乡团抓走，杀害在东阿少岱山东面庄稼地里。那时，父亲不满 3 岁。

爷爷的哥哥高令喜，当年参加平阴县武工队，与同村的高庆东、高丙臣是战友。1947 年 4 月，遵照泰西地委指示队伍转进，过黄河渡船过程中，令喜爷爷和二十多名战士光荣牺牲。这是中共平阴党史上著名的“黄河艾山渡口沉船事件”。两位亲人牺牲后没有留下任何遗物，被追认为革命烈士，他们的烈士墓碑安放在平阴县烈士陵园。

老屋，养育了两位革命烈士。

老屋，书写了父母的光荣与使命。

老屋，给了我生命的起点坐标。

老屋，记载了我的生命历程。

每年年三十傍晚，母亲和父亲都会包上纸钱，到街头空旷地界烧纸，虔诚地请逝去的亲人、先祖回家过年，鲁西南习俗，这叫“请家堂”，初二晚摆供水饺烧纸钱“送家堂”。不论是在农村老屋居住，还是搬到县城住楼房，从没有间断过。今年我想陪着父母去请，请两位爷爷回到老屋，看看他们的满堂儿孙，看看他们热血浸染过的土地上富裕起来的新农村，看看日新月异的新时代新生活。

让我给他们敬个标准的军礼。

2019 年 1 月

屋顶上的梦

农村人家的房子，多用石头垒墙，上面再用黄泥垛成，屋顶用白石灰和了沙石夯成，禁得住晾草、晒粮、孩子打闹各种折腾。

屋顶是晾晒粮食的好地方，大圆弧状的顶，晾晒的时候，用木棍挡上两边，以免滚落。屋顶还是孩子们的乐园，每户家里都有木头梯子，爬上去玩。

我家堂屋前有棵大枣树，树冠高出屋顶三四米。春天，枣花落了，我数着日子，常躺在屋顶上，看米粒大小的枣子，变成黄豆大小，有枣子模样了，也是开始尝尝滋味的时候。进到 7 月，枣长成了像鸽子蛋大小，没有了生涩味道，个别的枣已经开始由浅绿变成绿白，这种颜色当地土语称作“白拉白”，这时已经有了甜味。再往后，枣子的“腚眼”红了一小圈，我上房顶次数明显增多。

我放学后到屋顶上，选着，挑着，吃着，常常从屋顶攀着树枝，爬到树主干上摘枣，而后放到兜里，母亲煮粥时，再洗洗放进锅里。盛到碗里的枣，大妹妹往往嫌自己碗里的个数少，而我，常常吃完自己碗里的，再“帮”正在哭闹的她吃。等到她长大，也能上房顶干活的时候，自己摘枣吃，我再也没有这一垄断优势。妹妹比我还会吃，选树上模样俊巴的，挑挑拣拣地吃。多年爬屋顶吃枣的经历表明，妹妹比我这当哥哥的嘴还馋。

我曾经，躺在屋顶上数星星，数到眼花，数到睡着，做梦还接着数。

夏天，中午放学，我到地里、山里割草，喂羊和牛。周末，到山里割草多了，放到屋顶上，晾晒，干了，捆起来，放到冬天，作为牛和羊的草料。晚上，将半干的青草，归拢到一边，屋顶又是纳凉的最佳地点。

每到夏天，喝完汤（当地土语：吃过晚饭）大人刷锅洗碗之后，喂猪、喂牲口，忙到很晚。孩子们，都早早地蹿到自家屋顶上纳凉。各家，屋顶差不多，尽是青草的味道，即便清扫得很干净，那房顶青草的清香味，一直弥漫在周围，就好像睡在山里的草丛中间，不同的是，山里的草，是清香型的，而晾晒半干的草，睡在上面，杂糅着浓浓的香味。枕着这味道睡觉，适合做梦，不做美梦，都对不住满屋顶的草香。

刚刚落下去两个小时的日头，把一天的温度，都留在暴晒过的屋顶上，而且这热量还留恋再三，不肯迅速散去。刚落下去的时候，屋顶上根本坐不下来，那热度，烫屁股。我家西邻居，是一个老院子，屋顶都塌了，几棵椿树长得非常旺，靠近我家房檐的一棵，树冠高出我家屋顶两人多高，西面的阴凉来得更早一些。我会提前把凉席被子褥子拿到屋顶，手还是能感觉到表面的温度，就把席子摊开铺上褥子，往褥子上一骨碌，像刚卸了磨的驴，惬意地打两个滚儿。

暑假期间，我参加生产队劳动，挣半个劳力的工分，回到家，肚子饿，几乎没有干家务的精气神，早早地蹿将到屋顶上，铺开被子睡觉。饿了睡觉，是很难入睡的，尤其是，厨房里葱花炝锅的香味，幽幽地飘上屋顶，可是，我常常是闻着香味，睡着了。

不知睡了多长时间，被母亲喊起来吃晚饭。有时，是喊到下面屋里吃饭，有时实在犯懒，就在屋顶上吃。晚饭，常常是炝锅面叶，母亲擀几张薄面饼，不切，葱花炝锅，锅里水开了，把饼扔进去，用筷子一划拉，变成大小不一的块儿，开锅就熟。在屋顶上吃晚饭，根本不用睁眼，也睁不开，人半睡半醒，眼睛似睁非睁，吃完面叶，倒下，梦里再过细品评滋味。

众乡亲们，家里孩子多的，在自家屋顶上玩，甚至打闹，邻居们几乎都能听见，甚至能辨别说话打闹哭鼻子的是老三老四或老五。一般情况，有孩子在屋顶上跑、打闹，屋里的家长们会到门口，冲着屋顶实实在在地吼两嗓子，屋顶才会消停一会儿。农村，父母的吼声，相当于“最高指示”。不像现在的娃，吼也不管用，甚至反过来吼父母。

盛夏，房顶上睡觉，大都是前半夜。上面凉快，很少有人睡到天亮，等露水打脸。后半夜，天凉一些，父母会一个个唤起孩子，到下面屋里睡觉。父母往往不放心，孩子从梯子上下来，还要在梯子下面接着。那时，家长们累了一天，也困，但那会儿父亲或者母亲，一定是最清醒的。

我家没有梯子，姊妹几个从房上下来，是从正房堂屋顶，下到西面的小房顶，再下到墙头，从墙头经过猪圈顶，最后到地面。母亲一个一个地接，把这个接下来，再上去接那个。有时在小房顶上等着下来的妹妹，还蹲在上面打盹。等母亲牵上手，或者拎着衣服了，才激灵一下，慢慢腾腾嘟嘟囔囔不太情愿地下来。我曾经在猪圈顶上，帮母亲接妹妹从房上下来，站着打盹。

农村人家，屋里和院子，到晚饭前后，是最热闹的。一切的老老少少，牲口，鸡鸭，猪狗，山羊，兔子，都在屋里圈里窝里候着，等着自己汤汤水水的晚餐。有人家，拉一个电灯到院子里，里里外外照得通亮。蚊蝇们集合起来，仿佛当值夜班，围着电灯讨厌地转来转去。这时，屋顶上是安静的，如果想偷懒，可以上屋顶。在上面，能看见灯影里的父母和他们的影子，一会儿短，缩在脚下，一会儿长了，宽宽大大地印在南墙上，一会儿拎着个桶，一会儿端着个盆，像拿着道具演电影般进进出出。

你还可以把耳朵加长，听邻居家大人训斥孩子，那一声口吐莲花般的、沾器官带祖宗的训斥，或许让你觉得就那么地解气。也怪，大人表扬自家孩子的时候，声音往往都平稳和缓。在屋顶上，这些是听不见的。倒是微风会把树叶摇出些动静，还会有傻得出奇的个别蚊子，不时地骚扰，准备要它的流氓。农村屋顶上的蚊子懂规矩，骚扰和耍流氓之前，都会先围着你转个三五圈，提个醒。

忙到很晚，大人们都上屋顶睡觉了，先是手里的蒲扇，呼啦啦摇个不停。大人们在屋顶上聊天，虽然房子相对独立，但是院墙几乎相连，说话，听得见，放屁咬牙打呼噜，都顺风传得很远。

屋顶，是家里离月亮最近的平台。今天屋上的月亮，照见过祖屋，照见过祖先。这屋顶不仅承担了生命的延续，还完成了四季习俗的传承。我们，在祖辈们曾经的四季里劳作、收获。岁月似乎被抹去，味道却留下来，经过发展、变革、迭代，新时代，实现了物质和精神前所未有的丰富和繁荣。

月牙弯弯，屋顶上看人，影影绰绰，没有谁家把提灯拿上屋顶。月圆的日子，屋顶上能分辨出大人的模样。热天，穿衣服少，也没有那么多顾忌。有时睡前明月高挂，睡到后半夜，阴天，滴答雨点了，大人们反应最快，或者别的人家已经开始喊，下雨了，睡得意儿八正的孩子，十分不情愿地爬下房顶，回到屋里，钻进蚊帐。

秋天，屋顶是一家的小场院，秋天的屋顶，往往和家里的主人一样忙。自留地里产的杂豆，大田里间种的芝麻，数量不是很多，不值当到大场院里晾晒，就放到屋顶上，太阳晒，小风吹，干透很快。一捆捆的芝麻，头朝上，秆子朝下，几天下来，叶子打蔫，芝麻壳卷边、裂开。

家里嘴馋的孩子，躲开大人，到屋顶上，脱下外罩，铺平，把一捆芝麻倒过来，抖一抖，芝麻粒像排着队一样，顺到外罩上，如果再轻轻地拍打几下，还会有可喜的收获。吹去干叶，装进兜里，就可以满嘴留香了。这么干一两次尚可，多了就会挨一顿暴揍，大人会记你一年的账，因为那些芝麻，是家里一年吃香油的全部指望。

秋末，乡亲们在自家屋顶上晾晒地瓜干，因为比较干净，多用来碾面摊煎饼，主要是切之前洗得彻底，屋顶上没有杂物。从田里分地瓜回来，洗了，切片，一筐一筐地举到屋顶上，撒开来，大人孩子将湿漉漉的地瓜片一片片摆匀，不留有一点空地，尽量不能有压摞（当地土语：两个片状的物品重合）的。生产队分得勤了，家里屋顶放不下，就晒到田地沿上或者村东面小山上。屋顶晾晒差不多的，可以先堆成堆，腾出空地，再摆放新切的地瓜干。

寒露节气前后，秋高气爽，适宜集中晾晒地瓜干，整个村庄，从北到南，房顶上净是白花花的世界，切的，摆的，堆的，哗啦啦装进布袋，从屋顶扛下来，再哗啦啦装进粮囤里，没有谁家例外，都在同一个忙秋晒秋的程序里。

实行生产责任制以后，分田到户，乡亲们有了自主权，知道自己家的田地，哪一块适合种什么庄稼，种地瓜，不再切干，而是集中种植红瓤儿地瓜。夏天，家里有了电扇，还有的装了空调，不需要再上房顶纳凉；秋来，有外地经销商到村里收地瓜，省事，付现钱。

现在，还有人家在屋顶晾晒地瓜干，一定是为了尝鲜，重温过往一帧帧幸福的回忆。

2018 年 9 月

文舒同学

文舒同学来我们三年级插班的时候，我们正在上课，村里人正在收秋庄稼。

那天，于老师正上语文课，安校长领着她走进教室。她瘦高匀称的个子，圆脸，梳齐耳短发，刘海稍长，粉色的头绳系一束发辫，斜向头顶左侧，红色的上衣绣一朵莲花，肩上坠蓝带蓝边白色碎花书包。于老师向同学们介绍说，我们欢迎首都北京来的周文舒同学。文舒礼貌地鞠躬示意，垂顺丝滑的头发几乎遮住半张脸。“真俊！”我身后的同学不知谁冒了一句。

文舒个子比多数同学高，老师安排她在第四排南边靠窗的位子。她文静，眼生，很少说话，等熟识了，也是个爱笑、爽朗、聪慧的女孩。村里的同学，多数在班上男女不说话，面对一个说话发撇（当地土语，说普通话）的同学，常偷偷多看几眼，很少说话。

上课跟老师读课文，大家都用普通话，虽然不怎么标准，但鲁西南的普通话确也不怎么难听。村里的乡亲们，听人说普通话的机会不多，只是在春节期间，有去东北谋生计的乡亲，回家时说出口的带有鲁西南山区口音的东北话，他们一时改不过来，大家听多了，就把这种说话叫“撇”，越是在东北时间长的“撇”得越厉害。

同学们课上都是跟老师说普通话，课下平常说话都是当地发哏发皱的土语，课上课下，宛若两个世界的人说话，有谁不小心课下蹦出一句普通话，那是要脸红，被笑话的。

文舒的到来，这个班级，这些学生，乃至全校的师生都感到新鲜。文舒课上说一口标准的北京话，老师让读的字、词，特别是 zh 与 z、ch 与 c、sh 与 s 发音，经常受到于老师的表扬，有个别的字词，都会成为课下同学们复述或笑话的对象，有时一个字会在同学们中间流传一个星期。安校长说，各位老师和全校的同学，都应该向周文舒同学学习，像她那样说话。当时同学们私下流传一句顺口溜“高老师（sī），万老师（sī），说话赶不上周老师（shī）”。

小学门口在周家街，对面是村铁匠铺。小雪后的早晨，我背着书包正要进校门，看见二年级的万三背着书包从胡同西面过来，他走几步拿棉袄袖子抹下鼻涕，顺手两个胳膊肘并在腰间，向上使劲提提棉裤。文舒手里捧着一只冒烟的红瓦罐火盆，走在三儿的后边。两人似吵似嘟囔地走到跟前，见三儿脚下黑帮白底的棉鞋，一只合脚，另一只稍大，趿拉着，蹭着地面突啦啦地响。

文舒说：那谁，你鞋真穿错了。

三儿连看都不看脚下，说：没错！

文舒又说：你把你哥的鞋穿来了吧？

三儿说：你，你少管闲事，穿差了怕么，一会儿俺哥来校再换。

说完，夸张似的用棉袄袖子又抹一把鼻子，再向上提提棉裤腰，进校门了。

南崖小学在周家胡同东头路南，门朝北，两扇老榆木门伤痕累累，被同学们用铅笔刀划的，刻的，难看难听的话常有，特别多的是“某某某儿儿三年半”“某某某不要脸”“某某某是小愉（偷）”，等等。有一天下午放学，轮到我和另外两个同学“扫当门”（清扫教室），离校稍晚，在校门口，遇见文舒和万三拌嘴，只见东侧门框上前几天刻上的“是洋麻”，本来名字空着，谁也没有计较，今天早上入学之前前面多了一个“周”字，这下午放学万三就等同学们离开后，加了个班，用笔添上“文书”两字。文舒家在胡同西头，路过校门正好万三在刻“书”字，抓了个现行。万三可能不会写“舒”，和我们不是一个班，误将舒服的“舒”刻成了书本的“书”。其实，在鲁西农村，“洋麻儿”是当地土语，专指言行或者穿着洋气的人。

那时候，教室多透风漏雨。学生们用的课桌，分两部分，下面支撑的是土坯垒起的土墙，约 80 公分高，50 公分宽，外立面都已经磨成圆弧形；上面是一块长方形的青石板，离学生身体近的地方被磨得滑腻腻的，似乎有了一层包浆。我们的老师，老师的老师，新中国成立后几位考上大学的长辈，都是从这样的书桌起步的。我的父亲在东阿上中学期间，冬天放假，曾在这里给村里识字班的乡亲上课。讲台上的讲桌，四条腿都在，只是少了两条横的掌，老师的粉笔盒往上一放，桌子就晃荡。这样的环境、这样的课桌，与文舒在北京的小学对比，天上地下。可这都挡不住文舒取得好成绩，老师经常表扬她。

文舒插班，开始没有课本，上课时需要看邻座同学的书。期末时间，整个三年级的课接近尾声，文舒家人从别的学校找来课本，语文、算术课本都有缺页，缺内容，除了有几个图画外，文舒借来老师的课本，用两个周末，剪了与书本页面宽窄一样的粉连纸，一笔一画将字词标点写上，有的页码缺一小块的，就用糨糊粘贴，晾干后再抄清补齐。

年终考试完，同学们的课本都完成了自己的使命，除个别女生保存比较完好外，大部分被同学们蹂躏得不成样子。大家一般是前面课本内容边学边撕，有撕了折叠成方形纸牌的，也有当手纸用的，还有被家长卷旱烟提前挪用的，更多的还是课下打闹殃及书本，搞得遍体鳞伤。我的课本似乎更惨，缺页少角，已经卷起来自然得像个筒子，不能平展开来，母亲曾说我的书像个煎饼卷子。

过完正月十五，放寒假玩疯的心开始回归。开学交过寒假作业和学费，就开始领四年级的课本。班主任换成了辛保苓老师。老师将几摞课本和新作业本摆在讲课桌上，从第一排同学开始，上讲台领课本。后边心急的同学抬头伸长脖子看前面，有一名似乎站到凳子上，被老师指着喊“坐好”。我在第二排，领到后呼啦啦翻过书，一股清香扑面而来。

该文舒领了，她走上讲台，立正，给老师鞠躬，领到书本后抱在身前，再给老师鞠躬，转身离开回到座位上。那天鞠躬的还有高令凤同学。两位同学鞠躬出乎所有老师同学的意料。我是个班长，觉得自己心里，或者脑袋上比人家少了一块肉。

辛老师后边发完书，讲请同学们爱惜课本的话，我好像都没有听进去。不知道别的班级有没有，别的老师教没教，我印象从没有这么要求，领“三好学生”奖状也没有。从这个“小我”里面钻出来，我给老师鞠躬敬礼那是上五年级的事。

第二天上午，同学们在学校打预备铃之前，背着新书包，带着新书悉数到校。我进教室的时候，多数同学已经在教室里，有几个同学围在文舒书桌前后，翻看欣赏文舒的课本。我到自己座位放下书包，预备铃就响了。上课，我得意地翻开课本。昨天放学回家，我第一次央告母亲，用报纸给我包了书皮，书皮折叠接缝处还用针线缝过。

第一节课上完，几名同学又围到文舒身边。我好奇地过去，发现他们翻看的是文舒的书皮。

书皮是用厚实的画纸包的，摸着手感有点像春节乡里给烈军属发的慰问年画，折痕整齐，表面平展，书脊上下沿都有卧边，最好看的是前后书皮的四个角，都有一个反向三角保护着，三角的内沿折进内侧。书皮底端工工整整地有铅笔写着：四年级，周文舒。我伯伯家姐姐高维芹同学说，您家大人手真巧，书皮包得多板正，多好看啊。文舒扬起眼睛说，是俺自己包的。尽管开始上四年级，多数同学都没有给新课本包书皮。

受文舒影响，第二天几乎全班同学都给新书包了书皮。大家有用牛皮纸的，有用画纸的，有用报纸的，还有用加厚粉连纸的。我回家找来牛皮纸重新包，式样和文舒的一样。那天，父亲从县城回家，母亲夸我说，儿子知道爱惜课本了。

现在，学生开学第一件事，仍然是包书皮，不过现在简单多了，有制式标准的式样，买来与书本大小一致的书皮，揭去花纹纸膜，用直尺压紧书皮，自带胶层，沿书边折过压紧就行。那个年月，在我们小学包书皮的是少数，后来发展到制式塑料书皮，买来，将前后封皮套进去，方便，美观，可重复利用。

使用新书上课，学生们都沉浸在开春的新鲜空气中。

文舒有几天没有来上课。她课桌空着，放花书包和铅笔盒的地方，多了几道从窗棂斜射进来的阳光。老师说文舒请假了，她同街的学生说，好像得了病。

过了几天，听说经村里高炳林医生诊断，初步确诊文舒得的是脑膜炎。后来，文舒被送进平阴县医院治疗，家人找到当时最有名的医生，也托多个亲戚和在平阴工作的高繁玉老爷爷，买来青霉素、链霉素针。能有的药，能请的医生，能用的治疗方案，都没能制止住文舒病情的蔓延。

春暖花开的季节，村北面上下杏行的杏树，红的蕾，白的花，飘飘洒洒争奇斗艳；村东头的几棵香椿树枝杈顶端冒出了一朵朵紫红的芽；农田地堰北坡长出的苦菜，似开非开的花蕾在风中摇曳颤舞，天地万物似乎都在慢慢地苏醒。

文舒却是个例外，她始终没能苏醒过来。

说好的和同学们一起长大，文舒同学却留在了那个春天，留在了童年。

2007年，我去奥地利，在美泉宫城堡里，看到茜茜公主小时候的照片，记忆的碎片，在那一瞬间，收敛，定格，凝聚，似乎与我对文舒同学的记忆非常契合。

茜茜公主的照片，明明挂在展室的墙上，以至于，同行的朋友，拉我离开，我仍旧站在那里冥想。就像一个孩子忽然忘了回家的路，被人拉了一把，而转过身，心、眼、神，仍对着那画，那像，那记忆，拔不出来。

2024年2月

[2] 乡间物语

老家的辘轳

今年春节我是在农村老家过的，还住了一个晚上。那天早晨，我又听到了阔别十多年的辘轳声，那“嘎啦啦、嘎啦啦”的声音是那么地熟悉，又是那么地陌生。

熟悉的是，在鲁西南一个叫南崖的小村庄里，辘轳声记载着我的童年，我的成长，我的喜怒哀乐，记载着我对农村乡亲的认知、观察和看法，同样也记载着那里的故事——那些在水井台子上发生的故事，和在水井台子上打水的乡亲们讲出的故事。陌生的是，十多年没有回到这里，听它的声音，看它的模样，摸它的轮廓，闻它的味道。

鲁西南农村的辘轳，几乎与大家所熟悉的模样，有着惊人的一致。用直径 15 厘米左右的枣木树干，打磨光滑，抹上润滑油，选更为结实的木材，直径 30 厘米，横截成约 60 厘米长的段，中间成圆孔掏空，穿进枣木树干，辘轳上固定一个像汽车摇把似的抓手。用一条牛皮拧成的井绳匝满，缅的长度一般都多于井的深度，在井绳的一头，系上一串铁环，铁环最下端挂一只铁制保险环。

打水的时候，把水桶提手套进铁环里，往黑乎乎的井里一扔，就听那“嘎啦啦、嘎啦啦”的声音。如果稳一点，就用双手卡住辘轳，使大一点劲，水桶下降速度就慢，那声音就和缓、委婉；如果急一点，就使小一点劲，水桶下降的速度就快，那声音就急促、奔放。

听老人们讲，抗日战争期间，日本鬼子到鲁西南扫荡，也到过俺们村。为了不让鬼子吃上水，乡亲们就悄悄地把辘轳、辘轳干卸下，藏起来，井台上只剩几块压辘轳干用的石头。八路军来的时候，乡亲们就再把辘轳、辘轳干拿出来安上，我们的队伍都能喝上井里的甜水。村里的十几个辘轳用了多少年，我没有去考证，但那辘轳的外围，都已经被井绳勒出了一道道的浅沟。

农忙时候，乡亲们很晚才从田地里回来，第一件事就是到井上打水。人特别多，乡亲们就自觉地用水桶排上队，坐到一边去抽烟、聊天，说到兴致处，即使轮到自己打水了，还要再等一会儿。遇上有哪位着急的，不论轮到谁，都会谦让，请有急事的爷们儿、娘儿们先打水。

在家我排行老大，底下有弟弟妹妹。父亲在县城工作，家里的重活都是由母亲一个人承担下来。大约上四年级的时候，我想帮母亲干一点力所能及的活，于是就选择了去井台上挑水。在井台上，大人们用辘轳帮我打上水，一桶水分两桶倒开，我一个人吭哧吭哧地挑回家。往厨房水缸里倒水，成就感油然而生。作为学生的我，辘轳、水井，是学习之外，我早生自信的地方，与父母分担忧愁和劳动的开始。

三奶奶和祥老爷爷搭伙过日子的事，应该也是从辘轳打水开始的。三奶奶其实年龄并不大，与我母亲几乎一个年龄，但是她家三爷爷长我两辈，我也就叫她三奶奶。三爷爷因病去世后，三奶奶一个人带孩子过。她特别要强，不论多晚，都是自己一个人到井台上挑水，从不让别人给打水。像男劳力们一样，转动辘轳，打上水来，挑回家。祥老爷爷长我三辈，老奶奶去世早，也是一个人过。

住在一条街上，都姓高，按照辈分，三奶奶应该管祥老爷爷叫叔叔。因为辈分差别明显，乡亲们即使偶尔见着祥老爷爷帮三奶奶打水，也都没有往别处想。在山东老家，一家兄弟是可以和嫂子闹着玩，开玩笑的，有的没大没小，嘴上荤的素的、夹枪带棒地招呼，少有人恼怒。记得有一次，一个管三奶奶叫嫂子的后生，来辛家井打水，见三奶奶用辘轳打水很娴熟，就没大没小借用“辘轳”开起了玩笑。结果，挨了三奶奶一顿大骂，扬言要用稀屎“糊”他。祥老爷爷正好赶上，也指着他训斥，要不是那厮跑得快，老爷爷挑水的扁担就抡过去了。

从那以后，街坊邻居们再也没有当面说起过此事。辘轳美妙声音里，也就多了一段美好故事。大家都在用自己丰富的想象力，编织着一个梦想、一份希望。见着三奶奶或者祥老爷爷来打水，就停下来，哼哼哈哈地打个招呼。入伍后，我从母亲那里知道，三奶奶和祥老爷爷各自的孩子们都已成家，两位老人在村支部和乡亲们的支持下，终于走到了一起，听说没有再办理结婚证，而是搭伙过日子。

我在外地成家，工作缘故很少回村，对辘轳的记忆依然十分清晰。夫人大城市长大，第一次跟我回农村老家，就跟着我父亲去井台挑水。她觉得那辘轳发出“嘎啦啦、嘎啦啦”的声音好玩。父亲在井台子上用辘轳打水，她好奇地站在井边上看，甚至大着胆子伸手摸一摸那嘎啦啦转动的辘轳。父亲挑水回家，我夫人乐颠乐颠地跟在老公公后面跑，引得乡亲们驻足观瞻。

井上的辘轳用的时间长了，打油，换井绳，乡亲们乐此不疲。冬天到了，井台子上结下很厚的冰，为了防止打水人滑倒，乡亲们都自觉来井上铲冰，保证安全。

扈生老爷爷，大名扈存生，就是常来铲冰的人之一。打我记事的时候，就知道他是为生产队饲养牲口的。每天鸡叫头遍，就是他到井台上打水的时间。那会儿，打水的人少，效率很高。那一遍一遍辘轳的欢叫声，把我从睡梦中唤醒，让我早点起床，背起书包，去村子北面的学校读书。

据说扈生老爷爷每天要挑 10 多担水，精心饲养着 20 多头生产队的大牲口。在我们村里，扈家是少数姓，这项农活也不是很体面，当时我有同感。有一年过年，我用子弹壳自制了几枚鞭炮，把鞭炮插在牛粪里，点着，炸了老牛一身。老爷爷叫喊着从牛棚里跑出来，我以为这骂是挨定了。可是当他看见地上的弹壳，反而对我说了句“不瓤，是自己做的炮仗”。大出我和伙伴们意外，我对他充满敬意。

扈家当时还是属于困难户，家里孩子多，没有经济收入，主要靠老奶奶农闲时间到山里挖一种叫远志的草药，维持生活。但是，一家人过得很乐和，很自信，很充实。扈生老爷爷年轻时候，唱过戏，有时在井台上，排队等着打水的时间，大家都愿意听他唱一段，他也不客气，开唱，那一句句的戏词我听不懂，但是他认真的劲头和抑扬顿挫的腔调，使我至今难忘。工作中遇到困难的时候，我还经常想起他，是他教我乐观，自信。

村里当时有20多眼老水井，按照近处住户的姓氏分别叫高家井、辛家井、崔家井、李家井、万家井等。几乎每一眼水井上都有这么一个辘轳，每一个辘轳下面，就是一眼水井，每一眼水井，都养育了祖祖辈辈的父老乡亲。有了辘轳，村子里就有生命；有了辘轳，村子里就充满希望；有了辘轳，才有了鲁西南抗日游击队的精彩故事，才有了诸多大学生、打工仔、企业家，才有了那么多好后生。

乘党的新农村建设的东风，村里已经吃上了自来水，但那几口水井还在，一个一个的辘轳还在，那上面记载鲁西南农民的历史，记录了农民的纯朴，刻画了农民的伟大。

2005年春节

碾子和石磨

碾坊，在高家街最西侧胡同的北头，门朝西，里面设置风车、碾子、碾盘，碾道平展，密密匝匝的牲口蹄印，多少还留有大牲口的味道，南墙窗子照进来的阳光，会把某一点的细节展示无余。农闲时节，碾坊最忙。

小米谷子，可存放十年或更长时间，农村人家里常存放一些。小米，一般都是随吃随碾，量比较小，只是去集市上卖小米的时候，碾的数量比较大。三五十斤，七八十斤谷子，套上牛，一拨一拨地将谷子倒在碾盘上，碾压，谷糠脱离，一人右手将盛满小米和谷糠的簸箕举起，从风车口部缓缓倒入，左手摇动风车把手，谷糠在风力作用下向左飞出，小米坠下，滑入口袋。

碾谷子用风车，碾米碾面需要用笸篮，里面搁两根木质滑轨，碾过的面及麸皮在箩里，箩在轨上面滑，细面漏下，粗的留在箩内，再倒进碾盘，反复几次，只剩麦麸皮。有的乡亲们会过日子，不出麦麸，碾出全麦粉，也需要多次碾压。那个年月是无奈之举，而四十年后的今天吃全麦粉倒成了养生时尚，全麦面包、馒头、烙饼、包子等。

过面的箩有粗细之分，粗的，出麦麸子少，细的出得多。平时不用，与笸篮放一起，或挂墙上，以免扎破箩底。那箩直径 30 多公分，用韧性强的薄木板成型，15 公分高，农村集市有专门销售的。箩底最娇气、金贵，不小心扎破，老人们就剪一小块白布，视破洞大小取材，有纽扣大小的，有火柴盒大小的，再大就该换箩底了。

用针线细细缝补上，再用。每年春节前有补箩的，破得多了，再换张箩底。每家家什不全，一般都借着用。好箩，木圈被磨得发亮，底部磨得光滑润圆，小时候不知道那是什么，只觉得好看，上眼，甚至不用了也想去摸一摸，后来才知道，那是包浆，是岁月留下的痕迹，那上面，不知有多少老爷爷老奶奶、老祖宗们的手印。

照进碾坊的阳光，一步步挪移，那窗台的高度，正好让碾道上转圈的牛，或者驴子，每转一圈，都会有光从它们的屁股上划过。不知，过往的阳光，是否也照见过碾盘背面、浑圆的碾子，和倚靠在北墙上的风车。跟着母亲，有时姥姥也来，到碾坊干活，我最愿干摇风车吹谷糠的事。那风扇几片木板扎起，外边是铁质的摇把，摇起来呼呼生风。笸篮里箩面的事，母亲姥姥都不太愿意交给我，因为，我要么快慢不均，要么有所抛撒，把箩里的麦麸子撒到箩好的白面里，她们会返工重来。

小米从漏斗漏下，黄灿灿的小米，透着谷香、米香，仿佛看到了出锅的小米粥。谷糠，被吹到一边，记得风车左边地下有块平板石，吹完，用布袋装上，扛回家，那是鸡们一年的口粮。扛来的一袋，分成两部分，扛两袋离开，在这间简陋得不能再简陋的碾房里，完成了谷子到小米，从粮食到食材的物理分离。

推碾也有的不用牲口，只用人力，往往碾压的粮食比较少，一般一个大人可以独自推动碾子，前腰抵住碾棍，腾出左手，用小扫把将半碎的粮食归拢到碾子底下，边走边推边扫。家里孩子赶来，两个人推碾，互相不怎么费力气，只是另一个人不能偷懒，否则手里的碾棍就要掉下来。

碾坊里会有点滴撒在地上的粮食，碾子缝隙里清理再彻底，也会留存一星半点。冬天，饿急的麻雀会成群结队地来这里觅食。破旧的碾坊门，漏风透光，门框底下还少一块木板，我们先将一人的衣服用杆子顶上，挡在南墙窗户上。我们这帮孩子，各自扛来扫把，如果谁家有新的，就像军棋盘上多出两个炸弹。我们把门打开，先在庆正老爷爷家院门外蹲着，看见有麻雀飞进碾坊去，这不能急，数量少了，逮着的可能就小。

等到飞进十几只，按捺不住，按分工，有负责关门的，有拿扫把拍的，有堵门窟窿的，一哄而上，一阵紧张折腾，闹得整个碾坊尘土飞扬，一般会有一两只可怜的麻雀落在我们手里。等到每人一只，拿回家，嚷嚷大人找出曾经养过小鸡仔的笼子，放进去。只是麻雀气性大，放笼子里，它不吃不喝，两天就活活气死。

石磨，我家里就有一盘，在院子中间偏西位置，磨盘不是大理石，或花岗岩，是硬质的磨石，细腻，坚硬，耐磨，比花岗岩更重。磨盘分上下层，两层的接合处都有纹理，靠中间用钢钎凿出的纹理向外成放射状，滚动过程中，粮食颗粒被磨碎成粉末，运移到外沿，落在磨底凹槽里。石磨上下层中间有个转轴，当地叫“磨脐子”（铁轴），以防止上盘在转动时从下盘上掉下来，上面一盘中间是空套，磨眼在盘中间，便于往里续粮食。

用小簸箕，将小麦倒在石磨顶上，推动，磨盘转动起来，小麦从磨眼处成小小的旋涡状漏下，开始小，渐渐变大，用手里的小扫把疙瘩往那磨眼扫拢粮食。磨盘中间的沟槽，均匀地将粗面粉向盘外周围扩散，从夹缝中流转到磨盘上，过箩，去掉麸皮就得到面粉。一般农村常用石磨直径 80 厘米，一个成人或一头驴就能拉动，小磨直径不足 40 厘米，能借助长臂木杆摇动旋转，多用于磨豆浆或者磨花椒面。

磨少量粮食，图省事，就不去找牲口，自己家人，用磨棍，一个大人可推动，边推动石磨，手上一个扫把，边往磨眼归拢粮食，这其实是真正意义上的推磨，村里人常说的“谁偷懒，谁就掉磨棍”就是说的这人工推磨。

磨较多粮食时，向生产队借来驴子，套上拉磨。牲口转圈，吃惯了草料的它们，闻到粮食的味道，尤其是粉碎后粮食的馨香，不时地会偷吃几嘴，少不了被扫帚疙瘩打几下，再老老实实，怀着内疚和负罪感，继续积极拉磨。但毕竟是牲口，还是禁不住诱惑，瞅机会再噘它几口。驴看不见，一块厚布挡在它的驴脸上，那布在当地叫“捂眼的”，可怜的驴子，边拉磨出力，边转圈画圆闻味。这真是只管低头拉磨，不管抬头看路，那一圈圈的驴蹄印，就是它留下的痕迹。

我对牲口拉磨和大人推磨好奇。有驴上套拉磨，我曾偷偷双手扣在驴腚后面的磨棍上，双脚离地，悄悄地随着转几圈，免不了听见一两个驴屁，赶紧落地，捂着鼻子跑开。

跟大人推磨，较费力气，我小时候刚够得着磨棍，做出推的架势，能使多大劲还不知道。这会儿，是万万不可偷懒的。磨道里转圈有时会转晕，离开那磨道，脚底下不稳，眼前也是旋转的，一会儿才定下神来。那驴拉磨转圈的时候，戴上“捂眼的”，是不是就不会晕了，我不知道。如果可能，现在的我，愿一试。

最难忘的是，春节前用石磨磨煎饼糊子。提前一天，将高粱和杂豆泡透，放进大盆或水桶，摆开架势。那磨的底盘，是个带凹槽的石盘，盘的一边，有个出口，像故宫大殿外排水的龙头嘴。将那泡好的粮食，用勺子一勺勺舀到磨顶上，从磨眼往磨底漏去，同时，注意用勺子，往那磨眼里添加清水。添加清水，一是起润滑作用，二是让磨出的糊糊更细腻而均匀，三是控制糊糊稠稀适度。

那磨，转一圈，黄色红色的豆、高粱，变成糊，从中间磨层间汩汩流出，那么慢，那么悠着性子，少变多，慢变快，流到底盘石槽里，再慢慢像小溪一样，变成浆糊流，往盘口流去，在盘口底下放一个桶接住糊糊。

这糊糊，拎进灶间，均匀摊在铁鏊子上，就成煎饼。一个上午就是几十斤粮食，听说有谁家磨煎饼“糊子”，其他邻居都会排队，参与进来，用一个磨，一头牲口，不用占磨底。

在粮食颗粒和面条馒头之间，石磨是创造历史奇迹的神器。石磨的发明人是鲁班。他生活在春秋末，叫公输班，鲁国人，称为鲁班。据说在鲁班生活时代，人们要吃米粉、麦粉和杂粮粉，都是把粮食颗粒放在石臼里，用粗的秃石棍来捣碎成末。最初叫硙（wèi），汉代才叫磨。

我国石磨的发展分早、中、晚三个时期：从战国到西汉为早期，这一时期的磨齿以洼坑为主流，坑的形状有长方形、圆形、三角形、枣核形等，且形状多样极不规则；东汉到三国为中期，这时期是磨齿多样化发展时期，磨齿的形状为辐射形分区斜线形，有四区、六区、八区形；晚期是从西晋至隋唐（至今），这一时期是石磨发展成熟阶段，磨齿主流为八区斜线形，也有十区斜线形。1968年，在河北保定满城汉墓中，出土了一盘距今约2100多年的石磨，是一个石磨和铜漏斗组成的石铜复合体，这是我国迄今所发现最早的石磨实物。

小磨磨豆浆做豆腐，是农村生意人"靠墙根的买卖"。小石磨与大个石磨研磨方式相同，脸盆大小，甚至更小一号，不用磨棍推，而是一边套上一个把手，把手上用一个木转轴，用2米长的丁字推杆带动石磨。磨小转速快，效率高。大豆浸泡完毕，沥尽水，就可上磨研磨。

石磨，研磨粮食颗粒的能力和效率，与磨转动的速度有关，更与上下两个磨盘之间的纹路有直接的关系。村里，家里有磨的，几乎每年都要请石匠来用钢钎"錾"一次。錾磨一般选在春节前，即将展开摊煎饼和做豆腐的时间，如果是专门经营豆腐的主家，就看具体情况了。对待到家里錾磨的石匠都好饭好伺候，爱喝两口的，还要打半斤散酒，烫了筛了，让人家喝好。

农村人，对石磨有敬畏之心。我们家和村里其他有磨人家一样，逢中秋节和正月十五元宵节，都要上供。中秋供月饼，元宵节磨盘上放一盏灯。听母亲说，早年老奶奶在的时候，没有煤油灯，更没电灯，到元宵节，把屋里豆油灯，端到磨盘上，拨得亮亮的，点一会儿，看灯芯大小形状，寄希望来年人兴粮丰。灯芯小而细，预示来年收麦子谷子，灯芯颗粒饱满如豆，就说明来年收大豆。这样的仪式，几乎每年各家都上演，乡亲们把对美好生活的向往，寄托在一盏油灯上，安放在稳如泰山的磨盘顶上。

2019年1月

地瓜味道

地瓜在北方许多地方，叫红薯；在山东，鲁西南一些地区，有的叫红薯，有的叫山芋；在平阴洪范池镇，叫它芋头，也叫地瓜。每年秋日，霜露普降，晶莹的水珠缀满草棵，是该收地瓜的时候了。

生产队里，村子近处农田多用来种地瓜，好管，方便收。地瓜秧长长了，需要翻翻秧子，锄锄草，这些活生产队组织妇女干。每人自带一根两米多长的杆子，几个人从田地一头，翻到另一头，她们要把匍匐扎进地面的秧蔓挑出来，防止再生根，耽误土里地瓜生长。翻地瓜秧，有一点小收获，就是有折断的秧，自己可以带回家。中午或下午歇工后，杆子头上黑绿黑绿的，像裹了一层凝固的“油彩”，她们把打蔫的地瓜秧蔓系个疙瘩，挂杆头上挑着回家。

收地瓜，需要集中组织人力。学校放秋假，大一点的孩子负责用镰刀割秧子，几个人一起，边割边收，像滚雪球一般，到地头就是厚厚长长一垛。大人们沿竖趟在前边刨，我们提筐跟在后边捡拾，然后堆成几堆。

分地瓜，一般在歇工前后。生产队长和会计预估刨出地瓜总量，按人口计数量，按小组顺序分配，会计负责记账。分给每户的地瓜，称够数量，成堆放到田地里，在最上面，用一大块地瓜压上一个纸条，纸条上写户主人的名字和数量。农村不识字的乡亲，认得自己名字模样，一般都不会错，更不会错拿。老会计高德元，是我本家的伯伯，当了二十多年会计。这纸条，都出自他的手，字体笔迹二十年没变。

家里有劳动力的，会早早把地瓜担回家。最后没有分到的，就帮着叔叔婶婶送回家去。大人们担地瓜，都用大圆筐，由棉槐条或柳条编成，筐下边用井字方格木托，这样，一筐能装七八十斤。有时候分地瓜到晚上，点上灯笼，满地里就过秤的地方亮。没分到的在一边聊天儿、抽烟，个别的在地瓜秧堆上，裹着衣服，呼呼睡大觉。

地瓜，总体上分两种，一种春地瓜，春天种得早，秋天须早些收了，晒地瓜干，腾出地来种冬小麦，抢收抢种，确保秋分节气之前播种完毕。还有一种夏地瓜，当地叫麦茬地瓜，个头瘦小，颜值高，刨出来，需要用柔韧的地瓜秧，绑成七八斤一小把，然后分给各家。这种地瓜是农村过冬的重要口粮，放到自己家土窖里，一直吃到明年开春。

切地瓜是农民的累活。每一块地瓜都要清洗，乡亲们提前挑水到地瓜田里，直接放到切地瓜干的地方。切地瓜片的刀，样式很多，有横切竖切两种。横切的，在一块木板上一侧，竖着钉一把切刀，刀刃朝里，高出木板十多毫米，在木板上头钉一条活动木把，把地瓜放刀刃上，用木把使劲一挤就出地瓜切片；竖切的简单，选一块 3 公分厚的长木板，中间偏上位置挖一个斜口，横着钉一刀刃，高出木板斜口 10 多毫米，直接拿地瓜往刀上擦，就可以切成片。后一种有一定危险，大人们常用，须戴一副厚手套。农村几乎每家都有这种切刀，切地瓜多了，在木板上、刀片下面往往会凝结一层厚厚的地瓜油。

南崖村，三面有山，最合适晒地瓜干的点位，是村东面小山。上边多青石板，二三十米高的坡，切好后晒在上面，干得很快。精明的乡亲们，刨地瓜前，就提前到小山上占地方，把平时不用的扫把、竹竿、破筐，分别放在几块石板上，一头系上麻绳，一头拴上石头，圈出一二十平方米范围，解决一秋地瓜干晾晒问题。

运、洗、切、摆，每家大人孩子的精力都会投入进去。切地瓜干，家里除不能动的老人和吃奶的娃娃，悉数出动，学生放了学，背着书包也要到山上来摆地瓜片。夜幕降临，小山上点起好多灯笼，在山坡上，摇摇晃晃，一盏接一盏，灯影里，有穿着花棉袄，戴绿色方围巾的妇女，有穿着黑棉袄，唰唰唰擦地瓜片的男人们。擦完一筐，有孩子趔趄着，将筐拖到一边石板上。有的孩子小，家里没人看，大人会把孩子带到山坡上，垫上棉袄，把孩子放进筐里，一边切地瓜，一边哄孩子。直到全部摆好，收拾利索，才回家做晚饭。

秋末多艳阳，遇到好天气，地瓜干两三天就可以晒干一批。小山上，所有青石板都晾晒有地瓜干，白花花的，新晾的，湿度大，身段低，平躺在石板上；半干的，拱起身板，奇形怪状；干透的地瓜干，风一吹，七摇八晃荡，咔哒一声，换个姿态，再摇再晃荡。

地瓜干多是大人晒，孩子收，也有老人晒的，儿子媳妇收，免不了有收错的。这也好办，回家一问，错了，赶紧扛着送到人家去。地瓜干不如别的粮食值钱，但确实最不让人省心。心里总要惦记着晾晒地点、时间、位置、数量，邻居家是谁。

偶尔赶上阴天下雨，乡亲们都会放下手里的活，往小山跑，急匆匆地捡拾地瓜干，用车拉回家，或者背回去。我们家，从没有在小山上晾晒过地瓜干，都是晾在自己家房顶上的，收拾起来方便。在房顶上摆地瓜片，总想多摆些，有时就靠房顶边沿，这时候，母亲常常提醒我，别太靠边了。

地瓜干平时存放在粮囤里，用的时候去磨坊打成面粉。农村粮囤多是用高粱秸秆编织，也有用荆条编的，里外用泥巴磨平，上边有盖子，留粮食进口，出口在下面。出口放置一个能抽拉的挡板，挡板提起，流出粮食。制作粮囤叫“盘”囤，有方的、圆的、椭圆形的，有的放屋里，有的直接“盘”在院子里。

粮囤，就是粮仓，每家都有这么一两个，甚至三个。上边开口的粮囤，盛放地瓜干比较方便，囤里面满了，可以在囤上方盘几圈茓（音 xué）子，直到屋顶，可多存放地瓜干。茓子，也称踅子，是用高粱秆、芦苇硬皮编织的长条粗席子，三四十公分宽，10多米长。冬天，有一两囤地瓜干和玉米粒，那几乎是农村人一家的主食，也是牛羊和猪们的口粮。

过去，人们习惯吃地瓜，是无奈之举。地瓜干，片大干净品相好的，多磨成粉，用来制作一家人主食。小块边角料，也磨粉，用来喂牲口。现在地瓜成了稀罕食材，煮、蒸、烧、烤、炸，换着花样吃。白色的地瓜面比小麦粉多了一点浅浅的灰色，多了一点微微的甜味。抓手上发暄（xuān），像抓空了似的，不像小麦面粉，一抓一把，手感实诚。

自己家里吃，蒸窝头、摊煎饼、擀面条。死面窝头，发黑，口感像胶皮，乡亲们戏称，干窝头装上木把可以当锤子用。发面的口感要好一些。摊煎饼一般掺玉米面，香气足，口感好，卷上一根山东章丘大葱，培育出山东人豪放耿直朴实的性格。煎饼卷大葱，我垂爱至今。

地瓜面和面粉掺一起，可烙饼、擀面条、蒸馒头。村里人家，夏天用来做面条。这种面条，手擀，不像陕西做面食那么筋道，用压床压成条。一般擀不了那么长的条，最长10多公分的条条，煮到锅里，一会儿就折成寸长的段，用筷子捞不上来，必须用勺子淘，盛到碗里。那味道，甜甜的，糯糯的。有家里孩子多的，大人往往做这样的面条，需和两三个面剂子，葱花炝锅，一家人一大锅面，从锅里盛到盆里，然后放到案板上，等一会儿，让面条糗一糗，直到面汤不分，才开始吃饭。这样，凭你有三头六臂吃天的本事，用筷子捞不出一根面条。得用勺淘到碗里吃，很香，但是，不顶时候，一会儿就饿。

我们家很少用地瓜面做粥。可是有的同学或小伙伴儿家常喝。我们约一块儿上学、割草，人家喝的粥，就是用地瓜面煮的，黑乎乎的，但是那黑乎乎的粥里，似乎还有金黄色的细小颗粒，金灿灿的，是玉米糁，感觉人家吃得很香。回家，我向母亲说起，母亲说我“烧包”，说我在家喝玉米面糊糊，倒看着人家喝地瓜面儿香。还有的人家，做玉米糊糊，选好的地瓜干，洗净，掰开，扔进粥里，煮透，煮软了，盛到碗里当主食。

在鲁西南农村，吃苦过来的乡亲们，对地瓜印象至深，难以忘怀，对地瓜一类食材加工，比如酿酒、挂粉条、做淀粉，等等，都“轻车熟路”。做出了花样，吃出了花样，品出了味道，苦中求甜，苦中找乐，造就了乡亲们生生不息的坚韧性格。

后来分田到户，许多乡亲们的土地一年只种一季地瓜，开春种完，外出打工，到秋后，收了，悉数卖掉，也有的放到第二年开春，运到县城，能卖到八毛、一块钱一斤，在大城市可能卖到两块钱左右。城市超市里卖的地瓜，有许多花样，回到村子里再吃地瓜，反而不方便，主食类变成了馒头、烙饼。一次和母亲说起想吃地瓜面煎饼，母亲说现在县城里，什么杂面煎饼都有，没有人再吃地瓜面煎饼了。

嫩地瓜秧儿也是一宝。七八十年代，家里孩子们多的，粮食不够吃，地瓜秧是应时的食物。他们常常把嫩绿的地瓜秧，扯下来，洗净，用开水焯过晾干。等到开春，用开水烫一烫，洗一洗，撒上玉米面，撩一点水，放到笼屉里蒸，熟透用手抓着吃。现在饭店里有这种蒸菜，蒸的是青菜，加一点盐和面糊，没有人再蒸地瓜叶吃。如果现在有这种吃法，我想再“烧包”一回，亲口尝尝，因为从小至今我还真没吃过。

现在，平阴农村生活水平提高，乡亲们很少吃地瓜。有吃的，也是尝尝鲜儿。尝鲜儿，也很有讲究。县城盛传一句话，赞许地瓜：地瓜好吃，煮的不如蒸的，蒸的不如炸的，炸的不如烤的。据说这话是从爱吃地瓜的梁山那边传过来的，可见，鲁西南乡亲们对地瓜还是情有独钟的。

市场需求，牵动着种惯了地瓜的乡亲们的神经。有人从济南引进一款名品，叫“553”，这种地瓜，皮黄，瓤也黄，已经试种成功。引进的还有紫色地瓜，既可口又养生，富含花青素、硒元素，是地道绿色食品。一种小个儿紫蓝地瓜，身条小巧，八块钱一斤；另一种是“19号”，紫皮，白瓤，皮儿薄，糖分低，鲁西南地区多种，梁山、菏泽地区比较喜欢吃。

南崖村的万宝常兄弟，这几年自己种有30多亩地瓜，一年只收一季，自产的和在村里集中收购的，一年销售20多万斤，在平阴、梁山、菏泽、东平几个县市小有名气。

2018年5月

煎饼的故事

身在京城，每逢老家来人，父母总会给我捎一些山东煎饼，亲戚、同学来，都是如此。昨天，我侄子高铁林，到北京来读大学，老人还是让他给我捎来煎饼。

我对煎饼所有记忆，一般始于地瓜面煎饼。地瓜面，就是地瓜干儿磨成的面粉。每到春节准备年货的时候，粘煎饼，或是摊煎饼，是农村平常而有趣的事。我们家，多做地瓜面儿煎饼，有时稍微加一点玉米面。

我家祖传有一个生铁铸成的煎饼鏊子，直径80厘米，由与鏊子面铸成一体的三只脚支撑，鏊子面上，有一块小孩巴掌大的疤痕。每到过年，母亲在家，取下灶上铁锅，把鏊子放到上面，鏊子平面略高于锅台，周围用石头塞紧挤得结结实实，再用泥巴糊上缝隙。弟弟妹妹小，我负责灶下烧火。母亲上手在鏊子上粘煎饼。

母亲头上裹一条毛巾，锅台鏊子两边，一边放面盆，一边放一碗凉水，从盆里取出面团，揉和拍打成橄榄球般样式，双手捧着放在鏊子上，从外往里一圈一圈地转，转到中间，把剩余面团取出来，拿起锅铲，蘸一点凉水，把留在煎饼上的一些面糊铲平。稍后，用锅铲在煎饼周边旋一圈，那焦黄焦黄的煎饼就熟了。

那是过年的准备，更像一种仪式，甚至是一种魔术，能够把难吃的地瓜面，做成人人爱吃的煎饼，把可能是黑乎乎的胶皮状的窝头模样，变成了亮展展浅黄色的煎饼，那略微有点煳且发黄的煎饼边，一圈的诱惑，看到，就想拿起来咬它一口。

前邻居令成爷爷和奶奶，是看我打小长大的两位长辈，对我特别好，两家常来常往。春节期间，爷爷奶奶到我家串门，赶上做煎饼，母亲就会拿刚出鏊子的热煎饼，卷上大葱，给爷爷和奶奶尝尝，离开时包上一摞，让爷爷奶奶带上。吃煎饼的标配，就是卷大葱，常吃的大葱有两种，一种是生产队菜园分的鸡腿葱，还有父亲从县城买回来的章丘大葱。有时母亲手上粘着面走不开，大葱放在窗台上，母亲就请爷爷奶奶自己取来，卷上吃。

另一种做法是摊煎饼，把小麦、高粱、玉米、小米、杂豆等原料挑选淘洗、浸泡，磨成"煎饼糊子"。摊制前，往往先在鏊子上面擦一遍油，鲁西南当地百姓习惯用生猪皮擦一遍，这样煎饼容易与鏊子分离。舀一勺糊放煎饼鏊子上，从中心到边缘，用竹"拐子"（当地土语：磨平像学生尺子模样横向有把手的木板或竹板）旋转推拉，糊子便薄薄地粘在鏊子面上，形成一个煎饼。这样的煎饼比较厚实，有一股焦煳的香味。这种做法有点像做天津煎饼果子的模样。

这些煎饼，农村过年用来盛放一些油炸食品。像炸小鱼、炸藕盒、炸丸子、炸地瓜盒子，提前做好，垫上两三层煎饼，放到笸箩里。来了客人，取一部分，稍加工就速成一道菜。有的用它放猪头肉，或者放猪杂碎。农村人杀猪后，把猪下货煮熟，用煎饼垫底存放，过年，有客人来，取来切几样猪下货，是农村待客的硬菜。

出正月，猪下货吃完，煎饼使命完结，被眼尖嘴馋的孩子，一碗热水泡了，吃了；煎饼较多时，家里一般多做汤，烫在锅里，热在嘴里，香到肚里。济南和泰安盛产煎饼，金黄色，折叠得像一个大屏幕手机，板板正正，或许是传统工艺的原因，煎饼口感发硬，味道有点儿酸。许多人吃不习惯，我也是。尽管我知道，那也是山东人，家里人，爱吃爱做，经常当礼物送人的一种美食。

清代蒲松龄《煎饼赋》：煎饼之制，何代斯兴？溲合料豆，磨如胶饧，扒须两歧之势，鏊为鼎足之形，掬瓦盆之一勺，经火烙而滂澎，乃随手而左旋，如磨上之蚁行，黄白忽变，斯须而成，"卒律葛答”，乘此热铛。一翻手而覆手，作十百于俄顷。圆如望月，大如铜钲，薄似剡溪之纸，色似黄鹤之翎，此煎饼之定制也。若易之莜屑，则如秋练之辉腾。杂之以蜀黍，如西山日落返照而霞蒸，……或拭鹅脂，或假豚膏，三五重叠，炙烤成焦，味松酥而爽口，香四散而远飘。……

清代袁枚在《随园食单》中记载：山东孔藩台家制薄饼，薄如蝉翼，大若茶盘，柔嫩绝伦。这位文艺范美食家评说山东煎饼：吃孔方伯薄饼，而天下之薄饼可废。

山东煎饼始于泰安，创新发展在临沂。2010年，我陪父母家人去临沂，领教了临沂煎饼的新颖和鲜美。当地老乡用两张煎饼，中间放上韭菜鸡蛋，也有的拌上豆腐馅，裹紧，在鏊子上烙熟，香酥可口，特别好吃，这种地方特色名吃叫煎饼盒子。沂蒙老区的煎饼卷渣豆腐也是地方美食。把野菜、小白菜、萝卜缨等洗净剁碎，加点盐和豆面，用水焖煮后，用煎饼卷了吃，软糯可口。听说，在临沂吃煎饼卷菜，还有更讲究的，像拌猪头肉、炸黄花鱼、大葱虾皮、辣椒豆腐、牛肉芹菜碎、腌香椿蒜薹等，都可卷进煎饼，粗做家中常吃，细做可登餐饮名堂。

现在做煎饼、卖煎饼都已经成了产业。半机械化电动旋转鏊子单张单做，尚可接受，大型机械化滚筒式鏊子，生产出的煎饼就像卷好待卖的布匹，味道大打折扣。好在，批量制作和批发，所用食材更为丰富，想吃什么面的煎饼，就去定制什么面的。而我还是独爱吃摊的或手滚的煎饼。

现在，父母住楼房，母亲不能再亲自下厨做煎饼，但是买煎饼常记在心上。今天侄儿捎来的煎饼，里边自然还有我最爱吃的手摊高粱面煎饼。母亲知道，县城有一家专门做这种煎饼的店，煎饼薄厚均匀，灰色泛一点黄，一片一片撕开，放到热汤里，依然会成形。这种煎饼，与地道的章丘大葱是绝配，香甜可口，有时看见别人吃，或者自己想想，都会吞咽口水。

我记得，小时候放学回家，没有零食，就奔到里间屋盖帘儿上，拿出一块地瓜面煎饼，撕成小块，放到碗里，偷偷地从大油罐子里，抿小半勺大油，放二三粒粗盐，用开水冲一碗煎饼汤，那是当时农村孩子的美味。那煎饼，经过热水一泡，就会化成沫，化成汤，趁热喝下，那点油水，那点汤汁，那种偷偷摸摸吃一点“荤腥”的感觉，非常难忘。以至于，现在回老家，还问过哪里有地瓜面煎饼，我还想尝尝。母亲说我“烧包”，想吃地瓜面的须提前预订。说起煎饼，母亲总是有时间有话说，会引出一串串关于煎饼的故事。母亲说我小时候，家里粘煎饼，几乎是趴在灶下烧火，母亲说哪边鏊子凉了，我就会在那里多放些庄稼秸秆，脸上常常抹得灰一道，黑一道。

我们家的下一辈渐渐长大，他们不会也不需要下手摊煎饼，他们知道曾经有过地瓜面煎饼，都是老人讲故事听来的。我女儿，对煎饼的态度，就是尝尝新鲜，还挑三拣四，总想吃豆面、玉米面的。让90后、00后的孩子们听故事可以，吃煎饼难。我也不能苛求他们，毕竟，他们生活在美食美味极其丰富的时代，已经不是随便哪种什么面的煎饼，就能诱惑他们的啦。

2010年夏天，我和父亲去上海参观世博会。在世博会外边，等候进场排队过程中，父亲突然发现，排在我们前边的，有个人腋下夹着一沓煎饼，手里拿着矿泉水。父亲示意让我看，那是我，除了在北京看到老家煎饼之外，第一次在山东之外见到山东大煎饼。我问那位朋友：你是山东人吗？他说：是济南人。我问：你带的煎饼，是自己做的吗？他说：不是，是买的，出门，这煎饼好带，不容易坏，吃块煎饼，喝点儿矿泉水，省钱，吃得放心。

还有一次是在泰山南天门，我吃过一次煎饼。那是半自动化的，一个铁架子，上边放了一个鏊子，面糊放到鏊子上边。师傅脚底下一踩马达，鏊子很快旋转起来，上边一只小棍，平放上就能把煎饼糊给抹得平平展展，然后他抹上一些酱，夹几片绿色菜叶，卷起来，递到食客手里，那人就着呼呼的山风吃煎饼。朋友陪我去参观，我不好意思说，等朋友家人过去，我自己去排队买了一个煎饼，加入到吃煎饼的队伍里，高兴得不行。一个根深苗正、纯粹地道的山东人，在泰山顶上，吃着地道的山东煎饼，在人群中，开心得想撒欢，心底涌起一份激动，像在参加“我是山东人”宣誓仪式。

我吃煎饼长大，父母双亲 70 高龄。我常想，如果能多回家几次，在父母跟前，多陪他们聊聊天，陪他们吃顿饭，和他们一块儿再做一回煎饼，该有多好。再帮母亲烧火是做不来了，多想能给父母热一张煎饼，卷上葱丝，夹一点菜，递到手里，不知能否补上三十多年不在父母身边的歉疚。

我不敢说忘记了煎饼的味道，就忘记了老家，就忘记了故乡，但是我敢说，如果谁三年五载不吃煎饼了，谁真的离忘记老家、忘却故乡不远了；如果谁三年五载，不再陪着父母吃煎饼，那谁的心，离父母也会渐行渐远了。煎饼，摊开的是岁月，是四季的更迭，裹着的是亲情，是乡情，就像煎饼鏊子底下那红通通的火一样，悠悠的，热热的，烫烫的，不管你想不想，家都在那里，不管走到哪里，父母都应装在我们心里。

2018 年 5 月

石榴里的乡愁

中秋节是家家团圆的日子，又是让人伤感的日子。

夫人单位一位老同志，院子里长一棵石榴树，果子压弯了枝条坠到墙外，顾及路边常有小孩子光顾，还没有到节日，就提前摘下几个，送过来让女儿尝尝。

夫人劝我，趁孩子上学没有回来，你先尝尝鲜吧，老同志的一片心。不好意思，我惴惴不安地打开袋子，选了其中最小的，掰开，红里透着黄色的皮，露出粉红色的籽粒，刚刚放进嘴里的一刹那，一股莫名的情绪涌上心头——一种离开家乡，离开那个小山村多年，而每每中秋节才莫名地生发出来的思绪，从淡淡的开始，随着时间的推移而变得浓浓的……

小时候，家在农村，有一个普通的没有特点的农家小院。院子里有三棵石榴树，在堂屋前边。屋门口左侧是一棵甜石榴，开白花结绿皮果，右侧是两棵酸的，开红花结红皮果。

那时，父亲在县城工作，家里家外都是母亲一个人操持，还要忙我们姊妹几人的吃喝。每年开春，家里石榴树冒芽的时候，就是母亲忙活田地里农活的开始。以前，这个季节出工参加生产队劳动，后来分田到户，又开始没黑没夜照顾自己家的田地。那时间，我已经在读高中，周末回家，帮母亲多干点活，是我的责任。

石榴花开的时候，山沟里村庄最为热闹。我特别留意过那棵红石榴的花，每一朵每一片都是浓浓的、红红的，红里透着紫，像春节刚刚买回的春联，又像大红纸包裹着的鞭炮，那么恣肆，那么无拘无束。而那棵绿石榴，树干灰中带绿，树叶挤得不分彼此，相似的花形，相同的还透着甜甜的味道。石榴花特别耀眼，绿色的花托，拥抱着白色的花瓣，柔和地躲在枝条和树叶之间，向天，向上，白天，接受散落的阳光，晚间，敞开胸膛拥抱露珠的清香。

绿色石榴树下面，是一块有办公桌大小的长方形石头，上面平展，夏天我常常躺在上面乘凉。在它的前面，还有一块小长方形石头，农村叫作“锤磨石”，每逢洗衣服晾干了，或者拆洗的衣服面料，母亲总是叠好，放在石头上用木棒槌拍打平整，线条棱褶分明。

我和妹妹放学回家，母亲在厨房做饭，一边呼着喊着督促我们放下书包快做作业。我们坐在小石头上，书和本放在大石头上做作业。其实，那时有什么作业？小学二三年级，书本是从前往后学，也是从前往后撕，学到最后，可怜的书本只剩下最后几页。每一次煞有介事地铺开作业本，都是对书本的蹂躏、摧残和大不敬，甚至会再添一道伤痕。

石榴树下“读书”，心思往往放在树上。嘴里含着铅笔，眼睛盯着石榴树发愣。那棵树，主干由三四枝擀面杖粗细的枝条组成，拧巴着，盘旋而上。这样的树干，有相当的韧度强度，无论多大的风雨都不会折下枝杈，不论石榴是大年，还是小年，即便是压弯了树冠，那树干依然挺拔，每年开春，树干上再抽出几枝嫩条，追随树干向上蹿去。

花儿落去，小石榴嘴上的花蕊刚刚枯萎，我心里面已经开始惦记树上的果实。当石榴开始显肚的时候，我已经琢磨尝尝滋味了。一般趁母亲不在跟前，爬上树，拣个头大的，掰开看看，里面尽是比米粒稍大的石榴籽，放嘴里，咂摸出苦苦涩涩的味道。后来，被母亲发现，自然是挨一顿批评。

儿时被批评要长记性，石榴定果后，母亲要盘点那些准果实的数量和大体位置；同样尝过苦涩味道，也要长记性，一直到一个个石榴长大，裂开嘴，才可以尝鲜。

我生日接近中秋节，入伍前几乎没有办过生日。记得最为隆重的就是摘石榴，这时母亲也高兴。常常听到母亲唱起“花木兰羞答答”豫剧调，还有时唱起《红灯记》中李铁梅京剧唱段。

我爬上树，用裁衣服的剪刀，从石榴根部剪断，留出一点枝叶，放在提前腾空的藤条筐里，这时的石榴一个一个和我一样精神。红的，是酸石榴，多数都裂开了嘴，亮出红红的籽粒，无所顾忌地展示数量和诱人的宝石红颜色，那籽粒，像颗颗钻石，拥挤着，像似要挤着掉下来，只需看一眼，敏感的味蕾马上会做出没出息的反应。

北方农村，石榴不算稀罕物件，几乎每一家都有石榴树。但是，临近中秋，沾了节日氛围，却是另有一番味道。有邻居家孩子，到家里来，母亲就送他们一两个，他们高兴地跑开了。有的孩子自己不往家里拿，而是自己悄悄地吃了，多数拿到自己家里，向大人告诉显摆一番，才开始解馋。

我们姊妹四个，我吃家里石榴最多，弟弟小勇最小，也没少吃。过中秋节，母亲用红糖做馅烙几个“月饼”，差我到南山峪村里果园买几斤苹果，再掰开几个石榴，就是过节的全部。

我记得母亲允许吃甜石榴，酸石榴一般不让吃，有时只有尝尝的份儿。听父亲说过，老奶奶在世时，母亲把酸石榴一个个放起来，留给常常咳嗽的老奶奶吃，说是可以止咳。我印象里，不论是甜的，还是酸的，我没有见过母亲吃过一次石榴。

入伍三十多年，只要我们回老家，都要再回村子看看。但是院子在，堂屋在，那三棵石榴树早就没了。

中秋到了，吃着今年的第一个石榴，又想那个小村子，想那个院子了，想那三棵石榴树了，想家、想父母亲了。

瞧你那点出息，快五十的人了，还掉泪。夫人说。

2010 年中秋

香　椿

香椿，是椿树的芽叶，属于楝科落叶乔木，在我国北方又叫椿头。一棵香椿树，黑红的树干，过了春分，它就生发出簇簇嫩芽，紫红紫红的，像一束束燃烧的火苗。

香椿鲜香味美，营养丰富，是春天价廉质优的大众蔬菜。中国是世界上唯一用香椿做蔬菜的国家。种植的品种有两个类型：一是紫香椿，幼芽儿呈绛红色，富光泽，香味浓，油脂含量高；二是绿香椿，幼芽儿呈绿色，香味较淡，油脂较少。香椿清香浓郁，质地柔嫩，营养丰富，与荔枝一样在明清时期作为贡品，深受宫廷贵人厚爱。民间有三月八吃椿芽儿的说法。

初春，是母亲每年给我捎香椿的季节，今年也不例外。

老家在鲁西南一个小山村里，小时候，家里没有香椿树，我和弟弟妹妹提出想吃香椿，母亲会说等着赶集去买。

我家前邻居令代爷爷家，是一排三间南屋，屋后夹道宽敞，栽有梨树和香椿树。开春，香椿芽叶，像紫红的火苗，蹿上树梢，爷爷奶奶家有一个女儿，我管她叫姑姑，膝下没有男丁，多叫我去他们家，帮着摘香椿。

令代爷爷家好像干什么活都有相应的家什，连摘香椿用的钩子都是现成的。柏木杆子，约 2 米长，擀面杖粗细，表皮磨得溜光，细头上用铁丝绑着一只钢筋做的弯钩，钩子的下脚还打一个直角弯，扎进杆子里，结实有加，非常顺手。

那棵香椿树有七八米高，我先爬上去，蹲靠在树杈上，再让爷爷递给我钩子。阳面的香椿芽长得稍粗壮一点，我伸钩子往根上一拧，香椿芽掉下来，爷爷奶奶在树底下，抻开一个白色的包袱皮接着。爷爷奶奶上不了树，眼神还好，有特别小的，会提醒我：先留着，让它再长长。我使劲过了，连树枝也给掰下来，奶奶有点心疼，说：明来，你看准了再掰（音 bēi）。帮爷爷奶奶干完活，他们会用手绢裹紧香椿芽，盖在上衣大襟底下，给我家送过来。

三十年前的香椿，也金贵，毕竟是农村和城市里人都十分喜欢的食材。炸香椿鱼、拌香椿豆、香椿拌豆腐、香椿炒鸡蛋、腌香椿咸菜，每一种吃法，都是一种诱惑，每一次品尝，都会留下印记。

母亲给儿子买香椿，很少问价钱。一年"五一"节，我们一家回老家，母亲找到村子里几户有香椿树的乡亲，把刚刚发出有一寸芽的香椿都给人家掰下买来。晚上，我们都睡下的时候，母亲一个人在若明若暗的电灯下，把香椿洗净、晾干水分，再加上食盐，一把一把地把咸气揉进香椿里。沾满食盐的手，被食盐杀得红红的。

母亲的影子映到墙上，一晃一晃的，至今难以忘怀。仔细想来，朱自清先生描写父亲的《背影》实在是平常之笔，神来之笔。朱先生笔下父亲在车站的背影难忘，我母亲在灯下揉香椿的影子亦然难忘。

第二天，弟弟妹妹闻着香气闹着要香椿吃，都是徒劳的，没有任何商量和耍赖的余地。那香椿里，分明揉进了母亲对儿子、媳妇、孙女的关心和爱护，揉进了母亲对儿子的殷切希望，那份爱，在母亲红红的手指间呈现出来，在幽幽的灯光里发散开来。

每年农历三月，正是香椿芽上市的大好季节。香椿入馔，不仅能烹调出美味菜肴，还具有防病治病作用，在乡下，现在还有一种民间单方，掐一把香椿，揉碎，和上鹅蛋，爆炒，它有个极好的名字——春天炒鹅蛋，据说，这道菜可以治疗咳嗽和哮喘。因而香椿可以说是一种医食同源的天然绿色保健食品。

现代营养学分析，香椿芽维生素含量，比番茄高。香椿中还含有蛋白质、维生素 E、钙、磷、铁等多种元素，居木本蔬菜之冠。

此外，还有大量粗纤维、胡萝卜素、尼克酸等。

对于香椿，不论是母亲捎来，还是邮寄来，我都会找一个非常合适的容器，把它盛起来，放得好好的，待日后一点一点品味、消化。

有时候，想家的时候，我会主动地做个香椿鸡蛋，或者，做一顿香椿拌凉面，而后一个人坐下来，小酌一杯，那个香味，那里面的亲情，对家乡的眷恋，都在这自酌独品的气氛里啦。

2009 年 4 月

山韭菜花

南崖村三面是山，山上到处是宝，有草药远志、柴胡、车前子，有食材花椒、酸枣、山核桃，还有一种比较有名，是山韭菜花。

在南崖，像北方许多丘陵山区一样，山上长石头且有土的地方，几乎都长山韭菜。春天，山韭菜和其他小草一样，早早地露出嫩芽，周围草长高了，它们也长长了。等到浅秋季节，草都让割草的孩子割回家去喂牲口了，而在悬崖上和山坡上的韭菜花，还高傲地展示着对夏日的留恋，给静静的山梁抹上点点色彩。浅色的、白色的，山坡上一朵一朵、一丛一丛的韭菜花，随风摇曳，让人怦然心动。

小时候，只是没有把这个当景。放了学，时间短，很少去山上采韭菜花，等到周六周日，约上两三个小伙伴，把自己的书包掏空，背上书包上山采花。等长大，离开那个山村，到大城市工作，才突然发现山坡上韭菜花的美艳。

我们从村东面小山包开始，沿着岩石凸起的山坡，边走边采。顺着北山坡往里走，就是牛口峪。牛口峪，是一个开口朝西的山谷，沿山谷往里，是上千亩国有大寨山林场，鲁西最高峰——大寨山，海拔 490 多米。从山下到山顶，第一层是花岗岩大理石，第二层是刺槐满山的“沿道”，少有韭菜花生长，第三层是风化岩石，长一些杂草和小柏树，山韭菜比较多，再向上第四层是五六十米高的悬崖，崖顶上有若干古老的石板房，石板房边上能够看到一些韭菜花。只是到山顶割草或玩的时候见过，单独采韭菜花很少上去。

采山韭菜花，主要是在第一、第三层。夏天割草，就要注意哪里有山韭菜，对大概点位、长势、数量，自己心中有数。等到夏末秋初，背上书包，或者提上竹篮子，直奔点位，一朵朵、一片片的韭菜花儿就迎候在那里，记下点位越多，收获越丰硕。

我有一块“自己的”山韭菜花“园”，在牛口峪靠里面的北山坡上，那里往上 30 多米，长有两棵绒花树，又名芙蓉花、合欢花，很容易找到。每到季节，采韭菜花的时候，我都会到那里去。和小伙伴们一块去，还是跟大人去，位置都不会走偏。

那里山韭菜薹粗壮，花朵大，汁水饱满，每一次去都有两三斤收获。上高中以后，采山韭菜花或割草，还去过那个山坡。入伍以后，回家多次上山去过那里，都错过时节，未赶上花开。

我和夫人孩子商定，今年逢山韭菜花开的时候，回趟老家，带她们上山看看那个小山坡，去那片山韭菜花园子，采一些回来。夫人说，老家的山韭菜花治“病”，我深以为然。

采山韭菜花，是个腿脚功夫，灵巧活，只要你撒开了跑就可以采到更多山韭菜花。将两三朵花夹在中指和食指中间，用力一勒，噼噼啪啪的声音，麻酥酥的感觉，就会从手开始，沿着手臂传到肩头，然后心满意足地顺手放到花书包里，手上依然浸满韭菜花香。有时候采一个上午或者采一天下来，那手指头勒出来的，只中间还有一点肉色，周围由绿变成黛黑色。第二天，到学校教室，韭菜花的味道，迟迟留在手上，几乎是采韭花一天，手留余香三日。

在乡下，采了山韭菜花，拿回家放到案板或者笸箩里晾着，不然就会发热，影响质量。一般有两个去处，一个是，逢农历四九，自己赶洪范池集卖掉，换些钱，买书本铅笔之类，大人用来买油盐酱醋，我印象没有赶集卖过；在洪范池集上，卖山韭菜花，多用一个口袋或一条方头巾，展开，把韭菜花码成堆，选花骨朵放在浮皮（当地土语：表面），不用喊，自然会有城里来的买主，讲好价钱，一般买个 3 斤、5 斤，也有的全部买走。全部买走，当地叫“包圆儿”，买卖双方都高兴。还有，就是自己家里腌起来当咸菜。选采回来的韭菜花，挑出里边的草叶，揪掉偏老的韭薹，洗净，晾一晾水分，放盆里，把粗盐碾碎，慢慢揉搓，待山韭菜花发蔫，吃进盐去了，而后再放咸菜罐子里。过几天，没有辛辣味道，就可以吃了。

这入罐的腌韭菜花，让我惦记，有点像惦记老奶奶床头盒子里的桃酥。毕竟是自己跑进山里，一朵一朵采摘回家的。我迫不及待，经常悄悄用筷子夹一点出来尝尝，生怕错过了能吃的时辰。山东煎饼卷大葱，很有名，煎饼卷山韭菜花，也是山里孩子的诱惑。放学回家，选一张软和的煎饼，折成书本模样，掏出几朵山韭菜花，幸运的话会有两三只花骨朵，排成一列，压实，卷起，咬一口，满嘴咸香。我有一副好牙口，应该是那时候练出来的。

东平湖区陈山口的姐姐，腌得一手好山韭菜花。姐姐是我姨家的表姐，叫允桂，姐夫尚诚是当地有名的医生。前些年，姐姐买了山韭菜花，摘了，洗了，晾瞘晾（音 qīliāng，当地土语：去掉部分水分），放上生姜丝，盆里加入细盐揉搓，洗两个大口水果罐头瓶子，控干水放到里边，再放冰箱冷藏。每到中秋节，或者过春节，我们回家去看姐姐和姐夫，姐姐会把珍藏拿出来，让我带回北京。夫人和女儿只有吃涮羊肉的时候吃，而我把山韭菜花咸菜放在冰箱里，细水长流，慢慢吃到第二年新山韭菜花下来。

姐姐年轻的时候，来我家帮母亲看过我大妹妹小霞。姐俩年龄差 10 岁左右，姐姐背着妹妹，与邻居炳芝老爷爷家的春姑奶奶，一块儿在胡同里踢毽子。冬天，穿着棉衣棉裤，踢不了一会儿，姐姐的棉袄就被尿湿。多年来姐姐和小霞，像一对亲姐妹，来往甚密。姐姐自己腌的山韭菜花，也想着小霞妹妹，不管大罐小罐，都送她一份。这姐俩，一个年龄过五奔六，一个过六奔七，早当奶奶姥姥了，递过山韭菜花咸菜罐子的时候，姐俩四目相对，先掉泪，后说话。

现在，我家早饭吃粥，有时还炒一个菜，主食多面食，面包、馒头、烙饼，等等。也常常换着花样吃，唯一恒定要吃的咸菜，就是老家带回的山韭菜花。夫人和孩子吃别样的小咸菜，我会专门从冰箱请出大个儿罐头瓶，用筷子夹出几朵，放在别的小咸菜一边，从数量和位置看，很不起眼，有点像受了委屈藏在大人身后的孩子。

放在碟子里的山韭菜花，只有我一个人享用，与面粥、米粥、馒头，是绝配。有时让女儿尝一口，比吃药还难，绝对不吃。以至于，有时吃完饭还剩一两朵，我会扎上保鲜袋放冰箱，下一顿再吃。常常听到夫人和女儿揶揄几句，得到几声“赞誉”。我脸皮厚得相当可以，把这当作表扬，依然故我，想吃则取，该吃就吃，剩下不丢，藏后再吃。

老家的两种咸菜，一是腌香椿，二是腌山韭菜花。吃的次数多，吃饭时专注留意不够，但每每这样一个简单吃饭过程，仿佛品读一封家书，读多次，多次读，昨天刚翻过几页，今天还想再读。

这种感觉，或者味道，有的时候能说出来，有的时候能看出来，但是能够说出来看出来的，还不是纯粹家的味道。真正想家念家的味道，由此而引起的，是平静的、放在心上和装在脑里挥之不去的情绪。

生活变好了，山韭菜花，不单是咸菜，它变成一种佐料，农村吃羊肉涮羊肉时的一种佐料。我家现在涮羊肉片儿，要蘸韭菜花酱，山韭菜花在这里成了美味，也成了生活的一个调味料。商店里卖的韭菜花酱，很咸很香，但那味道远远赶不上山韭菜花酱的味道，因为，老家的山韭菜花，杂糅进草味的清香，喝过山风，滋润过雨露。

2018 年 5 月

炬　鸡

“炬”字，很有意思，左边是个火字，右边是个区字，属形声字，从火，区声，从字形看就像用火烤封闭状态的罐状器皿。南北朝字书《玉篇》释义为“炮炬也”。《管子·侈靡篇》记载：古之祭，有时而炬。唐代尹知章《注》：炬，热甚也。谓旱热甚而祭。新华字典解释得最为准确：燃烧柴草等让火不旺不熄只冒烟。

炬，在古代就是一种常用的烹饪方法，现存文献名《赐太子玉食批》就记载了，南宋皇帝每天赐予太子的美食有三十多种，其中就有“清汁杂炬胡鱼肚儿”。具体怎么炬，书中没有细说方法。据我考证，其实就是用文火慢慢煨，直到食物烂熟，美味可口。

鲁西南地区有个传说。很久以前，在桃都肥城西面有个叫石沟的村庄，村子北面是一片连绵不绝的大山，风景秀丽。村中有一位恶婆婆，对待儿媳妇十分苛刻，除了下地干活，侍候老人，还要做所有家务，即使有了身孕也不放过。

有一次，恶婆婆得了一种奇怪的病，浑身难受，请一位道人为其祛邪。道人对恶婆婆道出缘由：其病因乃疟气所致，根在其儿媳身上。需用一只老母鸡，以良米喂养九九之数，用坛子炖十二个时辰，儿媳食尽其肉，以汤为引，病可医，善待儿媳，方可除根。道人走后，恶婆婆买了一只老母鸡，喂养了八十一天，用坛子把鸡炖上，恰巧，第二天农历八月初一，正是儿媳临盆之日。婆婆将炖好的鸡端给儿媳，自己喝了一碗鸡汤，说来也怪，儿媳母子平安，婆婆的病也好了。自此以后，恶婆婆对儿媳态度有了大的转变，一家人和和睦睦，而恶婆婆也活到了百岁高龄。

农耕时代的许多事情，一传十，十传百，效仿得多了，就成了习惯。约定农历八月初一中午吃炬鸡。

头天下午就开始忙活做准备。晚饭以后，家里主人收拾好厨屋的事，开始杀鸡，一般取四五年母鸡为最佳选择。准备一大糠篮谷糠（也称檬糠）。这谷糠是收秋碾压谷穗扬场出的糠，里面有一些谷穗秆子没轧断，有半尺多长，谷糠间隙大，烧起来提温快。

老人们讲，八月初一讲究的人家吃炬鸡，都选自家散养的老母鸡，烧谷糠，再就是用陶土烧制的瓦罐。烟火炬煨一夜，在太阳没出来之前吃，说是这个时辰吃了一冬天不生病，而且，还一定要让家里女人先吃肉喝汤，能驱灾防病，强身健体。往往老人孩子还在被窝里，就被家人喊醒，晕晕地，蒙蒙地，喝一口热乎乎的鸡汤。

家里孩子有经不住香味诱惑的，有的半夜三更起来，溜达到厨房，先看看大人在不在，再摸摸糊在陶罐口的泥开裂没有，幸运的话，能先捞两块鸡肉尝尝。

宝运兄弟家老人在世时做过。他家的厨房是临很高的土崖贴地面往里掏土而成的，冬暖夏凉，十几口家人的锅灶就在这土屋里。在土屋的一边，靠墙的地方，用砖块立起来，成三角形，这样比较牢固结实。

炬鸡不用锅灶。那个时间还没有高压锅。而是选一只粗陶瓷的油罐，有盖，有两只耳朵。能放一只鸡的，得选较大的罐子。鸡杀好洗净，把心肝放进内膛，放姜葱和适量的食盐。放的水刚好没过鸡身，盖好盖子。用黄泥将盖子处糊好抹匀。而后放在成三角形的砖块上，放稳，垫平。

做完，点火将谷糠引着，慢慢往上面添加，直到上面罐子口处埋在谷糠里。在迎门进风的方位，开一个小的进风口，而后，再将湿的土均匀地盖在谷糠之上将谷糠封住。在顶上留出一个小孔，透气冒烟。看到正常冒烟，就可以回屋睡觉了。

家里老人不放心，常常在起夜的时候，到厨房看看，围一围火，往烧透的地方添些谷糠；也有的睡不着觉，拿上烟袋锅到厨房守着。这样烧火，不出明火，但热量极高，又有土层遮盖，热量跑不出来，几乎全被陶罐吸收。

家里孩子多，都急着到厨房里看看，问问大人该熟了吧。宝运兄弟的二哥，曾经没等时间，第二天早上就偷偷抠那土层，已经很硬，抠不开，让老爹看见，拿着烧火棍满院子撵着二哥打。要不是跑得快，那棍子估计就抡屁股上了。

一年八月初一，姥姥家没有舍得炬鸡，姥爷想杀一只，姥姥看着院子里的鸡，数着，十多只鸡，除一只大公鸡外都正下蛋，就没有答应。可是第二天，黄鼠狼胆大，它想过八月初二。早晨，黄鼠狼蹿进家，叼起一只母鸡，就往木栅栏门那里跑。姥爷一拐杖扔过去，打得它翻了个滚，丢下咬断脖子的鸡，逃了。

姥姥心疼不已，姥爷略显得意。八月初二上午，姥爷十分积极，忙前跑后地在家炬鸡。嘱咐三舅下午歇了工，直接到我家，请母亲带我和大妹妹小霞去吃鸡。

我们走得很快，我和妹妹几乎是一路小跑。等到姥姥家，太阳已落山，该“喝汤”（当地土语：吃晚饭）了。就听姥姥在厨房喊二舅海方端饭。厨房里满是烟，小脚、个子瘦小的姥姥罗锅着腰，揉眼睛。那炬鸡的罐子我见过，就是姥姥平时盛放猪大油的那只罐子。

姥爷揭开罐子盖，用汤勺盛出来一碗，让我和妹妹先吃。其实我进门就闻到香味了，碗里鸡肉冒着热气，漂着浅黄色的油花，一颗红枣，几片姜，鸡块像似整鸡拆散的，骨头上粘连着似连非连的肉和鸡皮，夹一块放嘴里，骨肉瞬间分离，肉软烂咸香，入口即化。姥姥专门找出鸡头夹到我跟前，说：这鸡头给外孙子，吃喽，长大好当官儿。

我家从我记事起，多少年八月初一就没炬过鸡。母亲讲，老奶奶在世时，曾经给他儿子，也就是我的爷爷做过一次。1947 年初，爷爷高令和所在的民兵组织被国民党军打散，几名队员回各自家中暂为躲避，爷爷回村里，找到村东东林北面一处较高石头垒起的地堰，将外面石头拆开，掏空里面的土，能容下成年人蹲着。爷爷躲进去，从里面用石头把进口堵上，靠老奶奶或者奶奶送饭吃，偶尔黑天回家睡觉。有几天，邻居给老奶奶说，有陌生人在胡同口打听爷爷，老奶奶就不再让爷爷回家。

家里穷，吃不起肉，老奶奶心疼儿子，就让奶奶将一只老母鸡杀了。娘俩清理干净厨房灶火窝，靠墙角支起三块石头，架上瓦罐，点火炬鸡。炬鸡作料就是一点干姜和鸡腿葱，老奶奶还放了几颗自己舍不得吃的红枣。

老奶奶把家里所有的谷糠都堆在跟前，让奶奶抱不满 3 岁的孙子（我父亲）睡觉，她自己在灶火窝盯着，后半夜，谷糠不够，又找来“小麦寓子”（土语：小麦脱粒后扬出的麦皮）补上。后来，老奶奶守着烟火堆睡着了，直到她的小脚脚尖被烧疼才醒。

第二天上午，奶奶背着柴火篓子，出门捡拾柴火。篓子里放了一个油罐，油罐里盛满鸡汤鸡肉，用塑料布封口，外面裹了奶奶的棉裤。

奶奶往东林走，身后一胡同的香。

2023 年 10 月

春节逸事

农村老家，每年年三十晚上，许多家庭，在自己家香台子上摆起香炉，香炉内放进一些粮食，点燃几炷香，寄希望来年风调雨顺，五谷丰登。

庆阳老爷爷在世时，家里存放高家族谱，三十晚上，他会恭恭敬敬早早地取出家谱和老祖宗画像，挂在堂屋正中间。初一一大早，本族的人都到家里来，给祖宗磕头行礼。到了晚上，或者初二早上，将族谱和画像取下。据说，大年初二是女儿回娘家的日子，不能让女儿看到先祖像和族谱。

我入伍后，一次陪父亲到本家老爷爷家拜年，父亲说，儿子当兵，不便磕头。自己边说边跪下磕头。我和在座的老人们拜年说话，他们让我把族谱上的文字解释给他们听。其中，就有关于高姓老祖宗的来历，高氏溯源祖宗是高柴，和子路、子贡、颜回一样，是孔子的学生，高姓辈分遵从孔家辈分排序。应该说这供奉的是祖先，传承下来的是本家族的文化习俗。但是曾经在早些年，要“破四旧”，而烧香、磕头、挂族谱就是要破除的“旧风俗”之一。

1974 年春节，学校响应上级号召，年三十晚上，三位老师带领，分高家街、李家街、万家街三个组，挨家挨户地敲门检查，谁家有挂族谱的、有烧香的都要没收，真有情况的听说以后都暂时收了起来，整个晚上查无所获。

乡下那时没有路灯，只有老师手里的手电筒是亮的，我所在的一组，有一个同学像是从谁家搬出来一个香炉，兴奋地向老师报告，等到走近跟前，手电一照，大家都笑嗨了——原来同学抱出来的，是人家给鸡喂食的长方形瓷盆子。

村子北面有两条进村子的路，一条大路可以骑自行车，另一条在村子西北的沟里，是老路也是小路。那年春节过后，“破四旧”到了非理性程度，上上下下把春节过后乡亲们走亲戚当成“四旧”来禁止。那时我上四年级，学校安排四五年级稍大一点的学生，由班干部带队，分别在村子进出路口设卡，任务两条：一是阻止本村乡亲外出春节走亲戚，二是阻止外村乡亲来我们村走亲戚。

鲁西南农村，管走亲戚，叫作串亲戚。带的礼品一般是一块连着排骨和带皮的猪肉，七八毛钱一斤，一般的三四斤，礼重的割上五六斤，用一块干净笼屉布包上，再拎上两瓶地瓜干酒，就是串亲戚全部花费和标准配置。

遇有几个本村外出的，我们一个组同学认识，我们就悄悄放行，有一两个不认识的，就硬生生把人家撵了回去。我们相信本村大人们如果想外出，总会有办法。

来我们村串亲戚的可就惨了，人家来到村头，骑车的、赶驴车的，还有步撵着来的，他们习惯每年的这一天来走亲戚。快到家门口了，遇到我们一伙小学生。我们几个拉起一根绳子，凡是来的，都劝回去，有的就跟我们这帮孩子吵了起来。那时没有手机，没有电话，不能直接和亲戚联系，多数态度比较好，也不那么难为我们这几个小学生。说话好听的，或者说出谁家亲戚，就直接告诉客人，走学校操场下边的羊肠小路也可以进村。每来一个，都是一套说辞和劝解。

那时天气很冷，冻得我们够呛，盼着上午快点过去，我们早点回家。那天，一个上午，从我们所在的路口，没有一个直接进村子走亲戚的。十分肯定的是，下午有许多走亲戚的，还是喝得脸通红，歪歪搭搭从那个路口离开的村子。

现在想起来，学校组织联防小队做的这些事，说伤天害理，不过分。现在回老家逢乡亲们说起当年这事，我还没完没了地道歉。

尽管他们记忆已经模糊了，甚至不想提起那时整个社会群体集中的负面记忆。现在，这些故事，讲出来，当笑话听，可是每每讲出这些，心都莫名地沉重和酸楚。

今年回家过春节，听说串亲戚还是要割肉。一些路口支起许多卖猪肉的架子，卖肉的大声吆喝着。

过节送礼，在老家从来就没有断过。我说的是亲戚们之间。都说女儿是娘身上掉下的肉，出嫁了，每年春节前都要提前带上猪肉和年货，提前送到娘家。还有的送去鲤鱼和活鸡。

大年初二是女儿回娘家的日子。过去是套上驴车，带上老公和孩子，拎上一床花被子盖上，一家人穿着新衣服，女人还要围上方围巾，一行人热热闹闹地回娘家。现在日子过好了，节前送礼，有的变成半扇子猪肉，或者二三十斤牛羊肉，即便是装一千、两千元钱的红包给爹妈，都不带迟疑的。除个别还有套驴车的外，大都开着小轿车或者摩托车回娘家。

上世纪七十年代，大年初二姑爷来村里，老丈人要请本家至亲长辈，到家里来陪客（音 kēi）。菜一般就那么几样，豆腐丝、小炸鱼、拌猪杂、油炸地瓜盒，青菜比较金贵，一般都不上，生生用大白菜做出几道菜来，酒一般不喝散酒，至少是成瓶的，记得当时是一款平阴产的叫“翠屏山”牌的地瓜干酒。

把酒倒进锡酒壶，再用一蓝边小酒盅倒满酒，用火柴点着，蓝色的火焰，将锡壶烤热，这等于把酒烫热了再喝。这项工作叫“筛酒”，一般由小辈年轻人来干。中间酒凉了，还要再加温，喝酒的人多，就用铁皮烧水壶在火炉子上烫酒。

当时劝客人喝酒，主要是倒酒，也叫满酒。不像现在，劝酒的礼数花样繁多，倒酒、满酒、敬酒、陪酒等。当时两杯以上，最多喝“一年”的，那就是十二杯，酒杯虽小，十二个下肚，也会发蒙。这样几轮陪酒下来客人就喝差不多了。

会陪的，喝到中间，一般会请客人离开院子，上趟街上的公共厕所，说说话，摸摸底，根据客人反应，回到酒桌上继续喝。有实在不胜酒力的客人，这个时候就要说实话，把底撂了，不能再喝了，回到酒桌就可以催饭上主食。

在我们老家，陪客人的最高水平和境界，就是既不能让客人喝倒回不了家，还能够晃晃悠悠、晕晕乎乎地自行离开。

2015 年春节

雨的味道

我喜欢雨，应早于识字。

对于雨的记忆，已深深刻在脑子里。

鲁西南山里，有一个叫作南崖村的地方。村子三面环山，约有两千户人家和三千多亩耕地。祖祖辈辈靠二十多眼老井吃水，即便是最干旱的年份，乡亲们也没有因为吃水犯过愁，可是，整个村子的土地，除几亩菜园外，没有一亩水田。

村子南边，有一条南北走向的大沟，为拦蓄雨水，村里筑起大坝，每年雨季下过几场雨，水坝拦住的雨水没几天就漏光，剩下干裂的坝底和沉底的枯树枝。沿着这条沟再往南，也是一条大沟，乡亲们利用整整三个冬天农闲时间，在沟底打井，直径 50 米，深约 100 米，没有见到水，因而我们村里有“修干坝打干井”之说。

村子是一个有千年历史的古村落，有长条石垒起的古桥，雕刻云纹的石拱门，几条被岁月打磨得光滑的石板路。小时候，每逢下雨，我和一些光脚甚至光屁股的伙伴，在石板路上玩积水，用黄泥在路边筑起“水坝”，待水流满，用中间空的麦秸秆扎进泥里，几个孩子趴在地下看雨水从秆空芯里流出。其实后来才知道，这玩泥巴堵雨水的把戏，大人们小时候也干过。

村里几乎每家都有牛和羊，上山割草是学生周末或假期的必修课。约几个要好的年龄相当的同伴，边玩边割草。下雨了，欢呼着寻找山上的石头小屋，避一下雨。没有小屋，就找较大一点的山崖或者大树，实在没有避雨之处，就把衣服脱下来，塞到雨淋不到的石头缝里。山里的雨来得快，去得也急，待会儿太阳出来，取出衣服穿上，背着装满草的篮子，高高兴兴地回家。

村里的孩子，就是这样在雨水冲刷、滋润和洗礼中长大的。现在想起来，那时每一次下雨，都像似上帝高举着喷壶，细数着岁月的痕迹，浇灌并催生着我们成长，从孩提到中学，从不懂事到懂点事，从不识字到熟悉语文爱上作文。

每一个缺水的乡村，下雨，都像过节。逢大旱年月，乡亲们抗旱热情很高，男劳力们大都担起水桶，抗旱保秧苗，以此来挽救本属于期待中的收成。

村西南有座云翠山，云翠山上有个南天观，观里有一眼日月泉，是济南七十二名泉之一。日月泉在一个拱形石洞内，洞里边，靠南墙位置，曾供有两个铁质神像，每逢求雨活动时，乡亲们就把这两尊神像，从洞里请出来，用椅子抬下山，神像身上系一些柳树条。到村里，再把它们放到一个八仙桌上，沿着村子南北胡同展示求雨，多从万家街开始，走主要街巷胡同，以示诚意。沿街围观看热闹的人，都自觉不戴草帽，有戴草帽的，乡亲们会提醒摘下来。乡亲们讲，那个铁神像特别灵，天大旱求雨抬着走一走，转一转，隔几天就下雨。

妇女们，特别是年长一点的，就自发组织起来，先是沿着胡同每户收取半斤粮食，换来桃酥点心，再煮上六个鸡蛋，换上新衣服，到高家街中间平时存雨水的大坑边上，摆上供品和香案，磕头作揖，虔诚之致，口中念念有词，作一些活动肢体的法术。

仪式过后，每人一把扫帚，排成一行，从大坑底部扫起，顺序扫到坑口，最后将供品分给几位老人，有的自己舍不得吃，就用手帕包好，带回家给娃娃们吃。有位住在附近的老奶奶，很受尊重，大家劝她，让她把鸡蛋吃下去，老人开始不肯，后执拗不过，一口吃下一只鸡蛋，差一点噎着。

这样求雨的法术从没有灵验过，不过，乡亲们能自圆其说，就是求雨仪式后九天之内下过的雨，都算是求来的。因而参加求雨活动的老奶奶们都很有成就感，等到下雨的时候，惊得不行，激动地顶个草帽串门子，津津乐道，绘声绘色地给曾经交过半斤粮食的邻居们一个圆满的诠释。

父亲常不在家，母亲在家带我们姊妹几个，挑水主要靠母亲，有时我也会去井上挑水。那时我挑水还比较吃力，特别盼望下雨。因为，下雨的时候，就不用去井台挑水。我早早地把两只水桶放在堂屋门前，那里屋檐有个缺口，下雨时水流比较大。待水桶满了，往水缸里一倒，有时几天不用去井上挑水。

那时，雨水清清，可以直接饮用。农村也没有酸雨之类的危害，许多家庭都用这个办法接雨水。那雨水里，尽是自家屋顶上晾晒五谷的味道，是邻居家烧柴草炊烟的味道。不知各家屋檐下滴答落下的雨水里，有多少乡亲们的苦衷，又有多少苦尽甘来的快乐与幸福。

下雨时，闲散的人们往往三五个人，聚在一起打打扑克。雨快要停下的时候，真正会过日子的男人们会马上放下扑克，回家下田。也早有人穿起雨披或者戴着草帽，扛着铁锹，到自家农田周围转圈，一是看看自家田里的庄稼是否有倒伏，二是看看田地的围堰是否被冲毁，第三，也是最重要的，看看路边沟沟岔岔里有无积水，如果有，他会迅即下手把这点水引到自己家田里。或许，这场雨，直到庄稼成熟都可能是最后一场雨。

山里的雨，有山野的味道，有茵茵青草的味道，有沟坎上田地里青苗的甜香，有乡亲们种田汗渍的咸苦。如果说，老天下雨是乡亲们的节日，那一定会得到多数人的赞许，如果说，老天下雨是上帝赐予苍生的盛宴，而这经过雨水滋润过的田地，却写满淳朴乡亲们幸福的味道，而真正可歌可泣的是他们祖祖辈辈与自然抗争生生不息的精神。

雨，是大自然的一部分，在这山乡村落，对自然和生灵都是馈赠！

2015 年 8 月

田间烧烤

大人们下地干活，对孩子们永远不说的秘密是带上火柴。

春末夏初，大田里麦浪滔滔，灌满浆汁的麦粒一天比一天硬实起来。上山割草或下地干农活的小伙伴，几乎是数着指头，捻着麦粒，一次次从麦田边走过。直到有一天，生产队看坡的，往田地里跑得勤了，预示着到了烧火燎麦子的季节。

小伙伴们上午放学，拿起篮子去割草，到麦田里边，用镰刀掐一些麦穗，秸秆留得尽量长，用其中的两根绕几圈缠紧，像现在的花束一般。捡一点柴火，点着，熏烤麦穗儿，先是烧掉麦芒，后是麦壳烤得焦黄，灭掉火，把发烫的麦穗拿手里，两个手掌一搓，麦粒儿就会从壳里抖落出来，吹去麦壳和灰，仰起脖子，往嘴里一送，烟熏的麦香味、微微的甜味会迅疾充满口腔，而麦粒里仅存的一点汁水，将香甜慢慢转化为满足和得意。

合规的，是参加生产队麦收劳动，中间休息或者干完活等送饭的时候，从地里捡出一些没有熟透的麦穗，照上述办法，烤熟，吃得嘴角留黑。尽管可能会挨生产队长批评，但不能不说，在烧烤麦穗香味面前，小伙伴们耳朵似乎都塞了驴毛，一张张稚气的脸，似乎突然间变厚了。

中秋节前后，玉米、谷子、黄豆，陆续成熟了，玉米、黄豆可在田间烧着吃。几个孩子，选几只嫩玉米，用镰刀砍一些树枝树杈，削尖，穿到玉米芯里，剥去玉米绿色外皮，几个人侧着身伸着树杈在火上烤。烧老玉米，应该是农村里在野外“非法”烧烤的最好食品。火大容易烤煳外皮，里边夹生，转着圈，小火慢慢烤，把那玉米粒浆水和胚芽烤熟，变成焦黄，那幽幽的玉米香味儿就能够从树杈那头飘过来，直接从玉米上拔出一粒，尝尝生熟，美味至极。

这时候，要随时防备看坡人来抓现行。有时候我们快要烧好了，看坡人来了。我们就挎上草篮子，带上半生不熟的玉米四散跑开。有个别看坡人，发现田地里有冒烟，不喊，径直奔过来，或者钻玉米地悄悄地包抄过来，到跟前立即把这几个孩子抓住。但都是批评教育为主，很少被送到学校或者大队里去挨罚。

秋天，田地里黄豆熟了，豆棵还留有一点点绿和一点点潮气，这还没有到收割的时候。这时的黄豆是农村孩子们的美食。

那时，我们一帮小伙伴儿，到田地里割草，见着好黄豆，就心起“邪念”，专门找快要干透的黄豆棵，用镰刀割上一些，放到比较平的青石板上，然后捡些柴火，实在找不到干的，就到玉米地里，掐一些干透了的玉米秸的尖，点着了，也就是几分钟的事，把豆棵架火上，基本干透的豆棵，本身也成了柴火，这时候，较粗的豆棵秸燃烧，发出鞭炮般的爆裂声，稍后，黄豆荚炸裂，噼啪噼啪作响，豆香和烧豆秸的草香四溢。

等火灭了，一两个小伙伴脱下上衣，往石板上，卖力地呼扇几下，灰和没有烧透的秸秆就乖乖跑到一边去，石板上剩下黄澄澄、羞答答、抿着嘴笑的黄豆粒。

青石板上吃黄豆，下嘴前像一个宴会，或像一个仪式，下嘴后，吃相一个比一个难看，所有孩子都不再说话，也不顾石板硌得膝盖骨疼，跪在石板上，捡拾黄豆。个别秀气一点，先捡到手里，吹吹灰，再放嘴里。多数人捡起豆，直接往嘴里扔。

我注意到，还有人捡起豆，往自己兜里装。每个人，吃完就是一手黑，不注意抹到脸上，留在嘴上，都是明显痕迹。烧黄豆同样也要防看山和看坡的大叔大爷们，他们有时候来得极其神速，但我们经验丰富，烧黄豆几分钟的事，等他们来了，我们已经吃完，跑得无影无踪。

黄豆和玉米，都是生产队待收的庄稼，私自烧吃，明显不对，东峪南峪，前街后街，每一个割草干活的伙伴，或多或少都有田间烧烤经历，每一片掐掉玉米尖的田地周围，或近或远一定有一个烧烤的痕迹。现在想来，小伙伴们割草干农活，饿了，补充点热量，是一方面，而真正还是觉得好玩。

收地瓜的时候，在生产队田间集体干活，几乎没有时间和机会在田地里烧地瓜。而收过以后，多数田地需要及时耕种冬小麦，就有深耕平整地瓜田这么一档子农活。干这农活，一个劳力，一套牲口，一套犁耙，一名跟犋（当地土语：跟帮，也叫跟绳索，一般由学生或妇女担任），相对独立。干活累了，劳力会指使跟犋的孩子，烧地瓜吃。

烧地瓜，一般要找一个迎风的斜坡，上下顺坡挖一条深、宽 30 公分，1 米多长的槽，从耕地翻出的地瓜中，选细长模样好看的，分层横排搭在槽沿上，找来柴火在槽底烧火。心急，火小，就趴在地上，撅着屁股，伸长脖子，歪着脑袋，使劲吹。有时猛地来一阵风，会呛得眼睛流泪，站起来定定神，再趴下继续人工"鼓风"。

估计一面地瓜烧熟，翻过来烧另一面，烧的时候不能停火，这需要提前准备较多的柴火。中间再去找，地瓜就会夹生。地瓜烤七八成熟，槽两边的土都烧得炙热焦黄，此时把所有地瓜放到槽内炭火里，用镰刀把两边焦土扒下压上，用余热将地瓜直接焖熟。

庄户人家的孩子，多有福之人。在田地里，嚼草根吃野果，不全是素食，还有荤腥。玉米地里的蚂蚱，黄豆地里的蝈蝈，都可以逮了，集中烧了吃。

到牛口峪山上去割草，累了，玩，就会捉一些蚂蚱，用一条细树枝把它们穿上，再捡一些干的小树枝，顺手在石缝边抓一些干的丝网草，做引火，就拿着树枝，在火上烤。

可怜的蚂蚱，先是被火燎飞翅膀，随后脑袋和身子变成红色，再等着发黄，基本上就熟了。吃的时候，把蚂蚱的内脏去掉。那在山上，没有盐没有油，只用了一个树杈，一根火柴而已。常在一起割草、烧蚂蚱吃的，有令起、德全、维秋、凡福、连祥、令新等一哨顽童。

实际上，大人和大孩子们下地常带上火柴，也有火柴盒湿了潮了软了，点不着火的时候。这难不倒嘴馋心盛顽皮智慧的小伙伴们。我们割草的镰刀把，一般是红枣木，极硬，两只镰刀把快速摩擦，生的热量足以烫红手背，先将火柴在磨热的镰刀把上煝干，而后再轻轻一划，那小小的红色磷头，就会燃起诱人的火苗。

据说这办法已经失传，没人没机会再用。

现在想起来这些，觉得有趣。烧烤的痕迹里，有我幸福的童年，童年的故事里有与我同乐的伙伴。

有时候想起得多了，忽然觉得，自己对田地里曾经的袅袅烟火，欠一个回复，对辛苦半生被戏耍的看坡人欠一声对不起。甚至，想为当年自己的顽皮，写份检讨，找到曾经点火烧烤的青石板，大声地朗读一遍，再烧成灰，以安抚自己的心，填补对那方土地那些乡亲的亏欠。

四十多年过去，当年的青石板还在，而当年的小伙伴却不一定能找齐，那些看坡的叔伯爷爷们多已故去。我真想和他们再聚集一起，聊聊那时候的烧烤，那时候的庄稼，那时候的美味，那时候的乡亲们。

2018 年 3 月

煤油灯下

煤油灯，在六七十年代，没有电的农村，是普通而又真离不开的一个物件。在没有电灯的学校里，又往往是，毕业班学生的必需和标配。

我的两年初中，是在村子北面的联合中学上的，那时候不叫初一初二，只称六年级和七年级，七年级毕业考高中。班里几乎每人一盏自制煤油灯。说是自制，是用蓝色墨水瓶，或者问家里大人要一个药瓶，最好用铁盖，在盖子中间穿一个小圆洞，用薄铁片，卷一个七八公分适当长度的细管，从那小洞中穿过。找一点棉线，从细管中穿过，瓶盖上方开口的地方，用剪刀剪齐，就是灯芯儿。瓶子里放进煤油，点着，这就成了灯。

晚自习和冬天上早自习常用煤油灯。冬季，天黑得早，亮得也晚，每天早晚自习时间几乎都是黑天。农活很忙的时候，学校如果让学生回家做作业，时间没有保证，大人都忙得两脚不离地，早让家长给指使得东跑西转了。

作业，在学校自习时间，是有保证的。有同学在教室灯油熬尽或者少了，需要回家往灯里续煤油，往往在上下学路上，端着灯，背着书包，有仔细的家长给孩子灯上装一个提绳，来回提着方便。

教室是一排瓦房，东西向，十间左右。我们班教室在西侧，朝南，房子后面是条深沟。这几间校舍，那时是村子里最好的建筑，石头砌的墙基，上面是土墙，顶上铺灰瓦。教室里座位靠墙的同学，为了方便放煤油灯，就土工作业，用小刀在课桌边的墙上，挖一个小洞，模样有点儿像洛阳和大同的佛造像石窟，小洞上沿，让灯火和烟油熏得发黑。还有的同学在课桌的一边，钉上一个弯钉，把灯绳挂上，等上晚自习，拿到桌上来用。

教室灯多，总体亮度有限，还略显昏暗。南崖村约有六百多户人家，到了冬天，许多人家早早地睡下了，省油，也省饭，即使点灯也只有一盏。

1976年前后，全国还没有恢复高考，农村孩子上高中，还是力求学出一点出息，跳出这山沟沟。这十间学堂，是平台，也是龙门，更是百米冲刺的跑道。那时候考高中，不像现在城市中考压力这么大，只要你家里供得上，成绩合格，说得过去，是可以考上高中的，功课也不是那么紧张。晚自习一般安排老师上课，上哪门课，都听老师的。不好意思的是，我们七年级毕业班，还没有开英语课。

自习课，老师常到教室里走一走，回答问题，检查作业。有时晚上，老师到教室门口或窗子外面，往教室里看，监督学生们。记得有一名同学，晚自习，立着书本，在灯下看一本大部头小说，看得入神，以至于老师进来，走到他身后，老师带的风，引得煤油灯忽闪了几下，他也没有回过神来。

小说被老师没收，他还被叫到教室门外，在自制的水泥乒乓球台边上，聆听老师训斥。或许是那位同学，顶了几句嘴，老师大怒，抬起翻毛皮大头鞋，往学生屁股上踢去，结果，那个同学本能地往前躲，老师的鞋着实踢在水泥乒乓球台上。老师当时就疼得蹲在了地上，这名学生还把老师搀扶到办公室。后来，那个同学还写了检讨。

下晚自习，煤油灯烟熏得同学们鼻孔多了一圈黑，出教室门，下意识地摸一把鼻子，就会把黑色的圈儿，抹到脸上，以至于那时我们常常带着这样的标志回家。那些穿花方格子衣服、模样俊俏的女同学也不例外。

有一名叫顺的同学，上自习，自己的灯没有油了，借同桌的灯光在课桌前玩弹弓，还没到下课时间，他就在别人灯影里，把课桌前面女同学的长辫子梢，系在弹弓尾巴上，再把弹弓的铁丝把手挂在煤油灯挂钩上。老师来查课，他装着若无其事，继续借同桌灯光看书，忘了松开弹弓。

这时下课铃响，前面女同学起身，“娘啊，娘哎”，一阵喊，身子几乎歪到后边顺的课桌上。第二天上课，顺同学平安过去一天，第三天再来上学，脸上明显多了几道浅浅的伤痕，特像手指甲抓挠的印记。

说起煤油灯，那时也有制式的，或者说技术上比较先进的。那灯比较精致，有一个底座，玻璃灯身，浅黄色铁皮灯口，再往上，有一个铁丝旋钮，可上下拧动灯芯调光，专用灯芯，是编织的半公分宽的白色绒条，旋钮里面，靠灯芯的地方有一个带牙的拨齿，可转动旋钮上下调整灯芯长短。灯的亮度，只靠灯芯发光还远远不够，配一个纺锤形玻璃灯罩，灯罩正好卡在灯头上，亮度明显提升。

这种煤油灯，那时只有少数人家里有，学校和大队、小队部里有，生产队晚上记工分才用。现在，如果谁家有一盏这种煤油灯，那一定是古董级，主人一定是富有情怀的人士。

在联合中学上学，我们晚自习窗外灯影里，能隐约看到老师严肃的脸。当时有同学对老师这种监督方式有些微词。后来想起这些，我对老师更加敬重，应该为可敬的他们点赞。

2018 年 2 月

喇叭筒烟袋锅

地道的农村人，大都会卷喇叭筒烟。田间地头，集体开会，场院干活，凡男人们扎堆的地方，必有烟雾升起。烟叶，有的自己家菜园子里种，或者到集市上买，有的跑 10 多公里，到梁山斑鸠店集上去买。集市上烟叶捆成把卖，有买的，先拿手上闻一闻，再捻一点烟叶，卷了，吸一口，品品味道，再决定买不买。

每家孩子写满字的作业本，是大人们卷烟用的好纸。这些本子，十七八公分宽，适宜切割成 3 公分长的纸条。邻居家爷爷膝下没学生，常到家里来要我的作业本，卷烟抽，爷爷没有读过书，不认得本子上的字，但是认得老师用红笔打的“拐弯”对号，打“叉”的错号，还有拐弯再加一笔的半对号。到我家要作业本的时候，爷爷先夸一夸作业本上的对号多。作业本韧性好，卷烟，讲究掐头去尾。

常抽烟的乡亲们，手指头上，多烟的味道，多草的味道。他们的手颜色黝黑，很难说那也叫皮肤，往往他们手指里面尽是厚厚的老茧，而中指和食指间，指甲附近黑里透着黄，那是被烟草熏燎的痕迹。他们说，爱抽旱烟的人，手里没有烟了，闻一闻夹烟的手指，也能过半袋烟的瘾。

田里干活，有人卷好喇叭筒，不抽，先夹在耳朵上，等歇歇的时候再点火抽烟。村里在大队部露天地开全体社员大会，领导在桌子后边讲得口干舌燥，社员们边抽烟边私下开小会，交流抽烟体会，咂摸品评烟叶颜色味道。生产队晚上记工，两间土屋，烟雾缭绕，几个人卷好烟，欠过身子来，嘴上叼着卷烟，伸到煤油灯玻璃罩上，歪着脖子点烟。

用火柴，在大风里点烟是水平，划着火，顺势将火苗捂在手心里，常常几位爱抽旱烟的乡亲，一块比试卷烟快、漂亮，而后再比一根火柴点烟数量，有人用一根火柴，一口气连续点七八根烟，眼看着火柴火苗熄了，火柴杆上只剩下微弱的红光，触到烟头，深深地吸一口，又能点着一支烟。

爱吸旱烟的乡亲们，对早年的烟卷有些排斥，一是觉得烟没有劲，再就是嫌它有一股辣味。村里半大不小的孩子，模仿大人吸烟，往往会“集资”购买七分、九分钱一盒的烟卷，中年和上年纪的多数抽旱烟。有的家女人手巧，给缝制一个烟口袋，外面绣上一两朵线条简单的花叶，袋口外沿缝进一条细绳，像现在小学生常用的软笔袋。装进烟叶，放进几条裁切好的纸条，细绳一勒，缠紧，放进口袋里，遇到同好爷们，掏出来，拦腰折一下烟纸，按住口袋，往纸上一点点倒烟丝，卷成喇叭筒状，嘴唇一抿，掩实纸边，闻闻味，再不慌不忙地点火。而这一切，几乎都是在不经意间，边说话下意识进行的。我注意到，他们抽到最后一口的时候，担心烧着手指了，或者只剩下一点，估计烟屁那里已经没有烟丝了，还会再吸上一口。

在田地里干活，抽这旱烟，有时抽了一根，第二根抽了一半，该干活了，先将烟在鞋底使劲摁灭，捏实烟头，放进衣兜里。

卷烟抽烟的过程，我想，对于他们还不仅仅是爱好，是习惯，更是休息，是他们仰望星空的方式，品评生活滋味的时刻；袅袅烟雾里，吞与吐，或疾或缓，或近或远，有苦难血泪的隐忍，有生命意义的追求，也有农耕岁月的从容和沉着。

用旱烟袋抽烟的，烟袋大都是旧的、老的物件。

烟袋杆子上包浆厚实，手感滑润，颜色暗红纯正。锅子，多数是黄铜的，有少量紫铜，玉石烟袋嘴，磨光锃亮。烟袋嘴往往反映主人的家境状况和历史传承。烟丝口袋，黑色粗布缝制，精致，口上勒细绳，系在杆子上，比烟口袋小，杆子一尺长，不像电视剧《铁齿铜牙纪晓岚》中的大烟袋那么长。长杆烟袋，也只有在皇宫里，供闲人们使用，在农村，干农活不方便，一般是一尺长，有的还短一些，适合放在衣服口袋里，或者别在裤腰带上。

冬天，乡亲们街头扎堆晒太阳，下地干活歇歇，是抽烟时间。抽烟时，稍微撑开烟口袋，像拿笔一样，虎口握住烟袋杆，将烟袋锅伸到袋里，挖一下，取出来，用拇指压实锅里的烟丝，用火柴点上，吸一口，那火苗，会打着旋，往锅里烟丝上蹿。初中读《儿女英雄传》第三十七回，说师老爷抽烟，都是从口袋里捏出一撮子烟丝塞在烟袋锅儿里。再早些年，曾见过有的老人用火镰打火点烟袋锅，后来再也没见过。

烟叶，多样，有抽老旱烟的，自己做。有的烟丝是自己用剪刀剪成的丝，烟叶不能太干，开始往烟丝里掺一点地瓜叶，后来有了烟卷，捻出烟丝，掺进烟里，再装进烟袋锅，吸两口。

烟袋杆用得有年月了，杆里、烟袋嘴里，会积烟油，须适当通一通，像民兵擦枪一样认真。烟瘾大的，自己调和烟丝，得意，显摆，有别人要求，则轻轻捏一点烟丝，请人尝尝，多念几声好。

庆阳老爷爷看管生产队菜园。他有一只非常好看的旱烟袋，常随身携带，用系烟口袋的绳，将烟口袋与烟袋杆缠在一起，干活的时候，别在后腰上，累了，该歇歇了，坐在菜园压水车的石头上，抽上一锅烟，嘴唇微张，吸两口，先将玉石烟嘴吐出，而后烟从鼻腔喷出，老爷爷眯着眼睛，眼前是菜畦和绿油油的蔬菜，一边是哗哗灌溉的水流，他好像很惬意，很享受眼前的风景。抽完，起身，把烟袋锅往鞋底上磕打两下，将烟袋杆转个圈，缠好，插回到后腰上。

摸摸老爷爷的烟袋杆，是我小时候的一个心愿。

一次，我去园里买脆瓜，看见老爷爷的烟袋挂在土窝墙上，趁老爷爷去地里摘瓜的工夫，我取下老爷爷的旱烟袋，装好烟，没有火柴，就往土窝墙上小窟窿里摸，还好，找到，点上。

那烟袋，棕色的烟杆，磨得亮闪闪的铜质锅头，翡翠或者玉石的烟嘴，黑色烟口袋有点褪色，系在烟袋杆上。烟嘴，含在嘴里，凉丝丝的。烟很呛，我不敢咳嗽，憋得自己的脸发热，怕老爷爷回来发现，急急忙忙抽了两口，就学老爷爷模样，把烟袋锅往鞋底上磕打几下，放回原处。

我上小学时开始学抽烟，用干地瓜叶当烟叶，学着大人们的样子卷烟，趁母亲不在屋里，自己站在镜子面前学抽烟，曾经因为不能像大人一样从鼻孔冒烟而苦恼。中学时候没有再抽。

入伍后新兵下连，没有抽，但是没有忌清楚。当排长以后，添了毛病，为与弟兄们打成一片，开始抽烟。到团机关当干事后，曾随宣传股长王显德到铁运连开座谈会，抽东北长支人参烟，大醉，天旋地转，作呕不止。

1987 年 7 月 1 日，戒烟，至今。

2018 年 9 月

[3] 山 风 水 韵

泉乡洪范

平阴洪范池泉群，属于泉城济南十大泉群之一，洪范池、东流泉（书院泉）、扈泉、日月泉同列济南七十二名泉，还有丁泉、墨泉、拔箭泉、长沟泉等上百眼泉，众泉所在的洪范池镇被誉为“齐鲁泉乡”。

（一）浣洗风景线

洪范池东面和北面，早年各有一座小石桥。东面一座几块厚石碑搭起来的小桥，很坚固，听说有几百年历史，从南崖、北崖、书院方向过来，都走这座桥，狼溪河上游的水从桥下流过；北面那座桥，往北是东池西池大街，洪范大集市场，桥下汇聚书院泉和东面桥下的水，奔涌而下。1978 年，修建滚水坝，拆掉两座小石桥，在原址上建起两座大桥。

两座小石桥附近，河道两边，叫河沿（当地土语，音 yāi），是个公共洗衣场，常有一些大姑娘小媳妇，大包小包背着，来这洗衣服，拆洗被褥。逢农历四、九赶洪范集的时候最热闹。这里是女人们的世界，洗衣服的有些是三四十岁的妇女，还有 10 多岁闺女家，或者新媳妇，如果说偶尔有男人光顾的话，也一定是大人领去的男娃，跟着洗衣的母亲在那里玩。

有女孩经常来这里，跟一些妇女熟识了，一来二去，知道是哪个村，谁家的女孩。还有的，来这里打听，某某村的男孩、女孩，父母是谁，家境如何，在这能打听得一清二楚。开始去洗衣服的，有合适的就当上红娘，成就几对新人；也有些开始去洗衣服待字闺中的姑娘，洗衣服次数多了，慢慢变成别村里的新媳妇。据说这些羞答答的媳妇有的还在这泉水边熬成了婆。有的媒人，借洗衣服时机，悄悄安排男娃女娃见个面，远远地看一看。不像现在，电话微信视频聊天这么方便。

上游来的三股泉水，一股是洪范池，一股是书院泉，另一股是扈泉，在小石桥下聚拢成一条奔涌向北的狼溪河。洗衣场，让周围村庄许多男娃女娃走到了一起。从这个意义上说，这个叫“河沿”的地方是个福地，上游的三眼泉更是成全他们的结缘泉、幸福泉。

那时我 10 岁左右。家里没有洗衣粉洗衣液，多用成块成条的金牛牌肥皂洗衣服，也有人拿几只树上摘下的皂角，直接洗衣服。在河沿洗衣服的妇女和女娃们，每个人手里有一个木棒槌，有圆头的，有扁头的，用得非常顺手，时间长了，棒槌表面变得非常洁净光滑，带有淡淡的肥皂香味。

每个洗衣服的人，前面有一块平面光溜溜的石头，斜插在水里，衣服在水里洗了涮了，再放石头上用棒槌“嘭嘭”砸几下。那时听老人讲，不用肥皂，衣服泡过，用棒槌砸一砸，也能把脏东西洗掉。当然有些油渍，和抹了一冬天鼻涕的小孩棉袄，仅仅砸几下，很难洗干净。在这三五十米长的地方，哗哗的流水声，和着嘭嘭的捣衣声，使这流了几千年的河水，在这一段似乎添了韵律。

山泉，雨季是盛水期，扈泉、书院泉水奔涌而下，白天，两三公里外，可听到泉水咆哮，晚间可传 10 里。有时候，泉水大了，洗衣服的位置被淹没，衣服背来了再背回去。勉强能洗，一不小心，衣服或者肥皂，会顺着河水冲到下边，有人沿河边大呼小叫，请下游的人把她的衣服肥皂截住。衣服好拦截，顺手一根木杆或棍子就可以截住，难的是水中肥皂滑溜溜的，偶尔会有人伸手帮忙，不小心自己掉进水里，湿了半截衣服，一定是洗衣人最热闹最开心的时刻。

泉水边洗衣服，也有洗成朋友的。像我大妹妹小霞，和我战友的妹妹。说起她们认识，还真是因为洗衣服。入伍前，我家有几床老粗布被子，拆了需要洗，被面和床单等大件都要拿到洪范池洗。大妹妹常去洗衣服，大件衣物女娃一个人难拧干，就请附近女孩帮忙。那时就认识了龙河兄弟的妹妹，两个实诚娃，因此成了好姐妹。等我们入伍，两个妹妹才知道，两个哥哥同时入伍，同在东北一个部队。其实她们不知道，我们两个战友，还在一条山沟里，两个连队只隔一排木栅栏。

洪范泉、扈泉、拔箭泉、东流泉，源水各自成溪，生有芦苇，水流中有几块石头露出水面，水在石头的一边，打着漩漩。自己拧干衣服，迈过水里的石头，搭到芦苇上，有几枝芦苇被压得弯下腰来，还有的把一枝芦苇插在上衣袖里，用来固定衣服。洗大件衣物的，如床单和被单、被罩等，要两个人动手，抻开，拧紧，再抻开，直到完全拧透不再滴水。有的两个女娃特别熟了，拧衣服时开起玩笑，冷不丁往对方一送，诳对方一屁股坐地上，引起一片笑声。

姑娘媳妇婆婆们，在泉水边洗衣服，都是洗一件，搭到芦苇上晾晒一件。等到下午，太阳把她们的影子拉得老长老长，洗衣筐里的衣服都挂到了芦苇上，最好看，各种颜色，红的，白的，蓝绿相间的，花枕头套，等等，花花绿绿，红红紫紫，有的快干了，随风飘移，宛若多面旗帜在芦苇里飞扬。可以说，在这小河水里留下过多少影子，就有多少个乡亲们的故事。

泉边水畔捣衣声，唱出庄稼人的幸福。听母亲和妹妹说，现在家有洗衣机了，还是有人习惯背着篮子，背着筐，去泉水边洗洗涮涮，寻找过往的笑声。

（二）泉水故事

拔箭泉在白雁泉村，是个长条石垒砌的大水池。有一次我到那里去，在池子边上遇到了一位老太太，87岁，身体很好，精神状态也不错。她说，从嫁到这里来，这个池就是这么大，池里的水也就是那么多。天气旱或者雨水多的年月，水位变化不大，但是下过大雨，泉水也会上涨一点。

老人的子孙们，都吃这泉水长大，孩子们在县城工作。她说，自己要守着这处老院子，五间老屋，守着这个泉，直到老在这个泉边上。老人家的大门朝西，门洞宽敞，里面放了几件农具，大门对过10米就是拔剑泉。她家大门左侧，有两块平石，我们坐着聊天，我想给老人照张相，留个影，她欣然同意，起来，转身走进大门里。

我正在诧异，只见老人家从门洞走出，肩上扛着一个道具。那是一把场院翻秸秆用的木杈，柄长一米半，头上三条一尺多长的半弯木齿。到大门外，老人右手拄着木杈，杈头朝上，专门挺了挺已经很难挺直的腰，左手虎口卡在腰上，让我拍照。那一会儿，老人仿佛年轻了许多许多，瞅着那个精气神儿，像一个披坚执锐打胜仗归来的将军，木杈换成龙头拐杖，就是活脱脱的大宋女将佘赛花了。

丁泉村，是一个较大的自然村，有五百多户人家。丁泉就在村头山脚下，泉池长9米，宽6米，周围1米多高的石围栏，池水碧绿，一侧有石雕喷水龙头，经一方小池，流入河道。河道中多有顽石，是村里人洗衣服的主要场所。

泉下20米，河道北面，有一处老宅子，是北崖孟吉胜叔叔的丈人家。他的岳丈大人，我叫他姥爷。姥爷是一位私塾先生，教过书，藏有好多线装书。入伍前，我曾经和叔叔婶子一起到姥爷家帮干农活。姥爷是一个文化人，爱干净，但是农活能上手的绝不含糊。开春，他和我们一块在田里栽地瓜，我的手上、衣服上常粘泥带土，姥爷活不少干，浑身上下一直干干净净，不沾一尘。姥爷和姥姥对我特别好，家里有个舅舅，在兰州军区当军医，他是我很早认识的军人之一。

在姥爷家，我帮着姥姥做饭，在厨房里拉风箱烧火，屁股底下坐着一套线装版《孔子家语》，书页发黄，有破损残缺。我满心喜欢，边翻看边烧火。等到饭熟，姥爷姥姥见我喜欢这书，说：看你是爱读书的孩子，喜欢，拿走好了。

《孔子家语》是孔子过世后，弟子和亲人三年守丧期间，整理的孔子及弟子言行的著作，共四十四章，因为要给国君看，还出了一个简约版，就是我们熟知的《论语》。老幼皆知的“良药苦于口而利于病，忠言逆于耳而利于行”，就出自《孔子家语·六本》。该书存疑版本很多，古人名士校刊补缺千年不衰，被称为“儒学第一书”，对研究孔子和儒家思想有十分积极的作用，同时，对人生现实生活也有积极的指导意义。

姥爷给的书，我珍爱至极，找来资料，补齐残缺。这一套书，跟着我入伍到东北，从山沟连队到军级机关，直到北京二炮机关工作，至今。听母亲说，姥爷和姥姥已经离世多年，我还常想起两位老人。

2017 年开始，丁泉村在泉池上方，新建了白墙青瓦房舍，开起了农家乐。今年春天，我专门到农家院经营处看过，房间非常干净，价位区间合理，菜品花样比较多。客房外立一凉亭，紧挨着泉水河道。

河道里，有几位洗衣服的中年妇女，说说笑笑，其中两个人合作在拧一块花被罩。我站在河道沿上，给她们说：这洗衣服用的都是山泉水，很方便，也够奢侈。另一位妇女手里搓着衣服抬起头说：俺祖祖辈辈都长在这水边，天天守着这泉池子，吃、喝、喂牲口，都是它，不像你们城里人，伸伸手拧拧龙头就哗哗来水。我说：还是你们有福气。

离开她们时，我想，有时间来农家乐住下，当几天丁泉村人，先到姥爷姥姥坟前烧纸，后到姥爷家老宅看看；在袅袅炊烟里，提一桶泉水，煮一壶茶，亭下看书、亭边阅泉，夜来，枕着淙淙泉水入眠。

（三）泉乡农家乐

洪范池镇有泉水的村子，都开起了农家乐，利用这山泉水，发展当地农家观光旅游。济南市区和平阴周围县乡的游客，陆续来旅游观光——哗哗流淌的山泉水，越来越显示出它独有的魅力。

东流泉在书院村，又叫书院泉，水势洪大，泉下成河，河道分上下两股。上面水渠，绕街盘巷，进院入户，涓涓静流，直接为本村百姓生活耕作所用。渠下三尺，河道宽深，平日低吟浅唱，逢天降大雨，时滞半日，泉水喷涌，漫过池壁外沿，如雪堆玉，咆哮而下，河水滔滔，与山谷共鸣响。

泉水，从老百姓家厨房穿过，夏天吃凉面条，捞出锅，直接装进盆儿或竹篮，放进水中，顺水漂下，从另一屋内端起，手感透心儿地凉。端午新麦，淡淡清香，山泉水甘洌清凉，捏上星点香椿末，拌一勺当地芝麻酱，吃进肚里，美在心里。

这泉水送餐的故事，古今都有，皆生动传神。相传，明代中丞刘隅在泉边兴建书院，取名书院泉。刘隅曾在此宴请朋友，厨师就用木托盘，将做好的菜肴放进水渠，漂流而下，送到下游丈余远的餐桌上，招待客人。明代诗人刘约有诗云：却怪阴山王逸少，不知此地可流觞。

沿书院泉河道下行百米，就是洪范有名的黄氏农家乐。上下两个水塘，水塘周围一色青石铺地，白杨穿天，垂柳依依，是游玩、度假、垂钓者的乐园。农家乐老板，是宝运兄弟的朋友。餐厅灶上洗菜用水，直接从山泉引过来，流水洗菜，奢侈得可以。

夏天，来这里旅游吃饭的客人特别多，济南市区、附近县城里的朋友们，开车，带着老人和孩子，到这里赏泉、游山景、吃农家饭。最多时，能同时提供八十人就餐，烧鸡公、侉炖鱼、咸鸭蛋、小磨豆腐，是这里的招牌菜。

泉乡，也有江南水乡的味道，已经成功举办两届“泉水文化旅游节”。洪范池北2里，既是明代皇帝的老师于慎行的墓园，多百年白皮松，于林东南，有一处徽州特色的建筑群，即是有名的“全福农庄”，建筑群依山傍水，外立面黑瓦白墙，挑檐马头墙，高矮错落，室内多石雕、砖雕、木雕，或浮，或镂，皆生动有趣，颇具江南水乡文化格调。据当地朋友介绍，农庄开展有生态养殖种植、观光旅游、休闲度假项目。春夏和秋天，来洪范的旅游观光客，多到这里就餐，最多时可同时接待二三百人就餐。临水餐厅，各有特色。里面上百平方米的长廊，极具江南水乡韵味。

记得小时候，洪范公社政府、武装部都在洪范池院里办公，食堂在大院西侧，地面稍低，洪范池有专门小水道，直通食堂，水从食堂东侧流进，西侧流出，依墙就灶，拐弯抹角，洗、涮、蒸、煮、炒，话落水到，水走一条线，灶间一条龙，可谓随心顺手。1984年，公社、武装部为保护名泉和古迹，搬到滚水坝西侧新址办公。洪范池往西扩大20亩，修建了公园，过去流经食堂的泉水，直接流进公园水塘，那里有洪范浮金，有连廊假山，有水榭亭台，有小桥流水，有莲花芦蒿，在这鲁西山区，添了富有江南情调的景致，是来泉乡旅游必须打卡的旅游胜地。

洪范池镇因为名泉洪范池而得名。“洪范”取名源于《尚书·洪范》篇，意为规模宏大而就范。洪范池，呈正方形，宽7米，池台8米，水质好，不论旱涝，泉水不涨不消，春夏秋冬，水温基本一致，泉水上涌，虽没有趵突景象，却可以扔进五分钢镚儿，不沉，这是“洪范浮金”景观的来历。池北有古桥一座，两棵千年古柏列两边。洪范池已经成为当地有名的旅游景点。

洪范池镇，盛产上水石。这种石头，是万亿年前，地上树木和沙石被海水淹没深埋地下，借助地壳作用，被研磨以后，钙化成石，是园林美化、家居装饰的精品。这些石头中，有钙化的树干树枝树杈模样，有的还能够看到树干上的疤痕，属石头中的精灵珍品。这些石头，又具有土的质感，吸水能力强，2米高的石头，稍事雕刻，成为山形，底盘沾上足够的水，就可以吸水到顶。可视石头大小，在上面植草、苔藓、文竹等花木，装饰效果非常好。

在洪范集市上，有几十户专门经营这种景观石头的商户。他们或用大理石薄板作为底座，或用精致的瓷盘，选一块石头放到里边，或山水松柏，或曲径通幽，一把草籽撒上，几天就茵茵如画。长期保养，还能滋长出薄薄的一层苔藓。外地游客，或大或小，或多或少，都会带上一二块，养在家里，作为景观。有去外地的，也会给朋友带上像样的。我的家里就有六块，两块大的放阳台，四块小的放在书房，我天天看着它们，那是同学立民哥和宝运兄弟来京时捎过来的。

2018 年 2 月

洪范故事

（一）赶集

农历逢四逢九，是洪范池大集，这有上百年历史。

上世纪六七十年代，赶集的乡亲们来这里买卖蔬菜瓜果，牛羊猪肉，不标价，问好就买。集上设有牲口市场，市场上有“经纪子”（当地土语：在集市上专门撮合买卖双方成交的说客），专门帮着买卖双方谈拢价格，做成牛马羊买卖。他们讲价钱，从来不说出口，而是两个人把手放在袖中，或者撩起上衣下摆，悄悄摸着数指头，讨价还价，以至于谈妥，交了钱，牲口让买主牵走，别人还不知道成交价钱。

乡亲们赶集也不都是做买卖，许多妇女小姑娘，约三五个人，到集市边的小河沿洗衣服，每逢大集，是河沿上一道风景画。

集上，卖猪肉的摊位比较显眼，用圆木杠子支起架子，上边挂几只手指粗的铁钩。卖肉的搭肩上一片油布，扛起一扇子猪肉，轻轻一送肩，就挂钩子上，底下放一只棉槐条编的大筐，砍刀、剔刀一划拉，发出“噌噌”声响，这就开张了。

过去当地农村买卖猪肉，一般是连骨带皮的猪肉挂架子上卖的。杀猪的时候，割下猪头，剔下四蹄，取出猪下货，留下的肉，从猪脊椎中间劈开两爿，就成了两扇子猪肉，从不把排骨单剔下来卖，这种卖买习惯沿用至今。集上买肉，带皮带排骨平蹲下来，有形有样，小的肉条较窄，也叫一刀礼，宽的叫两刀礼。

这种买卖猪肉的方式，我百思不得其解，或许是猪皮、肥肉、瘦肉、排骨，食材齐全，便于食用时，多做几种花样，多几种选择，可是那时候，如不是节日送礼，很少有人家买来肉自己吃。农村过节亲戚间送礼，习惯用一块笼屉布裹上，你送过来，我换一块再送另一家，似乎好看一些，也有个别至亲，直接送半块猪后臀尖。那时候即便是万元户，在集上也少有这样买肉的。

书院村离集市近，久负盛誉的书院泉，是济南七十二名泉之一，就在村子里。村子水丰地肥，百姓善种蔬果，集市上许多嫩生生、水灵灵的蔬菜多产自这里。集镇附近的张海村、东池、西池、周河村，也有菜园种菜条件，多自己吃，余下的挑到集上卖掉。

在洪范中学读书的时候，我有机会到集上凑热闹。看见买菜的和卖菜的因为几分钱，或者秤高点、秤低点争得面红耳赤。有卖绿豆芽的和卖韭菜的，称完，秤杆有点高，卖者顺手从盘子里拿出几根豆芽，或者抽出两三根韭菜。记得教我们语文的魏铭老师，教化学和生物课的丁吉洲老师，每年开春，总会到集上买来第一茬香椿，哼唱着小曲腌制咸菜，仿佛他们家的春天是从洪范集市开始的。

过年，腊月二十四、二十九，集上最热闹，卖鞭炮的最能吸人眼球。他们站在大车箱顶上，脖子上挂一黑色提包，一手拿鞭炮，一手收钱，白皮鞭炮两毛钱一挂（当地土语：包），土灰色包装纸，属简单包装，里面有50个头，外包装上盖有紫色长方形印章，那颜色有点像盖到猪肉上的检疫章。

现场点放鞭炮，是卖鞭炮商户的活广告。有的咯嘣脆炸响，听过响声，一帮买主呼啦就拥过来，当然，这里面也有趁火打劫的。也有点着了，噼啪乱响，“截捻”（当地土语：鞭炮捻子点着炮不炸响）的，引起一阵嘘声，有小孩子冒险伸手去捡那未炸的鞭炮，多被大人拦住。

洪范池集最南边路西是家小饭店，包子一毛钱一个，皮白暄软，馅料除了粉条和酱油，只有星星点点猪肉，掏钱尝上一个，是一种招人羡慕的奢侈。赶集的大人给孩子带几个回家，也有的买了，孩子在集市上吃了，才肯离去。小饭店再往北，是日用百货商店，经营油盐酱醋文具布匹，而后是邮电所。路东边是东池村住户房子的后墙，有一个往东的胡同，胡同北是一个小工厂，乡亲们叫它“铁业社”，再往北是一个钡餐生产厂和洪范汽车站。

洪范池南边，从张海村方向流过来的小河，与东池村南边流过来的水，在集市的西边汇成一条河。河上架一座石桥，有两个长方形桥洞，上边搭两块一米多宽、两米多长的石条（也有人说是反扣的石碑）作为桥面。这桥，既是附近村庄的交通要道，也是集市南边的进出口。

桥下的水，汇集向北流去，那叫狼溪河。查一下郦道元《水经注》知道，狼溪河，是这个地区的主要水源，流经东阿镇（古东阿县城）入黄河。早年全国有名的东阿阿胶和现在平阴的“福”牌阿胶，就是这里产的，熬制阿胶用的就是狼溪河水。

（二）戏台

洪范池镇，六七十年代叫洪范公社，所属各村几乎都有自己的戏台，尽管这些戏台不常用，但对于面朝黄土的乡亲们来说，戏台弥足珍贵。那是逢年过节自我娱乐的场地，又是乡村文化集中展示的一个平台。能够在一个地方最多、最集中吸引各村乡亲的，一个是农村露天电影，另一个就是戏台。

公社老戏台在济南七十二名泉之一的洪范池外，坐北朝南，唱过大戏，做过批斗会场，召开过公审大会。后来公社政府搬出办公，将洪范池改建为旅游景点，拆了戏台，盖了大门。东池村自己建戏台，有人承包下来，从外地请来剧团，卖票演出，曾经很有影响。张海村由本村南崖与北崖两部分组成，中间是一条东南西北向土沟，戏台在沟北沿，高坡度石台阶下边，也是坐北朝南。

南崖村的戏台，坐东朝西，背靠大队部院东墙，邻村北崖村的戏台，在村子中间古槐树下。

上世纪六七十年代的孩子，会记得北崖唱戏。冬天，特别是春节前后，古槐树下的场地热闹起来，南崖村的孩子跟着大人去听，北崖村有亲戚的提前给占好了座位。露天场，看戏的都裹着厚棉衣，孩子们没有几个认真听的，多在大人之间打闹，在屁股下板凳之间的空隙里钻来钻去，有调皮的小孩，冷不丁放一个鞭炮，立刻招来附近几个大人的呵斥。台下这热闹的场景，一点都不影响戏台上演出。有的大人之间聊几句家常，有特爱听戏的，时不时评点几句戏词和唱腔。

我看过几回戏，也不懂，不知道唱的什么戏。我好奇，到后台，想看看演员化装，当地称演员化装叫“递脸子”，没见着，只见到演员到后台急忙披上大衣，冻得浑身颤抖，手里捧着热水杯，像捧着一个火炉子。

村里演出十分活跃，主要有三位“名角”。有一个演小丫鬟的，姓孟，是文艺骨干，还是村团支部书记，长得小巧玲珑，能歌善舞，在我们这一带小有名气，都叫她小燕子。她后来出嫁外村，活动受到影响。另一位男演员小名叫三妮儿，姓张，演现代戏扮老太太很传神，唱得也好，用小嗓，咿咿呀呀的，大人们都说他唱得好。我有时见了他，会多打量他几眼，回头自己想，这个人就是戏台上活灵活现的那个演员？形象和扮相差别怎么这么大？还有一位中年妇女，听说没有生孩子，也很活跃，丈夫不愿让她唱，拦不住，有时哑着嗓子还唱。他们唱戏报酬很低，白天照常干活，夜里唱戏也没有补助，一天记 10 个工分，顶多喝杯开水，放点红糖。现在想起来，十分佩服几位演员对戏曲的热爱和执着，正是他们的付出，给乡村漫长、枯燥的冬夜带来一点声色，驱散农闲的单调和苦闷。

多年没去北崖老戏台，也不知戏台还有没有。戏台对面路边李家门前的那棵古槐还活着吗？它被雷击过，树里面有个空洞，小孩能钻进去，上年纪的人说树里藏有妖怪，视它为异物。我那时候就有些怕它，路过时绕着走，现在想起来一点不觉得可笑。

（三）古建筑遗存

我小时候，南崖村庄里有近10座石街门，分布在几个街口，门的模样我虽然没有见过，门的轮廓还在，有门框和门洞，还有屋顶，后来荒废倒塌，无人管理，现在也就很少看到了。

保存相对完好的石门，集中在高家街，也已残破。这些门，是先辈为防御土匪和战乱而修葺的简易工程，和平岁月，这些工程却依然矗立，述说岁月沧桑，平添了古老村庄的神秘和观赏性。听老人们说，村里曾经很乱，匪患严重时百姓要跑到山顶上躲避，大寨山和油篓寨山顶的小石屋就是最好的见证。这是平原地区村庄无法比拟的优势。

入伍之前，在南崖村生活十多年，前街后街，宽宽窄窄、长长短短的街道胡同，走过跑过无数遍，总觉得，古立交桥、皋门、文昌阁、万家庙，石头垒砌的，是老一点的房子而已，高家祠堂、两层的高家楼、三进三出的万家楼，几乎全是青砖垒成，几乎每天都在这些古建筑中跑来跑去，甚至到房子里仔细看过，没有认识到这些建筑的价值。

党的十一届三中全会以后，家乡经济和民生发生了天翻地覆的变化，许多人离开村子外出工作，每家每户的生活条件越来越好，而乡亲们对古建筑价值的认识，也自觉地丰富和清晰起来，从中央到省市县乡，对历史文化的重视从来没有达到现在的高度，而作为历史文化载体的古建筑开始进入人们的心里，对村里乡亲们讲，这或许是经济发展到一定程度自我文化意识的觉醒。可是，重视也罢，觉醒也罢，上面所述的几座建筑，也都是空了，塌了，毁了，丢了。尽管，成为千年古村落以后，更多的文字图片见诸媒体，有了相当的知名度。参观、旅游、媒体宣传、接待、介绍、再申报，而后呢？而后呢！

如果不加快修整，或许几年以后，村里的其他老建筑也会逐渐坍塌毁掉，退出人们的视野，成为人们的记忆。这对于子孙们来说无关痛痒，对人们的生活也没有影响，只是看着这些承载古老历史的建筑即将退出舞台，忽然间有些心痛和不舍。我想问，谁，或将是历史的罪人？

村里，光滑的石板街道，老胡同、老房子合成一幅幅画面，落日余晖，在画面中短暂停留，那光线，一如正在书写文字符号的笔，一行行溜过。这些老房子，石头立交桥，石皋大门，还有万家街的老楼、老庙，和磨得光滑的石板路，它们的价值又一次摆在政府和乡亲们面前，当下古村落建设，需要重新思考他们的时代定位。走在街上，迈步在它们中间，我的灵魂像穿梭在历史的回音中，不断地被敲击，又像在柔美的音符中逗留，不断被雕刻，被塑造。

农村，过去各家习惯建起一处处独立院落，而紧锁的大门和厚重的院墙，从来没有阻隔和遮蔽乡亲们邻里之间的亲情，似乎从精神层面，眼前的院墙根本不存在。我见到几位老人，他们都 80 多岁，守候着比自己还老的老屋老院子，守候着比祖坟还老的老楼、老庙、老街和老祠堂。比这些还老的，是村周围那些沟沟坎坎，那些土地，那周边山脉，那大寨山上遗存的海底遗迹。

太阳和月亮有起有落，最老也最新，而见证过村里古建筑的人，生了、长了，大了、老了，走了……

2018 年 3 月

村子里的树

村子南边和东边，各有一条通往南山峪的土路，乡亲们习惯分东路和西路。

两条路上，各有一棵标志性的大柏树，每一棵都有四五百年树龄。老人们讲，在大寨山西门，很高的地方，能看清楚这两棵树，能看到村子里许多树。有些柏树长在田地边上，有的长在田地岗子上，还有的长在山坡上，柏树，树冠小，树身也较小，但都挺拔向上，精气神十足。

这两棵大柏树，树冠大，树龄长，位置特殊。东路这一棵，在长岭山脚下，一块叫三十亩地的北头。这块地，在一个高坡边儿上，坡南边，是第二生产队的棉花田。这个树冠，直径有 20 多米，树干粗，两个大人合抱不过来。树底下，是乡亲们下地干活或者路过，歇脚、聊天的地方，横枝以下树干有两人多高，大人可直接爬上去，有人借着大柏树身上的瘤疤疙瘩，砍了几个镰刀大小的窝，可以攀着蹬着爬上去。

生产队干活歇歇的时候，一些大一点的孩子常爬到树枝上玩“摸哎哟”的游戏，三四个人光脚上树，各自找一个隐蔽树枝藏身，抽签确定的一人最后上树找寻，找到其中一个挠他的脚心，发出“哎哟哎哟”的声音，而后这位被挠者滑下树底，等上面几位重新调整位置后，再爬上树寻找，继续挠别人的脚心。

祖辈人传下的游戏，常在柏树枝杈上演。柏树的枝杈本身粗大，又分四五层，中间枝杈被磨得滑溜溜的，不知道有多少孙子辈、重孙辈的脚印，在上面与祖爷爷老爷爷的脚印重合叠加，不知道有多少祖祖辈辈、子子孙孙奇腔怪调的哎哟声，曾在柏树浓枝密叶中萦绕回荡。

西路那一棵，在南天观山坡底下，万家街南头，它也长在一个高坡顶上。它的树龄，比东路那棵还要长，树型漂亮，应该算是东路那棵树的哥哥。它长有五条特别粗壮的树枝，向四周山上和向路的方向伸出，好像与这里的山水田地有密切联系似的。似乎它的枝干，能和东路的那棵柏树，生生相惜，彼此呼应。老人们讲，快要下雨的时候，听到打雷声，大家都扛着锄头紧跑几步，到这棵树下避雨。一般下中雨，在树底下，几乎湿不到衣裳。听说，乡亲们谁有小病小灾的，拿上草纸，包上几个纸钱，到树底下烧一烧，祛病防灾，特别灵光。

这两棵柏树，守护的是两条要道。有乡亲说这两棵树，像龙头，东路西路两条路像盘旋南行的龙身，引得南崖这个千年古村世代人丁兴旺。据说，西路那棵树在的时候，在万家街南头，有一眼泉水，多年长流不息。那泉水，顺着沟，流到北崖村，再经张海流入狼溪河。老人们讲，那泉还是早年狼溪河的两个源头之一，等后来树没了，那泉就再没有冒过水。

这两棵柏树，1976 年前后被村里因故卖掉。当时卖掉它们可能有十个、百个理由，可能十个、百个理由都相当伟大，但都不如让它们好好长在那里，添彩绿水青山，代代传承下去伟大。村里许多上了年纪的人说，好像那两棵树，还一直长在那个路边。他们干活路过柏树生长的地方，目光所及都会提起，两棵树永远地留在了他们心里。过去的土路可走地排车，现在村里道路加宽，铺上水泥路面，能跑小轿车、拖拉机和大型农机具，方便了许多。

我想，这两棵树，墨绿色的枝叶里，有祖宗先辈们经历过的风霜雨雪、雷光闪电，粗壮挺拔的树干上有祖宗先辈深邃凝视的目光，根盘周围的沙土地有祖宗先辈汗水滑落的滴答声，那四季挪移的树影里藏着祖宗先辈留给子孙后代的福报。这两棵树，是古村落甚至是泉乡乡土文化的重要坐标，是乡亲们梦想世界的一个精神殿堂。村子被山东省评为千年古村，乡亲们讲，如果那两棵树还在，这千年古村，该多有意义啊！

村子里还有一些柿子树。村子东西南三面是山，往南形成一个巨大的“U”形山坳，山脚和田间地头，长着许多柿子树。这些树，树干直，树冠宽大，枝条茂盛，品相姿态诱人。大棵的有大人合抱那么粗，小的也有“对掐”粗。

柿子树长得慢，几百年才长成大树。过去，乡亲们在田里干活，常常在树底下歇脚，乘凉，吃饭喝水。秋收时节，大人孩子爬上树，摘下柿子，有熟透的在上边自己先尝尝，有的拿回家，给孩子或弟弟妹妹吃。

这些柿子树，当时归生产队和大队管理，实际上几乎没有人管，也顾不过来。农村实行土地承包责任制以后，田地分到户，地边柿子树就归农户个人了，每家一两棵，也不把它们当回事，到秋收的时候，和收粮食一起，落几个果儿算几个果儿。个别的在柿子将熟的时候，集中摘下，到集市上卖掉。

村周围，山高林多，山上除了侧柏树，多是刺槐树。现在山林都归国有大寨山林场管理。过去，开春季节，满山的槐花盛开，在山上能闻到花香，走进林子里，用镰刀钩弯树枝，捋一把槐花，直接放在嘴里，那花、那蕊是甜的，吃完一把，还想吃第二把。乡亲们常常挎上篮子，带上一个包袱，找到一些树冠低一点的槐树，捋一包袱槐花，回家掺上玉米面，蒸菜窝窝吃。那时候日子苦，槐花窝头将就着吃。

我们上山割草，常去林子里。那里边草多，嫩，还能有浓密的树荫。在家上高中时，听说有个别乡亲，私下将山上的刺槐树干放下来，扛回家，做成地排车车架子。那样一棵树，从中间锯开，细头做车把，粗头做车尾，长短粗细正合适，耐磨，结实。

三十多年过去，林子里的槐树，已经长成直径三四十公分的大树，有的地方过去可以几个人捋花、捆草的地方，现在已经密得进不去人。过去捋花，举起镰刀够得着的槐树，现在已经20多米高。听说，乡亲们还有吃槐花窝头的，那是生活富裕了，变成了讲究、时尚和尝鲜。我替乡亲们高兴。

东杨峪，有棵大杨树，约30米高，上面有一个很大的废弃鸟窝。老人们讲那棵杨树属于“托圈杨”。我查遍杨柳科植物种属，没有这个称谓，从树干树形枝叶看，应属于黑杨类，叫“钻天杨”。杨树身特别粗，大人孩子，直接爬不上去，有调皮取巧的孩子，将两条绳中间打结连起来，把一头扔上去，挂在树杈上，然后牵着绳爬上去，再一步步攀爬到鸟窝处，把鸟窝上的干树枝掏下来当柴火。那样的一个鸟窝，在底下看着不大，真掏下来，好大的一捆，一个大孩子背不动。听说，村里有本事掏这个鸟窝的，只有万家街善攀爬的毛二和万三儿。

山顶上和山坡上，还有些柏树。山坡上的柏树，是六七十年代，村里组织人员栽种的。那个时候，植树，要在山上有沙土的地方刨树坑，当地叫刨树穴。树坑周围用石头垒起来，在里边填土，种树，压实。这样，树坑既能存住水，又能防止水土流失。这些树，当年成活率不是很高，但，年年种，年年补，现在山坡上已经成了密密麻麻的柏树林，单棵长有十几米高。山顶上成片的柏树，也是当年人工栽种。

村东面小山上的杏树，是前邻居老党员高令代爷爷五十年代种的，他自己花钱买的树苗。高庆阳老爷爷出主意栽到这小山包上。小时候，我们上山割草，去牛口峪，几乎都要经过那里，在那平坦的岩石上玩一会儿，歇歇脚。

春天，先是看山杏花，山是小山，杏树也不大，伸手可触花。杏花不成行，稀稀落落的，但凡石崖间有土的地方，或大或小，或粗或细，那黑黢黢的树干，顶着满树的花就立在那里，那粉红色的花，像美女随意涂抹的扑粉，不经意间透着自然的美丽和香艳。待到杏花落下，刚刚结下来黄豆大翠绿的果实，我们这些馋嘴们，就已经开始品尝那些可怜青杏的汁水了。

小伙伴们来来去去，折折返返，看着走过去，看着走过来，摘一颗，尝一尝，连没有硬实的杏核都一口咬破，酸、苦、涩，平时长得俊巴的脸都变了形，还不停地吧唧嘴咂摸味道。到端午麦收时候，别处杏该泛黄成熟了，小山上的杏树，几乎已经没有杏，只有高处树枝上还举着两三个，认真地给季节一个佐证，满山坡的树叶，哗啦啦地飘着舞着，好像在埋怨我们这些调皮的孩子。

当年栽种杏树的党员高庆阳、高令代两位老人早已离世。上百棵杏树，现在杏树毛也没有了。我多次到那片青石板上走走看看，希望能找到一棵老树坑新长起的小杏树，抚摸这近似大山遗存的枝叶，摘下一片叶子，再咂摸曾经熟知的苦涩味道。甚至希望做个梦，尝一口小山上的青杏，用镰刀尖在杏树下的青石板上刻些字……

小山西面，曾经是高家族人集中的老墓地，当地也称林地，乡亲们多称“东林”。东林有 30 多亩，林地东是小山西侧的洼地，南侧是周家街通往牛口峪的碎石路，北侧是高家街经红沟到牛口峪的土石路，西侧为农田，四面都用青石垒砌有 1 米多高的围墙，南北西各留有进出口。坟茔、石碑，是林地的主角，诸多高大的柏树是林地的屏障，树高 10—20 米，树身直径 20—30 厘米，林间杂生有少量椿树。

小时候和小伙伴们进山割草、拾柴，路过东林，多不敢在路边停留，听说林地常有“鬼火”，更是心存余悸。有大胆的打赌，晚上进去寻“鬼火”，正常出来到北崖村给买烧饼吃。有吃过追“鬼火”烧饼的大孩子说，人追多快，火就在前面跑多快。

直到上初中，肇凤老师教化学，学到磷元素，才知道“鬼火”就是磷火，它分量轻盈，飘忽不定，人走动带来的空气流动，都会让它立刻活跃起来，有人说追磷火时把鞋子倒过来穿，鞋后跟朝前，脚步移动受限就容易摸到它。

后来，等我有胆量到东林追磷火了，遇农村平坟整地，整个东林给平了，所有坟茔迁出，众多柏树和坟槽砌石都归生产队所有，用来盖牛棚、猪圈。当时，作为学生，我也参加了毁坏这片老祖宗林地的劳动，而且非常卖力气。

村里集体果园在村子南边，那几乎是村里唯一“高科技”农业产业项目。村里果木技术人员，在那里干活。每年，我们这些孩子，盯着果园里的苹果，开花，坐果，长大，成熟。有的时候去南山割草、干活，口渴了，就去果园找水喝，因为那里有锅灶。

园里苹果种类，只有金帅、黄香蕉两种，有部分桃树。果园周围，用带刺树条做栅栏，有的路边还特别增加了酸枣树枝。有些苹果树枝，长得任性，伸出了栅栏，挑着大大小小的苹果像灯笼似的引诱我们。那时，顺手的话，我们就会摘一个，在衣服上蹭蹭，尝尝滋味。尽管，我们知道，那些小果子，可能是打了农药的。

每年中秋节，果园最热闹。一部分人忙摘果子，装筐，拉到集市上去卖，为大队换回一些经费；还有一部分是本村人来买，一家人，过中秋节吃几块苹果。那时候，钱紧，乡亲们的衣兜比冬天的场院都干净，能买得起苹果过中秋的，也不是多数。后来，拆苹果园，砍树，土地分给乡亲们。而那个果园留下的记忆，再也抹不掉。

南崖村山里还有核桃树和花椒树，前些年土地复垦时减少许多。最近几年，山东省出台政策鼓励投资古村落建设，让人深感欣慰，村里那么多的特色民居、庙宇、祠堂、古井、古道桥，是历史，更是文化的载体。这些，与大寨山周围的树林，还有云翠山南天观，都应该打造成鲁西南天然氧吧和休闲度假胜地。

2018 年 2 月

山里的果子

村子北面有一个杏行（háng，当地土语：杏树林），上边叫上杏行，下边一个叫下杏行。

那一行行杏花闹春的时候，我或许看见的是枝条上坐下的一串串果子，青杏有指头肚大的时候，我们这帮孩子就开始了直到麦收杏熟时的冒险尝试。看杏的叔叔大爷与我们常常展开追逐“游戏”，精明的他们在两杏行中间搭起一个高高的窝棚，既能平视上边杏行的一草一木，又能俯视下边杏行动静，估计，每棵杏树上落下一只鸟，他们都能数毛、辨知公母。

杏，熟了，可以拿粮食换。一斤麦子换两斤大白杏。村里计划生育抓得紧，被计划的男人们到乡卫生院做结扎手术，一个个骂骂咧咧排着队去了，又一个个龇牙咧嘴撇拉着双腿，半弯着腰，自己回到村里，村里集体组织到杏行转一圈，抚慰一下，撒开吃，兜里装，而后各自回家。听说，吃一回杏，是做结扎手术后老爷们儿唯一的福利。

或许是年龄小的原因，我突然发现，自己对杏行里的杏花竟然没有印象，或许是关注果实的原因，那 10 多亩杏花竟然被忽略淡忘。春天，上下相邻的两个花的世界，被满坡绿油油的麦田包围，枝条上的一尊尊花神，听了联合中学教室里朗朗的读书声，会否惊了心：“小楼一夜听春雨，深巷明朝卖杏花”。我想，一定会有一串串杏花骨朵在艳阳下争艳，会有缤纷的花瓣，忽忽悠悠飘飘洒洒落进书页中探幽，会有爱美的女娃折一枝插在发髻，展示怀春的娇羞。

俗话说，七月核桃八月梨，九月柿子上满集。我家院子后边，有一处四五米高的土岗子，岗子下边有三棵核桃树，从南到北距离七八米的样子，最南边的那棵最小，最北面的最大。我小时候和伙伴们常来这里玩，尤其是夏天，硕大的核桃树冠把近处变成纳凉的福地。

春天，核桃树长出山村里报春的第一株嫩芽，意味着该脱掉厚重的棉衣裤，换上单衣了。核桃树开花，不像其他的花卉，红的黄的白的紫的，它是绿色的，而且是一串一串的，绿枝叶的顶，长着绿的花梗，绿的花梗上，缀满高粱米大小绿色的小花。有时隔几天没有来这里，等再来的时候，树上小花已经变成绿色的小核桃。

山里许多野生核桃，每年 7 月，长大成果，这时的果实还是糊状。我们在田地里割草累了，几个伙伴就抛起手里的镰刀，砸下几个核桃来，用镰刀从中间劈开，挖核桃糊吃，这样，会一直吃到 8 月。从灌浆到长出一半果仁，再到长满果仁，直到灌满填实。核桃生长的过程，是我们检验的过程，也是馋嘴欲望和期盼渐长的过程。不熟的时候吃核桃，鲁西南话说叫“败坏”，但凡让大人看见，是要打屁股的。

那时间，村里的大孩子，领着小一点的孩子割草，小一点的长大了，又会领着其他小一点的孩子割草，好的习惯有学到，偷吃核桃的坏毛病也学得有模有样。山里的孩子，偷吃不了核桃，看起来绿色的核桃皮子，它的汁，是一种强力染色剂，每一次品尝核桃的鲜美，都会把自己的手染黑，留下证据和记录。回到家里，大人总要批评几句。

核桃成熟季节，树下常有几个吃货，而镰刀劈核桃不染手的办法，也是“传帮带”的结果。可以说，山里每一棵核桃树底下那些黑乎乎半拉子的核桃，都是破坏的结果，也是核桃树们对我等这些毛孩子的控诉。而我好像被“传帮带”忽略，直到我离开村子上高中，都没有完全掌握吃核桃不染手的方法，割草回来，手指染得常常黑乎乎的。

村子有3000多亩耕地，多在村子的东南方向。山脚下多是较为贫瘠的田地，收成往往不好。但老天很公平，许多田地边上，长着一些核桃树，盛果年份，挂得果子多，分田到户以后，田地边上的核桃树有了归宿，提前品尝核桃的少了。

每到农历七月，每户都会收到家里，集中堆放到房子一角，盖上草帘子，捂上几天，待墨绿色的皮子脱了，一个个果子带着山里人热切的希望，活脱脱展现在农家院子里，用手一摸，湿乎乎、沉甸甸的，哗啦啦的声音十分悦耳。

父母离开村子，在县城生活二十多年了，每年核桃成熟的季节，都要买一些，晾干了留着，等我们回家的时候，让我们带回。吃核桃，常常为自己孩提时候的不懂事而自责，也常常想起那个鲁西南的山村，想起村里的乡亲们。那些当年领着我们吃核桃，和后来我们领着吃核桃的伙伴们，现在已经当爷爷了吧。

2014年10月

菜　园

生产队有 5 亩菜园子，菜园子的北边、东边和南边，是十几米高的土岗，南边土坡下，有一条 2 米宽的小路。

那个菜园子，不仅种家常吃的蔬菜，有时，还种植经济价值比较高的蔬菜，比如，韭菜和脆瓜。在鲁西南农村，有一种特别脆的水果瓜，成熟时瓜长 30 厘米左右，直径 7—8 厘米，有浅绿色和深绿色两种，瓜皮上有竖着的棱，像成人手臂上凸起的筋，清香，略甜。一般在农历二三月份，移苗栽种入园，六七月产瓜，生产队集中运到洪范集市上去卖，换了钱，作为生产队集体开销。

有一年夏天，生产队在菜园那条小路边，种了 2 亩脆瓜。瓜地一侧，是生产队种的一点棉麻，长大了，约 2 米高，人在里面，几乎看不出来。白天看瓜的是管菜园的几个年长的老爷爷，晚上，换成能跑能颠的壮劳力。晚上，他们从自个儿家拿来被子，甚至只拿来凉席和单被，就睡在那片棉麻地边儿上。如遇下雨，就钻进草棚子睡觉，看护那片瓜地。

一天晚上，月光如洗，整个菜园子里，不安分的虫鸣声此起彼伏。我和前街的几个六年级同学，从外村看电影回来，走下沟小路，到菜园子十一点钟左右，饿了，渴了，大家见菜园里很安静，有的人试着喊了几嗓子，没有人答应，连一声咳嗽都没有，以为没人看瓜地。我们就下到瓜田里摘瓜。这时，从棉麻地里跑过来三个大人。我离地上抽水的石洞较近，就侧身钻了进去。三个大人顺手把另几个孩子拿住，给拎到了路边地堰下边。大人们看多数孩子不认识，就挨个审问，是谁家孩子，为什么偷瓜，有的人解释外出看电影没吃饭，就不说父母的名字。

月光下，一顿批评教育，大人们准备放他们回家，几个孩子从蹲着的地方慢慢站起来。我在暗处，他们离我十几米，我发现，在那边训斥同伴的三个大人中有两个光着身子，只有一个人穿短裤。庄稼人身体黝黑，但是月光下，却是白花花的膘。大人们让他们把摘下的瓜吃了，他们靠大人们很近，似乎在偷偷地笑，甚至有人，都吃不下瓜了。我手里拿着一根瓜，不敢吃，怕闹动静被发现，直往肚里咽口水。这时候，三个大人意识到自己光着身子，撂下句"赶紧滚蛋"的话，转身闪进了棉麻地。小伙伴们走了，我等到没有动静了才爬上园边地堰悄悄回家。

第二天，几个同学在教室里绘声绘色地讲述二队劳力光腚抓偷瓜娃的故事。这事过去四十多年了，至今记忆犹新。我对看瓜的长辈敬重有加，两位在世，快 80 岁了，等再回村里我请他们喝顿酒，算是"投案自首"，赔个不是。

菜园中间有一口水井，四块厚重青石板搭起来的井台，上边安装了一台牲口动力的解放式水车，一根插入水中的管子，管子内有一串铁链子穿起的活塞，转盘带动齿轮，齿轮带动铁链，一个个活塞把水从井下提上来，顺着几条很窄的水渠，流进菜畦子里。

每到浇菜园，管菜园的老爷爷从生产队牛棚里，牵来牛，或者驴，把牛或驴的眼睛用布蒙上，套在水车横杆上，打起来，一转就是大半天。这时候，老爷爷只管拿一把铁锨，到地头或者菜畦里，管一管水流，让水流得顺畅一些，一个菜畦水洇透，堵上进口，挖开下一畦，水流乖乖听话，没有半分迟滞。菜园里的菜，哪些该浇，何时浇水，全凭老爷爷经验判断。

我小时候，特愿意跟大人到菜园干活。在菜园里转圈儿，高兴了拿着个棍儿，在拉水车的牲口后边儿，朝屁股打它一下子，撵得牲口小跑起来转圈，冷不丁会听到看园老爷爷的呵斥声；还有时钻到菜田里，把菜畦子给捅个窟窿，让水流到别处，看着站在畦子那头的老爷爷急急慌慌地赶过来堵上。

菜园子，实际是全生产队各户集体共有的菜篮子。有一部分菜，种下，隔一段时间长成，生产队会通知各户，每家派一个代表到菜园里领菜。分菜的时候，一般按照集体分组抓阄安排。各家大人或孩子，带着筐、篮子，直接到菜园领。按人头，每人一两斤、三五十斤的都有，主要根据菜总量匡算确定。每次数量少一些，也不经常有，但毕竟在缺水的农村，能吃上菜园里种的菜。

还有一部分供集体食用。在离家三四公里远的南山峪干活，需要集体送饭到地头。生产队就安排责任心比较强的人，到菜园里，摘一批时令蔬菜，炒熟，用铁桶装了，连同各家给自己家人送的主食，用扁担挑到南山峪田里，供在地里干农活的人吃。这些菜和饭，几乎没有什么油水，但大家吃得很香。那一片菜园，几乎在每年麦收秋收的时候，为改善乡亲们的饭食出了力，给生产队老老少少乡亲们，留下了深刻记忆。

常管菜园的大都是老人，有庆阳老爷爷、庆香老爷爷、炳为老爷爷、振山伯伯等。他们都是经验丰富种粮种菜的好把式。菜园子北边是十二三米高的土崖，崖下有一个大土窝，约有两间房子那么大的空间，供看菜园的几个老人休息。春夏秋在这里存放农具看园休息，冬天，他们在这里支灶起火做绿豆粉皮。

几位老人常在土窝里笼火，土窝内壁尤其顶部被熏得黑黑的，只有靠近地面的墙壁还能看到干土质，里面东墙上一个放灯的小凹台，门口两面墙上钉了几个钉子，用来挂草帽和绳索，地上靠墙竖着几件农具，擦得锃亮。

为了让白菜心长得着实、干净，老爷爷们找来地瓜秧，在白菜外边缠一圈。他们用的地瓜秧，一般都是在地瓜田地里拣，选柔软的、细长的好用。老话说，冻冻（当地土语：冰）响，白菜长。天凉了，即便是菜地里结了冰，白菜还会再长。所以，农村天不下雪一般不出白菜。如果白菜棵不扎起来，叶子就会散开长，没有心。那时候，常种的白菜品种是北京 6 号和 7 号，外形细长，有四五十公分高。

每年该穿棉袄的季节，是生产队菜园里分白菜、萝卜的时间，园里像过年一样热闹。不像分地瓜，可以不在现场守着。分菜了，多家都至少两个人在现场候着。等过完秤，立刻往自家糠篮里装。乡亲们装白菜多用井字格木托，将白菜垒到木托上，底上麻绳一兜一紧，就可以上肩往家挑。像我这样半大小子往家搬白菜的时候，一般肩挑四棵，直接用绳捆着只能背三棵。有个邻居伙伴，往家搬的路上，不小心蹭掉了几个菜帮子，回家，他父亲看到了，心疼啊，拿着小棍儿撵着他跑。

菜园里常种韭菜，有一亩半左右，就在菜园土窝外边。每年开春，韭菜畦子本身就靠北墙根，都遮上了草帘子，温度高，长得特别快，第一茬韭菜最香。

一年春天，韭菜刚刚长出了一点叶，10 公分长，紫红的根，绿油油的叶，特别喜人，没有到收割的时候，看园的老爷爷们像看命一样盯着。我们后街的一帮孩子到外村去看电影，晚上回来很晚，路过菜园，有几个伙伴，说是在小路边撒泡尿，我和另一个伙伴就先走回家了。

生产队长凡道老爷爷听说园里的韭菜被薅了，就领着几个人，沿着街上抛撒的韭菜痕迹，到各家去搜查。在几个孩子家，找出了昨晚孩子带回的散韭菜。

有一个同学，叫二顺，他家在我家东面。从下边沟里上来回他们家，必经过我家。结果在我家门口，也发现了韭菜痕迹。生产队长到我家去找，什么也没有找到。他们又沿着韭菜痕迹，找到了二顺家。结果，他家母亲，正守着箩筐，一把一把择韭菜。那一天，凡是到菜园里薅韭菜的几个伙伴，都在学校受到了批评教育。后来才知道，那天晚上，他们早有预谋。

菜园里，常种植几种菜，除了韭菜、白菜、萝卜、脆瓜，还有茄子、大葱、豆角、黄瓜和甜瓜，印象中韭菜和甜瓜、脆瓜都可以换钱，在菜园地头上或拉到集市上都可出售。我曾拿着母亲给的两毛钱，到菜园里买过韭菜。有一年，母亲住院做阑尾手术，姥姥来家照顾我们姊妹几个。我们闹着要吃饺子，姥姥就用从菜园领来的茄子给我们包素馅饺子，从那厚茄子皮里，我还真的吃出了肉味。

还有一次，母亲不在家，我这当大哥的想给弟弟妹妹们开小灶，包顿饺子吃。就学着母亲做饺子的样子，先和好面团，把从生产队菜园分来的韭菜择了，洗净，放在盖帘上晾去水分，放到案板上，开始剁馅。

只知道母亲包饺子的时候，馅大都是用菜刀剁，所以，我也用菜刀来剁韭菜。这刀下的韭菜长长短短，烂糊得像熟透了。恰好，前邻居令成奶奶来我们家，发现我用菜刀剁韭菜，她洪亮的笑声估计院子外边都能听到。奶奶从我手上拿过菜刀在我家石磨子上蹭了蹭，帮我切韭菜。那天有奶奶帮助，我们吃了一顿鸡蛋韭菜饺子。

南崖村里，有 11 个生产小队，都有集体自己的菜园。分田到户以后，我们家从菜园分了两分菜田，只是种菜品种少了，像白菜、萝卜等，很少种细菜，但毕竟有了自己家菜田，收获颇丰，吃菜已经没有问题。

多少次回到村里，都被朴实的民风所感动，都被朴实的乡亲们所感动。我想下一次回村里时，试着找齐月夜摘瓜、薅春韭菜的伙伴们，让他们牵着孙子孙女的手，再讲讲当年的生动故事。

2018 年 4 月

大寨山散记

（一）

头顶着绿树阴凉，走在大寨山林间小道上，父亲母亲满心的欢喜。刚才下车的时候，父亲说，他有五十年没有上大寨山了。

这山就在南崖村东边。父亲从19岁开始，在县城和乡镇工作，每月一两次回家，尽量多帮母亲干点农活，没有上过山。这在母亲那里得到验证。

从牛口峪，沿着山石铺成的路上行，台阶错落，拐两个弯就到大寨山顶的西门。西门全部石板、石条垒砌，进到门里边，往上是山顶悬崖，往下，也是悬崖，阵阵凉风在山林、悬崖之间回旋。远眺，往北是绝壁“断寨”，它凸立于山顶，与天际线平齐。往西，是“织布机”悬崖，“大小龟腚”巨石，叫这名字，主要还是山石崖壁模样与织布机和乌龟尾巴相似。

大寨山海拔494.8米，是东岳泰山的余脉，属浅切割构造剥蚀低山丘陵区。山整体呈南北走向，两端向西弯曲，山势成月牙状，山形饱满险峻，山腰以上均为悬崖绝壁。清朝咸丰年间，当地百姓为避战乱，在山顶平坦处建房扎寨，故得山名，石板搭砌盖顶的石屋尚存。此山古名大壏（lǎn）山，宋代翰林学士李谦所撰《云翠山天观记》中，就有记载。传说古时洪水泛滥，远近一片汪洋，唯独这座山峰露出水面，也称为“浮山”。

我们一行人，走东路，以大寨山主峰、断寨、昧心桥、挂天橛、鸽子洞、天乳泉等自然景观为主线。考虑到上山顶过昧心桥危险，我们陪老人顺山寨根小路，转过鸽子洞到达北侧的天乳泉。这眼泉在山崖壁凹进两三米浅洞内，高 3 米，洞顶多处滴水成泉，外边一处水流较大，可直接饮用。冬季枯水，滴水成钟乳石形状冰挂，由此得名。地面有一水盆大小石坑，滴水刨蚀而成，当地人称天乳泉为“滴水盆”。一家人拍照留影，父亲伸手接水洗了一把脸，说，多年没上这来，水多啦，盆显得小了。母亲说，老人们讲，爬大寨山，累了，用这水洗洗，解乏。

两天以后，我们一家游览大寨山西路景点，从山下的七十二名泉之一的扈泉开始。我小时候跟母亲来这里洗衣服，玩耍过程不记得了，母亲还记得我在这玩石头、抓泥鳅，光屁股等衣服晒干。那时间还不认识崖壁上明代进士孟一脉题写的“扈泉涌碧”大字石刻。泉水从石缝里静静流出，像山里初进婆家侍弄衣角的文静姑娘，红脸低头不语。

泉水钻过小石桥，落下三叠的石阶，变成小溪欢快地溜达出山谷。几位洗衣服的乡亲说话声和木棒槌击打衣服的声音，回响在山崖上，打了几个旋，传得很远很远，应该能追赶上那远去的溪流。

沿水泥盘山路，我们到达南天观景区。这里主要是南天观、天柱峰、子陵寨。南天观古建筑群，占地 3600 平方米，创建于元至大四年（1311 年），明隆庆年间重修，包括日月泉、蓬莱阁、回阳洞、玉皇阁、长春阁、真武观、三真观、两通元代透龙碑。

日月泉，是济南七十二名泉之一。日月泉在一个拱形石洞内，日泉和月泉地面相隔五指，一个月牙形中空石板、一个圆形中空石板，下面就是山泉，用手机光线，可以看清泉水从两个不同方向石缝流出。宇宙中日月同辉，浓缩在这小小的石洞里，惊叹上帝的神来之笔。

泉东西两侧二三十米，分别立有一通古石碑，已用钢化玻璃保护起来，看清碑文，还要费些工夫。东侧石碑是明代万历二十一年

（1593 年）东阿于慎行题写的《云翠山天柱观记》。于慎行为明万历年间礼部尚书、东阁大学士，曾任三代帝王的老师。西侧碑，立于元代，是李谦所撰的《云翠山天观记》，李谦曾任元代翰林大学士、中丞大夫知制诰。我与火箭军西安工程大学的李正生教授，在北京国家典籍博物馆，仔细研究过馆藏的拓片。这通碑，离山下的我家老院子 1 公里，拓片所在的博物馆，仿佛就是北京我家邻居。

（二）

大寨山，主峰山势从北向南，在南山峪向北，形成一个 U 形的长 4 公里的山谷。山坡上，悬崖上，山顶上，多年生侧柏和刺槐树，几乎将裸露的青石和石灰岩遮掩，从北崖村东面的山谷算起，突起的山坡，深浅不一的山沟，波浪般蜿蜒曲折，时而伸展笔直，像一巨幅几经折叠、待铺平展开的绿色山水画廊，而山腰上长长的侧柏、刺槐树林带，又是这画廊四季变化的调色板。

春来，林带白色、粉色的槐花，延绵十里，甜香四溢。

夏天，草丰、花香、鸟鸣，山风吹过，松涛起伏，树荫蔽日，凉意沁心，山泉潺潺，惊得山鸡展翅群飞。

秋天，山坡、山崖、山顶上的松柏浓墨重彩，构成远中近景，衬托得金黄色的刺槐林带，像礼盒的饰锦，少一分则浅，多一分则重。大寨山对面的云翠山南天观是这座山最佳观景点。

冬季，柏树苍翠，叶落满地，长长的密实林带，唯有树梢迎着太阳，摇摆起舞、搔首弄姿。再隆重地下一场大雪，为整座山、山里的动物们举行一个过冬的仪式，那雪地里一串串的脚印，说不定是狐狸、山狼们参加“聚会”道上留下的足迹，说不定它们还哼唱着《拉德斯基进行曲》和《桂河大桥》口哨，与阵阵风声合奏鸣响。

（三）

六十年前，大寨山还是裸露石质的荒坡野岭，山上多石灰岩沉积物，多薄层或中层褐性土壤；山脚为岭坡梯田，多发育为褐土，土层较厚，主要为洪积物形成的褐土。从 1958 年大寨山林场建场开始，林场和村里的劳力们，上山种植侧柏树苗。

当年上山种树，由大队分派任务，村林业队和各生产小队具体组织。年年栽，年年种，年年补，今年栽好，没成活的，明年接着补栽。到 1978 年掀起种树高潮，大寨山林场组织部分外地青年劳力，集中突击栽种，村里积极参与。

田家增当时任大队会计，分工带一帮人上大寨山南门栽树。那是个阴天，早上还下着小雨，他们每个人背一捆树苗，田会计自己肩挑两捆。包括妇女在内，没有一件像样的雨衣，随身带的是自家草帽和成块的塑料布。南门外边是长岭，他按位置和树苗棵数，给每个人分了任务，每人承包一片，分配 20 棵树苗。

开始，下蒙蒙细雨，有没有雨具问题不大，等后来，雨渐渐大了，天冷，冻得身体直打哆嗦。有人想下山。田家增就给大家做工作，上来一趟不易，趁着小雨栽种下，便于小树成活。他还把自己带的塑料布撕开，给没有带雨具的村民。直到他们干完活回到家里，那冷雨，还在下。

沿道上边的柏树，都是当年栽的。村里集体在田地里育苗，也会到山上成材柏树周围，找一些小树苗，刨出来，集中栽种。山冈上，多花岗岩，找有土的地方，挖三四十公分深的树坑，种树，扶正，培土，踩实，找来砖块大小的石头，垒上围堰，这才算种完。

南崖村西南面的油篓寨，山顶上成片的柏树，是乡亲们爬上去栽种的。有人说那上边的柏树是自然生长，老人们说，什么样的种子能自己飘到山顶上去，那是村里的老人们，年轻的时候，背着树苗，扛着镐头，趁雨以后的连阴天，爬三十米悬崖上去栽种的。

上山栽树，大寨山林场给村林业队部分经费，林业队再分任务到每一个人。先组织人员集体上山挖树坑，当地叫“刨树穴”，一个坑三分钱，有的地方土质石灰化严重，还须从别处取土培坑，确保树坑质量，另一部分人负责栽种。后来，种树任务重，林业队还从东平县请来人帮忙挖树坑，栽种树苗。东平县以出夫输出劳力的名义，来山上种树。

同组同街的高庆端老爷爷家夫人，就是当年栽树时认识老爷爷，隔山隔县嫁过来的。当年东平来出夫栽树的人，住在老爷爷家里，其中有老奶奶的亲戚。这亲戚看中老爷爷家实诚、人缘好，家里田地多，庆端老爷爷国字脸，满是福相，而且结实能干模样俊，就牵线搭桥。当时老爷爷 17 岁，老奶奶 15 岁正上中学。后来两人见面，提亲，换字，订婚结婚，隔着一条河，一道山梁，结缘走到一起。现在我回村里见到老爷爷老奶奶，两位还在夸当年出夫刨树穴好，念及彼此的好，盛赞当今的日子过得好。

上山刨树坑栽种树苗，现在还在继续。平阴县委县政府极其重视，林业局组织县局机关人员到南天观景区种树，连续种了多年，悉数成活。

当年种树苗的年轻小伙，现在已经成七八十岁的老人，当年种下像筷子般大小的树苗，现在都已经长成直径二三十公分的大树。现在大寨山山坡上，全部是绿油油的树，枝杈伸展，被遮蔽得进不去人，过去裸露的山坡已经看不到坡上的石头。田家增曾经种过树的长岭山顶，侧柏树已经遮天蔽日，74 岁的他，常背着手到那里去走走看看，仿佛自己跟前的娃，长大了，长高了，成才了。

（四）

今天的大寨山，已经是山东省省级森林公园、省级自然保护区。是狼溪河源头和洪范池泉群的水源涵养区。山林里以侧柏、刺槐为主，其他树种有臭椿、苦楝、楸树、黄榆、毛白杨等，发展的主要果树有苹果、柿子、核桃、大枣等，林木覆盖率90%以上。侧柏林多处在中、幼林状态，300多公顷刺槐林接近成熟。大寨山绿色屏障，涵养水源，成为动物、山鸟的乐园。栽树种树过程中，山林的馈赠让百姓受益，山里丰富的中药材，柏子、元志、柴胡、蝎子、土鳖，曾经是农家淘宝的园地、村民自己的“小银行”，山上柏树枝、槐树叶，则是乡亲们烧柴窘迫时的指望，困苦中的幽默。

如果说，六十年前，乡亲们或许对种树栽树绿化山林，没有那么高的认知水平，或许他们没有济福百世惠及子孙的觉悟，但他们田里挣粮、上山挣命的做法，年复一年地坚持，几代人看护、爱护、维护，成为自觉，让今天越来越多的乡亲们看到了真正的“绿水青山”。

当年的栽树人，老了，他们的手可能不再粗大有力，甚至难以伸展，或者更多人已经离世，变成缕缕青烟，依然守候在山里，眺望着蓝天。他们的儿女，他们的孙辈们，从繁华城市，再回到这里，寻找长辈们奋斗的痕迹，成为这山，这林，这村，这街巷，这美好村镇新的主人，前辈造就的“绿水青山”，成就了后辈人的“金山银山”。

希望在可预期的某一天，夏天山里季节性喷涌的山泉，变成有名的长流泉，曾经被人为堵上的山泉再度涌碧流翠，使流往龙池泉、书院泉的地下水变得更为丰沛。

2018年12月

大寨山鸽子洞

大寨山，位于洪范池镇东南，海拔494.8米，为平阴县境内最高峰。清咸丰年间，当地居民因避战乱，到山顶建房扎寨，故得名。现在石室、寨门尚存。大寨山古称大滥山，因狼溪河发源于此，又名“狼山”。相传，古时洪水泛滥一片，唯独此山顶露在上面，所以也称“浮山”。

从村里上山，要经过一座小山，它是大寨山的门户，过小山，就是牛口峪，从这里往上，就是大寨山。大寨山有四叠：一叠为底层，属花岗岩青石山岗，二叠是绕山林带，多百年刺槐，三叠是多层风化岩石，四叠是高耸的山崖，壁立如削，诸如天乳泉、王母台、锦屏岩、透风崖等，尤以透风崖、锦屏岩壮美。

山的东侧，有刘公墓凿崖碑，被中国世界纪录协会认定为世界上最大的凿崖碑，建有奶奶庙一座，庙堂前，方形石柱刻楹联：紫竹吐清风吹开霞雾千年晓，玉瓶注法雨洒遍乾坤万户春。每年农历六月十五，是泰山老奶奶“生日”，山下大寨、丁泉、南崖、北崖等几个村的乡亲们，常来唱戏、上香，踩高跷，扭秧歌，祭拜泰山老奶奶。山的西侧有断寨、织布机崖，与主峰相望。大寨山有名的鸽子洞和主峰西门就在西侧悬崖石壁上。

悬崖，足有三四十米高，悬崖边上有一个很深的天然石洞，当地人叫它鸽子洞，也称“布鸽洞”。洞口有接近2米高的石崖，可以攀爬而上，洞口迎面一块巨石。坐在石头上，可以定一定神，好好打量一下这20多米高的石洞：洞口往里，脚底下是个小斜坡，有一点潮湿，进洞 10 多米，有向右的拐弯，主洞向上，洞壁成土黄色，顶端有一些突兀的石头、小洞及缝隙，那是鸽子们的巢，或者说是南来北往鸽子们临时的“栖息地”。每到夏季，有许多鸽子在洞里出没。有鸽子时，在洞口可以听到洞里众多嘈杂“咕咕、咕咕”的鸣叫声。附近村子的乡亲们知道，在天气刮过东南风，两天后，就会有成群的鸽子飞来栖息。

夜晚来临，到洞内去逮鸽子就成了趣事。

逮鸽子，也称“照”鸽子，就是在洞底点上一堆火，引洞顶上的野鸽子下来。但是，村里老人们，常劝年轻人不要去惹那里的鸽子。传说，那洞神得很，曾经有人不怕，手提着灯笼，走到小山口附近，刚进牛口峪，没有人吹，也没有刮风，灯笼自己灭了，一行人都觉得奇怪。他们上山转了一圈，怎么点灯笼都点不着，摸黑到石洞里，一根鸽子毛都没见着。提着灯笼回村，出牛口峪，走到小山口那里，灯笼自己又亮了。老人们说，夜里上山，点灯，这是惊了山神，在牛口峪山口，山神吹灭了灯笼。

还有更神的。传说，有人带上了一挟抱（当地土语：两臂伸开抱东西）麦秸秆，还带上了猎枪，给自己壮胆。等爬到鸽子洞，用猎枪由洞口往里打，怎么也打不响，尝试着向洞外开枪，枪还真响了。他不死心，又装上火药和铁砂，朝洞内鸽子鸣叫的方向开枪，仍然不能击发。吓得他丢下麦秸秆，仓皇逃出牛口峪。乡亲们说，这里曾经发生过类似的事情，早些年，有外地人到洞里打鸽子，装好火药和铁砂，击发，撞断了枪扳机。有猎枪的年月，早些年了，都已经收缴。现在个人谁有的话，违法。

这样的事情，真真假假，虚虚实实，家乡传得神乎其神。我想，其实是提醒人们，不要去打扰那些远道而来的精灵，应该爱护它们。前街老人庞庆忠说，早年别人约他去，他坚决不去。现在老人家 82 岁了，没有上山照过鸽子。

洞里栖息的野鸽，都是未经驯化的野生岩鸽（学名：*Columba rupestris*），为鸠鸽科鸽属鸟类。嘴、爪平直或稍弯曲，嘴基部柔软，被以蜡膜，嘴端膨大而具角质；颈和脚较短，胫全被羽。主要栖息于山地岩石和悬崖峭壁处，常成群活动，结成小群到山谷和平原田野上觅食。野鸽大部分比家鸽小，性较温顺，和家鸽相似，叫声“咕咕”，鸣叫时频频点头。野鸽主要以植物种子、果实、球茎、块根等植物性食物为食，也吃麦粒、青稞、谷粒、玉米、豌豆等农作物种子。野外检验家鸽和野鸽的方法，可以试着轻轻吓唬一下，你只要开始走路，野鸽子就会飞出很远。

鸽子洞中，白天有光线，下午时间顺光较为明亮，到晚上，洞内漆黑一团。有的人手里拿着一个柴火笆子，鸽子下来，顺手用笆子压住，抓进布口袋里。宝常兄弟胆大，一年秋后没事，和两个朋友上去过两趟，天凉，他们吃完晚饭，背了一些麦秸，各拿了一件破棉袄，提着灯笼上山，朋友还带有手电。他们很幸运，没有遇到小山口灭灯笼的事。

但在上山的路上，三人浑身不自在，林子里没风，鞋子踩在青石板和沙石上，声音大得让自己心惊肉跳，上到半山腰，身上衣服已经全部湿透。他们在鸽子洞里，先点着火，用那件破棉袄一挡，一晃，亮开，有几只小鸽子扑棱棱飞下来。洞里的老鸽子们像是着急，惊恐地在窝里边呼喊，好像是在提醒小鸽子们，不让它们下来。这种火光，对未经磨炼的小鸽子们有一定杀伤力，对老鸽子们不灵，它们很有经验，绝不下来上当。

乡亲们，到鸽子洞抓鸽子的还是少数，也是多年以前的事。他们多数到洞里去掏一些鸽子粪，背回家做肥料。这野鸽粪便，是上好的肥料，用它上大白菜，据说比上豆饼（豆粕）效果还好。掏鸽子粪，也不用晚上摸黑，约上一个同伴，大白天，带上一条口袋上去。洞底、洞壁和里面较深的鸽子窝里，以及洞内地面上都有，多数已经干透，用扫把轻轻地拢一拢，一个上午，可以收获 10 多斤。

听说，每年农历六月十五泰山老奶奶“生日”这天，没有人晚上敢到洞内逮鸽子，倒是有人还爬到洞口，在那块大石头上点上三炷香，摆上几碟点心上供。有人说鸽子洞主洞很深，接近山崖东侧的“刘公墓”三个字。乡亲们不知道长眠山崖下的，是哪位刘公，比照现在，能尊老称公，也不是等闲之辈，没有地位和经济条件，很难找到这样一个山崖石壁，刻名为碑。

经过查证，所称刘公，可能是刘海东，北宋（1088—1125 年）抗金英雄（今肥城石横镇前衡鱼村人），金兵入侵后，被征召为平阴都统，领军北上，曾在黄龙岗大破金兵，后壮烈殉国。在孝直镇邱林村现存的龙头碑能得到印证。碑文全称《故都统刘公墓志铭》。刘公后人，为纪念这位武将，找到这座鲁西最高的山崖，留下这一石刻。

2018 年 12 月

北崖古槐

从济南七十二名泉之一的扈泉下来，往北，隔一条沟，就是夏朝古扈国遗址，往东，行 300 米，就是北崖村。村头路两边，左右各有一棵古槐，树龄二百多年。

对古槐最初的印象，还留在四十年前。那时，我到北崖戏台看戏，年龄小，许多戏看不懂，看懂的记不住，而戏台对过那棵古槐，记得非常清楚。也许是常年身在外地的缘故，常常念叨它，当然也不断念叨南崖村的几棵古柏树。这一次次的念叨，记忆不断叠加、强化，惦记古槐的事，像自己得了病，执念，执着，久不得医。

回南崖村多少次，都不能算多。可是每次回家都路过北崖村。早几年问过家里人，听说北崖村规划新修了路，那棵古槐树早就没有了，这个消息对我执念执着的心，像浇上一盆冰水。

这心结，直到 2018 年 8 月，才得以纾解。那天，我和北崖村的张殿峰书记约好，请村里几位老戏班子成员聊天。快要结束时，我忍不住，说了多年来对那棵古槐树的惦念。几位老同志告诉我，那棵古槐还在，在它南边还有一棵。我为多年的轻信与漠视自责，也为只知其一未知有二而自怨。

几位老同志，张书记、村主任，桂香妹妹带着我走到古槐树下。记忆中的古槐，是长在石台上，高大挺拔，树干有裂缝，从它身边走过，仰视，欣赏。

眼前的古槐，因为垫高路面，现在它长在了路基下面。树向东南倾斜，中间的空洞，似乎比四十年前拉长了，靠树皮和仅存的木质输送养分，树冠幅约有20多米，树枝主干粗壮，枝叶茂盛，北面塌落的两间老房，守在树荫下，似乎彼此述说着各自的经年往事，裂开的树缝，塌落老墙的豁口，似乎要把它们当年从对面戏台听过的戏，再演出来，唱出来。东面的树枝，从树干上斜着，伸向地面，深绿的槐叶，已经搭着地上草棵的肩。

古槐树下，是往北的胡同口，石墙还在，外立面也算整齐，这里原来是老书记家的房子。他就在附近，说不在这里住了，有空没空常过来看看，生怕哪天风大，刮掉老槐树一两股树杈子。古槐树根部约1米远的地方，露出一点光滑的青石，那是当年东西向的石头路面。往南，路基下边，是老戏台位置，已经看不出任何痕迹。

另一棵古槐，离路基10多米，好像不如北面这棵粗壮，树干笔直，10多米高。走到跟前，才发现它中间也是空的，透过地面树干，能看到远处的绿，上边空的一点，形状像书法的“点”，下面空的稍长，像一“竖”。3米以上，分两股树杈，一股朝南，伸探出10多米的树枝，似乎树干那单薄的树皮，不足以支撑它的体量，枝头，茂密的树叶，坠得树枝随时有折断的危险。朝北的主杈，身姿弯曲，坚强地支撑起偌大的伞形树冠。村里张书记讲，这两棵古槐，是北崖古村的镇村之宝，已经向上级汇报，近期采取加固保护措施。

古槐，在我国历史上，被赋予特定的文化含义，有的将古槐视为神灵的象征，《太平广记》就有槐王和槐神的传说故事。据考证，这两棵古槐树龄约二百多年，经历过朝代更迭，经历过烽火硝烟的洗礼，经历过二百多个春夏秋冬风霜雨雪的考验，纹理间仿佛复刻有北崖村老戏班子演出的全部曲目。

古槐树具有顽强的生命力，村里乡亲们惊异并崇拜它们，村里谁家孩子，有小病小恙，老人带上香，包了纸钱，到古树底下，烧了，燃了，求得神灵的护佑和帮助，非常灵验。两棵古槐的南边，是北崖村自己打的水坝，个别干旱的年月，盛夏，坝底干枯开裂，村里乡亲们自发地求雨，带上扫把清理坝底，在古槐树下摆上供品，求神灵，求龙王普降甘霖，填满沟渠水坝，滋润桑田禾苗，而后，静等降下大雨，扈泉开泉涌碧，往北飞瀑山谷，往东灌满水坝。

明万历年间，礼部尚书、东阁大学士于慎行多次与友人同游洪范池和云翠山。万历九年（1581 年），京察朱维京被贬为汝州同知，于六月十五日自甲马营至东阿访于慎行，二人同游东阿云翠山。于慎行《年谱》记述：庚戌及可大（朱维京，字可大）游于石淙村、东流扈泉，宿于云翠，写下《云翠山天观和朱可大韵》："碧山吾欲隐，双屐且随君。星斗岩前接，藤萝杖底分。泉声浑作雨，岚气稍成云。愁对仙坛月，鸾萧午夜闻。"那天，他们游览书院东流泉，而后南行两里，看扈泉奔涌。

上云翠山南天观，路必经北崖。或许，于慎行与朱可大曾在村头老槐树下歇息、乘凉，那时的槐树与现在模样相似，树干粗大，两个人试图环抱，就差一点摸着对方的另一只手，于大人脱下自己的鞋，递过去，刚刚碰到朱大人的手。

树荫方圆两丈余，凉风习习。两人净过手，于慎行请朱可大品尝自带的东阿（今平阴县东阿镇）吊炉烧饼，仔细介绍扈泉，讲解泉北古扈国遗迹。他们差一二随员，敲开村里住户柴扉，客气地寻碗水喝；抑或用陶罐装满扈泉水，背到村里，借住户家锅灶，煮沸茗茶，而此时，耳边传来扈泉淙淙水声。

至今，四百多年里，老槐树扩枝散叶，根脉延展，在它的东侧先后生发出两棵槐树，祖辈东扈峪村人的珍惜呵护，成就了现在的两棵古槐。当年两位大人"槐下煮茶"的余香淡去，扈泉的汤汤碧水却高歌奔流。万历二十一年（1593 年），于慎行写《云翠山天柱观记》，现存南天观东透龙碑碑刻。元代翰林学士李谦《云翠山天观记》有云：由扈峪南行。可见李谦也是路经东扈峪（北崖、南崖村），登上的云翠山。

于慎行当年到底敲开谁家的柴扉，李谦是不是也在槐树下驻足，有待学人和游客现地考究。

君愿往，某，且迎。

2018 年 9 月

[4] 乡音回响

乡村叫卖声

上世纪七八十年代，或者再晚一些，村里除了有一个供销点之外，就是一些走街串巷做买卖的商贩。这些商贩，有卖菜的，卖豆腐的，卖香油的，还有卖日用小百货的小货郎。

卖菜的，一般都以卖小葱和韭菜菠菜为主。“一去二三里，烟村四五家”，每年开春，我们村附近的，像张海、书院、东池、西池几个村，许多人家有菜园子，种了一些时令青菜，用筐挑着到我们村里来，走街串巷售卖。这些水灵灵的菜，在我们村显得金贵，因为我们村各生产队菜园是集体的，而且个人没有自己的菜园。

小葱、韭菜和根红叶绿矮墩墩的小菠菜最受欢迎，卖菜的不论男女，卖什么吆喝什么：“称——韭菜啵”“称——鲜葱啵”“称——菠菜啵”。买菜可掏钱三五分、一毛钱，也可用地瓜干换。邻居们大都拿地瓜干换，听到街上有叫卖声，估摸着离家门口近了，就用个小筐，或者簸箕，端一些出来。有的比较仔细，出门之前自己先称一称斤两。卖菜的随身带一条长布袋，收的瓜干模样不一，也都倒进布袋。有的地瓜干有一点发霉，端出来了，虽有微词，勉强也收了。村里路不平，少有人拉着地排车来卖。这些卖菜的，从村北头转到南头，肯定能把菜卖完。我们家要想吃一顿小葱炝锅面条，或小葱鸡蛋打卤面，往往我们几个孩子拿地瓜干换小葱，比母亲还积极，下手狠，行动快。

常见走街串巷的还有卖豆腐、卖香油的。鲁西南地区，卖豆腐的一般不吆喝，而是敲打梆子。那梆子，用小碗粗细、30 公分左右长的木段制作，中间掏空，留一条一指宽的缝，缝对过垂直装一个手柄，另准备一段实木棍，需要时，用木棍横向敲打缝的边沿，“梆、梆、梆梆”，声音传得很远。

做豆腐买卖时间长的，从所用梆子上就能看出来，因为梆子口沿多被敲薄、圆润细腻，梆子表面和那敲击的木棍磨得光滑，似乎还浸润了一层岁月时光且饱含豆香的包浆。卖豆腐的扁担，一头挑着长方形豆腐盘子，另一头挑一个筐，筐里放一条小布袋。邻居们很少花钱买豆腐，一般都是用大豆、地瓜干儿换，行情不一，一斤黄豆换两三斤豆腐，两斤地瓜干换一斤豆腐。那时候每家秋天收了大豆，除了榨油、过年磨豆腐，还留出一点，用来换豆腐。豆腐，是当时乡亲们改善生活的标志菜，多是招待客人，或者招待来家帮工的亲戚。

卖豆腐敲梆子的声音，是乡下孩子们的诱惑，隔几条胡同都能听见，早早地央告大人做好准备。梆子声牵动孩子们的神经，近了，笑了，着急；远了，走了，更着急，如果听卖豆腐的在院子外边，大人没表示，多数孩子会躺在地上打滚耍赖。当然这打滚耍赖也要看眼色，老爹在跟前，自然会老实乖巧许多。

乡下孩子往往还对那发声的梆子感兴趣，趁着卖豆腐的手里忙活的时候，他会拿起小棍，冷不丁敲几下，过过瘾，图个新奇。听起来，尽管那“梆、梆、梆梆”的声音相似，但缺少了卖豆腐人敲打的节奏和韵味，咋听咋像捣乱。这事，我也干过。

“梆、梆、梆梆”的声音，几乎是我童年、少年生活的一部分。虽然我们家也不经常吃豆腐，也不经常拿地瓜干或者拿黄豆去换豆腐。我离家三十五年了，那个声音好像一直牵动着我的心，一直牵动着我的记忆神经。

卖豆腐的不止一家，有邻村的，有本村的。敲梆子的声音，有粗、有细，粗的发闷、浑厚，细的干脆、清亮，敲梆子声音比较和缓，一如做豆腐时的慢节奏。我甚至想，自己卖一回豆腐，体验一下个中的辛苦和甘甜，感受一下那慢节奏带来的踏实和沉稳，让我记忆的划痕深些，再深些；我甚至还想，再端着一小碗黄豆和半簸箕地瓜干，到胡同口，再换一回豆腐，让我的心，再回到童年、少年，把刻录到心房上的影像倒回来，再看看，再听听。

鲁西南东平湖湖区盛产湖鱼，村里心气比较活泛的乡亲，常常去买一些小杂鱼来，走街串巷，加价卖出，当地土语，直接就叫“背鱼”，其实就是贩卖。虽不鼓励，却也不违法。我儿时的同伴，高凡福，按辈分他高我四辈，曾经约过我到东平湖区去背鱼，我没有去，结果他和另外一个同伴，背来30多斤鱼，在本村及邻村很快卖完，还赚了点钱。东平和梁山湖区的这种小杂鱼，我们当地叫“糟鱼”。

那个时候，卖糟鱼，一般都是在大街上扯着嗓子吆喝，用山东土话喊“卖鱼唻，买——糟鱼啵——”。当时没有冰块，也没有制冷设施，早晨去背回鱼，当天就要卖掉，不然就会坏掉变成真正的糟鱼。背回的鱼，在缺水少鱼的山区，都可以顺利卖掉。卖鱼的外村来的似乎多一些，女生偏多，鲁西南女生拉长了口音喊“买——糟鱼唻——”，喊得更清晰，似乎在村里胡同里喊，周围两三公里的山上都能听到。

现在乡亲们想吃鱼，村里超市就有，或者到集市上买，吃不完冷冻存放。现在我回村里，见到儿时的伙伴，说起背鱼的事，还心存遗憾，但“买——糟鱼唻”的吆喝声，确实又人人记得，还可以齐声喊“买——糟鱼唻——”。

农村，卖货真正省事的是货郎。他们挑一副扁担，或推一辆独轮车，手摇一个大拨浪鼓。盛放货物的是一个木制盒子，盒子里边，有十几个木制方格，每一个方格里放些针头线脑，顶针皮筋，铅笔橡皮，还有成排的黑发卡，多彩的头绳，小姑娘玩的溜溜球，等等。清代华广生编述的《白雪遗音》中有一首《货郎儿》小曲：“货郎儿，背着柜子遥街串，鼓儿摇得欢。生意虽小，件件都全。听我声喊——喊一声，杂色带子花红线，博山琉璃簪。还有那，桃红宫粉胭脂片，软翠花冠。红绿梭布，杭州绒纂，玛瑙小耳圈。”著名歌唱家郭颂演唱的《新货郎》，幽默诙谐的歌词，点出了货郎所带的小百货样数，也点明货郎是推着小车到农村的。货郎扁担或者独轮车的一边，是一个竹筐，里边有几个小袋子。我记忆中，货郎似乎什么都能收，老年人梳头勒下的长发，破塑料凉鞋，废铜烂铁，都可以换几根针、顶针、糖豆，或者换几个发卡，等等。

那时候，我特别羡慕家有老奶奶的小伙伴，货郎来的时候，他们总是可以拿出一团团头发，换根铅笔。我母亲是齐耳短发，只有姥姥到我们家住的时候，我才注意到她老人家的头发。农村老年人在脑后挽一个发髻，叫纂儿，用拳头那么大小黑色的小网兜兜着。每天早晨，姥姥捋捋头发，归置一下那个纂儿，然后，再插上一个簪子。我承认，也应检讨，听街上拨浪鼓响的时候，我曾经惦记过姥姥那一团团头发，那个农村老太太都有的——纂儿。

货郎手上的拨浪鼓，举过头顶，“扑棱棱”一响，就是他的宣传车，他的吆喝声。小孩听到货郎进村，就像村里来了汽车一样惊喜万分。虽然不买东西也不换东西，但总是要凑过去围观，不买不换，就是过个眼瘾。一是看一看他的小百货，二是找机会摇晃两下拨浪鼓。有的时候，围观的孩子多，货郎眼神顾不过来，他会抄起拨浪鼓，冲着孩子们脑袋，扑棱扑棱就是一阵摇，能惊得小孩们远远地跑开几个。

我们村凡祥老爷爷，隔我们家一趟街，专门做香油，是祖上传下来的百年买卖。他家香油味正，质量好，村里的乡亲们和周围十里八乡，都到他家里去换香油。有闯东北的乡亲，离家前都会来他家换三斤五斤香油带上。我和老爷爷的孙子是同学，有时候到他家去玩，看老爷爷用一个红铜色的大葫芦，在锅里晃过来，摇过去，听说那是在提纯香油。

老爷爷出来卖香油，全村胡同都香。在胡同里，先听到的是他敲牌子的声音，而后是阵阵小风传来香油的香味，最后才看见他本人。卖香油敲一只圆的黄铜牌子，就像卖豆腐敲梆子一样。老爷爷的黄铜牌子，比打击乐师敲的小锣要小一号，像普通菜盘子般大，用两根细绳拎着，细绳的上端系一精致木把。敲牌子的木槌，头上用碎布条缠实，“当——当——当——”敲击声细而轻，有点涩，音量不大，大人孩子都知道，那是卖香油的来了。

老爷爷挑一副担子，一头是一个薄铁皮做的香油桶，桶上边挂着两个香油壶，一只一两的，一只二两的，另一头是一个筐，筐里放一条小布口袋，一杆比筷子稍长且刻度密实的秤。换香油，需要用芝麻，用别的粮食换或者用钱买，都不好使。

有换香油的，称完了芝麻，用他那二两、一两的小油壶，轻轻地往那个桶里一送，“咕喽”一声，迅疾提上来，认真仔细地给你倒油瓶里，细丝一般，一滴都不会撒。那个香味，从老爷爷打开油桶盖子开始，在胡同里弥漫开来，油壶一沉一提，一斜一倒，香气会窜满整条胡同，隔着七尺的院墙能飘进屋里。

我家地里从没有种过芝麻，也没换过香油。老爷爷在门前过的时候，我会跑到门口，看上一看。因为同是挑着担子卖货，他就不一样，秤小，油桶小，油壶小，铜牌子声细，装芝麻的筐和口袋也不大，扁担比干农活时用的扁担单薄而富有弹性，而老爷爷本人穿着得体，干干净净，似乎比乡亲们多了些细腻和精致，油香里多了些书香。

我入伍后，听说老爷爷因为年龄大没有再做香油。那时间，农村人家里吃香油，属于奢侈品。换二两三两香油，有客人来才吃，做菜、汤的时候，拿筷子头，香油瓶里蘸一蘸，往菜里或汤里点一点，只是借香油味道而已。后来，生活好了，吃香油多了，我总觉得没有老爷爷做的香油味浓，甚至可以说没有那个时候的香油味正。

听说老爷爷的那套摇香油的家什还在，祖传的敲了百年的黄铜牌子还在，希望老爷爷的后辈再做起来，让洪范池南崖村的两个“名牌”粉皮和香油，三十多年后，再红火起来，让那动听的黄铜牌子再敲将起来。

2018 年 4 月

喊　鸡

鸡，在农村，像个小银行，又像每天发薪水的财务。鸡下了蛋，主人赶集换了钱，买回油盐酱醋，扯回几尺花布，给学生娃买回笔墨纸张，几乎剩不了几个子儿。七八十年代农村，鸡的地位作用是公认的高。

农村，家家户户养鸡。每家主人在开春就为鸡们操心。卖鸡仔的用大的分层的箩筐来村里街上，从万家前街到高家后街，半天就卖完。箩筐里的鸡仔尖着细细的嗓音儿，像待嫁的女娃般，羞答答地等着准主人挑选。乡亲们都愿选小母鸡，东挑挑，西拣拣，小心地拿起一只看看鸡头，换个角度再看看鸡脚和屁股，征求几个胡同邻居似是而非的意见，从腰里掏出手绢，从手绢翻出带着体温、卷得结实的纸票，细数若干分币付款，像拿命一样，用衣襟兜鸡仔回家。

经心喂养几个月，几乎天天看那鸡头，生怕长出几个大鸡冠子来。长成了，像自己家养的娃，主人很有成就感，特别是母鸡成品率高，更是得意地显摆。后来，鸡们习性、毛色变了，定型了，女主人看习惯了，就会起出一些名字，像芦花、碎花、歪歪（鸡冠歪了）、九斤黄、大枣红等。

养鸡，农家院子就是鸡圈，鸡们，走哪挠哪，走哪拉哪，从不请示，也不等答复，从不商量，不像狗和猫，有习惯固定的地方。我家鸡窝，用个大一点的破缸，扣过来，在一边敲一个小门，上边压上重石，门口挡上石板。村里有讲究干净的家庭，再在那鸡窝外边用树条秸秆扎一个棚架，那窝晚上是“住房”，那棚架空间是鸡们白天放风吃食的地方，当然也是打架斗嘴、谈恋爱耍流氓的地方。它们开放得很，不看地方，不看时辰，也不论小三小四小五的，彼此和睦共处。

院里散养，吃食多样。鸡们多自行在院里觅食，小虫小蚁，散掉在地上的粮食粒，等等。主食多以谷糠或麦麸子，烧开水，搅拌而成。偶尔鸡们下蛋勤了，主人也有喂粮食的，家里小主人要是摸着粮食，一定会学着大人模样撒粮食。鸡们绝顶聪明，女主人“咕咕咕”喊着，唤鸡过来的时候，它们飞也似的蹿将过来集体就餐。只是与女主人比起来，鸡们似乎更喜欢小主人。

鸡们有上房爬树走墙顶的本事，有躲进柴火间下蛋的，有夏天在石榴树上留宿的，有公鸡之类，较健硕的会飞到高高的枣树上过夜。夏天，那树上是“空调”间，还防范黄鼠狼偷袭。有家里来人，开着院门，进进出出，个别调皮的、聪明些的鸡走到院门外。走进胡同，它就获自由了。

跑到胡同里边的鸡，有时候由不得自己，有人走动，东来西往，被人不自觉地撵着走，在我们老家乡亲们管这叫“趁”。还有个别欠揍的孩子，撵起来，就有可能撵到别的胡同去，鸡回不来，就算走丢了。这种情况，在农村很正常。其实，这一条胡同，甚至几条街的鸡，小时候还都是一个箩筐进村的，长大了，溜出去彼此见个面，说不定还说过悄悄话，挤着蹭着暖过身哪。

太阳落山，是个信号，是鸡们准备宿窝，主人撒点粮食吹集合号的时候。这时候主人顺便数数数，点点名。那没回来的，家里主人着急找。有放学回家的孩子也被吆喝加入其中，什么作业，想掰块窝窝头，动作慢点，大人的巴掌就抡过来了。这是家家户户晚间的套路，也是庄户人家的活路，不然这一天就那么不踏实，不完整。也有个别时候，收麦收秋，忙得顾不上，第二天再找找看。寄希望遇到个好人家，给送回来。

第三天，一般是自己家人再找找。一只鸡几天没回，是一家人的大事，也是邻居们的一件烦心事。

第四天，容忍的最长时间。再找不到，主人站到自家房顶上，客气地喊一喊：跑谁家去（当地口语，音：qī。下同）一个小花鸡儿，您给俺说声（音 shē）儿，俺去逮去。

一遍，两遍……

喊鸡的不论男主人还是女主人，谁心气旺盛谁上房喊，谁嗓门高谁责无旁贷。白天，有的站房顶上喊，胡同里过来过去的邻居，能看到房上的人，听声音就知道，有熟悉的乡亲，抬头喊一声，问候一下，表示关心，也表示同情。

喊鸡的，也会客客气气地应着：二叔，你上地啊，我这花鸡儿没（音 mū）了，我喊两嗓子，说不定这就家来啦。

我家也丢过两次鸡。有一年，父亲从县城带回几只个头大的鸡仔，长到八九斤重的样子，有只母鸡叫九斤黄，体重，个大，下的蛋顶其他鸡蛋一个半，白色羽毛，黄金色的腿，红得发紫的鸡冠子，两个翅膀一呼扇，半个院子都生风。

一个夏天的雨后，它没了。母亲心疼，我还提醒母亲，要不咱也站房顶上喊喊？母亲一直没有吭声。只是后来常常提起那鸡的名字——九斤黄。

再次是一年冬天，晚上我们都睡了，母亲听到鸡窝有鸡惨叫声，就抄起火炉钩子到院里，见鸡窝门上石挡板斜了，一只黄鼠狼尖叫着逃走，留下一只鸡，已经奄奄一息。第二天，我和弟妹们，吃上了自己家的鸡，那是母亲在冬天取暖的煤炉上炖的，只是，印象里，以后再也没有吃过那么香的鸡，真的。

鸡，在农家人心里和生活中的地位，还有农家乡亲们的习性，多少在找鸡过程中能反映出来。像上边这喊一喊的占多数。那时生活吃饭不是问题，自己家的鸡丢了，一家老少娃娃舍不得吃，实际是多数让黄鼠狼们解了馋。谁家有意偷人家的鸡，这情况很少。但日子过得都紧巴，乡亲们想多了想偏了，一点都不奇怪。自己养大的鸡，让别人家捉去吃了，或留下下蛋，难以容忍。这心里窝点火，总也得有个出处，有个窗口释放一下。

再说，头天晚上喊过了，鸡没有回家。这后一天晚上，一般等家人从田地、学校回来，齐了，再喊，主人认为似乎效果好些。只是再喊就变调、变声、变内容了。意会别人会“得病”，吃药，把鸡当药吃的话喊出来了。先是“唠唠唠，咕咕咕咕”地唤几声，当是一首暴风骤雨歌曲的“过门儿”，或唱武打戏的开场锣。主要是与上一次喊鸡接续上。

您把鸡给俺送回来，算行行好；您要不送回来，你一家人得病。得大病，偷了俺的鸡，给你抓药！

这样，一遍，两遍……

这声音，伴着村里袅袅升起的炊烟，回荡在夜空里。偶尔，有晚归的老牛，跟在挑牲口笼套的劳力后边，哞哞地叫两声，而行人，不论是至亲还是远邻，都不再与喊鸡人搭话。邻居家的孩子们会说，谁谁他爹又骂鸡了。那时间还没有电视，连收音机都很少，家家户户在喝汤（当地土语：吃晚饭）。村子从一天犁耙耩种、家长里短的喧嚷中静下来，那喊声似乎传得很远很远。

我们村，南北有 3 里远，两千多人口。后街和前街各有喊鸡的人家，没听到过前后街同时都喊的。有的人家喊累了，从房顶下来，往水缸里舀一舀子凉水，咕咚咕咚喝下，润润嗓子抹抹嘴，爬梯子上屋顶再喊。

戏剧有高潮，相声讲究抖包袱，农村喊鸡没有，只是在第三第四次喊。

再喊，我没听见过。或许有人家喊，我上学去了，没听见。如果真听过，朴实的乡亲们喊出什么都不奇怪，恐怕得用“此处略去五十字”来表述了。

在农村生活十多年没有印象，或者真的听过，喝点山风给忘掉了，渐渐忘掉了。只是听说，再后来喊的嗓门调高了两个八度，越喊越激动；还听说，第四次喊，基本上保持了高调高嗓门，加上了肢体动作，在房顶上跳着脚喊，有的拎着盛鸡食的破搪瓷盆当道具，用捣鸡食的勺子边敲边喊。

七十年代，物资匮乏，别说是自己养大的鸡，就是自家自留地头的玉米让人掰了，心里也别扭。后来，分田到户，实行联产承包责任制，各显神通，粮食丰收，兜里硬实了，很少有人再喊鸡。自家养的鸡，实打实的土鸡蛋，变着花样吃，多到吃不完，还送给在平阴县城里的亲戚。自己家养的鸡，想吃哪只吃哪只，想什么时间吃，就什么时间吃，想吃哪个翅膀，就吃哪个翅膀。

乡亲们，当下的日子过得很有滋味，多在县城买了房，孩子还买了车，自来水进了院，穿的用的直追城里人。近日回村里，与几位老爷爷聊起喊鸡的话题，他们几乎异口同声地喊起来：嘎！多少年了，咱村，再没有谁家骂鸡了。

2018 年 5 月

打　耳

打耳是孩子们常玩的一种游戏，鲁西南农村十分盛行。

所谓耳，就是用一截质地硬实、擀面棍粗细的木棍，截取 12 公分左右，两头削尖制成的玩具。耳的两个尖，需要磨得稍微秃一点。打耳，还须配一个木棒，那就是耳棒。耳棒，一般根据耳的大小配套准备，与耳出自同一根木棍，粗细较为合适，长短视孩子身高大小而定。大孩子玩的耳棒会长一些，有 80 公分甚至 1 米。

打耳，一般选在生产队打谷场院，那里比较宽敞。冬天到了，周末或者寒假，场院里没有粮食晾晒，地面平展硬实，是打耳最佳场地。在场院靠墙的地方，用耳棒画出一个边长三五米的方框，我们管这叫作“城”，城市，城池，这游戏有攻城略地的味道。

玩的时候，小伙伴分成两组。一组进攻，把耳从“城”里往“城”外远处开，全组人接力，打得越远越好。开打前，先把耳放到“城”里，把耳尖头朝进攻方向，用耳棒猛击耳尖处，耳猛地弹起来 1 米多高，这需要击打者在耳腾空没落地前连击，打到离“城”更远处去，从而完成一次自己完整的进攻。连击打偏了，打出城也可，但攻击受限，连击打空，会落到脚下“城”里，换作另一组进攻。防守的一组，将对方打出很远的耳，全组人接力往回扔，我们当地管往回扔叫“喝旎”。防守一方，最后准确把耳扔回“城”里，即防守成功，获得下次进攻权。如果扔回的耳，压了“城”的线，也算成功，但是增加进攻难度，再往外开时，攻方人员须蹲下，在自己胯下用耳棒击打出“城”。

南崖村，过去有生产队场院时，几乎每一个场院都可用来打耳，也可用较为宽阔、长纵深的街巷。在后街，一般有三个场地，一个是高家街祠堂，文昌阁前做“城”往东，一趟东西街；另两个是一队、二队的场院，这两个场院在村子东侧，往东都是较大块的麦田。我们常常在这两处场院开战，有时候，进攻一组比较强势，直把耳打到东边600多米的高家林地，另一组扔不回“城”，几位“喝旎”的伙伴，五六十米一个接力，越扔越累，越远越缺乏信心。

如果进攻方不出纰漏，有可能打一上午，都近不了“城”边。那打耳犹如棒球手击球，只要击中耳中心点，飞出去几十米很容易。如果打偏一点，耳只受力旋转，飞不远，防守一组很有可能把耳扔回城中，从而攻守角色易位。

春节前后学生放寒假，这个时候，小伙伴们常集中约一块玩，一疯，就是半天。孩子们玩打耳，一般分组时，会照顾到实力相对均衡。个别大人出来围观看热闹的，有时也在一边起哄，有时围观时间长了，手痒痒，紧紧裤腰带邀一名大人同时上场。这时孩子们的热情被激发出来，互有攻防，难分胜负。玩时间长了，有大人来喊孩子吃饭，看自家孩子“喝旎”被动，便呼着喊着教散了伙，带娃娃回家。有来现场帮孩子偷懒耍赖的，干脆把耳捡起来装自己兜里，跑了。他家孩子以后少不了挨伙伴们责难，严重的会被揍一顿。

高家祠堂东边，是村里有千年历史的石头立交桥，桥下是乡亲们担水的石板路，桥东面也是一口吃水井，来来往往担水的很多。有一次我们打耳，耳打出去了，眼看着落在石桥下边，进攻一方还应再打一次，跑过去找不到那个耳，“喝旎”的也过来找，始终没有找见。那只耳，是枣木做的，有擀面棍般粗细，手感特别好，打时间长了，在棉袄上蹭蹭，耳上能划着火柴。隔了两天，一个伙伴说，他家大人挑水，刚好从石桥下走过，回家，往水缸里倒水时才发现，水桶里漂着那只耳。

我国北方有些地方叫这种游戏“打尜（音 gá）”，离平阴最近的桃都肥城就称“打尜”。《帝京景物略》记载，明末北京人童谣叫“打柭柭（音：bāba）”就是这种游戏，柭，指木棒。另据清《帝京岁时纪胜》记载：正月杂戏有“杨柳发，打尜尜”之说，这游戏的名字一百多年后变了。李铁民《打尜》少年歌曲：木棍一扎它两头尖，手持木刀轻轻地颠，瞅准机会猛出手，呼啸一声尜飞远。木尜飞出就守家园，对手尾追可不怠慢，同样方法往回打，守门进门战得酣。看咱们手疾眼快力无边，说不定垒球拜咱是祖先。

民间游戏有深厚的历史渊源。据考证，叫“打柭”“打尜”，“柭”是原义，“尜”更形象。各地玩法总体相似，也有不同，有的地方不用木棒，用刀形木板。鲁西南农村，现在玩得少了，但祖辈始终叫“打 er”，语音一直如此，落字面非常罕见。我查阅字典，在 er 这个音节下的所有汉字，均没有上述“柭”“尜”两字的含义。但是，“耳”字，有位置在两旁的意思，如耳房、耳门，更重要的是，我们当地的耳，比较短，两尖稍钝，模样与耳朵相似，延用当地习惯发音，暂以打耳记于笔下，以求众乡亲示正。

打耳有场地限制，等到后来生产队场院划归个人，大场院没有了，再往后农村人进县城，村里早先玩打耳的人，现在已经普遍当爷爷了。他们如果自己不讲，儿孙们可能不知道曾经有打耳这有趣热火的游戏。那是属于祖辈们的童年，那是属于他们的集体记忆。

玩过打耳游戏乡亲们的后辈们，都已长大成人。他们的后辈也会有自己的游戏，正如当下娃娃痴迷、家长着急、已成为产业的电游，也会有自己喜欢玩的益智游戏。但是，像打耳这样的游戏，仅暂存在记忆和美好的回忆里，似乎对不住那个纯真的年代，对不住钱少乐子多的童年，至少，记下来，佐证一下，七八十年代过来的人，受苦受累受穷的同时，也有一段幸福快乐的童年时光。

2018 年 6 月

儿时趣味故事

小时候，秋天在农田里干活，歇脚的时候，一般都闲不住，常活动活动手脚，去田里逮蚂蚱，然后用一种叫咕咕苗的草，从蚂蚱后脖中间穿过，穿成一串。大人有戴尖顶草帽的，就把一串两串儿的蚂蚱，别在草帽顶上，或者草帽里面的横格里，带回家，给家里娃娃烧了吃，解馋。

蝈蝈的叫声特别好听，秋天传得比较远。蝈蝈一般在黄豆地里活动，一块黄豆地就像蝈蝈们大合唱的舞台。蝈蝈比较狡猾，等人走近，它就不叫了，那绿色的身子与豆棵分不清，只有好眼力才会发现它，有时候它在一豆棵上趴着，不等你走到跟前，它就扑棱棱地飞了。

蚂蚱，不像蝈蝈那样身段放得那么低，它们比较勤勉，在草棵底下或者庄稼棵底下，待不住，常常飞一飞，展示自己多彩的身段。日头偏西的时候，飞起来，翅膀尤其显眼。大人们逮蚂蚱或者蝈蝈办法多，收获大，在田地里，看见蚂蚱或蝈蝈，会摘下自己的草帽，悄悄地接近，看准，猛地扑上去。

小时候在农村，我们常用笤帚，在街上跑着拍蜻蜓。有时候是在生产队场院里，那里比较平展，蜻蜓也多。常见的蜻蜓有三种，一种是黄色的，一种是绿的，一种是红色的。红色、绿色的一般个头比较大，少见，黄色的较小，很常见。

我们沿着胡同疯跑，用笤帚大头迎头扑捉蜻蜓。逮蜻蜓，要跑得快，手上的笤帚要舞得准才行。说脚底下快，你要举着笤帚，跟上躲闪逃窜飞行的蜻蜓，受了惊的小虫子，不会在一个地方等候被抓。说手上准，眼睛好使，看到，预估蜻蜓飞行路线，在它飞行方向前面拦截才更有效。有的孩子手慢，眼色差，扑不到蜻蜓，说不定会扑到行人身上。那些挑水的、割草的、下田干活的叔叔大爷，常有人“中招”，挨上一笤帚。

其实，蜻蜓也有极聪明的，它们在胡同里往高处飞，也就安全了。有的孩子穿着松紧带衣服，举着比自己还高的笤帚逮蜻蜓，特别专注，两只眼睛盯着盘旋飞行的蜻蜓，这时候，就有的大人趁小孩不注意，突然把小孩子的裤子拉到脚脖。童体曝光，这厮也不恼，一只手提上裤子，抹一把鼻涕，继续追赶面前的蜻蜓。

会捉蜻蜓的，一会儿就能逮个三只五只的。那带翅儿的虫子放到兜里，一会儿就会死掉，找人拿着又不放心，就抓一只，把蜻蜓两只翅膀合起来，含在嘴里，这样又可以逮下一只了。有时几个伙伴一起，比谁含在嘴里的数量多，就像比战利品，或者军功章。

蜻蜓拿回家，一般把蜻蜓翅膀剪短，让它不能再飞到屋外去，挂到蚊帐里让这可怜的精灵帮助捉蚊子。有个别的用麻线连上带到学校，同学之间比谁的颜色好，比谁的个头大。小学生的我们，也不知道蜻蜓是益虫，直到上初中才知道，蜻蜓是蚊虫的天敌。

上小学，我们多用制式作业本，语文用方格的，算术用横格的。常用比较普通的是剪裁白纸做的，五分钱，买一张粉连纸回家，折叠，剪裁成 32 开，用母亲纳鞋底子的麻线穿上，装订成品。那纸有的光滑好用，有的用钢笔水一写就会洇到下面一页，下一页有了花花点点，再写字书面显得不整洁。

把这样的本子带到学校，认真写上自己的名字，当作业本。做语文作业，写字，这还不够，还要向同学要一张横的，或者是方格纸，垫到纸底下当模板，在格内写字，比较规矩。而算术作业本，就需要在本子中央画一条竖线，一张纸分成两半，从左至右写作业。那时候，橡皮不如现在好用，质量比较好的铅笔，头上有粉色烟嘴大小的橡皮，笔杆上带花纹，这样的铅笔，在当时的小学属稀罕物件儿。有的同学没有橡皮，就用手指蘸着吐沫擦来擦去，搞得本子上手印斑斑，大洞连小洞。

橡皮，可以借同桌或其他同学的，有的一大块橡皮，分成两份、多份，让别的同学用，有时要别的同学用自己心爱的东西来换。农村有一种砂石，表皮上是一种发黄的粉末，有一点黏土味道，有同学用水调和了，压成小方块，用它来做橡皮。其实那也只能是擦一擦、蹭一蹭，起到的仅仅是个遮盖作用，像现在的娃娃们，常用涂改液或者涂改条。即便是这样，还有同学因为借橡皮次数多，用的时间长，闹不愉快，或者打架。

南崖小学，在村中间，十多间教室，约1000平方米校园，没有运动场，学校上体育课，都去村东生产队场院，跑步出操上农村土路。考试，一般在教室外的校园里进行。按班级，学生搬着自己的凳子（杌子），双腿跪在地上答题，排成三列四列，最前排放一个支架，支架上放黑板。老师在黑板上用粉笔现写考试题。有老师聪明，自己先将考题写在一块黑板上，提前扣着，放在老师办公室，等同学们在院子里排好，找学习委员抬出黑板考试。那时上小学，10岁左右的娃娃，常有打架，有时还抡凳子砸，个别同学的凳子腿，有的不全，有的脱卯开榫，晃晃悠悠，不牢稳，平时上课看不见凳子，搬到院子里考试就有缺胳膊少腿的。

校园共有六棵树，三棵刺槐，三棵梧桐，东、南、西各两棵。我们教室在北屋，门前没有树。夏天考试，八点的时辰，东、南两面教室外，几棵树底下有阴凉，有同学开始抢在阴凉里，刚刚得意一会儿，树荫一转，太阳就晒到脸上。

在日头底下考试，让我学会了快速答题，早点交卷子，离开“烤场”。当时班里有一名叫存的同学，因为不会答题，趴在凳子上睡着了，辛老师过去叫醒他，那位同学晕乎乎地站起来，低头认错。存同学父亲身体不好，他放学回家，要干许多农活。后来他没上初中，辍学在家。

2018年6月

那个冬天

那个冬天，我在上小学。夜里下了大雪，母亲打开屋门，外边齐刷刷有半人多高的雪，中间房门缝在雪上像烙上一条笔直的印记。

我根本出不去屋。母亲用撮煤的铁簸箕，劈开一点雪，到猪圈那里拿了铁锨，挖出一条通往院门的通道，我才得以出门上学。

父亲不在家，铲雪，是母亲一个人的事。母亲先把院子里的雪连推加铲，堆到西边猪圈边上，而后爬到房顶上去扫雪。院子不大，但是对于母亲是要花费很大力气的，我们家堂屋顶，要通过猪圈顶上到院墙，由院墙上小房顶，从小房顶最后到屋顶。

屋顶上滑，又是弧形顶，须小心翼翼。这时邻居们家里有劳力的已经扫完，还有几家大人在屋顶上，都互相大声说着话，提醒注意安全。那时，我有 10 岁吧，上屋顶摘枣拿白菜，可以蹿上跳下，唯扫雪母亲不让我上屋顶。因为在村里有大人屋顶扫雪，不小心掉下来摔伤致残的。那天，我放学回来，母亲已经清理完雪在做早饭了。

每天天不亮，要挑水喂牲口的扈生和福祥两位老爷爷起得最早，胡同里的雪，都是他们打扫。先扫出一条路来，然后从井台往牛棚一趟趟挑水。他们挑水，从我家门前过，我上学的路，从他们管理的牛棚经过。我背书包上学，看见前面挑水的他们，老是觉得，是他们的脚步声，送走一颗颗星星，迎来一寸寸晨曦。

冬天，学校教室里没有取暖设备，多数学生，拿着一个橘红色大口瓦盆，直径十七八公分，深七八公分，盆底放一点土，或者放一些炭灰，上边放上一些玉米芯儿，在家里点着，然后背着书包，捧着这个盆到学校，供自己上课取暖。上课时手脚冰凉，同学们抽吸鼻涕的声音此起彼伏。整个一堂课，大家都把手揣在棉袄袖子里，只有鼻涕快掉下来的时候，才肯松开袖子擦一擦。这时候也有不肯松手的，就着袖子一举，一抹了事。

有火盆的同学，顾了手顾不了脚冷，有的同学，把火盆放脚底下取暖，不小心烧了棉裤脚。老师在讲台上讲课，学生课桌底下时不时冒出来一些烟来，袅袅升起，学堂多少有点像现在供奉香火的佛堂。老师不责怪，也不批评，常常停下讲课让大家搓搓手，站起来跺跺脚。

老师自己拿粉笔的手冷，黑板上写的字，有些变形，搓一搓，捂到嘴上哈哈气，继续板书。课间休息，没火盆儿的同学都凑到别人火盆上暖手。家离学校近的同学，还跑回去兜几个玉米芯回来，帮同学续燃烟火。我，始终没有带过火盆上学。

南崖小学南边，原来有个坡，坡下边有一个院子，门朝东，是我小学一年级所在地。说是所在地，主要是借用住家的院子和房子，不是正规校舍。一年级只有万吉松老师一位教员。冬天，万老师，上衣里面穿着一件棉袄，外边罩一件厚的棉大衣，经常不穿大衣袖子，披在身上。他腿跛，走路一歪一瘸间，另一边的大衣袖子快碰到地面了。

万老师对我们很严，教学也很有一套，只是，农村一年级学生，顽皮透顶，不认真学习。开学领完课本，新鲜两天。一个学期快要结束的时候，我们的课本，几乎都剩了最后几页。因为那个课本在学生手里，上课是课本，下课用来打闹。还有的上厕所，摸着了就撕一页，不行两页。等到放寒假的时候，极个别还有书模样，大家课本几乎剩了最后几页，60 多页厚的书脊，夹着最后的、可怜的、仅有的两三页缺角少边的书页，那是一个经过长途跋涉后的“煎饼卷”。课本的最后一篇课文，是《农村常用词汇名》，什么茄子豆角姜，辣椒西红柿，人民公社好，样样都齐全。

过冬了，村里乡亲们很少有人家生煤炉子，一般吃两顿饭。我们家每年生炉子，每到上冻前，父亲会从县城买些煤，拉回家，堆放在堂屋的一个大床底下，用作一家人一冬天的烤火煤。生铁铸的炉子，连上五六节烟筒，点上火，屋里就暖和起来。炉子烧得好，一是煤的质量，二是炉子内壁搪得好。搪炉子算是技术活，一般是父亲干。用硬一点的黄泥，从炉箅子往上，沿炉壁均匀糊二三公分厚，靠烟筒处的收口要向内收，这样能发挥炉火的最大热量。堂屋开始烧炉子，厨房的大锅基本不用。冬天烧大锅拉风箱，我最不情愿，因为天冷，两根风箱杆口部露风，即便是戴着厚棉手套，手也冷。生起炉子，一家人吃喝烧水，连我们家养的牛羊猪都享福。

生火炉子，使一家人幸福指数上扬。炉子里烤过馒头和黏米窝窝，烤过红薯，烤过玉米和黄豆粒。炉子烟筒散热，是调控室内温度的主角，高兴了，我可以把炉火捅得旺旺的，把半个炉子、大半截烟筒烧红。烟筒边上，烤过湿袜子，烤过棉裤和鞋子。邻居家的爷爷奶奶，常到我们家串门，赶上吃饭，母亲也会盛上饭请他们坐下吃。冬天晚饭，常常吃煎饼，在炉子上做一锅豆腐白菜疙瘩汤。

农村孩子，环境使然，多数身体皮实，也有少数娇生惯养的。到了冬天，早上起床，棉袄棉裤冰凉，有的就闹着不起。有的父母心疼孩子，就到厨房取一点秸秆柴火，在床前地上点着，立即拿过棉袄棉裤，顺着裤腿燎一把火，这一点热气就足以让赖床的娃娃爬起来去上学。在我们家，我是长子，不能也不敢这么要，有这念头都可能挨一顿批评。不过，我在过春节去姨家走亲戚的时候，享受过这一特殊待遇。

冬天，村里孩子们的游戏，一般是两种，一种是“打耳”，另一种就是，在土坑里的冰面上，玩“懒懒婆”。用直径五六公分、长五六公分的硬木，取三分之二，一头儿削尖，打磨光滑，尖头圆心处挖一个小洞，嵌进一枚钢珠。玩时用一条棉线，有序缠在“懒懒婆”上，棉线头系一拉环扣套食指上，钢珠朝下往冰上一扔，棉线带动“懒懒婆”急速旋转，转的时间越长，越成功，孩子们越高兴、得意。大人也有玩儿的，他们玩得比我们要大一号。木头粗，钢珠大，棉线密且长，较大的钢珠下坠力大，稳定性好。看见有大人玩，有那么一种仪式感。

为了转起来好看，可在“懒懒婆”顶上，涂上红色、蓝色墨水，或者描上线条、符号，转起来五颜六色。往往几个孩子比赛，同时扔出手，比谁转的时间长，比谁的图案漂亮。一玩就是大半天，乐趣无穷。后来有人学着用鞭子抽，边抽边转，5 岁顽童可玩，扩大了玩者群体，减了兴致，少了技术含量。

冬天，大人们也要干农活挣工分，主要是生产队组织，往小麦田里拉农家肥，两个人一班，给地排车前后带上笆（音 bā，当地土语：树枝条编织成的地排车围挡），套上生产队的驴，远的半天拉两趟，近的能拉五六趟。农家肥有两种，一类是农户家人畜杂肥，自己几分自留地用不完，就交给生产队，按立方数给算工分。二类是生产队牲口棚产出的粪肥，晾晒以后作为集体田地的肥料。

“工分，工分，社员的命根。”农村挣工分，就是挣钱、挣粮食，给家人挣命。队里一部分老人，多年练就的粉皮制作手艺，冬天也不闲着，生产队把他们组织起来，到高家祠堂外边，支上锅灶，排开几十张高粱秆帘子，三五个老人忙得有滋有味。那里有一个大土窝，向阳，暖和，便于晾晒。用绿豆做粉皮，在当地叫“吊粉皮”，是洪范泉乡两百多年的一个传统手艺，一直延续到现在。

老人们使用一个圆底的带一点坡度的紫铜镟子，很薄，直径约 40 公分。把一勺自制的绿豆淀粉糊糊，放到镟子里，然后把镟子放进大锅开水里，左右旋转，镟子里的绿豆糊就甩成了一张薄厚均匀的粉膜，稍候三五秒，从热锅中取出，迅速放到凉水中凝固定形，揭下，就是一张粉皮，放到用高粱秆扎成的帘子上晾干。这样一张一张地制作，干粉皮收起来，卖掉后作为生产队集体收入。“吊粉皮”只是最后一道也是最重要的工序，前面还要有推磨粉碎绿豆、过箩、制作淀粉糊的多道工序，需要三五个人配合完成。

现在，村里有两三家在制作绿豆粉皮，春节前后供不应求，不提前预订，直接去买，提不到货。我父母亲来京或老家其他来人，都会带来一些。不知道是粉皮质量变了，还是我辨别的口味高了，总觉得不如七八十年代的好吃。

希望制作粉皮的传统工艺，能够固化保留传承下去，也希望洪范泉乡的粉皮，像龙口粉丝一样，成为著名品牌，质量再好些，名气再大些，走出济南，成为全国人民舌尖上的绿色美食。

2018 年 6 月

画　本

如果选一样东西，能陪伴完整的童年，我选小人书，在我们当地，叫画本。

画本，多数是小伙伴们自己买来的，也有大人们喜欢，给买的。有小伙伴们积攒下来也有几十本。一般来讲，画本数量，几乎与家庭经济条件成正比。能够拿出闲钱买画本，多是家里有挣工资的人。比如，高家街，应数海柱爷爷家，周家街，数庆余和脉东两位哥哥，万家街数田传友、于宪友、宝运兄弟。整个高家街，海柱买得最多，收集来的也数他多。星期天，或者下雨天不去上学，高家街的一些孩子就集中到他家，看画本。自己家里没有的，尤其看得认真仔细。往往海柱家吃饭了，或者家长在院门口喊，才离开。

小学二年级以后，我有了第一本画本，书名叫《鸡毛信》。父亲同事的孩子，叫宝，年龄比我大一岁。平阴城关粮油门市部里面有一棵葡萄树，葡萄架底下，我和宝比赛侧面空翻，看谁直线打得数量多，他的赌注就是那本画本。我这个农村娃，在场院里练就的侧面空翻，可以一次沿场院打满一圈。那天我赢了，那本画本，有封面，没有后封皮，我爱不释手。曾有段时间书包里除了课本，就是它。但是在学校还不敢拿出来。我与周脉东是同学，他父亲是煤矿工人，他家离学校 20 米，学校偏对面就是他家。我去他家喝水，从兜里拿出来，给他看。小学直到初中，我们都是要好的同学，也是常交换画本的朋友。

可以这么说，画本对我的吸引，多于课本，我对画本的熟悉，远远多于课本，我对画本的爱惜，远远胜过对书本的爱惜。那些课本学过就弃用，明年升高年级，又会发新的。手里的课本，莫明缺了页码，好像不会心疼。画本就不一样，买回家，谁也不会给画本包书皮，但是保存完好程度出奇地高。积攒几年的画本，摞起来，也有七八十公分高。街上的小伙伴，从来不问学校考试成绩，相互之间也不多打听，但是画本的数量多少，谁家的多，打仗的好看的多，心里都特别有数。有的时候，画本，借不借，让不让看，允许不允许拿回家看，多少能反映出小伙伴之间远近亲疏，当然，画本，也成了街上孩子们“拉帮结派”的资本。

我父亲在县城工作，放假期间，我有几天到县城玩。洪祥，肇虎，我们三个年龄相仿，洪祥父亲繁玉老爷爷在县针织厂工作，肇虎父亲吉全伯伯在县运输公司工作，彼此离得不远。三位父亲彼此非常熟，我们三个孩子在平阴常在一起玩。手里有零花钱，常去的地方首选是县城新华书店，其次是粮油门市部对过的蔬菜门市部，再就是三位大人工作的场所。

县新华书店，在县委大院家属院北边，路东，门口外边有五级台阶，书店里面，前面是玻璃柜台，画本多展开，放在里面；里面靠墙是立式书柜，往里，记得还有一个门通后院。我们三个孩子好像个头刚刚高出柜台面，有喜欢的画本，首先是想着问大人要钱，有时三个人三毛两毛、五分二分地凑钱，选画本，一般选没有看过的，还有反映打仗内容的。

在平阴，我所有能摸到的钱，所有我能支配的钱，几乎都用在买画本上了。我可以几天不吃两分钱的冰棒，但是，遇到想看的画本，我憋不住，自然想办法买下来。

我后来读的文学名著，几乎都与当时看过的画本有关。像《铁道游击队》《野火春风斗古城》《渔岛怒潮》《小兵张嘎》《鹰击长空》《林海雪原》《青年近卫军》《列宁在1918》《钢铁是怎样炼成的》，等等。那时看的画本，拉开了我爱好文学的门闩，是那些画本中的美妙故事，引发了我对阅读的兴趣。

我读初中时，课外找来与画本故事相应的小说看。六年级物理老师，是马学增老师，教学很有一套。但他更感兴趣的、更上心的还是小说。一次，我们物理期中考试，他用粉笔在黑板上写出题目，负责监考的他，把我放到书桌上的小说，拿起来读，直到考试结束他来教室收卷子。一个星期后他看完那部小说还给我。

我手里的画本没有前邻居海柱多，放在里间屋的衣柜抽屉里，有小伙伴来家里，我选几本，拿给他们看，常交流画本的有洪祥、海柱、令杰、凡福、连祥、长顺。记得有一套水泊梁山好汉内容的，看过画本，令杰能记住一百单八将几乎所有诨号，我只能记住一部分。特别要好的，就可以拿回家看。后来自己添置了一些，有的借出去了，没有及时要回来。那些画本，我多散发到街上乡亲和同学之间去了，至今，我引以为傲。

我看画本，和许多孩子一样，对于画本的作者、版式、要素都不怎么关心，拿到一本，从第一个画面看起，看故事情节。那时候傻乎乎的，不关心也不知道绘制画书的是一些名画家，也不知道为画本配写文字的是大作家。两点印象还是有的，一是画本的封皮画面大多是彩色。二是现北京人民美术出版社，和上海人民美术出版社，这两个出版社出的画本比较多。

看画本，虽然没有那么多的目的和意义，我敢说，当年，我一个初中生，学到的一些文史知识，接触的道理和政治观点，受到的教育和影响，多来源于曾经阅览过的画本。归结到画本的身上，不为过。

我对画本的亲近和钟爱，止于上高中。一个是功课多而杂，再就是没有哪个同学把属于童年的画本，带进高中教室。高中学习期间，除了功课之外，看了一些小说，学会了下象棋。家里的画本自然就留给了妹妹和弟弟，继续滋养他们的童年。

画本，是六七十年代孩子共同的记忆，是那个时代最珍贵的精神食粮。平时小孩子没有什么娱乐，看画本就成了开拓视野、知晓古今的窗口，成为童年记忆里最深刻的文化娱乐。城市里长大的孩子，经济上的优势，画本量大，内容丰富，见识和知识面就宽。农村，像我们一样家庭条件稍好，接触画本，也是非常有限，可以说是唯一的课外读物，村里多数家庭的孩子，其中的窘迫和缺憾可想而知。

我担心，这有限的“共同记忆”，会模糊，衰减，淡化。

2018 年 9 月

北崖村戏班子

北崖村的戏，在洪范泉乡历来非常有名。

入社之前，村里有唱戏的、踩高跷的、耍狮子的。到了六十年代，入社了，搞这些活动队里记工分，积极性和演艺水平都有提高。有名的像张开信、孟广玉、张兴旺、张敬祥、张中胜。有的男演员，扮上女相，坐在轿子里，惟妙惟肖，外边的人就想掀起帘子去抓他，摸他一把。演戏和组织活动，大队、生产队集体记工分，不给补助，要演戏，都是几个爱好的人凑钱，谁出来玩谁就拿钱。平常打个平伙，也是个人凑钱，AA 制。

排戏，基本是豫剧调，个别剧目是山东吕剧。剧本主要由张兴旺和孟广玉两人商定，先按戏中角色，考虑到演员特点来安排，而后，安排唱调，这段二八板，另一段慢板，再有一段是流水板，等等。戏曲小乐队也是本村里的，乐器主要有大小鼓、板鼓、堂鼓、边鼓，铜锣，铜镲，梆子，板胡，笙。乐器在当地叫“家伙什”，小乐队演奏，叫“打家什”。商定剧本还要和乐队商量好。虽然是村里戏班子，往往与大的剧团一样能征服观众。

到了年根儿，排戏，从腊月十二开始练习唱戏。白天，几个人集中到一个人家里，背背词，练练腔，走走台。走台排演，实在没有地方，演员们就悄悄地到老槐树底下的戏台上走一走，试一试。乐队配合排练，一般先练嘴上功夫，各自喊出来，再集中连续地练习，等到嘴上熟练了，再拿起“家伙什”来演奏。演唱和乐队配合讲究珠联璧合，排演顺利通过，一伙人高兴地请自己吃一顿手擀面条。

七十年代初，农村还没有使用电，戏台上照明全部点汽灯，村里买来最豪华的灯。汽灯使用煤油，没有灯芯，需要向底座油壶里打气，产生压力，使煤油能从油壶上方的灯嘴处喷出来，灯头是套在灯嘴上的石棉“纱罩”，点火后，就会发出白色亮光。汽灯很亮，光线白，一盏汽灯可以把周围十几米的范围照得通明，汽灯点的时间长了，中途必须再打气。

春节唱戏，戏台两边，各挂一盏，把露天场地照得像过盛大节日。招人的前场锣鼓一响，要来看戏的大人开始“不肃静”，村里的孩子们，吃晚饭的时候就已经坐不住了，闹着要早早地扛着板凳来占地方，听到戏台边上打花鼓的，孩子们心里就更慌慌（当地土语：紧张）。

戏班子唱戏比较完整的剧目有《红嫂》《沂蒙颂》《砍牛腿》《八卦园》《画线》等。那时演出，也不像现在有话筒，有扩音设备，有成套的音响。演员唱腔，要用本嗓唱出来，让 30 米外的听众听清楚，连续的高音，唱出来，跟打架般卖力气，靠的是自己多年练就的真功夫。这有点像现在的无伴奏清唱，考的是真本事。小乐队吹拉弹奏，同样没有扩音设备，全部要靠着自己手上的功夫。

演员们年龄也就是在 20 多，30 岁左右，年富力强，精力充沛，热情高涨。唱一出戏，记工分，一个人上午和下午排练，各记 4 分，晚上 2 分，一天下来记 10 分工。人数最多的时候，演员有二三十个，都和大队干部们一样记工分，算大队工，村里支持，一天给记几百个工分。年底，这些工分，算到生产小队里去，一个工，先是一毛钱，后来两毛，最后，参加年底决算，折算成粮食。每天演出结束，演员卸装，收拾完行头和乐器，各自回家，洗脸，家人等孩子睡了，拉起风箱，给做碗热面条。

戏班子里，张兴旺和孟广玉既是导演，又是编剧，还是主要演员。张唱女主角，孟唱男主角。张兴旺是个不可多得的演艺人才，文化水平不高，但对戏剧悟性极高，听了就会唱，扮农村老太太，神韵模样和他老母亲一个样。孟广玉是个文化人，悟性高，编排唱词出口成段。现在洪范池镇有了农民自己的庄户剧团，剧团牵头负责人李桂荣，恰巧是北崖村老戏班子成员，人嫁到外村，被请进了镇剧团。镇庄户剧团里有五名北崖村演员。

七十年代初，北崖村戏班子，经常被附近村庄请去唱戏，王山头、李山头、陈庄、杜庄、侯庄、张庄、周庄，都先后请过。一条沟之隔的南崖村，不用请，北崖唱戏，有一半是南崖村的乡亲来看。

去外村演戏，戏班子成员自己背自己的行头、乐器。快到村子的时候，敲起前进鼓，告诉前边村里的乡亲们：北崖村的戏班子，到了。搭戏台由所在村负责，一出戏唱完，到晚上十点，村里顶多给管一顿小米稀饭，炒上一锅菜。演员多数换下戏装，来不及洗脸，坐到一起端饭碗吃饭，桌子板凳不够，就把菜盆放地上，几个人蹲着吃。没有酒，没有补助，一伙人边吃边品评刚才唱的戏，即便是累了，也有说有笑，都很乐和。

一年冬天，王山头村请戏班子去唱戏，正赶上张兴旺老母亲病重，在家里床上奄奄一息，农村人讲“快不行了”。唱《沂蒙颂》，这出戏，半年前就定好了时间。张兴旺自己左右为难，自己唱主角，如果不去，这出戏就唱不了，没人能替。最后还是双膝跪到老母亲床前磕了头，嘱咐好家里人，和大家伙儿一块儿，背起行头，到王山头唱戏。

演出期间，张家的情况一直揪着戏班子人员的心。张是个孝子，孟广玉最了解张兴旺，担心他的情绪。可是，张兴旺的演唱、念白、精气神、舞台动作，都一如既往，没有一丝走样，多次赢得观众掌声。演出结束，演员们按惯例留下吃饭，张兴旺没有卸妆，裹上大衣就回家了。

北崖村戏班子演员最多的时候，约有 40 人，洪范公社组织各村文艺节目汇演，常拿第一。今天洪范池景区是原洪范公社政府办公地点，门口东侧，曾经建有大戏台。汇演，各个村都要出节目，要求一个村至少出一台戏，有的出两台戏。汇演大半个月时间，整个洪范都像是在过年，北崖村的戏班子队伍齐整，准备充分，演出效果好。

1971 年、1973 年前后，北崖村戏班子代表洪范公社去平阴县城演出。那时候还没通公共汽车，演员们没有自行车，70 多里路，走着去，走着回。即便是应邀到山西面的旧县公社去演出，或舞狮，带的道具多，也是漫（当地土语：翻）山走着去。用几名老演员的话说，那个时候，戏班子人心齐，心盛，搁累（当地土语：不怕累，禁得住劳累）。

北崖村戏班子，主要负责戏曲排演的，是张开信。他懂戏，爱戏，辈分高，初中文化水平。戏班子排演的好多戏，都是他到外地学来的。他看戏专找戏台边，回来以后，把人家的出场顺序、台词、胡弦、鼓点，通通靠自己的脑子记下来，回来再说给演员们听，一个演员一个演员地说，一件乐器一件乐器地指导。洪范池唱戏，他逢戏必看，去哪里听唱戏，都默记下来。当时没有剧本，他先把走台过程记下来，回来再教，演员们常到他家里去学习，边学边商定内容。

北崖村戏班子远近有名，与村干部的支持有直接关系。老书记张殿珂本人是舞狮传统艺术的传承人，精于武术，“哨子棍”棍法娴熟，打起来虎虎生风。戏班子到外村去演出，他常带着去，一来领队，二为协调事务，三为助威压阵，使得外村有的怪毛（当地土语：坏孩子）不敢寻衅滋事，确保演出顺利。后来，书记带队演出的习惯延续下来，戏班子到外村去唱戏的时候，老书记带队去，有时还帮着提灯笼，搬道具，协调面上的工作。

有一年冬天，戏班子到王山头村唱戏，头天晚上发现板胡坏了，手头没有备用，要买只有去济南。老书记李保山知道后，第二天一早与张化良二人，带上几张自家的烙饼，骑上自行车就往济南赶，想在晚上演出之前赶回来，不耽误演出。那时，还没有修公路，土路坑坑洼洼，天刮着大风。骑到县城县委党校附近，就有点儿累了。后边一路上坡，二人相互鼓励，顶风骑行。

中午到济南，找到乐器商店买一把新板胡。李保山让张化良进商店买货，自己在商店外边看自行车，累得竟然打盹睡着了。而后，他俩又顺便买了一顶老太太扮相用的假发套，解决了张敬祥后边演戏急用。

他们俩的中午饭，就着茶水吃烙饼。冬月，下午六点，天已经擦黑，他俩骑车从济南回来，直接到了王山头村，擦上松香，定过音调，演出就该开始了。那天，他俩十二个小时，骑车往返240里路，没耽误演出，深感欣慰。四十多年过去，戏班子的老人和李保山本人，都还记忆犹新。

北崖爱唱戏的乡亲们，从新中国成立后的老一辈，到六七十年代的第二代，或许自家生活千疮百孔，但唱戏却力求无可挑剔，不留遗憾。反映农村新时代新生活的新戏，一出接着一出，业余演员们对戏剧的热爱赓续始终，爱唱、爱闹、爱玩的一群农民，封存在他们心里的艺术种子，在那物资匮乏的岁月萌发，像灯，像火，像烛，像礼花，燃放自己，愉悦十里八乡。

现在，几位老戏班子成员，70上下的年龄，讲起过去，像打开记忆的闸门。他们细数沉淀下来的那份光荣与收获，化为当下的幸福和自豪。认或者不认，说或者不说，都写在他们脸上，刻进他们骨子里。他们说，现在村里，舞狮子、扭秧歌、跳广场舞，也很有名气，这应该是响应习总书记文艺讲话吧。我没有想到，这话出自几个淳朴的爱唱戏的农民乡亲之口。我想，2014年10月，习总书记在全国文艺座谈会上的讲话，在平阴洪范泉乡最基层的农村，落地开花。

北崖村，一直是泉水之乡洪范乡村文化的一面旗帜。时间过去四十多年，探寻这一文化现象的时代必然性，让我充满敬意；现任村党支部书记张殿峰对乡村文化的深刻认识，乡亲们对精神文化生活的热忱和向往，让我深信不疑；泉乡新时代农民文化生活，掀开新的一页，我倍感欣慰。

2018 年 7 月

[5] 民俗遗风

待客有道

在鲁西南农村，待客之道，做得多，说得少。

客人有走亲戚看长辈的，有同辈之间来往的，有长辈看晚辈的，不是忘年交，就是彼此有些情分的。看望长辈，是应该的，尊老敬贤，同辈之间有些是同学，有些是朋友，还有些是表兄弟表姐妹之类，相互之间常有来往。特别重要的亲戚，像新结婚女婿，头一年、第二年、第三年，都要回到女方去，看望丈人丈母娘，我们当地叫回门。问题是接待新女婿也还不是那么简单。

一般情况下，两个节日，两个寿辰，是要看望老人的。两个节日，一是春节，一是中秋节；两个寿辰，是父母双亲、岳父岳母过生日。爷爷奶奶，姨、姨夫，姑、姑父，姐、姐夫，等等，这亲戚关系，真正体现了血缘关系。亲戚靠走动，有血缘关系的人不在了，后人互相之间有所走动，防止亲戚走着走着走丢了，走着走着走偏了。走动，走动，不走不动。

七八十年代，新女婿上门，一般骑自行车来，也有的套上驴车来，年纪稍长的女儿和女婿，带着娃娃，甚至他们家小狗，来家里看老丈人。这时候，把家里常用的地排车，擦得干干净净，铺上一张席子，上面放一床鲜亮被子，前边，套上小毛驴，驾上辕子，心情好的，再往驴脖子上挂一串铃铛，鞭子一扬，就这么“丁零零、丁零零”地上路了。好多年，这几乎是女儿回娘家的标配。现在则换成了大马力摩托、十万二十万的小轿车。再富裕的农村，这一回娘家的标配，现在还没绝迹。

来了重要客人，主人家需要请人陪客（音 kei）。这个陪客的人，也不是随便谁都能请来陪的，最主要考虑和主人的关系。陪客的人，他应该是一个场面人，见面生人能言，上桌啥酒能喝，懂规矩，明事理，心地善良。不能说，不能喝，是陪不好客人的，同时，还尽量是一位德高望重的人。这个人，对主家、亲戚都非常了解。

高家街上，常常请出来陪客的，比较有影响的是高凡道老爷爷。他辈分高，当过多年生产队长，处事公道，农活把式，为人厚道，乡里乡亲和街坊邻居，都很敬重他。谁家来了重要客人，就请他出面到家里陪客人。

六七十年代，庄户人家招待客人，不像现在有鸡鸭鱼肉、海鲜、名贵野生菌，食材非常丰富。那时候主要有白菜、萝卜、豆腐、芹菜，春节期间，芹菜就更稀罕。没有芹菜，就用香菜梗代替。

招待客人，像样的酒席一般讲究四凉四热：四个凉菜，四个热菜，还有两个“大件”八盘八碗。“大件”，就是主菜、硬菜，方肉，炖鸡，米粉肉，红烧鱼，清汆丸子，对于八盘八碗，视家庭经济条件与厨师商量，选择余地不大，如拌猪杂，凉拌藕，拌豆腐丝，芥末白菜，炸小鱼，炸丸子，炸花生米，炸地瓜盒，炒鸡蛋，烧豆腐，醋熘白菜丝，绿豆芽炒肉，芹菜（香菜）炒肉。农村食材有限，需要变着花样“点兑”（当地土语：计划安排）品种。

穷生活挡不住思路创新，乡亲们发明了一种搭“菜帽”的做法，在盛放菜肴的碗里，底下垫放一些普通菜，白菜萝卜，冒出尖来，上边码放一层薄肉片或者豆腐。几乎家家都这样做，习以为常，盖在上边的肉片或豆腐叫“菜帽”。

现在，富裕起来的乡亲们，多数到村里饭店订餐，个别在家里待客的，提高了餐标，想做什么菜，到村里超市或者集市上采购。

过去两个“大件”现在变四个，再加“四条腿”，“大件”是鸡鱼肉肘子，“四条腿”食材用上了海鲜。

清氽丸子作为备选“大件”保留至今，做法是选精瘦猪肉或羊肉，剁成馅料，用鸡蛋清加盐姜末调匀，锅里开水适量，将调好的馅料团成像鹌鹑蛋大小的丸子，放进锅里，小火煮开，熟透，连汤带肉盛到汤碗中，最后撒上香菜末，就可以上桌。分给客人每人一小碗，用小调羹匙，一勺一勺地吃肉喝汤，美味至极。

八仙桌上招待客人吃饭，每家都是如此，有时客人多，邻居之间互相借用帮衬。八仙桌，放在堂屋正面，对着堂屋门。面对门口左手，是首要客人位置，当地叫“上面子”，其次是右手，一般那是陪客的位置，然后是左侧两位，右侧两位，门口左右两位。门口两位一般称“把席口的”，多安排本族一个晚辈，负责倒水、筛酒、倒酒。农村新婚女婿，大年初二来丈人家，一定要请坐到首要客人位置，平常再怎么熟悉，这一次，一定这么安排。陪客人的都懂。

陪客人，是个场面功夫，是运用智慧的角色，陪好主客，把控全局。聊天很重要，聊高兴了，可助酒兴，酒喝好，就圆满完成任务。酒壶是锡壶，一次能装半斤四两，酒盅很小，比茶壶盖口还小，白底，酒盅口部外沿有一蓝边，倒满酒三四盅一两。七八十年代能买来瓶装酒待客，那是具有相当生活水平的人家，大多数是从代销点打来的散酒，那酒形散香气不散，筛酒时，倒满一盅，用火柴点上，蓝汪汪的火苗，三五分钟一壶酒就热了，留在酒盅里的只有底上一点点水。

张海村我姥姥家，有个奎方大舅，大个子，很魁梧，好庄稼把式，说话嗓门高，有一种磁性，爱喝两口。那年我结婚，他来喝喜酒，陪他的是凡道老爷爷。村子离得近，亲戚走得近，彼此性格脾气都摸得透透的。知道奎方舅喝酒以后好闹点事儿，家里安排陪客的，都不愿意跟他一桌，凡道老爷爷就主动提出跟他一桌，由他来陪大舅喝酒。那天，他和奎方大舅喝得好，聊得好，大舅特别高兴。

后街上，有几个喝酒有酒性的，平常人都特别好，有时喝了点酒，好发酒脾气。一起吃饭坐席，知道他们情况，有的起身躲开，凡道老爷爷不躲，常常主动和他们坐到一起。凡道老爷爷，那会儿年轻，酒量大，能喝过他们，论农活他是生产队长，也能和他们说到一块。凡道老爷爷陪客经验丰富，能把控酒桌情况。他看客人喝得差不多了，就提出不再喝。他的经验是，平时能够喝半斤酒的，让他喝三四两就收场，想喝也没有，这套办法屡试不爽。

山东人好客，酒桌上都有经典程序展示。一来二去喝酒到一定程度，陪客的人会提议给主客倒酒，当地也叫“满酒”，表示礼节敬意。一般倒四盅、六盅，酒量稍大的十盅，“十全十美”，再往多了就是喝一年的十二盅。为表达良好祝愿，体现步步高升，倒酒时，常常第一盅只有两三滴，讲究“点到为止”，以后每一盅酒，数量递增。有的客人，倒多少，喝多少，倒几盅，喝几盅，也有的等酒倒完，数过，折到一个碗里，一口喝下，赢得一阵喝彩。有的客气，彼此打打嘴仗，活跃活跃气氛。时间稍长，倒出的酒凉了，陪客的就会关照那位“把席口”的，让他“回回酒”。这回回酒，就是把盅里的凉酒，倒回酒壶热酒中，掺和一下，再倒热酒出来。

这酒盅，在我们当地叫“小蓝边”，酒盅小，客人十盅八盅下肚，不至于显山露水，再一阵十盅八盅喝下去，酒才开始上劲。在农村，前二三十盅酒，一般酒桌上才是序曲。喝酒时间，拉长到两三个小时，或者更长，喝点茶水，聊着天，其实是边喝边消散。

客人中不缺好酒之人。遇上好喝的，没喝到位，陪客的人会邀请他划拳。划拳在北方规矩差不多，两个人对手，伸出的手指头总数是自己口中喊的数，即是赢方，输的喝酒。山东人，划拳喊声较大，一次输赢过后，两人先浅浅握手再伸大拇指，叫“见面”，手形和现在点赞差不多。当地一般的划拳口令是：一心敬你，哥（爷）俩好，三桃园，四喜财，五魁首，六六顺，七七巧，八八发，久久长，全到了。划拳声伴着酒味，从屋里，传到院里，从院里飘到街上。有的老街坊，在胡同路过，能从日子口和热闹情况，猜出今天的主客。

酒菜上齐，喝酒进展顺利，陪客的人，会请客人到主家院外转转，活动活动。庄稼人家里，只有一个厕所，不分男女，诸多不便，客人多数上胡同里的公共厕所。

街上说话，陪客的与客人一来一往，说的话多。精于陪客的，火眼金睛，会评估一下客人喝到什么程度，摸一摸底，从客人走路姿态，言语神态，说话条理，给出准确判断。尽量不让客人喝高，不能喝的，想喝也不让喝，能喝的，说破天，还有续章。这时候，不胜酒力的客人要撂个底，说不能再喝了。有的客人觉得自己酒量不错，回到桌上，陪客的会挑起一个新话题，再掀起一个新高潮。

鲁西南，客人觉得酒喝得差不多了，会要求上主食，当地称"催饭"，陪客的，再劝两句酒，这是程序性客气。饭，厨房里妯娌媳妇们已准备完毕，一锅丸子汤或鸡蛋汤，或者是当地有名的"茶汤"，"馏"（加热）上一簸箩馒头。七八十年代，乡亲们招待客人，都会把最好的饭菜拿出来，平时自己吃掺玉米面的馒头（当地叫卷子），很少能吃到全麦面馒头，最细的面，最白的馒头，都是招待客人才端上桌。酒桌上，吃得差不多了，陪客的会再谦让一下，把一个方方正正的馒头，掰成三份、五份，分给三个、五个客人吃。即便是吃饱了，大家也会勉强吃下去。有时候，还会分第二个，第三个。山东人的实在，山东人的酒文化，在酒桌上体现得淋漓尽致。

大年初二这天，是女婿上门走丈人家的日子。新女婿来，闺女随行，大节大礼，多数规规矩矩，喝酒吃饭多有一些生涩感，请了陪客人的也见好就收，彼此落好。有的新女婿，脾气倔。主人除了请陪客的，有时还请几个年轻本家叔伯兄弟，到家里来陪客人。那个年月，有新女婿，不喝酒是好孩子，彬彬有礼，几杯热酒下肚，说话走板，夹枪带棒，话不投机就可能掀桌子。

村里万家街，有个新女婿，酒后说话比较随便，他觉得，这家里总的还是老丈人为主，一个女婿半个儿。而陪客人的，觉得这是本家，你来这里是客。彼此说话有些拧巴，一来二去，那女婿急了，真要掀桌子，几个陪客的年轻人，面带笑容，几双手都使劲按住桌子横掌，桌子面上一个手指头也看不见。新女婿试了试，没有掀起来。

农村人的春节，是年头忙到年尾歇歇脚的节日，更是密切亲戚关系捋捋情分的日子。每一家每一户，都会走亲戚，也会招待亲戚。而亲情、友情都会在这走动当中，越走越浓，关系越走越近。都非常珍惜这集中半天时间，吃吃饭，喝喝酒，说说话。有的从中午一点钟开始喝酒，直到三四点钟，太阳偏西了，才会散场。

正月初二、初三、初四，一直到正月十五之前，每天上午，骑车赶车的亲戚们，在村头墙根底下晒太阳乡亲们的注目礼中进村，下午，还是他们，在围观乡亲们的注目礼中离开。

主人送客，有的帮着推自行车，有的帮着牵驴，有的悄悄地往孩子兜里装压岁钱，客人满脸霞光，继续谈盅论酒，而脚底下多了不由自主的蹒跚，人、车、牲口的影子拉得好长好长。有的一出村，一抬腿，骑上车一溜烟离开了，有的来时男人赶车，回去躺着“坐”车。

好看的是推自行车走的客人，他推不到沟里去，也摔不到路上，只是一次又一次地尝试骑上自行车，就是上不去。这时候，送客的主人，像刚刚举办了一个重要仪式，总有那么一种成就感。陪客的人，像一名将军，刚刚领着一哨士兵，在酒桌上打了一场“胜仗”。

2018 年 2 月

高家祠堂和家谱

高氏宗亲遍布全国各地，高姓溯源，一说始祖是黄帝近臣高元，一说是迎立齐桓公的春秋齐国著名政治家、军事家高傒。我们老家高氏，家谱上认的始祖是孔子七十二弟子之一高柴，他是高傒的十代孙。全国高氏谱系众多，山东平阴支系，涉及附近七个县，也算是齐鲁高氏正亲。

祠堂，在洪范泉乡南崖村高家街，也称家庙，是寻根谒祖重地。“文革”前，这里是村民兵连“连部”，1966年，大队全体民兵，连同基干民兵，曾在祠堂擦枪，教学轻武器射击。

高氏宗祠牌匾，是道光年间写的，上边写有“德化成人”四个大字。六十年代，高庆阳老爷爷是族长，是后任生产队长凡道老爷爷的父亲。后来，“破四旧”风刮得厉害，祠堂被破坏得不成样子。凡道老爷爷想到前面，请本族文化人高令勤，把祠堂匾上的字给抄录下来，包括门心和门楣。记得门心是：不争不斗真君子，能笑能闲非闲人。门楣与牌匾相同：德化成人。

祠堂大门当时朝北，“文革”前完好，开关自如。祠堂坐北朝南，南边是配房，西边是青石垒起的边墙，约有两丈高。后祠堂坍塌，只剩下基石和碑刻。祠堂里边，原来有一只长条几、两把椅子、鼓磴等老物件。因为大雨，房顶坍塌，条几和椅子被人偷走，到现在还没有查到，非常遗憾。

祠堂门外有两个檐柱，柱子底下各垫一个鼓磴，北崖村的一位老乡把鼓磴给运走了，凡道老爷爷请本族的宝方，去北崖要了回来，老爷爷自己还贴了五十块钱给人家。同去取鼓磴的还有扈生老爷爷家的二小子扈新库。2004 年族亲计划重修祠堂，后因南崖村报批山东千年古村落，一直拖到 2022 年。

重修祠堂多是高凡道老爷爷操心。祠堂外立面不变，新盖房顶，内墙加固刷白，院内地面平整，青石新铺甬道，大门外延起脊朝东，整体青砖灰瓦，与文昌阁齐平，色调风格一致。匾额墨底金字：紫气东来。上联：祖德宗功千载泽。下联：子承孙继万世春。

家谱，作为记载以血缘关系为主体的家族世袭繁衍和重要事迹的图书体裁，记录家族源流和生命传承的历史。历史上，各姓氏族系，非常看重修谱。当下，人民生活水平普遍提高，更是同姓同族人操心的大事。

高氏家谱，惯例二十年一续。五十年代，当时族长高庆阳老爷爷，组织修过高氏家谱，汇总到一起。实际上，高氏家谱最早在清朝就有了模样，包括前言、序言、名册都是祖辈亲人留传下来的精神财富。1989 年，再修家谱时，族里工作人员意见，把他老人家的像印上去。那张照片，是老爷爷在世时我给他拍的，那也是老人一生唯一的一张照片。

续家谱，需要派责任心强的人，亲赴相应县乡实地采访，去寻找高氏后代有认祖意愿的族亲，集中一起续写家谱。1989 年初，凡道老爷爷主持续谱工作，派本村书记、本族的高峰祥老爷爷等二人去阳谷县，找到大部分高氏族亲，说明续写家谱的总体考虑，取得他们的认同和支持。为慎重起见，凡道老爷爷而后专门赴阳谷，按照原撰族谱位序，找到相关负责人员，协调商定了请当地族亲承办的具体事项，推动和带动了其他县乡采访事项的落实和信息沟通等工作。当时七个县，各个县都派了专门人员，安排了办公场所，每两个工作人员一间办公室，争取到每人每天两到三元办公费用，包括购买纸张、笔墨和茶水等费用。

1989 年 2 月 1 日晚上，凡道老爷爷自己琢磨，提前搞了一个 20 多条的方案。6 日，召开修家谱大会。那天来了 200 多人，高家街上多数住户家腾出房子，提供铺盖，解决食宿问题。当时祠堂还能用，高贵祥老爷爷负责做饭，安排在祠堂南屋。会议就在祠堂召开，高峰祥老爷爷宣读了方案，请大家分组讨论，提出修改意见。这些意见，专门由高秋祥老爷爷记下，写出来，贴到祠堂北墙上，明示给大家，让所有参与者心里有数。

而后，由各个分办公室，把七个县的高氏族亲支系草册（当地土语：草稿）整理出来，集中交到村里。凡道老爷爷组织人员汇总、修订，对于草册内容有意见的，还要请对方相关人员来修改。确定没有问题了，编好家谱册子送印刷厂。

为确保质量，村里还派专门人员到印刷厂监工，吃住在厂里，有错，一遍遍修改，没有错漏之处，再定稿，再开印。当时总牵头是高凡道老爷爷，具体负责的有本族高秋祥、高令福、高维清，高令木几个人。高秋祥负总责把关。几名参与人员，在整理修订高氏家谱过程中，没有一丝马虎，支系、位序、名字，都一一核对，确保名序准确。

1989 年底，印刷家谱，族亲们坚持用毛边纸，不能像别姓家谱那样，用白色粉连纸。当时，凡道老爷爷他们找到印刷厂，厂里答应下来，后来又提出家谱前面的序文，印刷厂说印不了。他们坚持，既然订了合同，就请印刷厂想办法解决。印刷厂很负责任，找到了另外合作厂家，把序文给印了出来。

印制汇总成总谱以后，后续按支系分出卷册（分谱）。编纂总原则就是四个字：亨，利，贞，挂。挂，现在没有了，过去从张唐和狗山那边的高氏家族，叫作“挂”，当时那个地区的高氏族亲，想挂在南崖高氏族谱中间，但又误解为不被重视。其实不是这样，现在南崖村高氏，主要占个族群谱系“源”点，相当于发源地。修家谱，主要还是想请更多的高氏族亲加入进来，参与进来，认亲归祖。

2004 年，凡道老爷爷去泰安，与当地牵头修谱的高宪生和高定武，研究商量再修家谱的事，因时间节点意见不好统一，暂缓启动续谱，2009年没有续。当时的族谱，汇集了台前、阳谷、宁阳、东平、肥城、梁山、平阴七个县的高氏家族谱系。

修建祠堂，续写家谱，是续写族亲历史文化。

续家谱有一个不成文的规定，续写男的上家谱，不写女娃。但我认为，计划生育是国策，强调男女平等，前后四十多年，几乎每家都一个娃，这是国家、族亲生动鲜活的历史，如实地反映才对得起祖宗，对得起当今的好日子。

2022年初，平阴县城、乡镇新冠疫情得到有效控制。大年初一，我打电话给凡道老爷爷拜年，说起续家谱的事，他说准备启动，还说，这回改新，增加高氏女娃进族谱，征询我的意见。他说到了我的心里，我表示赞同。半个月后，村里族亲请来邻近七县市高氏族亲的代表，在南崖高氏祠堂召开"高氏世宝族谱接续大会"，商谈布置续谱事宜。凡道老爷爷就女娃进谱的事作了说明，特别宣告，以后南崖村高氏再续家谱时，应坚决按照这个意见办。这相关说明和宣告，赢得与会代表热烈掌声。

族谱定稿时，凡道老爷爷给我打电话说，草册核定，外地四位族亲发来赞助，出版经费略有盈余。我当即表示，也赞助五千元。老爷爷电话里说：明哎，咱牵头续谱，你这是给咱高家争光添彩之举。

2023年4月的某一天，父亲给我打电话说，新版族谱印出来了，他参加了在祠堂开的族亲大会。第二天，凡道老爷爷差自家公子祥升，到县城我父母家中，送来一套新版《高氏族谱》及捐赠纪念牌。

2023年10月

瓷器社轿社追记

“文革”前，南崖村有“三坊两社一铺”，三坊，是油坊、酒坊、粉坊，两社是轿社和瓷器社，一铺是铁匠铺。

瓷器社，往前可追溯到民国时期，由村民自发组织，十几户人家，集资买一批碗、酒盅、盘子、筷子、碟子、勺子、酒壶等，按照办酒席数量配套配齐若干桌，集中统一管理，供本村乡亲有偿使用。严格讲，应该称餐具社更为贴切。

南崖村共有三个瓷器社，北边高家街，中间崔家街，南边万家街，各有一个。办瓷器社，主要是满足本村乡亲们需要。早些年月，村子里办红白喜事，须到各家各户去借盆盘碗筷，这些吃饭用的家什，大小、颜色、深浅、长短不一，引出诸多尴尬。

高家街瓷器社，有十五六桌的样子，放在令代爷爷家，街上谁家用直接到家去取，用完洗净，完完整整地送回。后来，有个别户用完以后，清洗得不够彻底，个别盘子和碗上还留有油渍。那时候没有洗涤灵和洗碗液，只有烧开水烫、洗、冲，难洗的碗和筷子，还用洗衣粉碱面冲洗。收回来，需一个一个清点，洗不干净的，会沾一手油污，时间长了，成了麻烦，后来改为几家轮流存放。

起头搞起瓷器社的，是一些村里特别好事的乡亲们，当地戏称“打热闹干的”。有十五六户人家，各家凑一点钱。这十五六户是东家，一般春节以后，每家选一人坐下来，吃顿饭商量社里的事，也叫会社，搁现在就叫开董事会。

上世纪五六十年代，使用一桌社里瓷器，只收一两毛钱，十几桌，也就收一两块钱。但是，村子大，两千多口人，婚丧嫁娶，事多，生孩子吃喜面，娶媳妇喝喜酒，人去世发丧送别等，都用。一年费用积攒下来，也有个三五十块。用这费用，添置一些新盘子和碗筷，填补损坏和缺失的物件，个别需要也会整桌购置。有用户，租借使用打坏一两个碗，赔一两毛钱，或者干脆不赔。

瓷器社瓷器最多的时候，十六桌。每桌八盘八碗，六只大盘子，汤盆汤匙，等等。平时放在六个树条编织的大筐里，有谁家用，谁家就来抬筐。后来餐具增多，就用地排车拉去。

据估计，瓷器社餐具，有一半从民国时期传下来，碗或者盘子上的印花印记，有的碗绿色的釉，盘子青花瓷的，应该有百年历史，或者更早；有的碗裂开了缝，社里找来锔盆锔碗的匠人用铁的、铜的锔子，把碗缝锔合起来再用。只是现在，锔锅锔盆锔碗的手艺几乎失传，而过去锔过的碗、盘子，以特有的生命张力存世，隐匿当下，期待未来升值。

现在，村里乡亲家里来客人，大都到村北召亮饭店待客，家里很少承办十几桌招待活动。瓷器社的餐具，不论是高家街的，还是崔家街的、万家街的，都还在乡亲们家里放着。这些餐具、碗、筷子、碟子、盘子、勺子、汤匙，以及酒盅酒壶，或添或减，或老物件或新置办，不同的社会，不同的经济生活水平，盛放过的食材，由粗到细，由少到多，由多到精，由简到繁，再由繁到简，反映的是农村社会生活的变迁，体现了时代的进步。

这些餐具，用过的人走了换了，孙辈们或与爷爷、祖爷爷的手印，在碗筷上叠加，印证了生命的传承和延续；这些餐具，记载了南崖村乡亲们祖祖辈辈的喜怒哀乐，说不定，随便拿起一只碗，扣耳细听，会传来兴市添丁的喜悦，迎娶新人的鞭炮，送别旧人的哀鸣；这些餐具，见证了乡亲们迎来送往客来客去，将乡情亲情友情烙上时代印记，赓续致远。

村里有轿社，社里有两种轿子，一种是木轿，一种是竹轿，成社和日常管理与瓷器社相似，当时租木轿一次两块钱。高凡道老爷爷家曾加入木轿社。“加入”，当地人以及鲁西南的乡亲们就称“在”，加入轿社称为“在社”。南崖村，一副木头轿子放在周长城叔叔家，竹子轿子放在谁家，还有待查证。木轿在北方常见常用，轿子周围，用红绿花布做的轿衣，两根轿杠，最少四个人抬轿。村里 80 岁以上的老奶奶们，多是坐木轿进门的。

村里人租用一乘轿子，一般都是办喜事这家主事人出面。轿社里不出轿工，轿工仍然由主家请邻居精壮劳力临时担任。轿工四个人一班，请两组八个人，另请一名联络员，负责招呼八名轿工。据说，抬轿子路程远近都选八名轿工，一来图个吉利，二来八个人正好够一桌，方便招待。

轿子抬到女方家后，不等新人上轿，家里先摆上四个小菜，一壶酒，请轿工们边喝边等候，新人洗脸化妆、挽发髻穿新衣，做各种准备。上轿吉时到，四名轿工就已经候在轿子旁边，这时间新人家里主事的，用托盘，端过酒，再请每一名轿工喝酒，这称为喝“稳轿酒”，托请轿工抬轿一路稳稳当当，不颠不跑不闹。

村里一位老人，年轻时从石碑子村嫁过来。所选轿工辈分较低，就省了喝“稳轿酒”的程序。结果抬轿子走过洪范龙池泉东面石板桥，轿工就左忽悠右忽悠上下颠将起来，还开玩笑，迸出一些三荤两素的话来。没承想，这坐轿的新媳妇是个暴脾气，大喊一声“停轿”，让轿工停下，要下轿自己走。几个年轻轿工被唬住，后边规矩了许多，平平稳稳抬到家。

当地用轿子娶亲，有一习俗，新媳妇出门上轿，到婆家直到下轿，都不能沾地，抬轿过程轿底也不能沾地。新媳妇出门上轿，有的坐椅子上抬出来，有的脚底下铺上红毡子走出来，没有红毡子，就撒上一层新麦秸，让新媳妇踩着出门。下轿进门也是如此。

抬轿子两组轿工，中间会换换班。他们从轿子上抽出一根 1 米多长的木棍，先顶上，再换人，这棍子叫“垫棍”，其实就像泰山、华山上的挑夫，中间休息时挑担中间垫的木棍。起轿后，轿工联络员也不闲着，随手带一些红纸折叠成的元宝，逢过桥、过河、过寺庙，都要撒些纸钱，念叨成串的吉祥话，图个平安吉利。据抬过轿子的老人讲，轿工前后各两名，后边的两位，受轿厢遮挡，几乎看不见前面的路，走在前面的两位，遇有坑坑洼洼，墙角拐弯，绊脚石头，边走边喊，提醒后面轿工注意。

那乘轿子是楸木轿干，两个头是圆头，中间渐方，人坐到里边，抬起来，一悠一悠的，特别舒服。当年母亲出嫁来我们家，就是乘的高家街的轿子。那天，父亲穿新衣去张海村接母亲，八名轿工都是邻居，有两个还是本家兄弟。

轿子从姥姥家出来，走到村东小石桥，先在前头烧过纸钱，再撒一些碎红纸屑。父亲准备的红纸屑不多，中间多次叮嘱提醒少撒一点，别到进门前撒光了。凡道老奶奶对我说，你母亲那时在洪范池卫生室工作，扎着两个大辫子，可带劲了。轿子从村西沟进村，全高家街的人都拥到皋门口看，当时轿工们还担心轿子顶高，怕有磕碰，几个人小心翼翼地抬过皋门洞，走过南北过街立交石桥。

据说租轿子的花费是老奶奶给轿社的，父亲母亲都不知道具体钱数。母亲说，回门没有再坐轿子，是河方大舅，从侯庄大寨山林场借来的马。

“破四旧”的时候，轿子作为“四旧”的延伸特定物件，被老实厚道的乡亲们所接受，嫁娶新人再没人家敢租轿子。轿社几家合伙人商量，把轿子给卖了，没有人敢抻这个头。商定拆散架分给个人。抓阄，有的分一根轿杠，有的分了轿衣，有的分得轿扇子。凡道老爷爷家，分的是轿子上的座位。那是一个箱子，是乘轿新人的宝座，箱子前边，往往放一个像香炉似的铜盒子。

这铜盒子，也叫火箱子，冬天，新人脚底下冷，把烧过的木炭，放进盒子，供新人取暖。盒子的上面带有隔层，最上边的平台，宽窄适度，正好能够放两只脚，如果新人裹小脚空间更富余。轿上一些老物件，放到现在应该算是古董。拆分轿子的时候，大家不知道箱子是值钱的东西，其余人家分的物件，有的卖了，有的扔了，都没有留下来。留下来的是诸多遗憾，供我们这些后人唏嘘再三，顿首叹息。

没有了轿子，后来村里还兴了一段时间地排车娶亲。装扮地排车延续了轿子的做法，车帮上面用竹条或木条，扎一个架子，蒙上两床红花被单，简单用针线连上，里边放一床被子，前边套上毛驴，鞭子一甩出门接亲。

那个年月，瓷器社和轿社，加上油坊、酒坊、粉坊、铁匠铺，在两千多人口的村庄里，实际上，多少还带有农耕时代的痕迹，但是从组织形式和社会服务对象看，已经具有了现代社会的商业模式性质。合伙、集资形式带有股份味道，服务于本村又辐射周边，使乡亲们受益。“文革”期间，这些商业服务项目，或者作为“四旧”被取缔，或者经营不善倒闭，或者被新的服务取代。但是作为全公社最大的自然村，这些相对齐全的服务保障模式，为乡亲们日常生活大事小情提供了方便。

南崖村做绿豆粉皮的粉坊一直开到现在，成为当地著名特产；油坊、铁匠铺经营到八十年代末。现在有两家超市、一家饭店，还有了出租车。

那些老坊老社和老铺子，毕竟是面朝黄土乡亲们的记忆，是山里人曾经的商业文化雏形。唤醒再现，守正创新，或许是新时代发展乡村旅游给南崖这个千年古村出的新题目。

2018 年 4 月

挑　盒

挑盒，是鲁西南农村逢婚丧嫁娶串门走亲戚常用的一种器物，方形，不设盖子，薄木板做成，边长30—40公分，深20—30公分，放一个井字木托上，盒子里摆放供品，一般有三样，鱼、猪肉、白条鸡。

需要摆供的时机和场合，一般分喜事和丧事。丧事，用得比较多。比如说，有的老人去世，老人的女儿需要摆供，必须在老人去世三天之内，所有女儿家，各摆一桌供。一桌，其实就是一盒。这个供称为“三生供”，指鸡、鱼、肉。

三生是三种生食物，从三生含义看，应出自《道德经》“道生一，一生二，二生三，三生万物”。生命，生长，寓意天地之间万物生发，新的生命出现。从供品选择看，鸡，寓意谐音“吉祥、吉利”，鱼，谐音“余”“富富有余”，肉（猪头）寓意，应属于大供，这源于祭祀至圣先师孔子。古代帝王祭祀祖先使用“太牢”礼，所用“牛羊猪三牲”肉食是专门圈养的，称为“牢”，“太”字意思是“最大”，“太牢”就是最高祭祀礼仪的供品。历代王朝认同孔子加封为“文宣王”，祭祀时适用天子祭祀礼仪，也就是“十二笾十二豆，太牢礼”。供品里放上猪头，寓意相当于整头猪。

在农村，比较要面子的，三生供一般会把猪肉换成猪头。鸡要用白条鸡，身形挺括，颜值高，模样端正，嘴含一朵香艳红花，既好看，也兴许（当地土语：吉利、吉祥），也有的直接用活鸡。挑盒，现在已经不拘泥于木质盒子，有的用较大个树条编织的筐代替，把三样供品放到里边，再放上酒壶和酒盅，酒壶里倒满酒，不能用水代替。而后放上“四条腿”四个小菜，用扁担挑了去，或者抬着去。挑供或者抬供，由女儿家里比较亲的人上手，这往往选家里的小叔子或同辈兄弟。一同抬去的，还有一个花圈。也有姐妹商量集体摆一桌供的，属于少数。

挑盒及所摆供品在举行奠礼时，按女儿大小排序，大女儿的供排在前，依次是二女儿、三女儿，而且必须都要自己奠，把挑盒放到老人遗像前面。如果没有女儿，就可省去摆供这礼数。有的家里老父亲去世，一般男士老丈人家摆供。这一桌子供必须要摆，供的是老人，是礼，是福，有的还付少许礼金，多数是表示对老人的敬重，同时送去的，还有纸质花圈以及写好的帐子。

据老人们讲，这些习俗都延续下来，没有改。如果说有变化的，那就是摆供还要付礼钱，过去付五十元、六十元，现在特别重要的付礼金达二千元。

现在也有个别不摆供的，乐意多拿一些礼金。听说，在东平县，习惯风俗可以不付礼，但必须摆供。不摆供，负责主事的不会安排行奠礼，供盒抬上去才会请你进入奠礼程序。供是有形的，给主人家撑面子，主要是给邻里亲戚朋友看，也是对去世老人的礼数和尊重。

逝者为大，“奠”，就是个仪式，鞠躬送别死者，相当于八宝山公墓礼堂，亲戚朋友排队，分组，向逝者鞠躬默哀。农村一般是主事的请三遍来客，拉着高八度的长音喊“山后，刘家庄的客（音kēi），一鞠躬，再鞠躬，三鞠躬”，按亲戚远近安排顺序，女的先是娘家，男的先找表兄弟。

奠礼过后，丧事主事负责拆供。拆供一般是把供盒里的鱼和猪头留下。那只鸡，经历过奠礼，听进送别亲人有腔有调的哭声，阅遍诸多亲朋好友的空前悲怆，也带着些许感伤给“压”回来。或许，它经历过整个程序后知道，对于主人和摆供送挑盒的人，都象征吉祥顺和，明白当初被捉拿缚住鸡脚时心惊肉跳有点多虑了。

喜事，也送挑盒。男方娶媳妇，用挑盒给女方送礼，盒子里放一只精神抖擞色红毛正的大公鸡，两只翅膀扎红丝带，再带上一盒面条。送公鸡图个大吉大利、大喜彩头，那面条寓意新人恩爱绵续长长久久。挑盒送到女方家里，女方提前准备一只母鸡，捆上，翅膀也系上红丝带。这只母鸡要陪着新娘子前往婆家，毛色不能选白色的，一般都选棕红色的芦花鸡，它会和男方送来的大公鸡，爪牵着爪携爪回到男方。

大婚礼成，宴席开始，两只鸡随挑盒完成光荣使命，男方解开捆绑的麻绳，取下丝带，撒在院子里，就像一对新人一样，开始它们的新生活。不过有时候，主家人忘记了它们曾经的特殊身份，不小心给卖掉了，或者当个美味硬菜招待来客，那是后话。

挑盒里的面条，也会再回到男方。新媳妇入洞房以后，新人家妯娌嫂子会亲手下厨煮面条，端给两位新人吃，那叫“宽心面”。

我着实觉得，这娶新媳妇男方送去的挑盒，初看是个摆设，而那只大公鸡，越想越像红丝带抛来的诱惑，实质上，这摆供的意义，对两位新人来说，更像是一生一世隆重而热烈的邀约。

2018 年 12 月

二月二炒蝎子爪

春节以后，我国北方风俗，走亲戚一直持续到农历正月底，出正月就是“二月二”。

俗话说，二月二，龙抬头，风调雨顺好年头。北方的百姓，希望一年风调雨顺，夏秋丰收。龙是中华民族的图腾，五千年文化传承中，劳动人民赋予龙丰富的文化内涵，龙能调水，就是寓意之一。

民间传说，武则天当上皇帝，玉皇大帝十分恼怒，给司管天河的龙王传旨，三年内不准向人世间降雨。当年，龙王就真没下雨，结果，民间大旱，庄稼绝收，农家饿殍四野，悲泣之声传至天庭。龙王深知民间疾苦，便违抗玉帝旨意，为人间普降一场大雨。玉帝知道后，责罚龙王，降龙王到凡间，压在北方一座大山下，立碑曰：龙王降雨犯天条，千秋罪责当不饶。若要重上凌霄阁，金豆开花罪自了。

人们为了拯救龙王，到处找寻开花的金豆。来年开春，农历二月初一，人们在粮囤底，清出几把黄豆，想到这黄豆金灿灿的，放锅里炒一炒，裂开了，不就是金豆开花嘛！于是家家户户清理粮囤，爆炒黄豆，并在院子里设案焚香，供上开花“金豆”。也有传说，金豆开花是玉米豆的，即爆米花，只是玉米到明朝才传入我国，此说多不足信。

第二天，就是二月二，一大早，玉帝看到人间金豆开花，只好赦免龙王，传诏：请龙王回到天庭，继续分管布云降雨。因此，民间形成习俗，每到农历二月初二这一天，家家户户都炒黄豆。

在山东老家，每到二月初一晚上，家里有磨盘的，都在睡觉前，把磨盘掀起来，怕压住老龙眼，影响了“龙抬头”，希望“细雨下得满地流，一年吃穿不发愁”。我家院子里，露天放有一盘石磨，边上是一圈平滑的石头凹槽，槽口向东，我家和邻居们做豆腐和煎饼的时候，用它磨过面糊。母亲特别要强，自己掀不起来石磨盘，费好大劲先用一根木棍，将磨盘顶起一点，再找个木条垫上。

我们村许多人家，在正月底，就早早地选出一些黄豆，用花椒大料泡过，泡透，浸进滋味了，捞出晾干。初一晚上，大人等孩子们睡了，把豆放到锅里，锅底续一点柴火，小火慢炒。有家里大人手特别巧，还要边炒边掺进一点糖，这样的豆，咸香酥脆，外面稍稍带一点淡淡的甜味。这就是当地有名的“料豆”，也称“蝎子爪（音zhuǎ）”。

最兴奋的是孩子们。去上学，衣服兜里装上半口袋“蝎子爪”，街上遇到同学，彼此交换一把“蝎子爪”，到学校后，往往更多同学，你掏一把给我，我掏一把给你。也有比较抠的，先在手掌里数着颗粒，等量交换，品尝味道。带豆吃豆的是一部分学生，整个教室都弥漫着豆香。

更有懂事的学生，掏出豆来，吹掉老师讲课桌上的粉笔末，小心认真地放上一小把。有一个学生带头，几乎所有带豆的同学，都上到讲台，添上一些。老师来上课，看到多种模样的豆，感动不已。记得，小学时的辛老师，尝了几颗，下课后用一张红格信纸，包上，回办公室，请其他老师分享。

那时间，农村没有幼儿园、学前班，不上学的孩子，大人也不会由着他吃，装一点放进胸前的“兜兜”衣服口袋里，稍不注意，往往就是左手棉袄袖子抹一把鼻涕，右手抓几颗豆放自己嘴里。这些，仅仅发生在二月二这天，属于孩子们，高兴劲，甚至于过“六一”。孩子们显摆自家的豆，香在嘴上，甜在心里，其实显摆的是大人的心思和手艺，只是，把对心思和手艺的理解领会，都融进那一把一把的开花香豆里了。

二月二，大人们搞得似乎更像仪式。早晨起来，趁还没有出太阳，先要到灶台锅底取一些草木灰，放到床的外边，希望一年里，不招虫，不招蛇，不招蝎子，确保大人孩子健康平安。太阳出来后，同样再铲一些炉灰，在自己家院子里，边转圈边抖铲子，画一个大大的圆圈，可以画两个，也可以画三个。每一个圆圈中心，放一块石板，石板底下，压上一点粮食，豆、麦子、谷子、高粱都可。

那个大大的圆圈，就是农民心目中的粮囤，囤越大，当年粮食收成越好。画出来，表示出来的，是乡亲们对五谷丰登的热切希望。有的人家石板底下压上几个五分钢镚儿，或者古代的小铜钱，这其中的寓意和良苦用心，尽在不言中。

后边几天，孩子们仍会沉浸在有豆吃的兴奋中。街上，胡同里，遇到大人就会用近乎纯粹的鲁西口音喊：二月二，炒蝎子爪儿，大娘婶子给一把儿。每年过二月二，我们家很少炒豆，我想主要是与母亲顾不上、想不起来有关。我们家院子不大，铲炉灰，画圆囤，压粮食，都是不会省略的，而我，帮忙表现最为积极。

我们家有一个真粮囤，放在堂屋房门右边，已经有些开了口，脱了皮，囤沿上的高粱秆儿折损严重。母亲说，这个囤，我老奶奶在的时候，就有了。囤底是一块薄石板，上面用高粱秆儿编成圆筒，直径 1.2 米，然后糊上泥巴，外表面抹平，形成一个口大底小，高 2 米的圆桶容器。结实，5 公分厚，囤底侧面留出一个口，放一块木板挡上。我们家的地瓜干，每年几乎全部都放在囤里，粮食放在缸里和瓮里。1982 年，我们家翻盖堂屋，那个囤才完成它的使命。

分田到户以后，粮食增多，另用麻袋盛放，堆放在仓房里。村里许多乡亲们，家里都有一两座这样的粮囤，用来放粮食，像凡道老爷爷家里，堂屋西侧就有一个长方形粮囤，春节的时候常在囤上贴红纸条，上书“五谷丰登”，印象特别深。

大妹妹小霞，出嫁在本村。妹夫宝运是经营大理石的私营企业老板。他在县城租了一个院子，有两三亩地的样子，建有一个车间，车间里除了切割和打磨石材的机床，还配套建有粉尘净化设备，院子门口是两间办公用房。每年到二月二这天，妹妹学母亲的样子，在院子里用炉灰画两个大大的圆，找来一块大理石石板下脚料，底下放几个一元钢镚儿，寄托一年生意兴隆。妹妹和妹夫两个人，移植农村打“粮囤”习俗，活学活用，颇有些得意。

现在山东，每年正月十五刚过，许多超市就准备好各式各样的炒豆，包括蚕豆、黄豆、青豆、爆米花等，品种一应俱全。我离开家三十多年，二月二没有回过村子，听现在老人们讲，原来的风俗延续至今，那“二月二，炒蝎子爪，大娘婶子给一把”的声音，在胡同里还能听到。或许明年的二月二，我会出现在村里街头，轻轻地喊一声“二月二，炒蝎子爪，大娘婶子给一把”。

2018 年 9 月

杀　猪

猪，从遥遥远远的夏朝，就用来祭祀，作为人类意念通天的神物。农耕文明有多远，猪驯化后转为家养的时间，就有多长。到今天，可以说，没有一种动物像猪一样，与人类生活联系得如此紧密。用猪头来祭祀的习俗依然故我，仍然承担起通天敬神的具象。

养猪是农民重要经济来源，不仅仅为了吃肉或者卖钱，在当时化肥紧缺的情况下，也是农杂肥的主要来源。向生产队集体交农杂肥计算工分，参与年终分配。劳动力少的家庭，要靠养猪增加收入。

杀猪过年，是北方习俗，七八十年代个人不能私自杀猪，自己家喂大的也不行，按规定，通通赶到公社生猪屠宰场。当时，生猪七毛钱一斤。

杀自己家养大的猪，母亲绝对不忍心看。那是打小猪仔进家，一天天慢慢喂大的。母亲喂猪有诀窍，一是猪食里面，加“鱼盐”，咸香。那鱼盐，是县城蔬菜门市部卖腌制海鱼剩下的杂盐，父亲上班与门市部对门，从县城回家时，就提前给卖鱼的工作人员说一声，装上半麻袋，骑车驮回家。烫好地瓜面猪食，放上几块熟地瓜，抓一把鱼盐，撒到里面，搅匀。这样的猪食，那猪吃起来可带劲了，呼扇着耳朵，上下颠动脑袋，发出“吭吭”的声音。二是听说有猪瘟的时候，母亲就把消炎的土霉素药片，碾碎，掺到猪食里面一点，每每过关。母亲早年当过乡卫生室的医生，后来不再干了，把仅有的一点医术，甚至是医学常识，用在我们家人身上，又有效地移植到养猪养鸡方面。

一年春节前，家里的猪接近两百斤，大舅来了，把猪食槽子上面的石板移开，放猪出来。大人们商量，不往屠宰场送，在家偷偷杀，请大舅到附近赶集，卖掉猪肉。

那天上午，母亲自己躲在堂屋东里间里，不出来。大舅、父亲用两把带绝缘胶皮的钳子，拧上电线，把猪引到柴房里，两人想把猪电死。由于顾虑危险，配合不默契，猪被电得嗷嗷惨叫，声音很大，左闪右躲，窜来窜去，坚决不从。柴屋里动静很响，以至于猪急了，顶开门，逃到院子里。准备的电线短了，够不上，大舅和父亲合力捉了那头可怜的猪，动用刀子才把它放倒。

我家私自杀猪，让大队领导知道了，村里广播，批评提醒，还要处罚。初中的数学老师知道了，上课，在黑板上写下一道题，大意是：本村高姓人家，私自杀猪。公家收购价是生猪七毛一斤，私自宰杀可变卖猪肉到一元一角一斤，如果每百斤生猪可出 75 斤猪肉，请问该户一头 180 斤的生猪，私自宰杀给国家造成多少损失？

那节课，我是红着脸、低着头、缩着脖子听完的，那节课，好像同学们的注意力不在讲台上，而是在看我。

那个年月，人们精神上的压抑，往往比承受生活的艰辛和身体苦累，耐受力更强。城里和乡下，都在“割资本主义尾巴”，不让私自宰杀生猪，这与“兴无灭资”扯不上半毛钱的关系，是人为地将打击投机倒把扩大化，防范倒卖生猪，而不允许个人宰杀自己家养大的猪。人心里，都有一杆秤。

后来，政策变化，允许个人杀猪。在高家街青石古立交桥与祠堂中间，有一块六七十平方米的空地，每逢春节，就在那里设杀猪点。乡亲们把猪抬到这里，就不用管了，有德英伯伯和维生哥他们几个帮忙宰杀。现场，一口十八印大铁锅，两块门板，一副木杠架子，几把三齿锚钩，三五件刀具，几位杀猪匠，每人贴身一片油渍麻花的围裙，边上二三十米，围着一伙老少爷们看热闹。

猪在门板上叫，杀猪匠手执刀，拍拍猪脖子，送刀，猪血入盆，拖起四蹄，铁条通筋皮，吹气，入锅，剔毛，开膛破肚，执刀杀猪匠手伸进猪的腹腔，掏出一把热腾腾的油花，仰起脖子，“咕咚”一声顺进肚里。而后，掏出全部下水，扛起白花花的猪肉，用铁钩钩住猪后臀尖大骨，猪头向下，往木杠架子上一扔，挂住，旋下猪头，砍下猪脚，劈开成两扇，放进主家备好的竹条筐里。待主家抬回家的时候，那猪肉还冒着热气。这前后也就是抽两三根卷烟的工夫。

现场围观杀猪的孩子们，比大人们多。这些孩子，穿着棉袄，两只手插在袖子里，借一点自己的热气。他们在这里，目睹了杀猪的全过程，吃不上猪肉，却过足了眼瘾，闻尽了腥臭味道。现场的猪肉、猪下货，甚至连一缕猪毛都不属于他们。

他们单等着，开膛破肚之后，能从杀猪匠手里，抢到一只猪“尿泡”，也就是猪的膀胱。那物件韧性好，有开口，“嗞嗞”吹进几口气，鼓起有篮球那么大，用麻线系上扣，拴在一根细竹竿上，就是可以满街招摇显摆的玩具。那玩具，可以举着玩到正月末，直到干瘪变形变色才撒手。

农村人家，一般在结婚办喜事的时候，杀一头猪，用来做菜，肥肉瘦肉大油下货都有用场。更多的时候是过年，将喂了一年粮食的猪出栏，换成钱。有的会留几块猪肉，过节后走亲戚，其余肉都拿到集市上卖掉。留下猪头和下货，春节招待客人。

我们家和大多数乡亲们一样，专门把一套下货洗净，一锅煮出来。猪头上剩余的毛特别难拔，热水烫，炉钩子烙，沥青粘，镊子拔，什么方法都用过，现在看没有一个方法科学有效无害，但毕竟那个年月是这样处置的，猪头卤熟，待用。

这些食材，是农村招待贵客的主打硬菜。家里主人往往在簸箩底下铺一层煎饼，将煮好的猪头、猪杂放在上面。家里有像我一样调皮孩子的，还要往高处放，或藏到孩子摸不到的地方。但是，往往孩子在熟肉的诱惑下，会激发出超出年龄数倍的想象力和行动能力，对于这类食物，收敛食欲，只有教育下的自觉，强制防范不会有任何效果。

家里招待客人，凉拌猪杂是必上的下酒菜，也是上档次的标志菜品。母亲拿上菜刀，到西屋簸篮里，猪心肝肺肠肚，耳朵猪脸尾巴，等等，各部位割下一点，够一盘，配上几刀鸡腿葱葱白，淋一点酱油醋，端上桌，一人一筷子，就可能光盘。

正月十五前后，亲戚们往来接近尾声，簸篮里也只剩下猪油浸渍过的煎饼。也只有到这个时间，那头猪的生命旅程和价值延伸才画上句号。

华夏文明，传承五千年。现在，逢过节摆供，春节请家堂，重大祭祀活动，仍延续用猪头的习俗。说猪可通天，定有它的缘起和可信可托之处，只是，猪年快到了，不知道供案供桌上的猪嘴们，会向天神天将汇报些什么。

2018 年 12 月

亲戚稠了

亲戚，基本字义是指和自己有血亲和姻亲的人。中国古代唐朝学者孔颖达注解：亲指族内，戚言族外。

南崖村，人口多，村子大，从北面往南，有高家街、崔家街、周家胡同和万家街，有万、高、杜、周、崔、辛、李、王、黄、郭、庞、扈、付等几个大姓，有好多人家，前后街，上下胡同，本来族亲关系就十分密切，加上族外血亲和姻亲关系，使得这个最多时近3000口人的村子，彼此你我他、你们他们我们关系都变得密切起来，发出“亲戚稠了”的感慨，这是已经书写过的历史，又是当下民情乡情亲情的特点。有时觉得，在村里称呼别人，由不得自己。

高家总体是一个大家族，祖上是孔子七十二弟子之一高柴，现在家谱已经续到第八十代，历来辈分依从孔家和孟家，按照“兴毓传继广，昭宪庆繁祥，令德维垂佑，钦绍念显扬”，这样的辈分排序。村里高家一族，从“垂”字晚辈，到“宪”字长辈都有。前街周茂礼伯伯，曾经当过多年生产队长，他这辈，兄弟五个，下面儿子侄子这一辈，与本村高家结成六门亲戚，从而使本家和高家亲戚变得复杂起来。周家，娶进门的媳妇和嫁到高家做媳妇的，有“维”“德”“祥”“繁”四辈的孩子，这说明，周家几个孩子出嫁婆家之间差了几辈，有的长辈还是亲家。早几年的，还可以寻着辈分推算出称谓，出不了差错，叫哥哥嫂子的，叫爷爷老爷爷的，叫姥爷姥姥的，尚可，可是后续又结了几门亲，辈分有了交叉，也就不好再论再续。

习惯连着习俗，乡亲们没有为稠亲戚而犯愁，聪明智慧的他们创新了“长幼有序、各叫各的”方法。习惯上，同姓辈分优先，要紧的亲戚，异姓之间参考辈分，是亲戚归亲戚，该忽略的可适当忽略。尊称长辈，就高不就低。老一辈，亲戚都在，见了面，都客气地往高了称呼对方，习惯了，也就约定俗成。

乡亲们有句名言，就是“意见再大，也不能守着一个人说另一个人的不是”，还有一句话“要往前数三辈都是亲戚”。现实丰富而生动，别说数三辈，数两辈都能连上亲戚。

姻亲使族群、邻里、亲戚关系从简洁明了发展到盘根错节。细数起来，南崖村 30 岁以上岁数的许多代人，都嫁娶在本村，约有三分之一女娃，嫁给了本村的后生。村子里有一家，几个女孩儿，都嫁在本村里，像高庆东老爷爷家的孩子，都嫁给本村的几个好后生，成就了幸福美满的一大家人。聊起这个话题，乡亲们有一个共识，南崖村，过去土地多，山林多，虽然没有水浇田，日子还是过得去。就算地里不长一粒粮食，只要你肯下力气，靠捡拾酸枣核，上山挖草药，田地里和山上捡拾一些柴草，都能够过上你想要的日子。

姑娘不出村，家里干农活帮忙跑得勤、来得快。万家街宝运兄弟是我妹夫，经常给我家干活。1980 年前后，村里有三个骑摩托车的，宝运兄弟就是其中之一。

宝运常骑摩托车，带妹妹小霞去东南峪干活，那里有我们家的 1 亩多地。那是一辆红色的五菱摩托，两人从家里拉了粪肥去地里，遇到高凡瑞老爷爷，我妹妹喊他老爷爷，宝运兄弟称呼姨爷爷，两人各叫各的。地里活多的时候，他俩忙不过来，宝运还带上他家小妹宝萍。从南山峪往村里拉车，一路下坡，宝运给她俩装好车，自己骑摩托回家等着。

两个女将驾车从南山峪往回放地排车，一路飞奔。当时宝运家伯伯在世，常拉着脸说：这熊孩子，老是开着个破摩托，到处跑来跑去，不省心，也不省油。话语里像是批评，貌似嗔怪，实是表扬，是老人透着自豪和幸福炫耀他的满意呢。那个时候像我们家这样，亲戚之间帮忙干活，是习惯，是常态。许多时候，季节不等人，往往是丈人家的农活优先，好像这在村里，还算是不成文的规矩。

说亲戚稠了，像宝运兄弟家，万家、周家和高家都有亲戚，早一点，父亲辈的，上面说的高家街高凡瑞老爷爷，是宝运父亲的亲姨夫。宝运兄弟和我妹妹没有成亲之前，就常到高家街走亲戚。从高家本族论起来，凡瑞老爷爷应是长我四辈的老爷爷。乡村画家、周家的庆余哥，在林业队干活时和宝运的大哥是把兄弟，宝运兄弟自然叫他哥。后来庆余哥结婚，娶的是万家的肇凤姐姐，而从万家论起来，庆余哥得改口叫宝运叔叔。

有了亲戚，称呼起来就犯思量，甚至犯难。肇凤姐姐的父亲吉全伯伯和宝运平辈。一天，伯伯请宝运吃饭，请来庆余到家陪客人，庆余哥和肇凤姐姐二人都在。庆余哥勤快，到家里忙里忙外，下厨做菜。庆余哥炒完了菜，老人就让庆余过来倒酒，说：过来给你叔叔倒个酒。性格开朗的庆余哥开起玩笑，端起酒壶说了一句：嗨，其实早年要论起来，咱们还算是表兄弟哩。吉全伯伯家的肇虎和我是光腚长大的朋友，肇虎兄弟的夫人是我刚出五服的妹妹。从这边论，宝运兄弟似乎随着我们家尊称吉全伯伯长辈。一回到万家，论起来，他们还真是平辈，这也是伯伯让庆余哥倒酒的缘由，还真在理。

宝运的三哥，早年在村里科技队干过几年活，与高凡道老爷爷来往多年，宝运与小霞妹妹两个人订婚的时候，宝运进门，称老爷爷叫哥哥。我父亲说，这不行，应该随我们家叫老爷爷。有位本家爷爷，他家两个女儿，我应该叫姑奶奶才是，她俩嫁到周家，生的孩子长大成人又嫁回高家，而且一个嫁大辈，一个嫁小辈，实在难为了两个姑爷，他俩在族里是爷孙辈，在丈人家里是“担挑”兄弟。这也从一个侧面反映家乡人现代观念的转变和对新婚姻关系的认同。

亲戚稠了，各叫各的。村里高立祥老爷爷家的女儿，嫁给周家男孩，二十多年后他们周家的女儿又嫁回了高家。宝运兄弟常慨叹，娶了我妹妹小霞后，他辈分变得低多了，因为我们家在高家族群辈分较低。我曾试图用概率数据分析，回村里街上随便遇到人，见面张嘴叫爷爷奶奶，都差不了哪里去，如果叫错了，那十有八九是把辈分叫低了，严格起来应该叫老老爷爷、老老奶奶才准确。

在一个村里，嫁过来，娶过去，主要还是前前后后都了解，知道孩子秉性脾气，甚至小时候光腚玩泥巴，上小学课间回家吃母奶，脸上长个鸡屎雀子（当地土语：雀斑），跟谁打过架，学校逃过几次学，哪个山峪掏过鸟窝，都了如指掌。也有例外，我曾经用自做的弹壳炮仗炸牛粪，这事，我不说，喂牲口的扈存生老爷爷不说，没人知道。

南崖村的女孩为什么不外嫁，这是个问题。洪范池镇有三十多个自然村，其中，唯独南崖村的人均土地多，土质好，大寨山东面的大寨村也不错，两个村子都没有水浇田，一样有收成，一样有饭吃。其他一些村子，书院、张海、周河、东池、西池，有水浇地，有的地头山泉水长流，庄稼常年喝山泉水生长，有的水库碧波荡漾，有的用水泵扬水上山。上帝安排村庄位置的时候，这边地多水少，那边水多地少，没有偏向，总体扯平了，老天爷在这里是公平的。还有一个答案，就是南崖村的男娃娃们，都非常优秀，诚实，靠谱，本分，聪明。

我曾经给父亲母亲说起过，如果我不入伍，留在村里务农，说不定也会被谁家女娃相中，当上村里谁家的姑爷，荣幸地成为稠亲戚中的一员，把这稠得像糊像蜜像胶似的亲戚邻里关系，再拧上一把劲，添上一把火。

说南崖村男娃都优秀，也有个别落单打光棍的。高家街就有一位，他叫宪成，是我的老老爷爷辈，很能干活，余粮多，自己不善料理生活，他存小麦，把自己的面粉放两个地方，一个是放在外间屋当面的盆里，另一个是放在里间屋的瓮里，瓮比较深，放得多。

有一年小队里乡亲们商量聚到一起，吃顿饭，当地叫“打平伙”，相当于现在的AA制，每人平摊1斤面粉。结果，瓮的秘密被发现，到家里扺面粉的人跟这位老爷爷开玩笑，把那瓮里边倒上了一些水。最后，还是老爷爷心眼好，把所有沾了水的面粉交出来，和了好大几块面团，二十多口人，全吃的手擀炝锅面条。这说好的AA制，愣是改成了宪成老爷爷请客。

常年看坡的高宪录老爷爷，按辈分比我高六辈，我应该叫他老老老老爷爷。但是他老母亲娘家在陈庄，我母亲的姑姑嫁到陈庄，是他老母亲的娘家嫂子。从那边论起来，我母亲和高宪录老爷爷这一辈，应该算是平辈，因而，母亲有时称他哥哥，不知道的还觉得纳闷。

高凡道老爷爷当过生产队长，牵头组织过续写高氏家谱的事，在村里很有影响。论老高家，一个族谱，虽然不是一支，平时，铁定我父亲叫他老爷爷，我应该称他老老爷爷。问题是我们两家还有亲戚关系。凡道老爷爷的母亲，娘家是洪范小黄崖村，和我的亲奶奶，两位老人是叔伯姊妹。从这头说起来，老爷爷老奶奶，和我父母血缘上还算是平辈关系。所以，两家人见面，凡道家老奶奶客气地称我母亲“嫂子”，而我母亲和父亲，则里里外外叫他们“爷爷，奶奶”。

父母说，同族同姓，按照辈分称呼，不可造次。村里非同族同姓的，多以亲戚上下长幼而论，是习惯，也是规矩。村里多数年纪轻的，但是辈分比较高的，多尊崇孔孟礼教，对年长而辈分较低的，一般以兄弟敬称，叫“哥”或“弟”，凡道老爷爷家教严，礼数周全，祥升和祥利两位公子见面称我父亲哥哥。

村里有个习惯，逢过春节，街坊邻居平时比较要好的妇女们都互相请一请，吃顿饭，当地称“叫叫”，无非是，今天，我请十个八个的到家吃饭，明天，我被请到她家吃饭。几乎年年如此，今年没请到的还惦记着明年补上。主要还是半边天们互相之间拉拉近乎，联络一下感情。

有一年，我还在上高中，母亲请村里几位奶奶婶子大娘姊妹来家吃饭，整整两桌妇女。席间，她们数了数，十八位妇女中，只有高令符家奶奶、高庆芳家老奶奶和我母亲，是外村嫁过来的，三个人还同是张海村的，剩下在座的十五个人，娘家全在本村。而且在张海村，高庆芳老奶奶的娘家和我姥姥家也是亲戚。

2018 年 12 月

南天观古戏台遗风

云翠山南天观老戏台，古来有之。

据老人们讲，古戏台约有 1.2 米高，均由打磨平整的长条石垒砌而成，两个角上的立石，像道观里的石碑模样，两侧有侧柏树若干，戏台地面由沙土垫平夯实。“文革”期间古戏台被拆，东侧新挖了一个水池，2006 年南天观被承包，水池子西侧搭戏台，恢复唱戏。每年农历六月初六，附近南崖、北崖、王山头村，都有热心人从外地请来剧团，在这唱戏。

古戏台，唱戏是从哪年开始的，找不到相应的资料支持。据资料记载，南天观，与北京西城的白云观、济南长春观、邹城峄山长青观，统称为北方四大道观，与泰山王母池道观，关系十分密切。

云翠山南天观往上，是天柱峰，山崖上有明代于慎行题名“天柱峰”和“壁立万仞，削成四方”的巨型石刻。再往南是燕子岭，那里有“燕子岭”几个字的山崖石刻，相传东汉严子陵曾隐居此山，当地叫“子陵寨”。严子陵，会稽余姚人，与汉光武帝刘秀是同窗好友。北宋范仲淹将严子陵奉为高士大贤，撰有《严先生祠堂记》，以“云山苍苍，江水泱泱。先生之风，山高水长”，给予很高赞誉。

南天观唱戏远近有名，有时一直唱五六天时间，有时还有马戏团来助兴。戏台周围的食品商贩，有烤饼的，有做包子的，有烤地瓜的，小吃摊、水果摊、茶水摊，沿戏台前面的山路，一直排列到西边。摊位租金一块钱一米，很便宜。

农历六月，天热气燥。唱戏多请豫剧团，剧目一天一换，基本不重样。为方便演出，南崖村从山下接水电上山。唱戏，不论当地戏班子，还是外地请来的正规剧团，从不卖票，近处的外地的乡亲们看戏都不要钱。请外地剧团来南天观唱戏，王山头村做得最多。戏台外摆摊的，往往比唱戏和看戏的来得早，他们在戏台两边空地上，支起锅灶，摆好桌凳，不断地吆喝包子、甜沫（当地名吃：小米面菜粥）和茶点，道观下的这条东西山路，瞬时热闹起来。

上午九点钟左右，戏台上的开场锣鼓鸣响，震耳欲聋，压住了商贩们的吆喝声，演员们装扮完毕，在后台进进出出，常看戏有经验的老观众，能从演员扮相叫出扮演人物名字，见身着凤冠霞帔的，顺手一指脱口而出“皇姑”，留有红胡须的，说“不是王朝，就是马汉”。几个小屁孩，刚才在临时化妆间掀帘子偷看演员化装，像是听到里面训斥，风一般逃离，有一个边跑边说，大声喊他们的是黑炭头老包（当地土语：对包拯的爱称）。

上山看戏的乡亲们，听着这阵阵锣鼓声，加快了脚步，刚才还慢慢挪动小脚的老太太，紧张地倒腾那一双“金莲”。戏台前，早先上山的村民，用凳子、草帽、蒲扇、矿泉水瓶子，为家人占着正面有利的座位，焦急地等着来人；有几个逃学的孩子，悄悄溜上山看戏，像鬼影一样，蹿上树，骑在树杈上，个别胆小的就藏在石碑后边，免得让大人们发现。

听戏的人，需要自己带凳子上山。常去看戏的老人会多嘱咐几句，带上雨具，六月六这天，经常下雨。看戏的，有举着雨伞的，戴着草帽的，有两个人同撑着一块塑料布的，有的人没带雨具，就把屁股下的大方板凳顶到脑袋上，从板凳腿侧面的框子里看戏。中午，乡亲们在戏台附近择一小吃摊，简单吃一碗面，陆续下山。有时蹚着山上流下的雨水下来，直接跑到自家自留地里看水。

2008 年，上山看戏，仍然不买戏票，只是水泥路从王山头村修到了山门，小轿车可直达，山门开始停车收费。头几年，南天观主建筑蓬莱阁坍了墙角，南崖村里投资把它修了起来，用的全是墙上原来的石头，值得赞赏。2017 年县里搞环境综合治理，南天观整个景区，划进国有大寨山林场森林保护区，唱戏才停下来，只是地点改在王山头村庄里唱，时间，还是农历六月初六。

早些年，那里还没有封山，羊群可以到处游走，到处吃草踏青啃树皮。山下几个村子，南崖、周庄、侯庄、王山头的乡亲们常去南天观放羊。中午吃饭，因为路远，一上一下，耽误工夫，经常不下山，放羊人就用猜细树枝长短的游戏，谁抽着，谁一个人下山，到放羊的各家里敛干粮，另几个人在山上照看羊群，这个人将取到的干粮背上山，找到羊群，几个人集中开饭。

云翠山有南天道观，道观上边是山园子，山园子里边的树和草都长得非常茂盛。这主要归功于里边住的道士。七八十年代，部分山林封山，道士们自己在道观周围捡来石头，垒砌起半人多高的围墙，使道观和山林有个隔离，里面，就称为“山园子”。这些石头墙，不怎么规整，但用来保护里面的草和树木确实很有效。园子外边的草，被乡亲们一次一次割少了，有的地方甚至割秃了，有的人就偷偷潜进山园子里面，一个上午可以割两大捆。有道士即使发现，认识街里街坊的，也就远远地喊两嗓子作罢。过分的是，去里面割草的乡亲们，常常割完草，再找道士讨碗水喝。道士们也都礼节有加，善待不拒，

周茂礼现在74岁了，18岁开始学戏，最得意的是唱包拯，按家里街坊亲戚辈分，我应该称他伯伯。南崖村周家，也是大户，周家的祖坟在村东。他家老父亲在世的时候，请风水先生到坟上看过，说周家应该出一个大官。周茂礼身材魁梧，标准黑脸，正气十足，不扮都像包拯，他在当地唱戏唱红了包拯，乡亲们说，这是应了当“大官”的喜。可是茂礼伯伯自己说，后生可畏，希望村里周家出一批有出息的好后生。

村里唱戏，一般是入了腊月，农闲了才开始唱。唱戏一天记10分工，村里负责教戏说戏的是高炳坤，小乐队负责拉板胡的是高德生、郭自银，拉二胡的是高德才，司鼓是高炳坤。善唱豫剧调，有时也唱山东梆子。

冬天，学校放寒假，爱唱戏的一帮人，集中在学校里，排练豫剧《铡美案》，当时周茂礼演包拯，郭自银演秦香莲，高德才演陈世美，演岚萍公主的，是第一生产队饲养员扈存生。高德才后来救场唱过《杀庙》，饰演韩琪。戏班子里边没有那么多人，几个跑龙套的演员演过王朝马汉，常常临时顶上去演戏。那会儿，几位演员20多岁，年轻，热情高，学戏快，戏词儿基本上能背下来。他们从唱念做打，到手眼身法步，甚至戏台背景幕布，再到音乐配器，虽然与正规剧团有相当差距，但是都拿出十二分的认真劲头对待演出，对待众乡亲。几位在世的老戏班子成员说，村里唱戏最好的应数前街的李德荣。

唱戏的行头都是演员个人“兑活”（当地土语：制作，替代）。郭自银还负责化装、手绘，大队后来买了些白布，他就用毛笔在布上画。像大臣上朝双手持的笏板，是周茂礼自己劈了木板集中两天时间刮成的。铡陈世美的虎头铡，他们从生产队牲口棚搬了一个真铡刀上戏台，在铡刀的把手位置粘上一个纸板，纸板上描了一个威风凛凛的虎头。

戏台上，王朝马汉抬着铡刀在台上转一圈，那阳光下闪着寒光的真铡刀，着实让所有台下看戏的替陈世美捏一把汗。但是，当朴实的乡亲们，看到纸板的背面上“香烟”两个字时，私下笑笑说，这陈世美还是个有福的人哪，“死”在南崖村的虎头铡下，不冤，还附上“一盒香烟”。后来才知道，那描有虎头的纸板，是昨天下午郭自银问开小卖部的令符爷爷要来的，是烟箱包装外壳。

唱过戏的人精神头儿不一样，爱唱爱玩的不用喊。只要是锣鼓一响他们都会往跟前凑，自觉地围拢上来。他们听见锣鼓响，心里就痒痒得慌，走到跟前，要过来鼓槌锣槌，打一阵子。高德才伯伯家的亲戚在东平县农村，也是一位爱唱的主儿，春节来走亲戚。两人与住同院的德生伯伯一合计，就在家里院子里绿荫如盖的皂角树下开唱。他们抬出八仙桌，分出前台后台，摆上“家什”（当地土语：乐器统称），敲起锣鼓，哥哥高德生拉胡弦，客人扯开嗓子唱戏，有戏词打艮连不上的，几个人你一言我一语提醒补充。

附近邻居家，或是来各家走亲戚的，都好奇地循着声音挤进院子，过来看看、听听。几个如痴如醉的农家戏迷，则是越唱越疯，唱到下午三点多，才收了“家什”吃午饭。高德生家里特别细，大家伙儿唱完以后，乐器都放到了桌上，他家专门有一个柜子收纳乐器，一件一件擦得干干净净，放在里面。

周茂礼家，膝下有庆才和国庆兄弟俩，两个“挨尖儿”（当地土语：相差一两岁的兄弟姐妹）。晚上，周茂礼要出去学戏，就撵他们小哥俩赶紧睡觉，国庆不听话，被拎到床上，直接摁到被窝里。

南天观农历六月初六，村戏班子上山演出，开始背上锣鼓，快到山门，把锣鼓敲起来。从山上唱戏回来，他们在高德才家里用两斤多白面，掺了一半地瓜面，擀了面条，那个面糗了，最长的有一寸，直接用筷子捞不起来，只能用勺子去盛，那勺子伸到锅里，一挖一个窝。

南天观，戏台用一色的长条青石垒砌，做工精细，像附近道观里的石碑一样，四面平展，据说那石头上一寸见方大小，能数出六七个“錾花”（当地土语：钢钻敲出的花纹）。改革开放以后，又唱了十多年。南崖村爱唱的一伙乡亲，到南天观唱，后来去侯庄村、王山头村唱。几位老演员谦虚地说，那时候说是去唱戏，实际是去凑热闹，有的戏很短，有一出，唱一出，想一出，唱一出。

南崖村戏台，在大队部的东墙边，朝西，搭戏台唱戏，用几领苇席，和过秋留下的玉米栈子做围挡。那时候还没有汽灯，就用井上浇菜园用的柳条桶，里面放上豆油，撕一条毛巾当灯芯，点着，挂到舞台横梁上，供唱戏照明使用。一次周茂礼唱戏，一个观众骑在戏台边木头杠子上看戏，三晃两撞，不小心把那个盛油的桶拱翻了，油洒了周茂礼一身。这样的灯也有用棉籽油的，灯芯很大很粗，有风刮过来，也灭不了，能保证戏台照明。后来入了社，唱戏改用汽灯，那就洋气十分、阔绰多了。

听村里几位老人讲，大队当年扎戏台用的方石，不知是从哪里弄来的石碑，碑帽完整，碑文清晰。只是戏台也早已拆除，不知道几块石碑现在哪里，是什么碑，上面刻了哪些文字。

2018 年 12 月

戏　台

北崖村的戏台，在村子里中央位置，约30平方米。戏台坐南朝北，戏台前看戏的场地不大，最多能容两百人看戏。南边是村里住户房子，开了个代销点。代销点院子里有一棵百年古槐，从下面井台上打水，就能看见它的姿色。

场地北边，是一条东西向石头砌的路，一块一块的石头，挤得结实无缝，平铺在地面上，石头表面都已经被岁月打磨得光滑，像河道里的鹅卵石，石头上的花纹细腻自然。路的北边是一个石头垒的台子，台子上也有一棵百年古槐树，树围需要两个大人合抱过来，树心部分已经空了，能够钻进去一个人。古槐的外围树皮十分鲜亮，充满活力，以至于枝杈都已经长到了路的上方。

北崖村，有那么十多位爱好唱戏的农民，自发组织起来，成立一个戏班子，逢年过节，编戏，演戏，活跃农村文化生活，给乡亲们的节日气氛平添了许多愉悦和喜庆。戏班子里有一个特别爱好唱戏的，小名叫三妮儿，大名叫张兴旺，男扮女装唱戏，惟妙惟肖，在乡里县里都有名。另一位有名气的男演员是孟广玉，擅长编剧排戏，豫剧吕剧唱段张口即来。他们演出的《红嫂》《沂蒙颂》《砍牛腿》都很受乡亲们欢迎。

北崖村东南是东峪南崖村，两个自然村中间只隔一条深沟。春节期间北崖戏班子唱戏的时候，那条沟很难挡住爱热闹的南崖村民。北崖戏台前看戏的，南崖村几乎占一半。记得小时候，去北崖看戏，刚出村头，就能看到对面村里，戏台那里灯火通明。

大人孩子扛着长条板凳，顺着沟底和联合中学后面的两条小道，早早地过来了。有的拿着手电筒，有的打着灯笼，有的背着吃奶的娃娃，大姑娘小媳妇身穿花棉袄，头扎方围巾，那是她们几乎标准统一的“晚礼服”。小一点的孩子，紧紧拽住大人的手，大一点的男孩，几个人集中一起，边打闹，边走路，不时地喊出几句沾荤带腥的混账语。

每逢唱戏，戏台上搭起棚子，东西两面一般钉上草席挡风，戏台西侧空出一块地方，是戏班子“乐队”专座，那里，相当于现代剧场的乐池。舞台中间挂一绿色幕布，长宽有两面墙那么大，不论演哪个剧目，都是这个背景幕布。幕布后面，也钉了草席，左右两边留出上下场场口。

看戏的场地，是露天地儿，正面平地能坐两百多人，戏台两边、对面路上，以及戏台对面石头台子、古槐树上及周围枝杈上都有人听戏。春节前，节气在四九五九，天冷，乡亲们看戏热情很高，大人孩子们身上多穿棉袄棉裤，多数没有手套，只是把两只手使劲地伸到棉袄袖子里，扛着板凳，只要不歪，都不会拿出手来扶一扶。不像现在，有大衣有帽子，有手套有羽绒服，还有更现代化恒温通风的室内剧场。

提前去占座，是看戏的前奏和铺排。北崖村乡亲们近水楼台，大人能到正面坐着看戏，每家孩子都要早早地喝汤（当地土语：吃晚饭），抹嘴，急慌慌地搬着板凳出门，往戏台奔跑。左肩扛着长条板凳，右肩扛着一个杌子。有去晚的，跟本村里的孩子商量，再塞进去一条板凳，有不同意的，免不了互相吵吵起来，也有两个孩子因为占地方打起架来。

这种事情常有，戏没有开演，看戏的先打架。南崖村的乡亲们来看戏，北崖有亲戚的，什么二舅三姨四姑父的，有时帮着提前放个板凳。更多的是，自己扛着板凳来，找地方放下，放哪算哪，坐哪看哪。

春节前，南崖北崖两个村里的孩子们，手里已经有了一些鞭炮，戏台前的场地，是显摆的最好场所。他们把一挂二十或五十头的鞭炮拆散，拆成若干单发，装一把放在棉袄里面的兜里，手里点着一根“滴答锦儿”（当地土语：一种可燃放烟花，中间有药芯的软纸捻，长约 20 厘米），从兜里摸出一个，放到板凳沿上，众目睽睽之下，点燃，炸响，鞭炮有红色的，也有草纸色，一个比一个响。

有的“怪毛”孩子，会掏出鞭炮，点着，扔向女娃集中的地方，惊她们一下，换来几句“不要脸”“真不要脸”的“赞誉”声。我发现，他们也挺知趣，万万不敢往戏台上和大人脚下扔鞭炮。还有的，把鞭炮点着，扔进戏台对面那棵古槐树洞里，炸响，笑看树洞里飘出半缕青烟。

我后来知道，古槐象征神明，象征官职，象征及第，象征祥瑞，有敬先怀祖之寓，想来，不知这树洞里一炸，会不会惊了神明，罢了官职，及第了了，祥瑞离去，对祖上先人有所不敬？

我想，如果那时几个“怪毛”们，知道这古槐是神树，是万万不敢这大不敬的。在北崖村地界上，敢这么造次的“怪毛”多数是本村的，南崖村的“怪毛”数量比北崖多，也比他们多“怪”出三分，但是，在北崖戏台边上，南崖村的会收敛低调许多。

有些个愣头小伙子，他们看戏从不扛板凳，来晚了，要要赖，就可以挤到戏台前沿儿去，站着看戏，那里戏台上有条蚂蚁腿都能看清楚，能够看到伴奏“打家什”的乐队班子，能听到幕布后边提示的唱词，谁谁准备出场，当然，那里挤得紧紧当当，可彼此借光取暖。没有抗挤压拼体能的本事，那个地方是进不去、待不住的。

我始终对在戏台前沿看戏很向往，但始终没有机会在那里看过戏，因为等我像他们能挤能拼的年龄，我已经入伍到部队。再早些时候，母亲很少去看戏，我自己愿意扛着板凳去凑热闹，找到一个放凳子的地方，站在上面，再踮起脚尖，伸长了脖子“看戏”。

严格来说，我看不到戏台地面，是纯粹听戏。当戏开演后，那个在人缝里，甚至是前面看戏人的大腿缝里，断断续续看上几眼、听上几耳朵的孩子，就是——当时的在下。明知听不懂看不明白，偏偏去看戏凑热闹的，不只我一个，但我敢说，我是最执着的一个看戏的学生。这在外围看戏，有一个好处，就是戏演完了，散场回家比较方便。

有一年，北崖戏班子演戏，我们村后街的几个大孩子，看戏去晚了，他们里里外外转了一圈，就是没能挤到戏台前边。他们集中到古槐树底下，吓唬树上早来的几个小孩子，让他们下来，那几个孩子是北崖本村的，不理他们，坚决不下来。这时，戏台上招呼观众的锣鼓声响起来。他们急了，想出一个歪主意。

几个人约好，在那个东西路的东头石板路上，打起了群架，有抡拳头打的，有大声骂娘的，多少还带着哭腔，声音特别大。戏台前面的人听得台上的锣鼓声，没有注意到后边街上有人打架。锣鼓声声，像为胡同黑影里莫名的打架在伴奏，几个人越打越起劲。一些先来占地方的人出来看，还有的想上手拉架。我在现场，开始以为他们是假打，到跟前看又不像。

在农村，打架热闹，有时比看戏还有看头，吸引人，况且现在戏还没有开演。戏台前边那些个大孩子，看到有别人出来，知道后边街上有人打群架。他们留一两个人守着位置，从戏台前边儿跑出来，看打架，他们也好奇，看看是谁在打，打得怎么样了，要不要帮忙。

他们打了三五分钟，而看打架的人越聚越多。这时，有一个孩子钻进人群，喊了一声：别打了，赶紧撤。打架的几个孩子，迅速收手，猛地爬起来，从围观的人缝里面钻将出来，狂奔向戏台前沿。那戏台前面剩下的人，眼睁睁看着几个人跑过来，站到了戏台前沿，占据了最好位置。后来，他们和先来的几个孩子呛呛了两句，便心安理得地看戏直到演出结束。

到北崖戏台，多数是真看戏，但同时也有去看人的。往往戏台上唱《沂蒙颂》，戏台底下观众里就有人上演一出“红娘”或“天仙配”。大概有两种情况，一部分是订了婚的男孩女孩，约在这个时候，一起看戏，就像现在城里的男娃女娃们，约看一场电影。还有一部分是有了目标还没有订婚，男娃女娃和父母们，都会在这非常自然而又难得的看戏时机，按照媒人的说辞，近距离相看相看。

农村女孩，常用的化妆品，只有一小瓶雪花膏，没有其他任何脂粉可抹。南崖北崖两个村的女娃，模样一个比一个俊，从没有打过折扣。这样“相看”的场景，是美妙的，我或许见到过，但在那时间正是看不懂、悟不出、道不明的年龄，还不如看戏来得明白。这样美妙的时刻，我或许曾经错过多次。后来想，当时如果我到年龄，成为那些男娃中的一员，或许也能怀一回春，顺着戏台上的锣鼓演绎下去，唱一出自己的“楼台会”。

我对那个戏台很好奇。有时候想，就这么一个黄土堆起来的台子，外边垒上几块石头，搭上几根柱子，裹上几领草席，贴上几个红字就成了戏台，锣鼓叮当哐啷一响，就能挠到乡亲们心尖尖上的痒痒肉。在那个年代，在这样一个偏僻的山村，这样一个戏台，是众乡亲精神生活的重要组成部分，是忙碌一年的农民们春节迎春活动的高潮，是乡亲们丰富春节文化生活里给自己的一个期许，一个埋下三百六十多天伏笔的隆重庆典。

那个戏台，春节前后我常路过。每到春节，母亲一定会给我做一件外罩上衣，选得最多的是蓝色布料。北崖戏台往西，向北的胡同里，北头路东有一位姓黄的裁缝，是个世家，手艺很好，我就拿到他家去做，年三十前去取回新衣服。

来回路过那个戏台，我穿上新衣服，曾到那个戏台上去看看，摸一摸。逢唱戏看戏的时候，钻不到戏台跟前，自己就到戏台前边儿，找找站在戏台前看戏的感觉。原来台下有几块大石头，那些大孩子也是要站在石头上踮起脚尖看戏的。

我到舞台上边，向下面看看，空旷的场地上，偶尔有一两个到代销点买货的人走过，对面那棵古槐干枯的树干，骨头一般的树枝树杈，树梢在寒风里摇曳。那个时候，路过的人不会理会这么一个孩子执迷地在戏台边走来看去。而后，我再转到古槐树那里，钻进树缝，斜着身子，探出脑袋来看前面的戏台。其实，那个干枯的树洞，才是一个看戏的绝佳位置，只是须夹紧自己的腿，挺住腰，紧紧地把自己支撑在那里。

以后的日子，生活越变越好，有了收音机、电视，现在乡亲们家里装上了平板电视，想看哪个台，就看哪个台，盯住戏曲频道，想听的戏，遥控器一点，戏曲名家，经典唱段，随心应兴，甚至可以和着哼唱出声来。

那土戏台，在村里规划街道时，拆了，修成了路。当年看戏的乡亲们，还记得演员名号和戏里的角色。北崖村老戏班子成员，多数健在，他们述说起当年演过的戏，如昨天般清晰。戏台、戏班子和那块场地，在几个村子的乡亲们心里，仍占有相当的位置。

戏台的对面有一棵古槐，戏台的后面还有一棵古槐。戏台没了，两棵古槐倒是焕发了青春，抖起了精神。

2018 年 9 月

请家堂

请家堂，就是将去世亲人的亡灵请回家里来，与家人一起过年。对于礼仪之乡山东父老，是每年春节的一门必修功课。山东许多地区这一习俗盛行，分请老家堂和请少家堂。请老家堂主要由族亲男性辈分高或有威望的人牵头，带领族亲内主要人员，到陵地，或祖坟，烧香磕头放鞭炮，请过世宗亲回家过年；请少家堂主要是请已逝爷爷辈以内直系亲属，一般由家人父母或长兄出面，到路口焚香烧纸，形式相对简单。

感念祖先恩德，铭记万物滋养，是华夏子孙传统习俗，更是一脉相承共同的情感。供奉祖先，祭祀天地，源远流长。我国古代第一部诗歌总集《诗经·周颂·臣工之什丰年》记载："丰年多黍多稌，亦有高廪，万亿及秭。为酒为醴，烝畀祖妣，以洽百礼，降福孔皆。"用现在的话说，丰收年景谷物多，高大粮仓一座座。储存亿万新稻粮，酿成美酒甜又香，献给祖先来品尝。配合祭奠很适当，普降福禄多吉祥。其中，为酒为醴，烝畀祖妣，也许就是"请家堂"习俗最早的记载。

腊月二十九晚上，吃过晚饭，我80岁的老母亲开始摆放供品，准备请家堂。我们家进门迎面墙根，放一张乳白色的餐桌，母亲从灶台取了三只盘子，排在桌边，分别放一只烧鸡，一个猪肘子，一条红烧鲤鱼，每一种贡品上点缀两三个新鲜香菜叶。母亲用三个纸杯，斟满酒，摆放在三只盘子的一边。再往里，放一只碗，里面放上两把小米，从香盒里取出三炷香，燃了，双手放入碗中，那白色的烟呈丝状缓缓升起，松香，酒香，肉香，慢慢弥漫开来。

母亲转身，那烟似乎在她身后打了一个旋涡。

父母穿上棉大衣，重新点燃一支香，端着，走出家门。我跟在父母身后，出楼门左转沿着东关街往西，走到榆山路交汇处，母亲将香高举过头顶，冲着西南方向，轻声喊道：龙年到啦，老爷爷老奶奶，爷爷奶奶，大爷，爹，娘，请回家过年。

我和父亲站在母亲身后，看见母亲每往高处举香时，头上的红色香火头都会发亮发红，烟在路灯影里似乎比在家里更明显，此时，一阵北风吹来，那烟直愣愣地拉出一尺多长的丝，朝西南方向袅袅散开。那支香，那烟丝，仿佛一组天线，把家人的悲悯和期待，把对亲人的哀怨和思念，变成数据信号发往那异灵的地界。

而后，我听见母亲又认真清晰地重复两遍，不知道是天冷还是手持香疲劳的缘故，最后两遍，母亲说到“爹，娘”，声音像从头顶发出的，有些共鸣，有点发颤，仿佛那两位老人昨天刚刚离开。

说实话，爷爷1947年被国民党杀害时，父亲还不到3岁，母亲没有见过我的爷爷，18岁嫁到我们家，送走了我的老奶奶和奶奶。

往家走，父母走在前面，母亲手里那支香短到两寸左右，仍然举在胸前，没有回头，没有和父亲我们说话。从路口到我们家四五十米，迎面而来和我们一样请家堂的邻居们，就有两拨。尽管彼此认识但都没有说话，甚至连招呼都没有打。

进了楼门，母亲头也不回，说，过去在农村老家，请家堂到家以后，应该在院子门口，横着放一根木棍，意思是把咱家的祖辈成仙的亲人请进家来，那些别人家的都给挡在门外边。

进家门，似乎还没有办完。母亲将手中剩余的香头插在供桌碗内，自言自语道：老爷爷老奶奶，爷爷奶奶，大爷，爹，娘，外面天冷，咱家有暖气，孩子们多，一块过个节，他们跑跑跳跳，您别嫌乱得慌。

母亲说的村里春节请家堂，是老辈多年传下来的习俗。南崖村，有万、高、李、周等大姓人家，每到过年各姓族长牵头请家堂。像我们高家，高凡道老爷爷是族长，每年春节十分重视请家堂，其间，家里都要挂“轴子”，摆家谱，摆供，敬酒，上香，比起现在农村和城市都规范得多。

轴子，发音族子，或主子，像一幅中堂画，挂在堂屋八仙桌子正上方，画面从下往上像台阶似的排列着祖宗的排位。高氏宗祠始祖是孔子七十二弟子中的高柴。轴子上面书写了从始祖到当年已逝的直系宗亲世袭和名讳，到我们这一辈是七十八代，轴子装裱的形式像立式的画轴，族间老辈口传身教，挂轴子从未间断过。

高氏族谱经历代宗亲续写修订，形成了覆盖胶东鲁西大部分地区的高氏族谱体系，2023 年新修订族谱，创新将生续女性宗亲，纳入族谱与男丁接续相同，并且不再标注辈分，深受各地族亲普遍欢迎。

请家堂，摆供品，老族长家不论经济条件差异，都尽家中所能，即便是物资匮乏、生活拮据时期，都是按高规格摆放，一样是生猪头，二是整只白条公鸡，三是整条鲤鱼，其余还有花糕馒头果品，案头香烛不灭。

我上小学五年级的时候，正赶上全国上下“破四旧”，父亲从县城回家过年。家中杀了一头猪，母亲在大舅的指导下留下一个猪肘子，新杀一只鸡。买不到鱼，母亲就用一块一斤半重的地瓜，用刀子削出一条鱼的形状，全身刮满“鱼鳞”，镶嵌两颗红豆当眼睛，“鱼尾”部分，和了一小把面粉，捏扁，糊在“鱼尾巴”上，再用梳头发的木梳，在面皮子上轧出一排沟槽，最后将这条仿真“鱼”挂上面糊下油锅炸，小心翼翼地摆在盘子里，放到条案上。前邻居家令成奶奶来我家串门，看见条案上的“鱼”，直夸母亲手巧，做得好，奶奶说等撤了供，她要那条“鱼”。初一晚上，母亲差我将那条“鱼”给奶奶送过去。

“破四旧”包括破除旧思想、旧风俗、旧习惯、旧文化。春节请家堂挂轴子，在七十年代初属于旧风俗，在破除之列。大队把放假在家的学生推到“破四旧”最前沿，让老师带着班级学生干部到村里各户检查。

年三十晚上，多数人家点上煤油灯，轧草，喂牲灵，吃年夜饭。老师带着我们一伙学生，从学校门口出来，先是周家、门家、于家，老师拿着手电，我们到每家每户敲门，开门，闯进院子，进人家堂屋，看有无轴子，有无焚香摆供，如有统统没收上缴大队。现在想来，当时的我们怎么有点像现在的个别城管，确切地说像“村管”，讨人嫌。

好在声势造得比较大，到各家都没有发现情况，其实当时我们这些学生，就是轴子挂在堂屋正墙上，我们也认不出来，能认出来的，只有老师。在班主任于召生老师邻居家，一个同学在香台子上发现有一个方的“香炉”，没看清楚，就抱着“香炉”跑出院门，向老师报告，老师拿手电一照，看清是一个长方形铁皮鸡食盆子。

后来听说，前后街三个小组都是空手而归。老师学生检查认真，无可挑剔，全村的乡亲们春节“破四旧”如此彻底，上上下下都感到由衷的高兴。等我入伍后再回家过年，随着父亲去高凡道老爷爷家拜年时才明白，当年入户检查与挂轴子人家之间，配合得相当默契。

大年初一，中午饭后，母亲和父亲没有像往常一样休息，而是取出早已准备好的草纸，坐在沙发上折纸钱，折两种样式，一种是10厘米方形折边的纸钱，一种是整张草纸内折模样像船形的“元宝”。一个多小时，几乎摆满整个茶几，母亲整理叠放在一个手提袋里。

晚饭后父母出门去送家堂，我跟着出门。走到前述请家堂的位置，母亲取出纸钱，烧纸，念叨：老爷爷老奶奶，爷爷奶奶，大爷，爹，娘，过完年了，这些钱，您带上。母亲念叨了不知几遍，直到地上的纸钱焚烧完，变成灰烬。

家堂是一盏千年不灭的灯。寻根，敬祖，请家堂其实是文化传承的一种形式。这其中有一辈辈的人烟，是健在的人的一种精神寄托，是对过世宗亲的一种尊敬和怀念，更是厚重传统民俗文化的赓续传承。

2024 年 3 月

[6] 叩问天地

出　夫

山东农村，秋末或冬天的时候，村里按照上级指示，到外地出工，这在我们那里叫“出夫”。

这时间，田地里干净了，场院里也收拾完毕，粮食归仓，算得上农闲季节，但这农闲是不能闲着的。秋末，地里剩下地瓜和少量胡萝卜，随便几个老人或妇女都可以收回家。

1968 年 11 月，平阴县有名的“1030”引黄工程，开工建设。1970 年秋，一级站二级站和主干渠工程竣工，洪范乡多数村劳力都参加了。出夫除专业工具外，农用工具都是自己带。个人带上铺盖卷儿，生产队带上地排车，还有镢头和铁锨等，还有的要牵上牲口，带上粮食、锅灶和牲口草料。吃、住、用，都是自己保障。

出夫，需要安排打前站。上级规定几月几号上工地，劳力就会如数如期上去。之前派两名责任心强的劳力，提前两三天时间，带上小米，支起锅灶，个别的带一点细粮去。打前站，人少，一般不吃地瓜面，吃细粮。等到所有劳力到现场，那就只有吃地瓜面的份儿。

出夫，除生产队自己带去的粮食以外，有时上级还给一些粮食补助。粗粮补得多，大概占 80%，细粮特别少，补给一点儿面粉，分到各个小队，也就是三五十斤，队里就安排让大家饱饱地吃顿面条。粗粮多地瓜面，用来蒸窝窝头。有时用地瓜面和玉米面熬粥，那样熬出来的粥分层，下边是黑的，上边一层沫，送到工地上，大家都不愿意喝。

早餐都是咸菜窝头，中午和晚上能够吃上菜，萝卜和白菜，由小队炊事员掌勺，转着圈给大家分，一人一勺，大家吃得很香。这些菜不是买的，也不是发的，都是生产队自己种的，专门提留下来的。在生产队固定的地方，挖一个大坑将菜埋起来，出夫的时候带上。凡出夫，都是重体力活，体能消耗大，好赖能够吃饱。一天干八个小时以上，工期紧张的时候，天不明上工，需要把饭送到工地上，吃完接着干。

出夫，伙食都不是很好，因为体力消耗大，每个劳力，都带有大瓷碗，像个盆。工地上，有筹划好的，平时吃窝窝头，偶尔可以吃上一两顿包子，改善一下生活。我们村到滑石崖出夫，有人建议加快施工进度，伙食尽量好一点。

有一次歇了工，吃羊肉包子，年长的劳力在帐篷里吃饭，不知道谁还买了一瓶酒，年轻的在帐篷外边吃。伙房蒸熟包子，就往帐篷这边送，每次都让外边一帮年轻人给打劫了，帐篷里的人等半天也没吃上。生产队会计万绍良不喝酒，出来看看，见外边的吃了起来，赶紧让人给帐篷里送一些去，自己就加入他们在外边吃。本来发现问题，办了一件好事，帐篷里的劳力们误会，说他到外边只顾自己吃了。在洪口出夫，蒸过一回萝卜馅包子，有劳力一口气能吃十二三个。

“1030 工程”，是县里的重点工程。上午十二点钟左右吃饭休息，之前用五六分钟时间放炮，全部工地上都插红旗，等到开始放炮，再换成白旗。这时，所有现场人员都要赶紧收工，到指定安全地方，只留下几个放炮员。放炮员一般都由年轻人承担，他们体能好，跑得快。每个放炮员发一盒九分钱的香烟，负责四个点位，也有个别分到五个点位。那些炮，点着了就跑，如果有一个点不着的，另外一个人可以帮忙。炮响震天，动静很大，破碎的石头从天而降，有点儿像黑压压的喜鹊铺天盖地砸下来，小块石头都飞得很远。

放完炮就收工，是现场工作惯例，所有劳力都不再进场。村里在现场打钢钎装炸药，有的药柱长 1.5 米，短的，七八十公分长。在“1030 工程”工地，南崖村有一组人员，前街的万秉爱扶钢钎，后街的高爱祥抡铁锤，稍不注意，那铁锤从钎子上溜下来，砸到万秉爱膝盖上，疼得直叫，拉去医院住二十多天，庆幸没留下后遗症。

出夫，住到外地，当地政府按任务指派一个公社，一个村分几户，限时腾出自家房子，供民工使用。出夫，也有工地在本公社，就可以自己搭帐篷，盖上雨布，里面铺些干草，铺上自己的被褥，就睡在那里。几乎每年都有出夫任务，有一年还干到年三十。

高凡道老爷爷曾当过多年生产队长，出夫带工经验丰富。大工地他带着去，小一点的工地由副队长带队。两人在工地和在家里一样带头干活，同时还要操心伙食问题。1980 年，在平阴分水岭工地，伙食饭菜差一些，凡道老爷爷利用到镇上开会的时机，顺着山坡，溜达到夏沟集上，买了半斤干辣椒回去。

工地上，做饭的是高德荣伯伯，他切了点干辣椒，炒了一盆白菜，一伙人没吃几口盆就见底了。有喜欢辣椒的，也不洗，用手捋一捋，就着地瓜面儿黑窝窝头，吃得很香，辣得直冒汗。老爷爷说，工地上活重，劳力吃不下饭不行，生产队长有责任千方百计让大家吃饱。

1970 年 10 月，平阴 1.5 万民工，肥城 7000 多民工，集中到平阴城西洼，参加调淤渠施工。南崖村的任务，是在田山挖河道。河道的高处还长着一丛一丛的芦苇，低处是抽水后留下的稀泥。稀泥不能用土筐抬，队里就现场制作了四十多个 40×60 公分的木板，用绳拴住四个角，挖稀泥放在上面，两个人一组，从河道底下抬到坡上指定的地方，后边抬的人顺手一提，就倒出来，很方便。

村里几个生产队，在二级站修公路，需要在低洼处取土，往路基高坡上拉，坡陡，一车土要四五个劳力才能拉上坡顶，特别费劲，工效不高。第一生产队队长高龙祥老爷爷向带队的大队书记杜勤福提建议，买一匹马，或者骡子，带拉土的地排车上坡。书记应允，于是到牲口市场，花五百元买了一匹马，置办了马套。村里各生产队拉土的地排车，到坡底时，就挂上马套，呼啦啦往上使劲，马快，小跑一般，要求驾车子的人腿脚快，平衡感好。这样既省了人力，又提高了效率，同工地其他村里出夫的十分羡慕。结果，村里提前完成任务，撤场的时候，就把那匹马又以五百元价格卖掉。

村里到洪口出夫的时候，田家增是村会计，负责留在家里干活。村书记捎信，让他到工地去一趟，送些粮食。他牵上八队的驴，驮了一些麦子，转到公社拖拉机站，搭拖拉机到了洪口。

第二天，大队杜勤福书记对他说，村里好多劳力在这里，吃的净是地瓜面和玉米面窝头，大家都馋了，需要你来鼓鼓劲，给弄点荤腥，让大家吃顿像样的。那个时候，工地做饭的是李长福。他两个骑上自行车到了平阴集，买了一大一小两只羊，驮回去。半天工夫，两只羊就变成了羊杂汤和饺子馅。

那一天，田家增住处房东是婆媳二人，娘俩也帮着包饺子，她们包的花样特别多，有三四种纹路花边，南崖村去的几个做饭的，都没有见过。工地上劳力们都很高兴，吃得起劲，没有人再数吃饺子个数，而是数着碗数吃，最后，连饺子汤都喝得精光。书记说，兄弟爷们都拉馋了，抓紧干完后边的活，早点回家。据说八队能在工地上吃羊肉饺子，在南崖村几个生产队，还是头一回。后续，在工地上也有吃羊肉包子的，这是后话。

村里劳力们到平阴的洪口、滑石崖和济平干渠都出过夫。在滑石崖工地，当时有一个干部石万良在村里驻队，家是洪范公社白雁泉的，他发现，南崖村在工地干活的劳力，吃的多是地瓜面儿窝窝头，个别的加一些玉米面，生活比较困难。他和村里带队的书记杜勤福商量，工期紧，劳力们体力消耗大，改善工地伙食，尽量让大家吃上馒头。说了就办，各小队会计和保管员都到现场，送来了面粉，现场施工人员吃上了白面馒头。劳力们干活“嗷嗷叫”，他们说，这白面馒头，往往比催着、喊着干活更管用。

出夫，两万多劳力，集中在三五平方公里的工地上，小队之间，村与村，外地与当地，工友与房东之间，一来二去，磕磕绊绊的事情常有发生。大队书记和带队小队长，责任重，压力大。在“战山河”工地，南崖村一个施工点，拉最后几车土，必须经过当地某个村的工地，那个村已经完工，平整了路面。南崖村的长根拉地排车经过，不小心碰掉一块人家垒好的石头，对方不依不饶，不让车过，双方开始吵架，人越聚越多。对方是驻地村庄的，比较强势，有两个劳力还站到地排车上，不让动。这时，南崖村几个暴脾气的劳力，走到车跟前，一起使劲，连车带土带人，给掀翻了，对方其中一人被摔伤，送去公社医院治疗。

第二天，对方在工地上将南崖村的万吉广抓住，打出轻伤。因为对方有人住院，大队和小队商定也把吉广送去住院治疗。事情闹大，上边来调查，见双方医院各有病号，暂时没做处理。村里各小队施工任务陆续完工，打好行李，准备离开。村里领导担心安全问题，就让十六个小队全部完工后集中撤场。

离开工地那天，村里三百多青壮劳力，拉着地排车，车上放着铺盖卷，铺盖卷上插着镢头和铁锹，前不见头，后不见尾，一路说说笑笑平安到家。后来听说，对方准备待南崖村劳力离开时，中途再找点麻烦。老书记杜勤福说，好在那个村还有明白人。据说那个村全村才有三百多人口。

那时候，农业学大寨，都学陈永贵他们“七沟八梁一面坡”上的造田运动。

学大寨，在平阴叫青石板上建良田。出夫工地，任务是将山脚下较低处的石崖炸掉，垫土造田。现场规定的取土点，离造田的地方太远，有三四里。村里带队的还是杜勤福书记，那一天他不在，是高庆东老爷爷在现场负责。当时还是人民公社，刘传荣任公社书记。

为了省事儿，个别生产队就近找了一个山脚底下，抠了一些沙土，拉过去垫到石头板上。也巧，那天赶上刘传荣书记来检查工作。见他来了，队里有些人急急忙忙撤了下去，有个别眼力不济的，来不及撤走，被刘书记抓住，好一顿批评。批评干活的劳力，也批评现场负责的高庆东，刘书记说：战争年代，您老打仗是功臣，是革命的，现在工地上，村里这么干，叫偷懒。过后，刘书记把所有生产队长集中到山坡上开会，集中批评南崖村个别生产队，说就地取土是破坏山地。

指定的取土地点，一个上午来回拉不了几趟，工期又催得紧。工地上一般先开山炸石，崩出来的石头运到平地里，下面垫大块，上面垫小块，最上边是一些碎石渣，石渣上面再垫一层土。有的生产队图省事，投机取巧，就用搭桥的办法，下边用大石头立起来撑上，上边用石板搭桥，实际下面是空的。这种搭桥施工垫土被逮住，县里批公社，公社批村里，又集中各村带队领导和生产队长，开现场批斗会，让人把搭上的石头扒开，返工。

那时候出夫，工地上彩旗飘扬，村里都争做样板工程。新建的农田，地边十分整齐，地堰外立面打得平展光滑。农村人发明一种农具，叫“呱嗒子”，用 1.5 米长的木板，加上一个长手柄，把建好的地堰外立面拍打得严丝合缝，光面如镜。再用石灰水，往地堰上涂写大字标语，上边地堰写“全国人民学农业”，下边地堰写“全国人民学大寨”。

2018 年 7 月

捞　井

鲁西南农村，乡亲们把清理水井淤泥的事，叫作“捞井”。村里的吃水井，有二十多眼，使用几年后，井底部分井壁出现坍塌，出水不畅，蓄水量减少。水井附近的乡亲们，就组织起来，有的出工出力，有的出粮赞助，利用十天半月时间，捞出沙石，清理淤泥。

捞井时，在井口，用三根粗壮木梁，搭起架子，梁顶绑上滑轮，一条牛皮拧成的絙（音 gēng，当地土语：粗而长的绳），从滑轮间穿过，絙的长度大于井深。井下一头，坠一个尖底铁箍的木桶，用来盛放井底淤泥石块，井上一头，由七八个壮劳力，各系一条拉绳，全部绑到主絙上，绳头套进自己肩膀，共同向前拉动，将井底装满泥浆的木桶拉上井口。井下，安排两名胆大心细的劳力，在冰凉的泥水里负责淘，铲，装，条件好的可以穿上皮裤，隔水干活，差的，也就是穿一双深鞠雨靴。井下常常险象环生。

高家街有一座石头过街桥，桥东侧，有一眼高家井。这口井是七十年代打出来的，出水一直不是很好。井周围，都是高家一、二两个小队的住户。捞井吃水，出工是尽义务，但是下井干活，有危险。为了鼓励下井，生产队出一点钱来补助，每个人一天十块钱。井上干活的没有。龙祥老爷爷他们十几个人，组成两班。那口井约有 30 米深，井下人装好木桶，以摇絙为号，示意开始往上拉，这时候，井下的两位要躲开井口，贴到井壁边上。

井上拉滑轮速度惊人，几个人呼喊着，小跑似的沿街向东奔去，直到柳树坑，才把木桶拉到井口，井口安排两名劳力负责倾倒。完毕，几名拉缅人再退回井口，将空木桶再送到井下。井底，一般到了红土层，清上来的稀泥，也有沙石块，集中倒在井边几米远的地方，泥水顺着街道慢慢流下，在滑溜溜的青石板上，形成一条红色的泥浆流，昨天倒的刚稍稍凝固，第二天又是一层新的，而且延长了五六米。

井的南面是一条石板路，路南七八米，是个高坡，北侧是高出井口地面两米多的东西街道。许多乡亲们，现场围观这几年不遇的热闹。井口木桶一趟趟地上上下下，也揪着他们的心。因为，这十几个干活的人当中，就有他们家“当家的”的男人和儿子。中午，歇工的时候，最后一趟把井下的两位拉上来，那站在木桶里，腰间拴着安全绳的，是两个活生生的泥人，五官好像有点挪位，或者谁像少了一两个“零件”。

村西菜园里那口井，第二生产队组织捞过。井地势低，几乎是村里位置最低的井。出水比较稳定，一年大旱，拉水种庄稼要用这井里的水，浇菜园用水也受到影响。队长高凡道老爷爷，组织人员捞井。村里的井，21 米以上几乎是相同的地质结构，在这深度，地下有一层石练（当地土语：硬度较高的沙石聚集层），硬度大，可以支撑 20 多米深井筒，而且不用加固。石练底下，就是出水蓄水用的、大出井筒数倍的空间，当地叫作“旁滩”。

这口井在沟里，深度浅一些。安排井下人员时，凡道老爷爷站出来，和队里另一名人员先下井。他们从上往井下放下一架 4 米多长的木梯，先抽出井内积水，再开挖清理淤泥。前三天一切进展顺利，有的人提出换他上来，他依然坚持在井下。到第四天，又下井时，发现水涨到齐腰深了，再把水抽干，旁滩周围的井壁，有一些脱落。快到中午，老爷爷提出提前歇工，先把另一名井下人员提到井上，自己断后上井。

午饭后，他作为队长先到胡同口打点（当地土语：敲钟，集合出工），而后第一个来到井上，发现井底发生坍塌，上午放在井底的梯子，被埋了一米多。几个捞井的人深深倒吸了口凉气，这唯一一次提前歇工，让井下两人逃过一难。过后，大家提起此事，老爷爷说，他父亲当过队长，说起过这眼井有危险，捞井前提醒过他。而上午脱落的井壁，让他警觉。确保大家安全，是他当队长坚持下井的初衷。后来他们完善了安全方案，清理坍塌泥土3立方。现在，那口井，是村里有水的九眼老井之一。

捞井，最危险的岗位在井下。而周茂礼伯伯与高宪录老爷爷两个人，偏偏愿意下井，他们觉得在井上呼着喊着干活，特别闹腾，愿意到井下，虽然井下干活比较苦累，但是比较肃静，两个人挖泥，装泥斗，挂保险钩，配合默契，有泉水往上冒的时候，两个人高兴得像孩子，用手指抠一抠，再用铁锹挖一挖。

平时捞井，一般经验都不会停工，主要是因为挖过淤泥，泉水上涌较快，井下停工，缓水较多，影响后续施工。他们都是换班吃饭，井下的人上来吃饭，而已经吃过饭的另一班，下井。

一天中午，捞井即将完工，有人说：上来吃吧，别换班了。结果他们两个上井，回家吃饭。过了一个多小时，各自都回到井台上。他两个没有客气，站到泥斗里，滑车一圈一圈把他们卸到井里，快到底了，周茂礼猛地往井上大喊：停！停！停！他看见上午放在井壁上用来支撑井壁的门板，在水里漂澇（当地土语：漂）起来，还被坍塌下的井壁砸坏了。

那两块门板，本来是顺着井筒竖放的，除了支撑井壁，还可以在泥桶上行的时候，人躲避在门板底下，防止上边石头泥块掉下来。他们两个有点后怕，如果中午不上来吃饭，或者换另一组人员下去，他们，或者另外两个，可能就有生命危险。

井下坍塌约有两立方土石，看着被砸坏的门板，周茂礼对高宪录说：二哥，咱俩的脑袋不比门板硬，要是晌午头咱俩不上来，可就“毁”了。那时候在井下，没有雨衣，也没有安全帽，穿的是借来的邻居家的“孝衣”，那是办丧事穿过的白布素衣，穿了下井，用来辟邪。没想到，还真是遇到了情况，躲过了险情。

村里李家井捞井的时候，拉滑车是顺着胡同往门家大门方向，辛家井是往北拉到人家院里边，门家那个井是拉到卷棚胡同。天旱的时候，地下水位低，捞井让井水冒得快一些。宝运兄弟家下边有一口井，有一年捞井，挖到硬石练，决定打眼放炮。点着了炸药，点炮的人还没拉到井口，井底就炸了。井上的人都以为会受伤，结果，人上来，皮毛没伤。等到再一次下到井里，发现井底的一炮，只炸起脸盆大的坑。找到技术人员才知道，井底黏土和沙石，黏合力大，炸药起的作用有限。

村西边大沟里的机井，水多，捞井的时候，发现早几年放进水底的抽水机进水口被淤泥埋死，往村东蓄水池抽水受阻。村里杜勤福书记让队长万永祥和海振两人想办法。万永祥问海振，咱村里谁的水性好，海振说，数得上万家街的毛二。

那时候，生产队里正在栽种地瓜，蓄水池灌满水是关键，两个人把毛二请来，毛二说，刚开春，还没脱棉袄哪，天太冷。万永祥再三做工作，他还是答应了。毛二说，还是栽地瓜用水要紧，你队长找我，再冷我也下，说完，脱了衣服，用一根两丈长的新麻绳，系在腰上，一个猛子扎到水里去。毛二把麻绳拴在抽水机的吸水口上，清除完吸水口淤泥，才上来。

杜书记亲自推闸，送电抽水。现场他们几个人，都觉得那会儿的抽水马达，像闷了半年的牛，有劲，欢快。而后，万永祥去代销点，买了一盒烟，送给毛二。毛二，名字叫惯了，知名度高，以至于很多人不知道他的大名，他叫万肇伟。

万家街捞井是在 1980 年前后，万绍良当时任小队会计，参加了整个过程。他年轻，自然是井下干活的主力，井下分三班，各干半天。他和万肇厚两人一班。清理井下，费了好大力气，挖出一块大石头，他们商定，等施工完，最后把这块石头运到井上。

这天下午，万绍良二人换班，在井上拉滑车，井下是另一班。井下两位感觉清理完了，就用麻绳铁链，把那块石头捆上，摇晃绳绳，示意往上拉。拉滑车的几个人觉得较重，边上帮忙的两位也伸手，上肩拉。这时，井上的滑车架子被坠得咯吱咯吱作响，有一会儿架子倾斜，一脚离地半尺，几乎悬空，幸亏拉滑车的人，后边劲头小了，速度慢下来，才稳住。

等拉到井口，才发现石头大，井口小，很难出井口。井下的两位不知道，一直在井底下喊。井口的人不敢告诉井下，石头出不来。只是一声声地提醒二人，躲到旁滩里边去。现场万绍良和万肇厚二人，慢慢调整石头角度，忽然，“啪”的一声，三批的牛皮绳绳断了一批。

“完了。”惊得现场所有人心几乎跳出来。

如果绳在井口断掉，意味着，这几百斤重的石块，会砸回到井下，后果不堪设想。好在转过几个角度，稍微抬起石头一边，示意拉滑车的稍一使劲，那石头蹭着井台石壁，出了井口。等他们撂下石头，摘下保险钩，发现牛皮绳的另一批也快断了。井下两位，知道井上人着急，也知道石头停在井口好大一会儿，但不知道滑车的绳断了。等他俩收拾完工具，上到井口，听说详情，脸都吓绿了。因为，井底冒水快，都淹到大腿根了，他两个着急上来，在井下频繁地伸头看过井口。

农村人离不开水井，却心存恐惧。井内水深，井下险象环生。村里有人不活了跳到井里，自己在井里后悔，爬上井内石练，自救成功。也有邻村捞井时，井下缺氧，连续出人命的。

万家街有一户叫庆的兄弟，自己家院子里有一口水井，很方便，常自豪地说，下面条，厨房先炝上锅，再打水都不迟。这几年，村里自来水进了户，水井不常用，水位下降，多干枯了，庆就将几年不用的地瓜粉渣放进井里存放。夏天，从地里干活回来，想吃凉面，自来水不凉，又想起井水的好来了。庆决定取出粉渣，卖掉，捞捞井。

自家院里捞井用不上滑车，用辘轳就可以。庆找来几个要好的帮忙，六兄弟也在其中。庆把久封的井盖挪开，刚想安辘轳，自家的小牛犊撒欢，踩空掉进井里。

捞井，得先捞牛。他们几个把庆家里上房用的梯子顺到井里。

用井绳拴住庆的腰，用辘轳慢慢放下去。估计庆的脚快登着梯子上头的时候，六兄弟往井下喊了一声：蹬住梯子掌（音 chèng）了吗？井下的庆没有应答。六说：不好，赶紧往上拉！几个人使劲紧搅几把辘轳。

庆上到井口，刚放下，就瘫倒在地上，脸蜡黄，没有一丝血色。等缓过一口气，庆说：井下掯（音 kèn，当地土语：缺氧，喘不上气）气，我快憋死了，他娘的，牛犊子还在井里使劲扑腾。

几个人围着井口，不敢下，但能听到牛犊在井底哞哞地叫唤。又等了一会儿，庆心疼小牛，又下到井里。但不敢下到井底，就用 8 号铁丝，做了一个套，试着套进牛犊脖子。牛犊那厮，在井下摇头歪脑躲闪，根本不理会主人一片好意。庆中间又感到缺氧，上井口歇过，再下去。约过了半个多小时，总算套上牛脖子，几人合力，将牛犊拉上井口。

套牛脖子的铁丝刚解开，那牛犊“扑棱”一下站起来，纵身跳下井台，撒了个欢儿，扭头往井台这边看了一眼，猛地一回头，牛蹄嗒嗒，蹿跑了。

2018 年 4 月

南崖大队部

大队部，从我记事开始，就没有换过地方。只是现在不称大队部，改称村委会。它就在进村路东面不远的地方，门朝西。南面曾是村代销点，当时是令符爷爷在那里卖货，相当于北京的王府井，东面是生产队场院，北边是凡浩、福祥老爷爷家的套院。大队部占地二亩。

再早些年，大门朝南开，有一个大门洞，门边是代销点。院内东墙，一个坐东朝西的戏台，北边是大队的办公用房。

别看那时大队部这个院子破，但是这里却是村里的最高行政中心。村里开会，在这里，村里搞活动，也在这里，春节唱戏演节目，还在这里安排。过去南崖大队开会，广播里下通知，生产队安排督促，每家去一个人参加。春种、夏收、秋收，总要在开始前做一些动员，让全村人都动起来。这时候，讲话最多的就是老书记。

那时候的村支部书记是杜勤福，论起来我管他叫伯伯。他是老党员、老书记、老村主任，讲话从不拖泥带水。说起乡亲们，他有一串习惯称谓，给乡亲们讲话，抬头就是“老少爷们儿姊妹娘儿们”，讲“政策”二字时，“策”发音 cei，后缀儿音。会场唯一一张桌子，桌子上唯一一只话筒，话筒上裹着红绸子，对乡亲们来讲，那代表政府，那线上的广播，连着县委省委，连着毛主席，连着党中央。

上初中时，参加生产队秋收劳动，天还没亮，头顶上还有许多星星，我出工晚了，到学生集合地点时都已出发，就按头天说定的，去六亩洼地掰玉米。我连跑带颠去了，却没有干活的。走进地头，听南边簸箕口（当地土语：青石垒的泄水口）那里好像有人说话，吓了我一跳，等到靠近，听清楚了——“各位兄弟爷们儿，姊妹娘儿们，三秋大忙关键性的战斗马上打响了，这场战斗关系到今年的总收成，关系到各家各户每个社员的穿衣吃饭……人误地一时，地误人一年……”

是勤福伯伯的声音，我沿着地堰走过去，踩着了玉米秸，簸箕口上的声音急停，谁啊？勤福伯伯低声问。

我急忙说：伯伯，我是黎明，二队的。

你来这里干什么？

我说了理由，问伯伯见没见二队掰玉米的。

他说：没有来这里。

我回到家里，给母亲说在地里见勤福伯伯的事。母亲嘱咐说，当书记也不容易，别给别人说。

开群众大会，乡亲们都是自己带小凳儿，老爷们儿来听会，好的，自己带个凳子或马扎，有的空手来，找到院里堆放罚没木头的地方，坐下来；大娘婶子小媳妇，大都带上针线活，做鞋帮，纳鞋底子，边听会边干私活。天热的时候，大家都找墙根和树荫，一会儿晒着了，再欠欠身、挪挪屁股。

开群众大会，算是出工，生产队记工分。要是中间谁离开，生产队会计都有数。为了确保参会人数，场面好看，每次开大会都会有民兵在大门口把门，先把门锁上，拿着钥匙坐一边去。谁家有急事，外边有人传话。遇到没有人传话，家人就在外边扯着嗓子喊：爹，池上的俺五叔来啦，找你有急事。

我参加过这样的会，院门外边喊头声爹的时候，几乎所有大人们都抬起头，恨不得把两只耳朵挪一边竖起来，再放长连线去细听；喊后边半句时可能只有一个人站起来，在书记和众乡亲的注目礼中，走向大门。

找不到把门的民兵，男的可能顺着树或者电线杆爬上墙，从墙头上跳出去；女的谁家有吃奶的孩子，谁家有需要照顾的老人，人在会场心在家，都会想办法中间回去一趟，有像男人一样跳墙的，也有的从大门钻出去。

那个大门，其实比住户家的门大不了多少，木门，有一扇门的轴是可以人力扛着移动的，移开一条缝，一个成人足可以钻出去。听说大队领导讲过几次，要把那门轴和门框用铁"门合页"闩紧，防止再有扛门逃会的，可一直没有加装，仍然可以出去。

日子长了，领导和乡亲们都习惯了，那大门上的锁和那看门的民兵，就成了摆设。门框边本来没有路，只有一条门缝，走的人多了，自然就成了路。

开大会，大队部相当于村里的"人民大会堂"，行政上又是大队领导们，书记、主任、会计、民兵连长、妇女主任，管事、问事、议事的地方，春种、夏收、秋忙，冬闲时间出夫；分家、养老、抬杠，家庭邻里矛盾评理；结扎、上环、超生、划地基盖新房；学毛选、发救济粮、招工入伍上学堂，等等。

"上边千条线，下面一根针。"必要时，这个地方还可以审判"案子"。审谁呢，就是村里看坡的看山的，抓住有"严重破坏"集体庄稼和财产的，会被"请"到这里。但都是庄乡（当地土语：同村乡亲），不好意思拉下脸来审问。为了镇住更多的人，或审或问还要走走程序，适当罚几块钱就过关。有的时候遇到倔的，情况属实，但死不认账。也有极个别不老实的，进了大队部，骂骂咧咧，领导们就会教训一顿。

晚上，房间亮着电灯，指定一个人站到灯开关绳的地方，另一个人将麻袋扣到被教训的人脑袋上，这边灯一拉，关灯，几个人围上去打他几拳，直到讨饶为止。打人的，那会儿"无线电静默"，只动手和脚，都不说话。最后，被打的也不知道是谁打的，打人的也不知道打了哪里，等那个人摘下麻袋，其他人都已迅速离去。

黑灯瞎火的，有时下手打人的也会莫名地挨两拳，过后悄悄骂两句娘也就过去了。被打的，过后捂着受伤的脸，见了领导们还像往常一样，该称二爷爷的叫二爷爷，该称三叔叔的叫三叔叔。听说这办法能达到教训和惩处目的，只是一般不用，用，却屡试不爽。

那个戏台，是大队里春节安排唱戏的地方。平常在生产队里不显山露水的乡亲，真正到台上唱戏的时候，他们毫不含糊。后台化装，当地叫“递脸子”，安排在大队部办公室里。虽然不那么专业，换上借来的行头，确实都有几分扮相，几乎认不出来本人。

以前在邻村看戏，非常羡慕作为农民兄弟的演员们，记性那么好，一晚上整台戏的台词记得一字不差。后来发现在戏台中央，以幕为界，分前后台，后台紧贴着幕布放一张桌子，专门安排一个文化人儿，在里边提示台词，随着锣鼓胡弦的节奏，里边提示一句，外边演员唱一句，就这样，边提示边唱，直到演出结束。

我上小学时，曾在这个戏台演出过。那是个相声小段，名叫《审椅子》，说的是地主家有一把木头椅子，椅子座有一夹层，夹层里放了一本“变天账”，最后给搜出来了。演出需要戴墨镜，家里没有，村里找不到，我借来邻居家出石灰窑用的风镜戴上，台下台上，我出尽了洋相。

五年级的时候，前街的万召梅同学唱戏唱得特别好。她在前台唱，教语文的班主任李老师在后边提示戏词。李老师嗓门洪亮，除了提示词外，还偶尔做些简单“编导”工作，提醒学生演员动作。那天，召梅同学站在台上唱，肢体动作可能不够到位，李老师在幕后轻声说了一句：梅来，走动起来。这句提醒，前台听戏的人也听到了。后来召梅同学在台上边走动边唱，台下掌声不断。

每年春节前，县乡武装部和民政部门例行慰问烈军属。这个时候，上级会把一些慰问品，包括年画、对联、食用油粮等发到大队部，大队用村里广播通知去取。一般是烈属、军属和复转荣誉军人。我们村万保同，曾经参加抗美援朝，当司号员，立过大功，说是在战场上吹冲锋号时伤了肺，身体一直不好，不能干农活，当时国家每个月发给他一定生活补助，但生活依然窘迫。我们家，两位爷爷是烈士，我偶尔也去大队部取慰问品，遇到过他。万保同老人不知道，他是我从小至今一直敬仰的英雄。

入伍前，我还在洪范公社门口见过他一回。那天，瘦弱的他，胸前缀满军功章，一双眼睛里写满了困苦和期待……

2018 年 4 月

叩问天地神

洪范池镇，是山东济南有名的泉乡。济南七十二名泉的四个名泉在这个镇，它们是龙池、扈泉、书院泉、日月泉，还有墨泉、丁泉、拔箭泉、天乳泉等知名泉群，以山水旅游、观光采摘为主线的发展格局已初具规模。

南崖村，在镇东南，村东有鲁西南第一高峰大寨山，是山东省省级森林自然保护区（国有林场管理）。可以说南崖是被青山成材林环抱的千年古村落，但是绿水的问题，一直没能解决好。新中国成立后，几任村党支部书记、村领导，都在自己任内，为村里百姓“家能吃上水，田能浇上水”奋争过。

这个千年古村不缺水，是不缺人畜吃水。论高度，村东，大寨山顶北边，有一个山崖，山崖边缘有一个天乳泉，泉水不大，但常年滴水，即便逢大旱年景，泉水一直会有，以至于滴水穿石，在坚硬的花岗岩石上刨出一个洗脸盆大小的坑，所以又名“滴水盆”。村西南，有云翠山日月泉，接近山顶的 10 平方米石头屋子里，日月形状的石板下，泉水清澈如镜。山下大金鹅山沟里，也有一眼百年老井，从没干枯过。村子较低处，有七八眼水井，千百年来养活了祖祖辈辈。

六七十年代，在村南万家街东南的沟里，曾经有一股泉水，涓涓细流能够往下一直延伸，从村南绕到村西，从北崖村边流过，与扈泉水汇合后，流入狼溪河。这条小溪上村内曾有三座小桥，一座在村南西路主干道沟口，过去小桥，往南就是大斜坡路；第二座小桥在万家街与沟西万家连接路上，西边是万吉松老师家院子；第三座小桥在高家祠堂下往南沟底，桥西边住着十几户人家，那里叫“西上崖”。我小时候，曾经跟着母亲，在小桥下的溪流中洗过衣服，逮过蝌蚪，抓过泥鳅，记忆刻骨铭心。村里人口最多的时候三千多人，还有几百头大牲口，泉水、井水，吃水够用，苦的是没有一亩水田。

1965 年前后，公社曾经组织 27 个村庄的劳力，在村南沟里筑起了一个水坝，东西向拦沟筑堤，以求留住雨水。那个水坝，还修有一个溢洪道，在坝内每半米高设一出水口，溢洪道从坝体穿过，出口在坝外，是一个引水渠。水坝常年没水，溢洪道宽高够一个孩子爬进爬出，我们曾经在那里玩儿过捉迷藏，从坝内出水口进，顺溢洪道爬到坝外出口。夏天雨水多的时候，水坝曾蓄满水，但过不了几天，水就会漏掉大半，乡亲们说坝底漏水，多年来始终没有起到蓄水灌溉作用。

后来，村里又动员全村人力，在水坝南，南山峪土沟沟底，挖了一眼大机井。机井在村果园边上，上口直径有 30 多米，深 70 多米。打机井用了两个冬天农闲时间，每家每户男劳力都要出工，也有妇女参加。妇女主要担负做饭任务。

乡亲们挖井，一锨一筐从井底运土上来，井壁设有十几层台阶，须一层一层往上接力。挖到有水层，还用上了炸药，开始出水，乡亲们很高兴。而后用花岗岩石将井壁垒到井口。后来井出水量变小，慢慢干枯，直到雨水泥沙淤平井口。

乡亲们说，打井流的汗，比机井出水都多，足以填满这口井，施工吃的窝头，足以填满这口井两次。联系起水坝存不住水，乡亲们有些怨言，编排了顺口溜，老少皆知：修干坝，打干井，吃了窝头不见影。村里领导尽力了，众乡亲也拼过，那个年月，再没有比这巨大付出而始终无果更难受的。

大队领导曾找到水利专家，走遍南崖村的各个山峪，在村东东杨峪的一个沟里，打了一眼水井，据说是地下水系的节点，结果出水也不多，仅够附近田地种庄稼点种子用，抽水浇田远远不够。直到1980年前后，村里在前述第三座小桥附近的深沟里，打了一眼机井，深25米，宽10米，长20多米，水量比较大，夏天，绿莹莹的水，清凉刺骨，周末，我们一帮同学常去那里游泳。

村里从机井接出管子，抽水到农田边的蓄水池，供乡亲们播种季节使用。乡亲们不再肩挑人抬，不再一车一车用牲口拉水种田，劳动条件得以改善。但是，这与村党支部及众乡亲的期盼还有相当的距离，毕竟泉水、井水有限，难灌溉农田。

乡亲们身在这个山窝窝里，他们与自然抗争的精神与连绵起伏的群山共舞，生命结构里却与弯弯小河无缘，不知他们在梦里蹚过多少河，走过多少桥，多少回掬起滔滔泉流、品味甘洌。生活中的他们，也只有赶洪范大集途中，羡慕书院村的泉水和哗哗流淌的狼溪河，流连河道芦苇丛中大苇莺圆润响亮的鸣唱。对增加田地收入崇拜般的向往，曾经在他们心底泛起多少涟漪，而一次次的抗争，又让他们生发出诸多无奈和不甘。

他们梦醒后的水田，有时在井台边，那是分少厘多，窄小得像织布机大小的菜园，有时在盛夏滂沱雨后的山沟里，有时在街巷雨水浸润的水坑里。夏天，雨后，酝酿一年的山泉开了，滔滔奔涌，他们把这记忆刻在心间，留待明年匀在四季里慢慢地点滴而出，转换成脊背上的汗水，再滋润脚下的几亩旱田。

他们知道，等到明年此刻，那雨后的山泉又会淅淅沥沥而出。他们对喝水对山泉有多少期盼，心底就有多少埋怨，有多少抗争，就有多少不甘。村里的田地，在他们眼里，还不至于是沙漠，而邻村河边那些水浇田，却是祖辈乡亲们心底向往的绿洲。回到村里，我时刻端着、掩着的情感，会渐渐地沦陷，从而成为乡情亲情水情的俘虏，怯弱中，谨存一点率真。

乡亲们各家都有难念的经，各自有或近或远、散多聚少的族群，却共有一个长期求索的经历和集体记忆，那就是拼命打井，每打一眼井，都是乡亲们向天地间的叩问，向神明的抱怨。虽然过程是从一个期待到一个失望，从一个兴奋到一个痛楚。他们习惯用过程而不是结果来诠释坚韧和执着，而这过程，把他们对失望和痛楚的耐受力推到了极致。在这个过程中，他们的形象似乎越发地高大。他们可能不知道，有个堂·吉诃德手执长矛迎战风车，自己却是手执铁锨钢镐在汗雨劲舞中战天斗地。

水是农业的命根子，也是南崖村的宿命。村子里的青壮劳力多在外地打工，年纪稍大的在城市帮孩子带孙子，一部分老人在村里，看护着自己的老院子、老宅子。与命运抗争多年的乡亲们，沐浴党的富民政策雨露，现在生活水平有了较大提高，虽缺少了追求灌溉农业的激情，却依然怀揣着增产增收奔小康的美梦，想让脚下的田地生金。

2018 年 4 月

场院纪事

农村生产队场院作为公共空间，是农民化汗水为神奇的最后“道场”。

夏收与秋收一般从杠场开始。生产队组织有经验的劳力，用牲口拉上爬犁，先把场院地面土层划开划松，洒上水，均匀地撒上麦秸，套上牲口，带着碌碡，一遍一遍碾压，使场院平整硬实。压实，晾干，平整的场院就杠好了。能掌握这方面技巧的多是老人，既要保证平整，还应适当有一点坡度，防止下雨积水。

麦收季节的场院，是老人和妇女们唱主角。男劳力们，都下到田间，收割麦子，装车运到场院里。场院的农具也简单，像碌碡，耙子，木锨，三股杈，多股排杈。堆、散、翻、晾晒、碾压、扬场，主要由老人凭经验，看天气派活。

运到场院里的麦子，还不能算收成，须与老天爷争分夺秒。“三夜阴霾败场圃，一竿晴日舞比邻”，遇有晴天，场院里有经验的老人，马上安排一部分人，打开堆起的麦垛，把成捆成把顺溜的麦子秸折弯，散开，便于通风干燥。晾晒的麦秸，干的程度，能不能套牲口轧场，老人抓一把，揉两下，便可以下结论。

村里多山地、旱田，麦秸秆上水分很少，遇好天气，一个上午就好，太阳最毒的时候，也是乡亲们最辛苦的时候，铺在场院里的麦子，要翻场多遍。几个人戴着草帽，翻一遍下来，也冒汗，过去穿粗布上衣，前襟后背尽湿。等铺满整个场院的麦子秸晾干晒透，就该牲口上场拉碌碡转圈轧场了。

专门侍弄场院的，每个生产队，几乎都有一套“老班子”，我们队的振山、振海、德荣伯伯，凡瑞、凡芝老爷爷，庆香老爷爷，等等，每天忙在场院里。队里在场院干活的妇女不固定，今天这个来了，明天那位走了。

我见过振海伯伯牵着牲口轧场，他戴一尖顶竹编草帽，五边形的帽檐边已经散落，几乎只剩下一圆形帽圈，仅仅能遮住脸。他左手牵着牛缰绳，右手拎着一根毛竹拧的长鞭，一头牛，戴上捂眼，挂套，带碌碡，竹鞭子扬起，那碌碡就“吱扭扭吱扭扭”地滚动起来。我觉得轧场简单，人站立场院中间，引着老牛一圈一圈地转，一遍一遍地轧，就可以。实际不是这样，会轧场的几乎都是引牵着牲口画椭圆，从场院的一边，往另一边赶，后边还配合有翻场的，这样碾轧得特别均匀。否则，就可能有轧轻的、轧重的，中间位置还会有轧不着的。

说轧场经验重要，还应盯着牲口，牛和驴在场院里大小便从不先打招呼，牵牲口的就明白，由行进速度、牛和驴尾巴高低来判断，如果牛和驴的尾巴翘起，他会拿着大把麦秸跑将过去，接了，撂到场院边上，回来再打起牲口转起来。场院里拉碌碡，与磨道拉磨一样，驴也要捂上眼。

俗话说，庄稼活不用学，人家咋这咱咋这（当地土语：人家干什么咱干什么）。这么说可以，这么干还真的不行。农活有农活的技巧，比如说场院里扬场，一般是两个人配合，一个人侧面借风扬起来，另一个负责漫场，戴草帽在落麦粒处，把没轧好还带有麦糠的麦粒（当地叫麦寓子），用扫把清理出来。

轧完场，成堆的麦子麦糠和麦寓子混在一起，有风的时候，用木锨向上扬起来，风将麦糠吹到一边，麦粒和麦寓子就会落下，漫场的轻轻地挥动扫把，用扫把尖把麦寓子撇走，麦粒就能完全分离出来。场院里扬场，多凭经验和看风向，往往轧场有风，到该扬场的时候没风了。

没有风帮忙，能够把粮食扬出来，是干农活的高手。掌握这技巧的农村人不是很多。同街高炳林老爷爷，是多年的乡村医生，谁家大人孩子有病，打针吃药的事他是手到病除。可是有一次，已经分田到户了，赶上个丰收年，在场院里轧完麦子，该扬场了，刹风了，忙活了一个上午，只扬出来少部分，大堆的麦子、麦糠和麦寓子混在一起。

老爷爷找到凡道老爷爷帮忙。那时间，还有集体场院，炳林老爷爷所在的一队场院，在村委院子东侧一个坡上，场院的北边是看场院用的老土屋子。凡道老爷爷从土屋子边过去，找了一把木杈，把麦子堆附近的麦秸往一边卷了卷。没有风，他习惯往手心吹口气，右脚提起一把木锨，抓在手里，使劲把麦子扬起来投出去，麦糠比麦粒轻，扬出去，闪落在近处。这样，前面是麦粒，后边是麦糠。炳林老爷爷自已漫场，两人默契配合，用了二十多分钟，就把一堆麦子给扬了出来。

事后，凡道老爷爷说，扬场，借不上风，就不能直上直下扬了，那样麦粒和麦糠都会落到地上，很难清理出麦粒。他还说，在生产队的时候，粮食多了扬场，还需要用上左架和右架，左架，就是左手左脚在前，右架就是右手右脚在前，扬多了，左架右架轮换着，扬场就不容易累。

场院里的活总体由队长安排，一般指派一个年龄大、经验丰富的人当场长，麦收秋收时节由队长临时指定。场院里有一间房子，那房子叫“场猫屋”，每个场都有，每个生产队都有。屋里有小仓库，有农具，供看场院的老人和干活的人休息。在场院里，都放几个大水缸，盛满水，以保证失火时应急用。

有一年麦收，八队田家增当会计，场里正好晾晒4000多斤小麦，赶上天要下雨，在田里干活的劳力还没有回来，只有他和几个管场院的老人在家。眼看雨到了，他一面让人去喊一些在家的妇女来，一面组织几个老人用布袋装麦子，田家增一个人往“场猫屋”里扛。他个子不大，但是一口气儿将三十多布袋麦子扛进了库房。

收秋，开始的场院，更像一个露天半成品粮食仓库，玉米、谷子、大豆，从田地里收了，运回场院，堆得像小山。家庭妇女们，一般来场院扒玉米，将玉米从玉米皮里面掰出来，每人按糠篮（口径 80—100 公分的带系大型篮子）数记工分，半天，一人分三五糠篮，经常七八个人坐地上，围一个大圈，掰好的玉米往中间扔，中午扒完，误不了回家做饭。村里许多人家为烧锅的柴火犯愁，生产队采用激励办法，妇女们扒玉米皮，每人按糠篮数记工分，允许将扒下来的玉米皮自己带回家。

而这时间，看场院的老爷爷们，会用麻绳，将高粱秆扎一批圆桶状的“栈子”，有 2 米高，直径 1.2—1.5 米，存放掰好的玉米棒子。这“栈子”透风，不怕雨，玉米干得快。收回场院里玉米多了，场院边上一列列的“栈子”逐渐增多。制作“栈子”分双秆和单秆，双秆，就是两根高粱秆儿一条，用三道麻绳，连接起多条，聚集成“栈子”，单秆就是一根高粱秆，也用三道麻绳连接起多根，聚集成的“栈子”。双秆“栈子”个头比较大，装玉米也就多，能打出 1600 多斤玉米粒。

割完谷子，打捆运回场院后，一般是集中放场院一边，让谷子穗朝上，晾晒干以后，仍然像扒玉米那样，用镰刀将谷穗割下，当地叫“掐谷子”，熟练的，抓一把谷穗，往镰刀刃上一带，顺手扔到中间谷子堆上。这谷穗，一般集中堆放，用高粱秆硬皮做的长长的籥（音 yuè）子，一盘一盘围成垛，场院里谷子垛大小、数量，作为秋季产量的标志，是乡亲们汗水摔八瓣砸出的收成。

中秋节过后，不入场院的地瓜还在地里，即将刨收，场院里晾晒、存放的半成品，离颗粒归仓还差半步。一般先将集中堆放的谷子穗摊开到场院里碾轧，拉着碌碡的驴子或老牛，似乎知道庄户人家此刻的兴奋，不需扬鞭，蹄子变得欢快起来。碾轧，刚刚还是沉甸甸坠手的谷穗，一会儿工夫就变成毛茸茸轻盈盈的谷穗芯。老爷爷们，用枣木排杈将压扁的谷穗芯捡出，一层厚厚的黄灰色谷子，贴着场院的地面，像画轴一样展开，光脚走到里面，你能感觉到脚下谷粒们的律动，感觉到不一样的温度。

如果说过秋的场院，是一个戏台，上演的是一场丰收的活剧，那么，最后压轴的当是全体劳力集中夜战砸玉米。时间常安排在晚上，壮劳力们从自己家吃过晚饭，来到场院，将立在场院周围的玉米“栈子”，一个个推倒。不知是高兴还是惊奇，这些生于斯长于斯劳作一年的庄稼汉，对推倒时发出的轰鸣似乎上瘾，或许是对全体社员夜战比较稀罕，或许是对后半夜的加餐充满期待，连同我一个学生也兴奋不已。天，已经凉了，场院屋檐下和电线杆上新绑上的电灯亮得刺眼，一些秋虫飞来撞去凑热闹。

玉米堆，有 20 多米长，1 米多高，2—3 米宽，劳力们分列两边，拉开距离，手里拿着专门找来的平头棒子，捶打玉米。灯下的人影，短短长长，高高举起棒子，砸下，落在影子上，惊悚有趣。有的高声说着笑话，个别还爆出几句裤裆里的粗话。凡道老爷爷当生产队长，他提醒说：大家说话注意点，跟前还有学生哪。砸一会儿，一部分人歇一歇，其他人拿着钉耙子过来，清理出脱去颗粒的玉米芯，将没有砸到，或者砸得轻的玉米棒子搂到面上，再迎接新一轮捶打。

有一个叫友的大孩子，和我一样，因为家里没劳力，也来场院参加夜战。他的一只鞋子掉了，正巧被爱开玩笑的祥老爷爷捡到了，他觉得离砸玉米收工还有一段时间，就把那只鞋藏在一把木锨下面，眼看友手里提着另一只鞋满场院灯影里着急转圈，祥老爷爷没事似的继续干活，直到后半夜全部玉米砸完，队长说歇工，祥老爷爷悄悄告诉友，你找找墙角木锨底下，说不定鞋在那里。

那晚，收工时，已经鸡叫头遍。又累又困的我，回家拿了饭碗，随大人们去文昌阁高家祠堂，吃小米绿豆饭。

多年后我才明白，那天夜战砸玉米棒子的，都是纯爷们。

2018 年 4 月

锄地、播种那点事儿

锄地，是庄稼人的正事儿，一般作用有那么几种，一是旱田保墒，把土地表面的土松起来，保住根部土壤水分。二是铲掉上一茬庄稼根茎，常见麦田里种玉米，需要除掉麦茬。割完小麦留在田里的根和少量秸秆，影响新玉米生长，难以变成肥料。三是除掉杂草，留住好苗。锄第一遍谷子、玉米和棉花，还要剔苗。

锄地，活干得好，不是嘴上说的，要看真功夫。我们生产队里，农活好，特别是锄地最擅长的当数高宪甲老爷爷。他是公认的庄稼活把式，他的锄和别人不一样，锄板子后面，还加有一块厚铁，锄地的时候，从前边往后一拉，锄很少沾土，所以锄起来就特别省劲儿顺手。在生产队里，能算得上农活全能"选手"的没有几个，像高宪甲、高凡瑞老爷爷，生产队长高凡道老爷爷、高龙祥老爷爷等，他们都是走在前面的锄地高手。

当生产队长，农活没有几把刷子，还真压不住阵，自己必须处处带头。每到锄地，一个生产队，几十个男劳力，几十张锄，到田里锄地，领头的叫"头锄"，是第一个，他应保证速度，还要确保质量。第二生产队里，一般头锄就几个人，上述四位，再加上高奎祥、高令山两位长辈。

锄地，也叫耪地，"耪"是北方土语。农村有"耪三垄"的说法，本义是一个人锄地，站中间一垄，兼顾左右各一垄，三垄也叫"三腿"。"耪三垄"引申义有时特指干农活，指农民。锄玉米地，是锄地中的硬活。玉米，多是间种在待收的麦田中，割完小麦，玉米苗长到二十公分，锄掉麦茬，有利于玉米苗生长，既需要力气又要掌握技巧。

玉米田一般不专门剔苗，而是和锄地一并进行。锄这种玉米田，也叫“开苗”，下锄的时候必须要看准，是单棵苗还是多棵苗，苗长得敦实还是弱小，苗间距适当，把单棵和敦实的苗留下，其余锄掉。开苗最好掌握的是给黄豆开苗，有时候队长就指派年轻人去干，锄黄豆地，可以直来直去锄直趟子。玉米田则不行，必须锄掉一堆一堆的麦茬，同时剔苗。七八十年代点种玉米比较稀，也有人工剔苗的。实行大包干以后，种植密度提高，苗间距小，锄地的时候，比在生产队重视了，留苗多，只要肥料跟上趟，都会有个好收成。

凡道老爷爷常常是生产队头锄，锄地的时候他先锄到地头。他把自己的锄头使劲往地里一扎，回过头去挨个检查，看其他劳力有没有锄干净草，有没有仅仅划破地皮偷懒。生产队管这种检查叫“点趟子”。那时候副队长是宝玉老爷爷，他像部队的班副一样，锄地走在最后。而往往最后的一趟最短，他很快锄到地头，再转身迎着其他人锄过去。

一次刚刚下过小雨，一队第二天安排锄麦茬地，有的人锄地不会用劲，一锄一秃噜，一两下，锄板就被泥土糊上了，效果不好。高龙祥老爷爷当队长，他锄这种难啃的地，用锄头尖抠，一拉一甩，松了地皮，锄板又不沾泥土。那时间他年轻，一天下来可以锄三亩麦茬地。

锄地，是庄稼人用锄头拨弄庄稼趟子“演奏”的丰收序曲。

细数曾经干过的农活，唯有扶耧播种，我没干过。

播种方式，一般有两种。一种是点种子，山里面缺水，点种子，乡亲们要趁下过雨土地墒情好的时候，只是，这老天下不下雨乡亲们说了不算。经常的做法，一家人老小集体出动，套上牲口，拉上一车水到田头，前边用锄头或者镢头，刨出一个个埯，后面每个埯里倒入水，接着点上几粒种子，用土埋上，压实。另一种方式，是古老的方式，就是摇耧种地，也称耩（音 jiǎng）地。

耧，也叫耧车、耧犁，据说是西汉武帝时搜粟都尉赵过发明的。木质耧架，上边一个扶手，前面两条耧帮，用来套牲口；下面两条（或三条）向前斜的耧腿，中间放一个斗形木盒，里边放上粮食种子，盒子下面开一个方孔，方孔外插一条三指宽的薄板，可以伸缩，控制出漏种子数量；方孔下，一条半尺麻线中间拴一块小石头，人力或牲口拉耧前行，左右摇动耧架，小石头左右摇摆，把粮种拨分进两条耧腿，通过耧铲深扎到田地里。

农村耩地，三个人，一头驴，一个耧，一只两轮石头磙子。帮耧的人和拉耧的驴并排走最前面，帮耧的牵着驴，人走得直，驴就走得直，耧走直线播种就有保证。耩地，扶耧的人是关键，播种数量，是否均匀，深浅尺度，由他掌握控制。

周家街我的高中同学仑哥，毕业后在家种地，很快娶妻生子。一年夏天，我休假回村里，正好赶上他们夫妻俩下地割麦子，提出跟他们到麦地转转。他家的地在东杨峪，麦子长势不错，都已经熟透。可是麦田里的一垄垄麦子，有的弯弯扭扭，有的断断续续。原来是种麦子时，已过白露，临时借用邻居家的三腿耧，夫妻两个，夫人拉耧，先生扶耧，勉强将麦种下到地里。

后边没有人拉磙子压实，二人还背着手，用脚一一踩实。等秋后看到出来的麦苗，两人笑得不行。用嫂夫人的话说，整块地里花花搭搭的，像头上长的牛皮癣。原来仑哥扶耧技术欠佳，三条腿摇耧，下种子不均匀。那天，在他家地头，凭我十九年农村生活经验，真没见过如此随意洒脱、抽象且富于诗性的麦垄。

高家街里耩地扶耧水平高的，还应数上边提到的凡道老爷爷。有时候帮耧的脚下走偏一点点，扶耧的就要歪一下耧，照顾到前后，尽量取直线。第三个人，拉着磙子跟在耧后，负责把耧脚翻起的土轧实，保证种子在土里深处。那磙子，是一根粗木棒，串两个直径约 30 公分中空石轮子，轮子间距与耧脚同宽。耩地，听到最清晰的是耧斗下那块小石头，每摇动一次，会左右碰撞耧架，完成一次种子分离。

"咔哒、咔哒"的碰撞声，低沉而欢快，从田地这头，响到那头，一趟接着一趟，伴随耩地始终。一块地耩完，声音暂歇，成全了种子生命的又一次轮回，成全了粮食作物生命价值的又一次扩张。如果说，从种到收是庄稼人的《四季》颂歌，这播种摇耧的声音，就是最早最生动的铺排。

耩地的人换了一茬又一茬，有些老耧，祖辈用了上百年，耧腿变细了，两三只铁脚耧铲磨得如镜般光亮，两根驾耧的枣木耧帮印出暗红色的光泽，耧斗后面坠的石块，将两边木架磕打出两个深深的"酒窝"，两只扶手被汗渍浸润出红腻腻的包浆……这农具，在田间划过诸多岁月的痕迹，书写了庄稼人的辛劳与快乐。我相信，乡亲们会继续摇着耧，走进新时代。

2018年7月

打　点

打点，就是敲钟。生产队集体出工敲钟，当地叫打点。

鲁西南地区百姓，说话发艮，但是，“点”这个字，发音相当精准。生产队出工，都听令生产队长敲钟，队长不在，副队长敲。

说是叫钟，六七十年代农村多用替代品。钟，有的用半米火车道钢轨，有的挂一块废旧铧犁，有的在电线杆子上面，吊一只水车铁簸箕似的水斗，多数是专用的制式铸铁钟。前三种一般挂得比较低，在杆子上，或者钟的下边，挂一个粗的较长铁棒，敲钟时抓在手里直接敲打出声即可。制式的钟，就好多了，有专用挂钟的杆子，高高在上，钟锤末端拴一长绳，拉一下就发声，比起那几种仿真替代品，它更像亲娘生的，多少显出一点“优越感”。

南崖村，十一个小队，每队都有自己的钟。这些钟，大小、形状、薄厚各异，音质音色各有千秋，有的清亮，有的沉闷，有的嘶哑，有的节奏明快，有的舒缓悠扬，据说主要与生产队长敲钟时的心情有直接关系。村子里，从北到南，1公里远，每个小队的钟，都挂在小队住户比较集中的地方，像一队二队两个钟，相隔东西两个胡同，模样一样，但是生产队长性格特点不一样，这钟声多年都没有乱过。社员们很容易分辨自己队里的钟声，很少有人听错音。

乡亲们能听到村里小学和联合中学敲钟。课前预备，一般是稍慢“铛、铛、铛”的节奏，上课则是稍快双声连击“铛铛、铛铛、铛铛”。生产队出工敲钟，没有这样的声音和敲击习惯，钟是生铁铸的，与云翠山南天观道士们撞钟，在节奏上有明显区别。生产队晚上记工不敲钟，基本上白天谁领着干活，谁去报工，其他社员，喝完汤，都会自觉地到会计那里记工。

两千多人口的村子，早上敲钟，大都在早饭后的一个时间段。这十一个生产小队，同一个时间敲钟、上工，也是浩浩荡荡。生产队长敲钟的时候，好多社员先不拿农具，有的听了队长吩咐才回家拿家伙什儿。有的需要组长领着去干活，小队长也要干活。队长平时要比别的人多干活，领着干。

锄地的时候，一帮劳力扛着锄头走上地头，面对一行行、一垄垄的庄稼，一排人员展开，就像跑道上的运动员等待发令枪响。先下锄的是队长，不论地垄长短，队长站的地方，都是最长最远的那一趟，乡亲们叫那“正趟”。

村里有数的那两三条去田间的路，出工的乡亲们扛着锨、锄、镢头，木把上坠个草篮子。田地远一点、动用大牲口的活，用地排车拉上犁和耙，还有三挂牛套。

刚吃过早点的牛们，把牛圈的味道带到路上，随风飘来飘去，有的牛更过分，也不提前打个招呼，就在土路上大小便，走在后边不小心，就可能“中奖”；田地近一点的，那一整套家伙什儿，都由干活的劳力挑着去。更多时候，头天下午歇工，他们把犁耙留在地里，卸了牛套，赶着牛回家，全部赶到牲口棚里，第二天出工再去牵。

生产队长负责调动和调配全队男女劳力，以及大牲畜农具等劳动资料为生产劳动服务。敲钟就相当于号令，那钟声，你听到，出工就记工分，到年终，工分就变成钱，变成粮。敲钟，闻声而动，社员们成了习惯。

一天晚饭时间，八小队的钟突然响了，声音与往常不一样，急促而声音洪亮。说是八小队场院里棉花垛着火了，队长急匆匆敲过钟，往场院跑去。队里好多人扔下饭碗也跑了去。原来是仓库里的棉花垛，让抽旱烟的社员不小心引着了。二三十口人赶到，场院的人已经将火熄灭。那棉花挤压在一个个大包里，垛得比较结实，火只燎了表皮，没有烧起来。那天，队长说，给每位到场的社员多记半天工。

记得有一次，我们二小队队长凡道老爷爷快半夜了敲钟，不是出工，而是通知去高家祠堂领牛肉。那年秋天，生产队耕地的老牛，在一个较高的地沿上，踩空了蹄子，坠下来摔断了腿，向上级报批以后宰杀，拉到祠堂那里，支上大锅，煮肉，到很晚才熟。

听到敲钟后，每家一个人，拿了盆往祠堂赶。等到了那里，说暂时还不能分，因为队长发现，看着放进锅里的牛心没了。后来查明，那牛心让人提前偷吃了。那天等到后半夜，我打着瞌睡领到了半盆牛杂碎。

有急活，也敲钟集合。夏秋收获季节，田地里的粮食，都已经收到场院里，只差一步粮食就该进仓了。突然来了雨，队长去敲钟，召集社员去场院抢收晾晒的粮食，特殊时刻，还用铁皮制成的喇叭，在屋顶上喊：二队的，二队的兄弟们爷们，抓紧去收场啦。

房顶上喊，胡同里应，社员们都会拿上工具向场院跑去，因为那里的粮食，现在是队集体的，过几天却是自己的。多数乡亲自觉性高，等天气黑云压上来的时候，不用敲钟喊话就主动去场院里干活。

乡亲们，有的手里拿着木耙、扫帚，有的拿着簸箕、木锨，有的拿着一卷席子围挡，还有力气大点的抱出来草苫子，迅速把摊开的粮食堆起来，蒙上塑料布，围上草苫子，顶上拉几根绳子，最后在绳子的两头坠上石块。等到雨滴扑哒扑哒掉下来的时候，所有粮食都已经收拾停当，大家挤到场院的“藏猫屋”避雨。在屋子里，有人会问起谁先来的，谁听见敲钟了。有的人猛地想起，自家房顶上还晾晒着粮食和柴草，有的说，关了家里院门，没关屋门，更有惊悚的，有人突然想起晾晒的被子还没收。

第一生产队的钟挂在高家街围子里街头，往西，隔一条胡同，就是一条南北长街，第二生产队的钟挂在木杆子顶上。两个钟离两个队长家，都有二三十米。我们这伙半大不小的孩子，每人都有一个弹弓，说实话，农村孩子没有弹弓，就像当兵没枪，直不起腰来，而有了弹弓，才有伙伴，才有更多共同语言。

几个伙伴在一起，除了比谁的弹弓质量好，就是比打弹弓的精准度。一队这个钟，是我们训练、比赛用的靶子。每人手里五颗石子，在 20 多米的远处，地上画一条线，三五个人开打。打那钟比较直接，打上能听到响声，不用“报靶”，能立刻分出胜负。小伙伴中间，令顺爷爷弹弓玩得好，他能用弹弓打麻雀。

生产队长对农活非常熟悉，什么季节干什么活，谁去干，劳力去干什么，妇女去干什么，心中非常有数。到了季节，地里该种什么，该干什么活，最近几天要紧的是什么活，队长也应特别清楚。需要锄地的季节，社员会自觉地带锄头出门，到敲钟的地方集合。

操心的还有妇女队长，几十口子妇女，也是一份有生力量，主要分工由妇女队长负责，种地瓜、种棉花，场院扒玉米、掐谷子，牛棚里的肥料整理，菜园里收菜，等等。村里高家街的元祥老奶奶、令山奶奶、庆正老爷爷家的女儿桂香，都当过妇女队长。

南崖村的妇女劳力特别能干，敲钟以后，妇女队长带着妇女们下田干活。天旱，没有灌溉条件，生长的地瓜，把地皮拱裂一点缝，需要给地瓜浇水。妇女们从井上担水，挑到地瓜田里，用水舀子往缝里面灌水。

遇到十几亩的大田，长趟子，一天连续担水，也浇不到头。田里，干活口渴，她们便弯下腰，双手扶住水桶沿，像饮牛一样，不管模样，不顾水质，婶子大娘二奶奶大姑娘新媳妇，谁也别笑话谁。

生产队敲钟，都是估计时间，在当地叫“母量”。有时一个队敲钟，另一个小队的队长还没吃完饭，赶紧扒拉几口，急匆匆地赶出来敲钟，不能比别的生产队落后。

村里有些小孩子，看那钟挂树上，或者电线杆子上，觉得好玩儿。只是，个子矮，够不到那敲钟的绳子，就脱了鞋，光脚爬到杆上，抓住绳子头，匆匆地打几下。

那钟，好像知道牵钟绳的不是队长，应付似的被迫无序无奈地凌乱几下。小孩子迅疾滑下来，穿上鞋子，撒腿就跑。有的队长看见远远地喊两嗓子，那小厮也就来不及穿鞋，光脚，拎起鞋就跑。这样的钟声，社员们听得出来的，知道小孩子所为，不当回事，也不会出门。

一个小队，有这么几名成员，队长、副队长、会计、现金保管员、粮食保管员、妇女队长。队长带头干活，干重活，敲钟集合，副队长配合。会计也要下地干活，晚上记工，粮食预决算。保管员主要保障，往田地里送饭和保障牲口饲料。

几位曾当过小队长的老人说，小队长比大队书记还操心，吃苦、下力，能指料（当地土语：指挥）干活。头天夜里下了大雨，早起天不亮，队长先去地里看一看，雨水多不多，雨水多，田地里干活下不去脚，就不用敲钟；如果水不多，湿乎乎的就要正常敲钟出工。当时，八亿农民中，小队长是最操心、最辛苦的一个群体。

每隔一段时间，几个人集中开队委会，议论农活，明确重点和分工，安排近几天农活，明确需要注意事项。麦梢黄的季节和中秋节前后，小队几个人商量完农活，最低吃一顿不放地瓜面的全麦粉面条，有个别喝酒的，一般是小队长从代销点买瓶散瓜干酒。在谁家吃，谁家搭蔬菜，没菜就吃胡萝卜咸菜。

二十四节气，春雨惊春清谷天，夏满芒夏暑相连，秋处露秋寒霜降，冬雪雪冬小大寒，是中华农耕文明的瑰宝，是北方传统农业生产活动时令依据，也是祖辈乡亲们组织生产活动遵循的铁律。2016 年，二十四节气被列入联合国教科文组织人类非物质文化遗产代表作名录。

鲁西南地区，种小麦谚语：白露早，寒露迟，秋分种麦正适宜。秋收时节，最忙。收回田里的秋庄稼，马上要把庄稼秸秆放倒，腾出土地，趁着土地墒情好，犁耕完及时按节令播种冬小麦。砍玉米秸，高粱秸，就要晚上干，打夜战。下午刚刚收工的劳力们，吃过晚饭，队长敲钟再出工。

社员们讲，队里打点，就是命令。敲过钟，小队长还要站自家屋顶上，拿着那只生锈的铁皮喇叭喊：二队里的，请大家带上板镢子（当地土语：短小镢头，成人单手可抡），带上绳索和挑担，后半夜回来啊。这喊声，是敲钟“命令”的有效补充，前边一句，是喊给男劳力们听的，后边补充一句，最重要，是喊给各家女主人听的。

顶着月亮、星星，每次砍完，还要把砍倒的秸秆打捆，挪往田地边上。歇工回家，每人还要捎一担进场院。社员们都清楚，他们后半夜离开的这田地，一个时辰后，顶着同一个月亮同一片星星上来的，就是耕地的劳力和成套的牲口们。

队长家里没有表，免不了起早了，敲钟早了。早了，社员们也都会出工。听见敲钟，都不会质疑时间，听见了就扛锄头出门。如果白天敲过钟，有人磨蹭，去晚一会儿，大家干起活来了，队长就可以减他的工分，亲爹亲娘亲媳妇都不行。第八小队，队长敲钟早了，劳力们扛着锄头，走到3里远的“老牛腰”山峪，天还不亮，下不了锄。队长让大家偎在地堰一角，睡了一会儿，等天“拢明”（当地土语：天露光亮）了再干活。那个时候，黑天，如果是拾棉花、砍高粱、掰玉米，确实没法干活。

九小队的钟，挂在辛家胡同北头，十小队的挂在南头。九队的周茂礼伯伯当了多年队长，他和另外几名小队长不一样，他不管敲钟，他指定生产队贫农代表郭自荣负责九小队敲钟。小队每年给郭一些补助工分，既是照顾，又是酬劳。郭自荣人老实，也比较认真，头一天说好明天的活，他到时间就去敲钟，时间掌握得非常准，好像家里有钟表一样。

那时，郭家境况特别困难，门窗破旧，房子漏雨，房顶的“笆箔”（当地土语：农村房顶椽子上面用来支撑石灰和沙浆的苇草）坏了，不好意思找队里。队长周茂礼知道后，让队里出了三个劳力帮助郭家修好屋顶。郭家当时房子矮，用社员们一句话说，那就是“在他们家，站到床上系腰带，脑袋都可以顶到屋梁了”。郭自荣敲钟十几年，没有出过错，也没有误过工。

过春节，初一初二，队长们家里来客人，喝几杯酒，还要记得敲钟出工。那时候走亲戚多，一般不安排大事，主要是往冬小麦田里挑粪肥，指定地点及每人挑的趟数。有时，大家想，过节，该休息几天，对安排干活不理解。

其实一个生产队，多数社员家靠挣工分维持生活，他们挣工分，看起来是挣粮、挣钱，其实是挣命，为一家人生活挣命。一个壮劳力，每天挣整工，七八口人的家，年底算下来铁定是“缺粮户”。过节，他们也不会闲着，队里的钟响了，依然会走出家门，开着玩笑出工。

这是习惯，更是本能。多的是，命运的烙铁，已经把农田农活烙刻在他们心里，岁月的打磨，使他们把吃苦当作生命结构的全部。

2018 年 12 月

送　饭

给在农田里干活的人送饭，已有三千多年的历史。《诗经》多有涉及。《诗经·国风》就有多处叙述送饭的诗句。全篇反映农业生产的《豳（bīn）风·七月》，第一段有“同我妇子，馌（yè）彼南亩，田畯（jùn）至喜”的诗句，用现在的话说就是，妇孺送饭到田间地头，生产队长喜笑颜开。《诗经·周颂·载芟》有“载芟载柞，其耕泽泽……有嗿其馌，思媚其妇，有依其士”，描绘出一幅生动形象的春耕饷田图，“有嗿其馌”主妇们送饭来了，男人们吃得香甜，一个“嗿”字，仿佛听见众人吃饭吧唧嘴的声音。《诗经·周颂·良耜》：“或来瞻女，载筐及筥，其饷伊黍。其笠伊纠，其镈斯赵，以薅荼蓼。”截取春季播种祭祀仪式中的片断：农妇用圆筐方筐装上黄米黍饭，提到田里给年轻壮劳力送饭。饭后，他们又戴上草帽，挥铲锄草。《毛诗序》说：“载芟，春籍田而祈社稷也，良耜，秋报社稷也。”前后姊妹两篇，分别描述春秋大忙时节田间送饭的场景。唐代伟大现实主义诗人白居易《观刈麦》：妇姑荷箪食，童稚携壶浆。相随饷田去，丁壮在南冈。描写得更为具体形象，妇女们担着竹篮盛的饭食，儿童手提着壶装的汤水，相互跟随着到田间给在南冈收割小麦的男子送饭。

我国广袤的华北地区，耕地大都集中在村子周围，许多农民出家门就是田地，再远也都在一两公里之内，他们到田里劳作，无须送饭。而对于鲁西泉乡东峪南崖村来说，往田间送饭，似乎是《诗经》和白居易们早早埋下的伏笔。

南崖村的土地，都集中在村子东南方向的山套里，最远 4 公里。十一个生产小队，有八个在最远的南山峪有田地。夏收和秋收季节，抢时令，早上天不亮，乡亲们带上农具步行下田，开始一整天的劳作。早饭和中午饭，都由小队指派的专门人员，送到田间地头。

田家增当过大队会计、小队会计，送饭的经历，至今记忆犹新。那年，南崖村的劳力，村里林业队、科技队各占去一部分，能抽出来的壮劳力，出夫到分水岭“战山河”工地。他们小队在家的男女老少，能下地里干活的是十八人，也就是十八张锄，在南山峪东山坡锄地。

那天，他负责送饭。十八户人家将自己家盛饭食碗筷的包送来，集中放在一个“糠篮”（当地土语：藤条编织的大个篮子）里。将炒菜和笼屉布包放在下面，书包有襻带，挂在扁担上。扁担的另一头儿，是队里熬的一水桶玉米面糊糊。他粗略算一下，十八个人，一个人两个碗，约有一斤半，加上包里的主食、菜和糊糊，连自己，一共十九个人的饭，足有 120 斤重。约十一时，他挑饭上路。他正年轻，身体壮，架不住日头高照，土路边上有些稀稀拉拉的槐树，遮不了多少阳光，一路上坡，中间歇了几次才送到田里。

几个小队，送饭模式大体一样，田地里干活人多的时候，一般三四个妇女就能办好。我们二小队集体灶台，在高家祠堂，也叫高家庙。我母亲也干过送饭的活，还有两个长辈奶奶和一个大娘。上午，母亲她们提前到生产队集体菜园摘菜，主要摘茄子和少部分辣椒。回到祠堂锅灶，炒一大锅菜，煮两水桶小米稀饭。那菜只放盐，没有几个油星，炒出盛到水桶里，一会儿变成蓝色黑色。

煮稀饭须非常用心，队里的谷子是土场院里碾出来的，在磨上脱去谷糠，有些细小沙石留在小米里。母亲她们用水舀，一点一点地淘米，直到全部淘洗干净，才下锅熬制。小队保管员操心送饭这事，大锅菜炒好了，保管员常常爬到屋顶上喊：二队哩，二队哩，在南峪掰（音 bēi）棒子（玉米）的，抓紧把饭送家庙来，一会儿走啦，啊！各家会迅速将自己家人用的碗筷主食送到。

往地里送饭，饭不到，干活的不歇工，是习惯，也是规矩。在地里干活的人，中午又累又渴，快干不动了，都盼着送饭的早点到来。田地外沿上的柿子树影子，稍稍拉长的时间，正是老老少少饥渴难耐的时候，几乎是肚皮贴到后脊梁了。送饭的还在路上，就有好事的大孩子请示队长，想去路上迎接送饭人。有的孩子时不时到地头去探看，也有的爬到柿子树上瞭望，多少有干活偷懒之嫌。这些小伎俩，队长最明白，不会答应。会当队长的，马上喊几嗓子，鼓励劳力们抓紧干完最后一趟，歇歇，吃饭。

人，肚子饿的时候，嗅觉最灵敏。尚有一些热度的秋风，先于送饭人的脚步，提前把饭菜的香味，漫过草坡，溜过层层梯田，送到田里社员们鼻尖上。饭送到，大人们行动习惯性地迟缓些，让猴急的孩子们先拿，在偌大的帆布包袱里，找自家的兜。那包袱里，花花绿绿，灰蓝青紫，有的用花书包，有的用笼屉布，有的系有布条，有的用红丝线缝上家人的名字，还有的包上盘一只蝴蝶结。

各家送的，主食多有不同，各有花样，有的送白面饼，有的送高粱饼子，有的送发面饼子，还有的送菜窝窝和熟地瓜。七小队的万舒丛，和一名社员往南山峪送饭，两个人在云翠山山脚大柏树下歇歇。他们两个好奇，想看一看各家拿什么饭，等打开一个包，见笼屉布裹着白面饼，饼里还夹着喷香的炒鸡蛋。两人搜肠刮肚，苦思冥想，才记起，这饼是本家二奶奶给二爷爷送的饭。

舒丛是二奶奶看着长大的，只是不理解，队里有送的炒菜，这二奶奶为什么还夹上鸡蛋。两个人顶不住诱惑，把那点炒鸡蛋给吃了，而后逮了两串蚂蚱，连同白面饼重新放到包里。二爷爷打开包吃饭，咬了一口饼，似乎闻出炒鸡蛋味，自言自语道：这老娘儿们，送饭慌慌，光送烙饼，忘了装炒鸡蛋，娘来的，怎么还有蚂蚱。从二爷爷打开包，舒丛二人就盯着看，这话，两人也听见了。下午歇工回家，两个人跟着二爷爷到家里给二奶奶赔不是。听说，二奶奶点了八辈祖宗的名另加多个嘴馋，拿着笤帚疙瘩将两人打到院门外边。二爷爷拉着拦着，手里开始拎着的那两串蚂蚱，只剩下半只。

用水桶挑到田地里的菜，各小队也有差异，我们二小队菜花样多，送过茄子、萝卜、蒜薹，有时还单独腌制一小盆鲜辣椒，供社员们解馋，好像没有送过绿豆粉皮菜，五、六小队有粉坊，能吃上蒜薹炒粉皮。那饭送到地里，每个人盛上一碗，在地头上找个阴凉地，或找个石板坐下，端着吃。

几十口子人，散在田地里集体吃饭的场景，是生产队干农活时代特有的一道风景。坐草帽边的，坐石板上的，坐草棵里的，蹲着的，靠树干上的，一只脚踏在石板上的，怎么舒坦就怎么坐着，倚着、靠着。乡亲们吃得香又都特别不讲究，吧唧嘴的，呼噜噜喝糊糊的，勺子刮菜桶底的，吃饱了连续排气的……山里没水，吃完饭没处洗碗，顺手逮到树叶，擦擦碗，像柿子叶、高粱叶、蓖麻籽叶都用过。

上中学时，作为半劳力，我几乎参加过生产队除摇耧耩地之外的所有农活，多次在收庄稼的旷野里吃集体送来的饭。生产队送到地头的糊糊，或者小米稀饭，往往不够每个人分两碗，我常常盛满自己的碗，没有盛第二次的机会。母亲担心我吃不饱，教我盛第一碗时先盛半碗，尽快吃完，第二碗时再盛满。试过以后，我发现大人和娃娃们都像老江湖，这样盛饭的不只我一人，许多同学特别是大人们都是如此。他们喝稀糊糊的速度惊人地快，有的人第一碗还没轮到盛，已经有人伸出饭碗等待盛第二碗。我记得，有母亲参与送饭的时候，我才能荣幸地喝到一碗半糊糊。母亲知道我不会去抢，或者抢不过，会将自己的半碗倒给我。

集体送饭有炒菜，能喝上绿豆汤，标准高一点的是绿豆小米饭。那小米饭，说稀饭有点稠，说米饭，有点稀，吃了顶饿。最困难的生产队，还送过“豆美”当主食，集体用大锅绿豆汤煮鲜地瓜片，熟透，用勺子挖到碗里吃。这种饭没油水，吃得多，饿得快。听老人们讲，早年送饭，吃过集体蒸的玉米窝头，后来改为自己家送主食。

我问过乡亲们，什么时间开始集体不送主食的，都说不清。但他们记得“窝头事件”。当时，集体送饭吃窝头，一个生产队在南山峪干活，有一位妇女，吃饱以后，私自拿了两个窝头放在自己兜里，想带回家给孩子吃，让队长发现，抓住。小队长虽没有上纲上线的水平，却有不依不饶的理由，直接在社员大会上批评她。会场上，这位妇女哭了，她是真想带回家让孩子尝尝，因为，她们家常吃的是地瓜面窝头，每次蒸几个玉米面窝头，都是数着个，给孩子爷爷吃。事情过去几天，小队长知道了她家情况，从自己家装了半口袋玉米面，让媳妇悄悄给送过去。

1977 年夏，我上初中六年级，学校放暑假，我和许多同学参加本生产队麦收劳动。在最远的南山峪干活，天热，口渴得要命，队长让一名劳力去不远处的林业队挑回井水，供大家解渴。我们家，只有我一个人干活，送饭时母亲常常给我烙白面饼，在小伙伴中不能说最好，但应该是比较稳定的。

那天中午，左盼右盼，终于等到送饭的来了。大家都从装主食的包袱里找到自己的包，取出碗筷盛饭吃，可是里面没有我熟悉的花书包。那会儿，我成了焦点，低着头，蹲在包袱一边，听着大家吃饭的声音，委屈的眼泪都快掉下来了。有两位长辈，将他们的窝头和发面饼分给我吃。饿急，我也没客气，吃得很香。正犯愁纠结没有饭碗盛菜和糊糊，这时，只见父亲骑着自行车，给我送饭来了。

我打开书包，看到两个碗和白面饼，里面没有筷子。我把烙饼分开，送给两位长辈，他们坚决不吃，还帮我盛留在水桶底的饭菜。地头地沿上多树，我折了两条毛杨树枝，当作筷子。我清楚地记得，那双略有弯曲、带有毛齿的“筷子”，带有淡淡的苦味。

南山峪的庄稼，不论歉收还是丰年，都是南崖村乡亲们血汗砸八瓣换来的，远途送饭挑担挑出来的。无论耕、种、管、收，几乎任何一块有树有石板的地头，都有送饭吃饭的记录，有社员们的集体记忆。

为了赶季节，收完秋庄稼，及时种上冬小麦，各生产队会给耕地的劳力们送饭，确保耕地进度。村里耕地，一套三头牛，一套犁耙，一个会耕地的劳力，一个随同帮忙的妇女，或者大孩子。这名帮忙的，叫跟绳索（当地土语：也叫跟椇、跟墒）的。我的妹夫宝运兄弟，曾经参加过耕地跟绳索，还负责送饭。

他上午干一部分活，有地头地角牲口转不过来，犁不到的，他要用镢头一点点刨起来，确保耕地到头到边，不留死角。快到中午，回到村里来挑饭。同时耕地的四套牲口，八个人的午饭，他个子高，连饭加汤菜一起挑到地里，几个人吃了不耽误继续耕地。中午时间，同样辛苦一上午的牲口们，放开在地里啃草，吃饲料豆，下午接着干活。同样是耕地的老牛，在南崖村，就比别的地方的牛，要多吃许多苦，常常饿着肚子拉犁牵耙，被吆喝过来吆喝过去，这些无语的生灵，与众多乡亲们结缘，始终是他们心中的功臣。

足够远的田地，足够累的劳作，是我在那 U 形山旮旯里深刻的记忆。这U形的山坳，是许多乡亲们和我及我的伙伴们生命的起点。因此，这山坳，使我的人生进程更有意义。我从小学生到中学生，觉得那八里地已经很远，跟着大人们走路去干活，干完一天活，再走一个八里地回家，走那路真的会睡觉，你会觉得走了八十里八百里，那一会儿，如果有个驴尾巴，许多像我一样回家的同伴，一定会争抢着拽上，排队牵手连成串都行。

2018 年 12 月

织　布

我家有一架老织布机，是老奶奶娘家父亲专门给做的。我应称他老姥爷，他在村前街，是远近有名的木匠。他整整用了一个月时间，用我们家的旧木料打造而成。那织布机框架结实大方，卯榫工艺精湛，各种零七八碎小工具一应俱全，像拐子、打车子、籰子、�子、箔子、踏板、梭子等，配套齐整。

母亲说，织布机比我父亲年龄大，至少有一百年历史。这架织布机好用顺手，许多乡亲们都来借用。早年，老奶奶前街的重要亲戚，听说我们家很少用，想搬过去放他家，老奶奶坚决不肯，为此还得罪了亲戚。

母亲说，我们家织过两次布。

一次是我小时候，刚满六个月，姥姥那时 50 多岁，在我们家帮母亲织布。姥姥坐在织布机板上，有一个线头断了，姥姥眼花，看不清接头，就让母亲到织布机跟前帮忙。母亲抱着我过去，想把我交到姥姥手里，腾出手接线。结果刚递到跟前，我就冲着姥姥用来湿润梭线的碗，撒了一泡尿，母亲要把我挪开，姥姥发话说：别动，这么点的娃娃，撒不完会上火。姥姥的关爱，给了六个月大的我，为家里织布做“贡献”的机会。

织布，将织布梭里的线穗浸湿，是工艺要求，也是重要环节。只是有的人家用碗，有的人家用个瓦盆。织布梭里放的是纬线，线团是干的，湿润过的线，结实，滑溜，左右穿线，不易折断。一般是把线湿了以后再塞到梭里。母亲说，姥姥是织布巧手，她一次把两个线穗子的头含在嘴里，往盛满清水的碗，猛吸一口水，这样湿润线穗子快，匀实，管用。

长长的卷在盛子上的是经线，如果织白布，经纬线都是白色，织花布，经线纬线都需要设计不同颜色的线。提前买来颜料染成想要的颜色，多数是红绿蓝，接近于色彩学红黄蓝三基色，手工织布多是颜色交叉，形成不同方格花色，而绘画或其他织染工艺就复杂一些。像山东嘉祥、鄄城的“鲁锦”，申报了非物质文化遗产，织布用线色彩工艺就更为复杂，历史上曾作为贡品，献给朝廷，成为历史珍品。山东的手工织布和鲁锦，是齐鲁文化的重要元素，是源远流长黄河文化发展的有力见证。

农村织布都用好棉花，在选棉花、弹棉花、去掉棉籽制成皮棉的过程中，选出一二三等，一等皮棉用来织布纺线，二等用来缝制棉被，山东土话叫“盖体”，最差的用来做不常拆洗的褥子。从皮棉到成布，有上百道细小工艺，大体需要七八道工序：（一）纺，用纺车将捻成的空心棉条纺成线；（二）染，给纺线着色；（三）浆，用小麦面糊浆将线搓揉晾干扽顺；（四）牵，也叫牵布，将篗子上的经线，从高粱秸秆环上一一牵出，按顺序挂在每一根经线橛上，最后卷线成团；（五）递缯，经线穿过竹质缯片圆环，或从缯柱中穿过，使经线织造时上下分离形成织口，缯越多，纹色图案就越丰富；（六）调，将织布机部件全部组合调试，包括拴盛子、吊脚蹑等；（七）织。

我家第二次织布，那年我 7 岁，读一年级。纺线用的空心棉条，在当地叫“布儿”，母亲曾教过我搓“布儿”。木搓板约一尺长半尺多宽，上边有一个抓手，板子底部平而发涩，一根细高粱莛子，把棉花絮放到一个平板，或者桌子上，左手拿莛子压住，右手用搓板往前一推，就能搓成一个有直孔的棉花布儿。

我那时能帮母亲做多少事，还没有主观意识，主要还是看着好玩，看大人搓得很轻松。等我上手，开始放的棉絮不匀，搓板使劲来回倒，搓出来的棉粗细不匀，还有空漏，条也不匀。后来看母亲做得顺手，我就慢慢地学、试验。一根高粱莛子，在左手心里，攥紧，压棉花，右手用搓板一推，那细细的高粱莛子贴着手指旋转，直接放到棉花布几堆上，用板子压住，抽出来，再搓下一根。后来，我也能像母亲那样搓得又快又细又匀称。

纺线，是技术活，我万万插不上手。母亲说，奶奶在世的时候，老奶奶给定的纺线任务是每天三个线穗子。奶奶白天干活，插空纺线，每天不完成任务不让睡觉。母亲进门以后学纺线，也是跟老奶奶学的。她们娘仨三辈自然地完成了织布手艺的传承。连后来拐线、浆线、络线，都是手把手教会的。母亲说，浆线是根据线的多少定浆线面粉数量，一斤线一般需用四两面粉，把面筋揉出来，只需要牛奶般的浆汤。

春秋季节，阳光灿烂，是浆线晾线的好时节。在院子里，母亲找来四根长扁担，两根绑起一头，成人字，顶上架一根丈余木杠，将浸过面浆汤的线挂上，请来令成奶奶和德英婶子帮忙。她们先是握住线批，拧成团，使劲地向下勒，一遍，接着一遍，最后，几个女将再用擀面杖，套进线批，铆足劲，往下扽，把水分拧干，把弯的捋直，把粘连的拆散。她们边说话聊天，也不耽误扽线。多是说，谁家婆婆织布两天一晚不下机，一口气织三丈多布，她吃饭在织布机上，就憋着不上个“茅子”；谁家女娃几天不见，长成大闺女了，给邻村的亲戚男娃说个媒，等等。

来我家的那位奶奶，是前邻居，她女儿，我管她叫姑姑，我父亲常不在家，母亲找来姑姑做伴，给自己壮胆。姑姑高个儿，漂亮，手巧，母亲知根知底，给姥姥家在煤矿工作的邻居小伙做媒，还真成就了姑姑一生的姻缘。母亲记得清楚，奶奶请母亲给姑姑说媒的事，就是那天浆线扽线聊天时起的头。

从开始弹棉花到织成布，农活空闲时间也要有半年，是功夫活，也是慢活，更是多人合作、集体创作的结果。牵线走线这道工艺需要四五个人配合。这时间，姥姥已经来我家，母亲还是要找来邻居帮忙。母亲在晾被子衣服的铁丝上，挂出十多个溜子，那溜子是用高粱秸秆弯曲而成的半圆环，表面极其光滑。地上一边摆放十多个均匀缠着棉线的木籰子，地面约 10 多米的空间，两头各立有六只嵌入地面的木橛子。籰子和橛子在缠线走溜子时至少要三人看护，不要让线绕断了。母亲分别从籰子上取了线头，而后将所有的线从半圆环中穿过，一边走一边拧劲儿，再一一挂在地上的木橛子上，从而连接起所有的经线。

我家院门敞开着，街上路过的乡亲邻居，都进来看热闹。令代奶奶进门，看我和小妹调皮，就帮着照看我们，有的帮着看籰子，看转动走线，有籰子不动了，就意味出现断头。整个院子热闹非凡，大人们忙得顾不上聊几句闲话，连上了年纪爱抽烟的令成爷爷，都口含着烟袋嘴、蹲在地上帮着看线。

整整一个上午，到日头偏西一点才结束。母亲来不及做饭，请邻居们等会儿，擀面条吃，大家都没留下。这帮着干活，不管饭，绝不是母亲的性格。问起来，母亲说：咱家你姥姥在，你们几个娃娃都小，做饭看孩子麻烦，帮忙，是互相的，人家忙不开，我也得去搭把手；互相不吃饭，都习惯了。

织布机的机头，架着一根圆木，约有茶杯粗细，圆木两头，各有六根半尺左右的插板。这物件叫枡子，用来缠放所有经线，10 丈，20 丈的线都均匀地缠绕在圆木上。而后将所有线头，分上下两层。

递缯，是上机织布前，最为要紧的工序。缯，由细批竹子密集联排做成，两边有木条固定，递缯时，需要两个人合作，一边一个，这边递线头，对面掏过。我们家织布，都是母亲递，姥姥在那边儿接，这有一定技术含量。缯，有两扇，前后各一，80 公分长，20 公分宽，它的长度大体决定布幅的宽度。

织布机底有两个踏板，两只脚交替下踩，两扇缯上下分合，中间形成锐角形空当，梭子迅疾从中飞过，纬线留在缯内经线并排多个交叉点上，手扶机框，使劲一拉，“哐当”一声磕碰（学名筘杼），将经线纬线密密实实锁紧，磕碰多了，就成一寸寸、一尺尺的粗布。

织布人心灵手巧，多点配合是关键。脚蹬踏板，双脚协调并用，梭子在左右手两边翻飞，双手需协调，同时还要拉挡板。一般的人常用右手，较顺，左手往回扔梭就不怎么顺手，往往梭掉地下的多是左手。

姥姥在我们家织布手快，一天能织布1丈。常常与母亲替换着上机。我能帮上忙的，就是在织布机底下捡拾线梭。姥姥裹小脚，比三寸金莲大一些，那两只小脚在踏板上，如机器般精准、迅速。踏板有两尺长，中间一点被踏磨得光亮如抹了油，似乎比踏板两头还薄了些。姥姥停下来等我捡梭的时候，两只小脚暂时离开踏板，蹬在织布机的边撑上休息一下。我把梭递给姥姥，她还将梭外面拉出的线再撸一撸，有时含到嘴里，湿润一下再织。为赶进度，姥姥吃饭简约，等盛好放好，热饭晾凉再吃。

农村人织布赶紧忙活，一来是已经允诺下家用织布机，已经定好日子，二来快要开春了，大人孩子将要脱去棉衣，等织布下机，做衣服上身。村里有一户乡亲，自己家人口少，儿媳妇娘家人多，就让儿媳妇回娘家做，让她带上一大包搓好的棉条，到娘家纺线织布，回家时再带成布回来。

每户农家女主人，不是都会织布，也不是谁都能熟悉并完成整个漫长而烦琐的程序，将白花花的棉花，织造成多姿多彩的粗布。会织布的人家，多数能从大人孩子穿戴上显示出来，一年四季，身上总是有单有棉，有模有样。个别还用两层粗布，缝制两层的夹袄夹裤，作为季节过渡。

多年的经验，使更多的乡亲们联合起来制作粗布，有的两家合伙，有的从市场上买来浆洗好的线批，请邻居亲戚织布时顺便代为帮忙。花格子的粗布，是农家女儿婚前必备、出嫁必陪的嫁妆，寓意过日子踏踏实实，幸福美满，多数人家都会有一些留存，压在箱底。有的人家用这些格子粗布做被子，盖了二三十年，拆洗多次，不断线，不掉色。那是她们双手织就的美，那是乡邻众亲集体创作的作品，那是乡情亲情的聚合流动和传承。

1983年秋，我入伍即将离家，姥姥还健在，姥姥让舅舅来我家取织布机。印象里，舅舅用一条钩担挑着出门，他人走在织布机长方形框子里。我送他到村头。

2019年1月

烧头儿

烧头儿，鲁西南地区土语，农村人对生活燃料的统称。秋天，乡亲们搂树叶用的筢子，和竹席编织的背篓，是拾柴火用的两件利器。背篓像两张床席拼接成的兜，篓下放一个井字形的木托，装满柴火，系上筢子杆背回家。我羡慕过邻居家有那样一个背篓，也曾想借人家的来用用。

筢子，1米多长木棍，一头并排绑上十五六只竹批弯成的钩，那样式，如果说像两只在键盘上敲字的手形，相差不多，只是伸长了手臂。到山林里捡拾树叶，大人和比较聪明的伙伴，都喜欢单枪匹马上山。

冬天，还没有下雪的时候，乖巧的山风，好像知道乡亲们烧柴火的窘迫，想到有那么多的人来找寻这些树叶，通人性似的，提前将林子里落下的刺槐树叶，归拢进树坑里，刮到石崖根下的草窝里。拾柴火的不论是谁，都可以背上背篓，或者糠篮，到这里来取。他们用筢子搂，用手一把一把地捧，里面多是干枯的树叶，幸运的话，还会有细如手指、筷子般的枝杈。这样，积少成多，一个上午，会收获满满一篓柴火。

戴着手套无法拾柴，只好摘下来，而手掌里里外外，都会多出几条划伤划痕。大人们的手，皮厚，满是茧子，抗冻，半大不小的孩子，下山的时候，两只手会冻得像两个馒头。问题是，等到天降雪不能再捡拾柴火，家里要靠平时的积攒，否则，就会影响到烧火做饭。开春，天气略有回暖，林子里的树叶几乎被大家胡噜（当地土语：归拢，收集）干净，再上山，会比以往付出更多时间和精力，过去，转一个山谷即可满载回家，这个时间，可能要多走几个山谷。烧火做饭取暖的柴火，要靠乡亲们在冬日里，冒着严寒进山林淘换，而一次一次地淘换，都可能经历寒风呼啸山林的考验，而每一次都可能把他们的寒冷耐受力推向极致。

我们家，平时烧煤比烧柴火多。每年冬初，父亲会从县城用汽车往家拉一车煤，村庄里见到汽车本来新鲜，何况又是一车大块的煤。我觉得那几乎是我平时打架干活没帮手，平衡自己年幼心理的最合适机会，那会儿的得意和显摆，不知是否伤过伙伴们的心。这是我们全家一年的烧火燃料，冬天生炉子取暖做饭，靠它，夏天烧火做饭还是要靠这些煤，烧得很节省。生产队收回的庄稼秸秆，能喂牲口的留下来，剩下的棉花棵，也叫作“棉柴”（当地土语：摘干净棉花及棉桃的棉花棵），去掉玉米粒的玉米芯，都分到各户当柴火烧。这两种柴火须细心收起放好，冬天烘暖被窝，火硬，持续散热时间长。

小时候，秋天杨树叶子开始发黄、干枯，小风一吹，地上落一层。有的伙伴，不挎草篮子，也不拿口袋，简单到只拿一根铁丝，穿上一根长长的麻线，在末端系上一截小拇指大小的木棍，就可以到村西边的沟里，捡杨树叶子。我们家没有这物件，我就央求住在我们家的姥姥给我做了一个，能和小伙伴们一块去疯。找到树叶，用铁丝扎过，往铁丝和长丝线后边一勒，树叶就变成丝线的俘虏，树叶多了，拖在地上，每人的后边像坠着一条长龙，或者一条粗大的尾巴，几个同伴比着看谁穿得多。等树叶集满整条麻线，拖拽有些费劲了，将长长的树叶串搭套到肩上，身后还拖着半截，赶紧回家，解开麻线尾部的木棍，往下一捋，“哗啦”便是一堆。

深秋季节，村东南西三个方向的山脚下，满坡的柿子树，霜染过的树叶，红得像一团团火，间或有几片绿色的叶子陪衬，远远看去，每一棵树，都像笔挺的灰黑色树干举着一束火炬，叶子摇曳飘落，厚而挺括，油而细腻。大人们和稍大一点的孩子，带上背篓和筢子，带上麻线，到柿子树下，扫、搂、掏，把红红绿绿、金金黄黄的秋，装进背篓，背回家。

柴火的事，都为烧火，着实让乡亲们上火。为保护大寨山国有林场，林场和村里不让上山砍柴，穿（当地土语：清理树多余枝杈）树枝，也违法。

那时候，各家烧头儿都比较紧张，靠捡拾柴火烧火远远不够。有的时候，想到山上弄一点柏树的树杈，也不容易，看山的护坡的严格检查，他们可以随便检查来往行人，塞得紧紧的草篮子，还要认真翻一翻，看看里边有没有新树枝树杈，有打成捆的青草，也要摸一摸中间有无夹带树枝树杈。遇到背篓，也会伸进手摸一摸，检查过了才放行。

每年开春，各小队开始筹备烧地瓜芽子炕，各小队公共的麦秸玉米秸秆都接续不上，有的人家有烧柴断顿的现象。大队书记杜勤福出面和林场商定，各生产小队组织劳力上山，专门穿侧柏树底部的树杈，砍下，集中挑回村里，每 100 斤给个人 20 斤提成，拿回家烧火。

我们初中学生停课，参与其中，大点的学生每人带上担子和绳子去山上往家运树枝，小个头的男生、女生多用绳子捆上树枝往村里背。因为有奖励，每人都使出吃奶的劲，多捆、多背、多担。我背的一捆能碰到脚后跟。有的女生背得多，绳系得不紧或不平衡，多有散捆的。背到场院，称后，背着奖励的柏树杈回家。

宝运兄弟的父亲，年轻时曾经在黑龙江鹤岗煤矿建设处工作，后来返乡种田。十一口人的大家庭让这位干过大事的家长，不能有丝毫懈怠，吃的，用的，烧的，都要操心。家里集中存放起来的柴火，垛在院东墙根底下，一边风干，一面随取随烧。宝运上边三个哥哥，夏天放学首要任务是挎上篮子下地割草，秋天和冬天，多是去家南边的山上捡拾柴火。像山坡上的树墩、树根、树疙瘩，刨出来，背回家，当柴用。哥哥们有时贪玩，上山玩够了再动手，背回家的柴火少，逃不过老人的眼睛，轻则训斥两句，重则藤条家法伺候。

宝运兄弟，上中学时和劳力一块儿去风峪犁地，老父亲给的任务，歇工回家必须背一捆柴火。他们套上牲口就是一上午，中途回来挑饭，再送到田地里吃。中午饭后，牲口也要歇歇喘口气。这时间，他和耕地的劳力都急忙给自己家拾柴火，枯草、树叶、枯树枝、庄稼秸秆，搂到筐里就是柴。他跟着犁地，常盯着耙地挂住的“耙脚”（当地土语：耙地时挂在耙钉上的杂草和细碎庄稼秸秆等），积攒起来，一并捆上背回家。他家东墙根底下，一捆捆晾晒的柴火，多是宝运兄弟的成绩。

在街上，经常看见有的大孩子，背着大一点的篮子往山上去找柴火，扛上筢子和扫帚，到山上去扫树叶。那个时候山上的树叶都让乡亲们一遍一遍给扫得精光。树叶落了，本该化成泥土去滋养山林，乡亲们提前完成了一次截和，把它们请进柴火垛，扔进灶膛，催熟食物，从乡亲们角度讲，是生活所需，不得已而为之，而从山林惠及百姓方面看，像是施舍，更是馈赠。

林子越茂盛，枝叶越厚实，这密密匝匝的山林，参与到乡亲们与生命抗争的进程中，夏天奉献了绿色，秋冬再次实现价值的升华。绿叶枯了，枯叶落了，四季轮回，年复一年，这些树枝树叶，成就了乡亲们生活兜底的重要选项，使得乡亲们支离破碎的烧柴梦变得近乎圆满。

乡亲们拾柴火，在任何季节，在他们认为适当的地方，多是寻寻觅觅，觅觅寻寻，心想的是柴火，眼睛里搜寻的还是柴火。即便是山林景色如画，田间多姿多彩，也似乎与他们没有关系。肚里缺食，灶下缺柴，心里没有一块多余的空间能装进风景。大雪后的山村，白茫茫一片，热闹喧嚣的山村，被大雪遮盖住。家家户户袅袅生起的炊烟，为这静谧的山村添足画面感，其实，上山打柴的乡亲们，不论是谁，不论山上山顶，不论林中山坡，稍微注意一下，就会发现村庄冬雪后的美。可是，谁会注意这些？

现在，山林中的树叶都比较密了，有的地面枯树叶有半尺多深。林间新铺了石板路，许多城里人来踏青、旅游，还有驴友团队来越野训练，幸运的话，还可以看见从村子炊烟升起的街巷里，走出一群羊，那赶羊的，说不定还是自己家老邻居。

现在的乡亲们，到山上不再捡拾柴火，而是悠闲地踏山赏景，他们总算有心境和心情，在捡拾过柴火的树林里眺望远方。

2018 年 12 月

牛棚故事

庞庆忠老人年轻时候，给生产队喂过五年牲口。

他所在的六小队，重分小队时分的大牲口比较多，能领墒（当地土语：领头）干活的大牛就有八头，最多一次可以套七挂共二十一头牛下田耕地。开春蹚地瓜沟和秋季耕地种小麦季节，大牲口使活最集中，牛草、饲料都应紧紧跟上，让牛吃饱吃好，有劲干活。这时候，队长提前给他打招呼，提前预备停当。饲料归保管员负责，一个月称了就送过来。

庞庆忠说，偶蹄牲口，像牛不用喂夜草，白天，喂饱了，第二天耕地的劳力来牵牲口，说套哪个就套哪个；耕地活紧的时候，早晨天不亮就喂好，早早牵出圈。驴和马，还有骡子，是圆蹄牲口，白天喂饱，到后半夜，他还要起来喂夜草，只要喂饱，牵出去就可上套。他说，草料跟不上趟，大牲口就不听使唤，耕地拉犁就会松套打折扣。

一个好的饲养员，喂牲口是本分，需要勤快。体现饲养员价值的，还要看牲口繁殖情况。像第一生产队的福祥和扈生老爷爷，第二生产队的令山、凡君、令其（麻三）等，他们都是非常用心的饲养员，平时掌握牲口的习性，仔细观察，听得懂“牛语”，知道哪头牛在谈恋爱，该配种了，哪头牛怀小牛犊几个月，甚至有快要生的，都了如指掌。牛十月怀胎，生牛犊的时候，饲养员每天重点关注母牛，精心喂养，仔细观察，不小心就会“葬拢”（当地土语：伤害）了小牛犊。晚上睡觉醒了，饲养员起来看看老母牛，是不是该生了。

饲养员都会给母牛接生，用轧过的白细柔软麦秸秆儿给牛妈妈铺垫好，冬天，生小牛犊的时候再给牛烤上火，晚上，两个饲养员轮流守护，以防大牛、小牛着凉。离我们家最近的两个生产队牛棚，每年都会添三五头小牛犊。庞庆忠老人当饲养员期间，每年都有三四头的牛犊生下来。他看着一头小牛犊生下来，歪歪达达，既站不太稳，又能站住的憨态模样，忘记了曾为母牛守夜的辛苦，自己很高兴，早早地给队长报个信，分享这份快乐。

这些大牲口，允许到集市上买卖，生产队里的牲口，公牛和空身（当地土语：单身，没有怀小牛犊）母牛卖相好。一头单身母牛，牵到市场上很容易卖掉，但是如果带上小牛犊就不好卖。

饲养员们与自己饲养的牲口感情很深，每逢有大牲口被拉出去卖掉，饲养员都会将它们的皮毛洗过、刷过，专门抓几把豆饼（当地土语：豆粕）喂给牛吃。庞庆忠说：牛有脾气，习性特他娘的像咱山东人。牛们也和人一样，合脾气的常来往，彼此顺了眼，常拴在一起，不打架生气。

牛圈里，牛拴在石槽上的位置相对固定，牵到室外，拴牛的木头桩子也固定，有哪头牛被卖掉或者受伤杀掉，别的牛牵进牵出的时候，庞庆忠会朝那牛槽空位和拴牛桩多看几眼，有时还下意识地端着捞过水的草，往那个空槽里扒拉几下。

饲养员都没有钟表，白天看日头，比着拴牛桩的影子算时间，晚上看星星，星星顶在天上了，开始喂驴。一个牲口，平均每天1斤饲料，多是高粱掺上一些麦糠，和炒半熟的杂豆。那时候，好粮食分给人吃，杂豆不炒熟，是防止饲养员和调皮的孩子“谋私”。

牵大牲口去干活，犁地，要配上套，一般三头牛组成一套班子，最大的犍子牛负责“领墒”，它有一定农活经验，听得懂口令，第二头牛叫“配墒”，最后一头叫“梢套”。联产承包责任制以后，两户拼起的两头壮牛也可以成套犁地。

喂大牲口，是辛苦活，也有一定技术含量。同样的草，同样的料，你喂得好，牲口就能够长膘，下地就出活，队长高兴，使唤牲口犁地的劳力也称心。盐，对大牲口长膘上劲有利，如遇断顿，饲养员只要逮到小队长和保管员，就央求他们该买盐了。有时庞庆忠看生产队里没有买来盐，就从自己家里抓几把大粒食盐装兜里，给牛吃。他说，牛吃草料，吃下盐去就能够吃更多的草料，就能上膘。

村里十一个生产队，十二座牛棚。牛棚里没有水井，都靠饲养员自己挑水喂牲口。村里辛家井，附近一、二、九、十，四个小队牛棚的饲养员去那里挑水，扈生老爷爷爱唱戏，在井台上排队时高兴就亮开嗓子哼唱一段。万家街几个生产队，牛棚离水月近一点儿。

饲养员们到辛家井挑水，是常态，早上集中挑水的是他们，白天接二连三挑水的，还是他们。饲养员们比较乐和，在井上，坐下来排队、休息，爱闹的就编起顺口溜，比如有人编：啪啪啪，啪啪啪，弯腰捡起篮子“扎”。牲口棚，每天要用十四五担井水捞草、饮牛。

夏天，太阳快要落山的时候，牲口棚开始收草，小队会计到场过秤。这个季节，我们这些学生娃，放学后都会下到地里去割青草，挣一点工分。割回来的草论斤称，小队会计现场发给盖有他手章的草票，缴二十斤一个工分。这是每家的任务，不是可缴可不缴的。

有时候下过雨，割回来的草，二十斤草带有三五斤泥巴，压分量。缴上来成堆的青草，两名饲养员配合用铡刀切碎，成一寸左右的段，放到石头水缸里清洗，洗干净草根上的泥巴，沥净水，才往牲口槽里倒。

冬天，需要专门铡好麦秸和玉米秸秆，存到牲口棚库房里。饲养员喂牲口时，还要用清水捞过。晚上，牛棚里电灯不是很亮，灯泡让烟熏得变成棕红色，加上烧火冒烟，光线较暗，二三十头牛一起，喘着粗气，唰唰吃草的声音，缰绳摩擦石槽的声音，此起彼伏。这会儿也是小牛犊开小灶时间，撒着欢儿哞哞地叫着，往牛妈妈怀里拱。此时饲养员，尽管累得已经直不起腰来，但心里乐和，像欣赏自己家的孩子们吃饭，像在田间地头上欣赏丰收在望的庄稼。

饲养员，在生产队里每天记10分工，这是一个整劳力一天的工分。他们一年365天，那就是365个10分工，比起其他出工才记工的劳力，有一定优势。但是，还是有人不愿意干喂牲口的活，因为牛棚里卫生条件很不好，那么多大牲口集中在一个大房间里，气味很污浊，只有两三个方便出粪用的小窗子，通风不畅，烧水炒饲料的锅灶，几乎每天烟气腾腾，进到里面，烟熏得眼睛疼，睁不开眼。

直到分田分牲口到户以后，有几个小队的老饲养员，陆续得绝症去世，一些乡亲们私下说，这与喂过牲口有直接关系。可是有老饲养员身体好，年龄大，比较壮实，像前面说的庞庆忠和扈生老爷爷，80多岁时，模样像60多岁的人。扈生老爷爷2022年十一期间去世，到94岁高龄。我正好住在村里，去家中送别老人。

农村牲口棚，当地人叫它“圈窝”，是一个较大的院子，院墙破旧，多缺口，房子漏风。院子没有门，院内凌乱地杵着一些对掐粗的木杆，拴牲口用，杆子埋得很深，是牛、马、骡子和驴子们吃饱喝足，惬意晒太阳蹭痒痒的地方，日积月累，杆子被蹭得溜光滑润，像古董表面特有的包浆，阳光下有些反光。木杆拴着牲口们的腿蹄，却拴不住它们的嘴，它们常嚼舌头，有滋有味地反刍，“哞哞”地用它们的语言谈谈恋爱，说说情话，会不会也说张家长李家短呢？

院子里都有个石头砌的大坑，积攒肥料用。平时，饲养员除了喂牲口，还负责垫圈，给牛、马、骡子和驴们集中方便的地方垫上干土，每垫一层土，大概像给人的床铺垫一层褥子。这些土沤成肥，隔一段时间淘出来，是上乘的农家肥。淘牛圈由小队长安排，临时指定一两个劳力，一天淘完，记整天工分。

庞庆忠喂牲口的时候，提醒过生产队长及时安排出牛圈。队长忙，忘了这事，那牛圈里的粪水淹到牛腿了，他心疼牲口，急眼了给队长嚷嚷：你不派人淘，我自己喂牲口，自己出牛圈，队里要给三天的工。这正好让称草的会计田家增听到，第二天，他一边在牲口棚称草收草，一边从里往外淘牛圈。

晚上记工分，队长说，这活，两个整劳力也没人愿意干，记两天共 20 工分吧。田家增说，算啦，就多给两分吧，而后在记工簿上自己名字后边，工工整整地写上 12 分。

2018 年 12 月

他们是耀眼的星

他们，或许是农耕时代最后一批农民，而且是农耕时代真正意义上的农民。他们的下一代，多数离开了这片土地，这个村镇，上了大学，外出打工，进城经商，几乎没有人再从事父辈干过的农活。甚至有人预测，第三代的娃娃们，他们不再会担柴挑水，不再会使唤镰刀锄头，不再会驾辕赶车、犁耙耩种。

老一辈的人们，被飞速跃进的时代裹挟得有些踉跄，小跑着，进入一个生活较为富足的时代。对当下现实生活的满足感，让他们对吃过的苦走过的路念念不忘。年长的有诉说的冲动，儿女及孙辈们对过去的这些听腻了，对父辈经历的如烟往事半知半明，甚至是不知不明。祖辈父辈经历过一些事情，见过一些人，没有谁比他们更惦记，更为难忘，而亲身经历过由苦到甜的过程，让他们变得更加旷达，对美好的当下更为珍视。

他们这一代人，现在都已经七八十岁。他们，苦过别人没有苦过的苦，他们，累过别人不曾累过的累，饿过别人不曾挨过的饿，遭过别人不曾受过的罪。他们肩上或许少有家国情怀，但是，铁肩担得起日月星辰，担得起困苦磨难，付出的是血汗生命。

南崖村的劳力比较抗累，比较能吃苦，对于饿，更有惊人的耐受力，外村来帮忙的劳力也都比较服气。村子里的妇女，留下的，嫁过来的，一生与娇气和柔弱无缘，当壮劳力用，也只有她们，能为“半边天”争光添彩，也只有她们，才支撑起这片家园。

组成乡亲们重要生产资料的一部分，牛们、马们和驴子们，都干过别处牲口不曾干过的重活，拉过别处牲口不曾拉过的长套和铧犁。这里所有的乡亲们，无论男女，老少，都曾披星戴月干一整天的农活，再步行4公里回家。他们，它们，是成熟的“铁”，活动的“钢”。这一切的一切，让我对他们充满了敬意，为曾经是他们中的一员深感光荣和自豪。这对于我，则是一生的财富，是我精神世界永远的春天。

往地瓜井子里放生产队留存的地瓜种子，平时都是男劳力干的活，他们蹬着井壁上凿好的脚窝，上下自如、毫不费力。村里一位妇女队长要强，带头下井子，她不知道井筒宽，到井口以下的时候，发现自己的两腿劈到最宽，两脚尖勉强能撑住脚窝外沿。有心细的妇女发现问题，让她上来，她坚决不肯，直到下到井底，把所有的地瓜一把一把放到洞里。

那天上午干完活，下午她的家人和孩子用地排车，把她送到公社医院，诊断为严重腿部肌肉拉伤。我是后来听她家孩子说的，街上的邻居们也都有所耳闻。这样的乡亲，这样的劳动妇女，这样的故事，一直感动着我。三十多年过去，这个故事一直装在我心里。也许，许多乡亲已经淡忘，但，我如果不写出来，讲出来，我的心将永远不得安宁。

人勤地不懒。洪范公社有的村子多水浇田，施肥即可保丰收。南崖村没有水浇田，锄地就成了事，一方面，除去庄稼地里的杂草，因为是旱田，需要锄地保墒。俗话说，锄下三指雨，锄一遍，疏松土壤，有利于抗旱保水和庄稼生长。乡亲们对于山地旱田里的庄稼，付出汗水就比别人多。别的村土地离家最远三五百米，生产队集体劳动，无须送饭到田里，他们可歇工回家，做饭，吃饭，再回田地干活，从容不迫，没有送饭的劳顿，可以不用操心送饭到田间。

南崖村的乡亲们特别能干，特别能吃苦，特别能吃饭。第八生产小队，搭生产队牲口棚屋顶，现场干活的劳力一共四十二人，一天突击干了两天的活，晚上掌灯了才收工。大家你一言，我一语，擀弄会计田家增安排吃顿面条，队长在场，决定吃手擀面，有人去菜园里摘茄子打卤，有人下手和面，那天他们总共吃了 97 斤面的面条，人均 2 斤 3 两面。过后，田家增给队长说，这样吃法，一年吃它几顿，咱队里的粮仓门不用上锁了。

过秋，在田地里砍玉米秸秆，往回挑的时候，劳力一般挑四个，有个别的挑六个。田家增突然记起吃面条的事，对大家伙说，上次搭牛棚参加吃面条的，至少挑六个。他挑八个，走在最前面。到场院里，他说，大家先别动，解开绳子，数数玉米秸个数，少于六个的减工分。结果，所有吃面条人员都挑了六个，没有一个偷懒惜力气的，包括几名女劳力。

秋天，生产队掰玉米，掰好成堆的玉米，一般都安排地排车运到场院，车子前后加上一个藤条编的车“笆（音 bā）”能装上千斤。多出部分，要靠劳力们歇工的时候挑回来。一人两筐玉米近 200 斤，两里的路，不歇歇，中间换换肩，一口气都能挑回场院。

村里劳力们似乎身体都特别棒，挑二百五六十斤，都不敢吹牛。南崖村三面是山，山上是国有大寨山林场林区，山里许多侧柏树，枝杈长得猛。1976 年前后林场鼓励村里的乡亲们上山清理树枝，政策是砍 100 斤柏树枝，从山上挑下来奖励自己 20 斤。

有一名社员挑柏树枝，下山的时候，别人看见他挑了好大两捆树枝下来，结果到了生产队，过秤的时候才 130 斤，因为是亲戚，小队长问他：都说你有劲，为什么才挑了百十斤？那位亲戚不说话，只管扛着扁担往家走，被逼的没办法，红着脸小声说：我挑了两捆，林场给得太少，刚才路过三叔家，我把另一捆直接给他家撂下了。他三叔在村子东头，年纪大了，经常为烧柴犯愁。这就是说，那天他自己挑回来了 260 斤柏树枝。

在当地称赞能干活，男的称“恶（音：额）”，女的称“泼”。生产队队长都是干农活高手，砍高粱，队长自然要带头，慢了，后边就有人超过你。砍一棵，往腋下夹一棵，八九棵一怀抱，集中捆在一起，砍到地头回身看高粱秸秆捆，个头大小匀称，直溜溜一趟。

前街高庆荣老爷爷，砍高粱特别有本事，砍得快，一趟过去，秸秆捆得特别大，特别实，有人一趟打 20 个捆，他顶多打七八个，有人说他故意让别人扛不动。

往回运的时候，他站一边，看别人搬动时的狼狈相，自己在地头得意地笑。笑够了，自己蹲下身，扁担一边钩上一个，轻松挑回场院。他有一句名言，叫作“领死人干活不行，领活人干活，咱行”。后街的高炳成，干活肯下功夫，天不明就去南山峪，出太阳时已经挑了三四担粪，甚至有人见过他天刚亮的时候，就已经砍完 1 亩多高粱。

六七十年代，农村好多妇女也和男劳力们一样在田里干活，跟着大牲口去耕地，当地叫“跟犋”，也称“跟绳索”。开始，她们做些保障和辅助活，时间长了，妇女们也学会了犁地耙地，干男劳力们一样的活。大牲口也是一样，逢春耕和秋耕，季节赶着季节，庄稼压茬赶着庄稼，牲口们和劳力们一样忙。头天耕地黑天该歇工了，要想着明天该耕的地，有经验的劳力，让牲口往地头犁出一趟新茬，等第二天天不亮，再来的时候，套上牲口就能干活。弱光条件下，人的眼睛不如牛，它们可以顺着昨天犁过的沟槽，准确无误地拉犁耕田。

犁过的田，耙过才能让土地细腻“暄和”。耕地时一般是三头牛一挂，领头的牛体壮健硕听话，叫“领墒”，第二头配合的牛叫“配墒”，第三头牛一般是母牛，跟着走，就叫“梢套”。牛们听惯了口令，前进叫“嘚，驾”，倒退叫“少”，左拐叫“撂”，右拐叫“喔”，停止叫“吁”，不知这口令从哪朝哪代开始的，北方其他地方的农民耕地是不是也是这样，统一口令。我想至少在鲁西南，这一声声的口令，从它们当牛犊，驴、马宝宝开始，就熟悉这一套声音，明白口令意图。神奇的是，几乎所有的大牲口，包括驴、马、骡子口令通用。

这精准贴切的口令，汉语言学家们应击节叫好。“领墒”的牛，熟悉犁地耙地程序，一般会挨着走过的路线，拉着犁耙前行，好使的牲口，就像经过严格训练一样。一个来回，到了地边，它就往一边儿靠，拐弯儿，它会听口令，甚至不用口令，也会拐弯。这样好使的大牲口，多是担负耕地农活的劳力长期调教的结果。

南崖村的驴子们也是特别能吃苦，特别能抗造。周茂礼伯伯家，入社以后，牵来外村舅舅家的驴，加上自己家的驴同时干活。两个驴拴到一个槽上，舅舅家的驴，耍大牌，不吃草，另找一个筐，盛上草料，它才下嘴，看来习惯了吃独食和分餐。

四月的季节，小麦串穗，周茂礼赶着这两头驴，用布袋往地里运肥料，前边一头，后边一头。到了下午，舅舅家的驴，好像累了，不太听使唤，自己家的驴还是猛劲跑。干活驮东西时，村里人在驴背上，先放了一个鞍子，鞍子上再放一个木架子，当地叫"陡举"。"陡举"上面放秸秆，放粮食口袋，这样驴子比别的驴驮得多，走得稳。老队长周茂礼有心，现在牲口没有了，把过去生产队里用过的"陡举"、犁耙绳索都留下来，专门挂在大门洞里，说以后要传给孩子们、孙子们，给他们搞搞教育。

南崖村的农民和千千万万的农民一样都是种地的，问土地要粮食。他们脸黑手糙，却是田地"舞台"上最美的舞者。他们是这里的主人，一块块农田，是他们翻过无数遍却一页页永远翻不完的书，这部一页页永远翻不完的书里，浸满了血汗的味道，写满了困苦和快乐，记载了淬炼生命的壮歌。这部书，乡亲们还将继续翻下去。没有人比他们对脚下的田地了解得更全面，熟悉得更透彻。正是这样，众乡亲同样又是这片田地上空，那最耀眼的星。

千百年来农耕文化发展进程中，农民自己很难改变自己。到了改革开放、分田到户才有了根本跃升，面貌有了质的改变。而后，唯有政策才能彻底地改变农民、改善生活。农民真正的翻身有两次，一次是解放，从旧社会到新社会，成了新中国的主人。第二次翻身，应该是施行联产承包责任制，分田到户，解放了农民的思想，松开了禁锢农民千百年的枷锁，农田产粮出钱，农村孩子们能够进城打工，进城生活，一天天走向富裕。这一切的一切，只有共产党政策的阳光雨露，才能有如此的力量。

城乡正在发生翻天覆地的变化。现在农村常住人口，有最多时期的六分之一，在农村种田的多是中老年人，一部分进城务工人员的土地，都私下转给亲友或邻居，有能力的人家种地 30—50 亩，他们或将是以农业社为主体的新型产业农民。

2018 年 10 月

第二辑

[7] 随行随记

春满碓臼峪

十三陵碓臼峪自然风景区，位于北京市昌平区长陵镇境内。距市区 50 公里，有公交车直达景区，在举世闻名的明十三陵游览区西北约 4 公里的山沟里。相传大宋将军焦赞率兵北上抗辽，路经此地，饥饿难忍，便用手中宝锏将石制成巨大的臼，采来山崖边荆子舂碾，取金峡岩上松柴，舀龙潭清泉煮食供军士充饥，后大败辽兵。便有人开始借石臼效仿，不料臼底的米取之不竭，奇闻传出，一时到此舂米者不断，便有人开始大量制造碓臼，碓臼峪便由此而得名。

4 月的一个周末，孩子上学，我陪夫人去碓臼峪踏青。在一个叫碓石峪的地方，我们停下车问路，顺便捎上一个当地去碓臼峪走亲戚的小朋友。他叫李旭，四年级学生，是离开舅妈家去三姨家。问话中，我们知道，他三姨家在当地开一家有名的旅游农家院。他听大人们讲过，哪个地方很美，但自己却没有去过。

碓臼峪以奇峰怪石、碧水常流著称，一亿三千万年前北京地区发生强烈地壳变动，形成了现在的花岗岩体和山峪。初春，蓝天没有一丝的云，天高得几乎摸也摸不着，山体好像还在依恋冬天的宁静。两边的山崖上，大都是黄土色的巨石，有的斧劈如削，有的山岩奇峭，怪石横生。

有一处名叫“虎头崖”的景点，抬头望去，一个酷似老虎头的巨石悬在空中，两眼一眨不眨地凝视着大地。如果说，游人们是这美景的看客，而它仿佛是这里的主人，每天都在迎接南来北往的客人，欣赏这特有的人间美景。

那高悬于崖上，生长在石壁缝隙间的，是一棵棵挺拔的松柏。它们高低不一，造型各异，昂首挺胸，傲视群峰，似在峰峦之间站岗放哨的士兵，犹如国画家在不经意处几下勾抹，使山色增辉。在这样的山崖上，松柏既是点缀美景的使者，又是维护山林的勇士，更是山崖的灵动所在，有了它们，大山才有了灵气，才有了韵味。

山里的春天似乎比城里来得晚些。山上山下几乎没有成材的树木，大都是灌木丛。远看去，山林似乎还留有一些冬天料峭的气息，整体轮廓和树的模样都没有明显变化，依然是灰色调子。但是待你走到山脚边，走近密密麻麻的灌木，就会发现，山里的树总体上还是应有的样子，但枝丫边已经缀满了绿色的芽苞，有的已经冒出尖尖的叶芽。

小草已经发芽，钻出了地面，在山石和小溪边上，染起绿意无数。我想，那仅仅是绿意而已，甚至称不上是绿色的。能称为绿色的，是小溪边的柳，柳树在这里已经缀满一串串的柳芽，枝条上已经透出棕红色的油迹，微风吹来，袅袅移动，舞姿婆娑，它们是这里绿色的代表。

装点山里春天的还有山坡上的杏花。山杏，大都长在山的阳面，似乎开得早些，那粉红色的是花蕾，白色的是盛开的花，形成了枯树丛中一点白、一点红的景致；有成片成片的花，像冬天未融的雪，又像初冬浓重的霜。

我注意到一棵杏树，它长在山阴面的一个石岗子顶上，亭亭玉立般，一团白色的花，印在灰色调山的大背景上，显得超凡脱俗。一缕阳光从山顶照下来，落在山杏树上，发出耀眼的光，那棵树，好像T台上神气十足的服装模特。

小溪边，绿的柳，山坡上，山崖边，粉红的杏花，在这初春的山里，争奇斗艳。柳输杏花一份艳丽和高雅，杏输柳枝一份惬意和洒脱。突然我有几个问题要问，一个，柳和杏谁是春天的使者？二个，为什么在山里没有见到一位画者？三个，是山里的绿和杏花难以抹上画布，还是我们的画家对春天漠视？

实际上，我是多么希望，在这春天的大山里能遇到他们，看他们，是用怎样的颜料来涂抹这初春的景致的，看他们用怎样的笔墨，把我们这些“画”中的人儿描进画中。

“蝴蝶！”夫人惊得喊起来。在我们前面，有一只棕黄色的蝴蝶在飞舞，它好像刚刚睡醒一般，悠悠晃晃，不紧不慢，一会儿，就飞到大石头后边去了。山峪里稀少的是鸟，我们走过 3 公里的景区，只发现了二三只深灰色的小鸟，它们远远地在树上和草丛中细声细语，像似在给我们打招呼，也好像在埋怨我们这些早来的游客，惊扰了它们的春梦。

我们坐下来休息。在一块大石的一边，有一片细细的似乎干枯的芦苇，它们约有 1.5 米高的样子，风吹过来，尖上的苇须随风摇曳，很难想象，夏天过后，这干枯的芦苇就会变成葱郁茂密的芦苇。和我们一样，有许多游人坐下来休息，边吃零食边静静地欣赏这山里春天的韵味。这其中，有行动不便的孕妇，有红颜白发的老人，有活泼好动的孩子，又有用童车推着出月窠儿不久的娃娃。

中午时分，天有点热，大人们把自己的外罩脱下，系在腰际，有大学生模样的一群青年人，上衣脱得只剩一件短袖衫。孩子们似乎对山溪水十分喜爱，有的洗手，有的撩起来洗脸，有的捧起来洒向别的小朋友，嬉戏声、打闹声不绝于耳。在一块有 20 平方米的石头上，一伙游客，有十四五个人，展开了自带的食品，吃着、喝着、笑着、喊着、闹着，兴致很高，其中一位 40 多岁女士，把黑色的遮阳帽歪向一边，有板有眼地给大家讲笑话。一位男士，站在高处，用相机给他们拍照，一呼一喊，一唱一和，好不热闹。有的游客在石板上铺上毯子或者布单子，用报纸或别的什么东西盖在脸上，呼呼大睡，贪婪地享受这春天的阳光和清新的空气。

碓臼峪处处皆泉，清潭瀑布相接，溪水缠绕，穿石越涧。沿山间小路进山峪，山间溪水，像一支描写泉水的乐曲，有升降，有旋律，有急缓，有停顿，优美动听。过迎宾石，瀑布声吸引着我们的脚步，也吸引我们急切的心情。沿着台阶上行，我们边走边欣赏白色的瀑布。琴曲迎宾区，这个名字太贴切了，山谷中流水声响清脆，如拨动琴弦演奏迎宾曲。登“听琴台”，见水石相击，直落清潭，说气势磅礴，有点夸张，说“大珠小珠落玉盘”更为贴切，如仙乐入耳，仿佛真的“此曲只应天上有”。

山的背阴面，或者巨石的背面，还留有部分厚厚的冰，天气转暖，冰渐渐地融化，形成冰下潜流，也加入到溪水的“吟唱”之中。溪流过处，有的平缓，有的湍急，有的静静流过，不留任何印记，有的咚咚作响，似鼓声阵阵，有的哗哗流去，越发显现出山林的静谧。溪流宽处片片清潭，水流平静，缓缓向前；溪流窄处坡陡流急，声如钟鸣，激起堆堆雪。我问夫人，是否听过泉水的曲子，或者是山泉的曲子，答曰：国内的《泉水叮咚》，国外这方面的曲子更多一些。有道是：小溪流水潺潺，瀑布声声入耳……

碓臼峪的尽处，是一片小树林，这里的树小，林也小，在树林的上边，停下来休息的游客，三三两两，有的用自己特有的口音，谈着一路的感受和收获。3 公里的路程，近 50 个景点，我们用三个多小时走完。

从景区终点折返时已是下午一点。一路走来，我发现，山上的杏花好像比来时开得多了、颜色浓了；小路边的柳树也似乎比来时绿了、浓了、重了；溪水，好像比来时更动听了、更美妙了、更诱人了。

2011 年 4 月

水韵瑶寨

没有进瑶寨金坑时，先是听桥下滔滔河水发出的咚咚擂鼓之声，看桥下河水跌落叠加着卷起的白色浪花。

沿路走进大瑶寨风雨廊桥，横跨河道，几名手工匠正在加固大水冲毁的河沿，而那桥则是紧连丈余的人工瀑布，伴随着水泥搅拌机的隆隆声，那瀑水飞下，顶着日头看去，白得刺眼。

循着登金佛顶的路牌，我们沿石板路走进村子。路边几乎没有普通的住户，清一色是农家饭庄，多是不经雕饰的木质平房和二三层楼房，有店家出来搭讪问：吃饭吗？中午回来来我家，正宗瑶家特色土菜。

店家几乎都挂着木质招牌，有的在择菜，有的在准备烧制的竹筒。中间是一条小河，两旁是店家，有一家把清清的河水引到店堂，竹筒出水口的下面，摆着西瓜、黄瓜、啤酒和西红柿，那水由木桶向外冒出，汇成小流，再入河道。

瑶寨沿街净是青石板路，房顶上黑色的瓦和木质的楼是瑶寨主色调。我们顺着石板路，逆着河道上行，满耳的河道哗哗的水声。在一处转弯处有一家三口，沿稻田田埂从山上下来，绿色的田地间，那打着银色伞、着红色花上衣的小女孩，想挣开爸爸的手，独自走过河道上的独木桥，一直没能成功，爸爸一把抱起来，小心走过，而那下面深 3 米处，就是滔滔河水。

我们转过一座土岗，有一条小而窄约一尺宽的小路，向坡上延伸过去。那小路尽头约 50 米的地方，是一幢木楼，木楼周围，是一片青青的稻田，稻谷穗刚刚抽出。田里满满的水，滋润着绿色秧苗，田里传来哗哗的流水声，转过身，却不知声在何处，从哪里传来。

瑶寨的水几乎是无处不在。在一段新修的大路旁，我们坐下休息。身边是山上冲下的水，遇河道堵塞，便像脱缰的马儿，跃上路面，一大堆青石，被水冲将上来，河水在青石上跳跃而下，留下浪花朵朵。我尝试踩着大块青石，过去洗随身带来的桃子，那清冽冰冷的水透过手心，惊了一下，凉到全身。洗罢，趁夫人吃桃的当口，我又过去，撩起那冰冷的清水，洗了几把脸。

这时，有一匹马驮着两只燃气罐从山上下来，牵马的小伙子告诉我说：前天下大雨，山水下来把路基和桥涵冲毁，这山沟里的小河就冲上路了。他说，雨水过去后，这两天正常了，水就这么大，都是山泉水，可以直接喝。

我顺着树林看上去，上边的小河道就淹没在竹林和松林当中，无路可行。只听得山林静静，泉水轰鸣，这轰鸣，一直陪伴着我们向上走。

石板路左边是水泥制成的小水沟，右边是稻田。那水从上往下，一会儿成涓涓细流，一会儿流入脚下的暗道，一会儿从稻田的一头流过，再从草丛中流下，看不见影，听得见淙淙有声，或急，或缓，或咕咚作响，或哗哗细流，或隐隐约约，似有似无。

远远看到一家用竹和木头搭起的帐篷，周围挂着多彩的方巾，像酒家的幌。有一位老人盘着黑色头巾，戴着花镜，银耳坠，面色稍显麦肤色，透着健康和精神。手上用白、红两种颜色的线在做手工。

她光着脚，脚上坠着一个竹圈，竹圈连着小织布机上的绳扣。2 米多长的板子上放着几摞她亲手缝制的手包，身后杆子上搭着几条土布丝巾。帐篷边上放一长条板凳，供游客休息。老人告诉我，她姓潘，手工生意不错，眼前摆的大部分是她自己做的，那显眼处挂的方巾，是她织的桌布，算是最称心的作品。她家在较远的寨上，中午饭家里送米线来。米是喝山泉水长成的，用这里的稻米做米线，很香，在桂林名气最大。

我和夫人与她合影，我们继续上行。

快到山顶了，遇一家食品小店，是爷俩开的。我们和几名外国游客，在他家店前拍照，无怨。见一边有两只玻璃桶，一个标明是野生酸梅汤，一个是野生杨梅酒。主人见我和夫人感兴趣，而略显迟疑，便走过来给我介绍说，5 月份瑶寨山上有许多野生杨梅，我们出去采来，加冰糖存放起来，用时再提来山泉水，煮了，再加点冰糖，做成冷饮，上下山的客人很欢迎。在夫人鼓励下，我喝了杯酸梅汤，那酸甜，那冰凉，那淡淡果香，那明明是和着瑶寨的山风，稀释了梅香，用涓涓山泉水酿的农家饮品。

接近山顶，山沟中河水的流动声渐弱，龙脊梯田的大体轮廓呈现在眼前。依山坡望去，梯田层层，稻苗青青，每一条稻田两三尺宽，依山起伏，蜿蜒向远。大自然似乎有强大的复制粘贴功能，从下往上高差 1 米左右，又重复另一稻田的模样，层层叠叠，风吹过，秧苗集体一致随风飘摇，漫山遍野，波澜略惊，若干棵抽出的稻穗，频频点头应允。

稻田里波光不兴，流水潺潺。蓝天白云朵朵，三十六七摄氏度高温炙烤下，有不顾泥水者，小心行进在田埂上，仰转伏卧，扭捏弄姿，呼着喊着，一把遮阳伞，或开或合，或左或右，拍照留影，美滋滋洋溢在变换的身条上。

金佛顶，是一处可食可购可休息可发呆的长廊。

爬梯田上来，累了，寻一廊内长椅，小憩，观景纳凉。远处几座瑶寨，依坡而建，梯田绕寨周围，天上有云朵飘过，那山寨，与梯田，明暗变换，妙趣顿生。而遇有大朵浓云，间隙透下星点阳光，游移在层层梯田里，曼妙无比。还有瑶家经营者，出租瑶家衣服，银冠闪闪，红衣飘飘，吸引诸多俊男靓女，着身，留下自己和梯田的天合之美。

金佛顶上有两三家瑶家小吃店，他们经营的农家饭有许多客人光顾。问其因，都说冲着那外黑里香的竹筒腊肉米饭而来，还有泉水鸡、腊肉炒笋、竹筒土鸡、瑶家米粉、瑶家小河鱼等。

过几家土特产店，在长廊尽头有一家小的瑶家餐馆。开店的夫妻，30多岁，男人姓蔡，专司上灶手艺，女士端坐店边，边吆喝边烤竹筒米饭。我们点了山韭菜炒蛋、山笋炒腊肉、米粉和竹筒饭各一份，吃得盘光碗净。问及竹筒来历，店家讲：每天早上进山里砍长节青竹，稍老些的竹质密实，每天卖出几十份。

筒内米是山上梯田稻米，一年产一季，有山泉水引进后厨，装进米水，拌进腊肉丁，放火上烘烤，而烧火用的又都是劈开两半吃过米剩下的竹。女士脚下半垛劈开的竹批，烤箱上微火轻轻，传来竹子的焦煳味。那高出的一头，青色，还不时冒出水滴，女士讲，那是竹节里的水。又说，山寨里男人们进山干活，只带上米和生腊肉，中午饭就在林中现砍了竹，用山泉水浸了米，装进腊肉，点火烧熟即吃，世代如此。

在金佛顶长廊的尽头，一家观光酒店十分显眼。酒店木墙外边三五米处有一石头砌的陡坡，宽10米，有三股清泉流下，似三道雪练，叮咚作响，周围长满苔藓，水草茂密，汇集到不远处的青石板下，沿梯田边细小的水槽向山下奔去。

下山的感觉似乎比上山轻快一些。蓝天和绿油油的梯田之间是上下往返的观光缆车。山路弯弯，山泉淙淙，一路随行，那水，有分，有合，或藏，或露，或走，或转，时而低吟，时而凝涩，时而欢快，时而高亢。我用手机把沿途不同的泉水声录了下来，留作以后赏听。

几家瑶寨农家酒店正在扩建，一座石桥与来时的大路相连。桥下是堆雪吐玉般滔滔的河水，整个龙脊梯田山谷的泉水，汇到这里变成了大合唱。

河道上行，拐弯处，又见大瑶寨村头的那座风雨廊桥。

2017年8月

芦芽山散记

芦芽山是晋西北最高峰，是国家级自然保护区。乘汽车从太原卫星发射中心前往需要一个小时。刚刚进入山区，那些熟悉的土岗子、处处缓坡的地貌在眼前消失了，山路曲曲弯弯，两边山崖之上，是黑褐色的陡峭但不锋利的岩石——西北凛冽的高原风把这里的山和石头打磨得带上了高原的痕迹。

车过景区收费站，我们眼前陡然一亮。路左边，是奔涌流淌的小溪，溪水淙淙，清澈见底，水中不时有横亘在巨石上硕大的而又有些腐朽的老树，展示着这里未经雕琢的痕迹，保留着原生态的模样。

小溪岸边和道路两旁，长着一些矮墩墩不知名的小草、小花，把这里的土地遮盖得严严实实，像似野菊花模样的小花，一直吸引着我们的视线，黄色的、紫色的、白色的，五彩缤纷，风儿吹过，它们几乎是喊着口令似的摇来摇去，晃晃悠悠，不知是在向我们展示奇特的舞姿，还是在笑话我们行车的艰辛和颠簸。

在一个弯道处，停着几辆“京”字打头的车辆，有五六顶各色的野营帐篷搭在车的那边，有几个男孩女孩正在收拾帐篷，或者是整理自己的衣服，看样子，这些好事的“驴友”们，已经在这里过去了一夜，铆足了精气神，单等着今天登上神秘的高山。

沿山脚向上，是黛青色松林，笔直的、几乎是拥挤着向空中探去，树干有二三十米高，整个山形都是这立体的松木世界，看上去，这些树林使山体长高了许多。这里生长的有少量落叶松，多数是不落叶的。从外形看，落叶松的颜色偏绿，整个树形多出一些秀气或者是书卷气；不落叶的松树，颜色偏青白色，松针紧凑，枝节突兀分明，生发出的是阳刚之气。

同行的，有曾在军营服役四十多年的老将军，也有入伍两年的士兵。我们身着便装，行走在这样的松林中，依然透着那蔑视一切艰难的力量，依然透着那横刀立马笑傲疆场的风骨，山的刚毅与军人的刚毅，松树的风格与军人的风格，相互映衬，在这里得到了升华，大自然有了军人的灵动，才有了它应有的和谐与壮美。因为，这些军人，正是日夜守候在这片土地上的铮铮汉子。

车儿颠簸，盘旋而上。在大山前面，有两座巨石耸立。视线的左边，是一座像狮子模样的山体，有人说像盘卧山中的骆驼；右边向上的位置上，长长的巨石，像一头横卧山林、猛然回头的老虎。大家纷纷以巨石为背景留影，都寄希望于将来的文人，或者肩负旅游开发使命的艺术家们，给出一个适当而美妙的名字。以至于有"横看成岭侧成峰"的顾忌，都谦虚得不肯明示一个答案，生怕先入为主，误会了眼前的景致。

远远地，我们看到一架高高耸立的天线，下面，是一栋白色的十分显眼的房子。这里就是芦芽山最高峰荷叶坪了。这里似乎与蓝天白云贴得很近，我真想跳起来，摸一把蓝天，扯一把白云。脚下，远处，是一望无际的草甸，漫漫草地上，满是凸凹不平的小地突，上面密密麻麻地长满了针一样、刺一样的小草。据放牧的老人讲，夏秋季节，许多马和牛在上面奔跑，它们留下蹄印，也留下了粪便，日积月累，经过多年生长和叠加，便形成了这满山遍野的景观。

再远处，还有山崖形状的高坡，据说那里曾经是杨家将的点将台。时间原因，我们没有过去一睹古点将台风姿，但站在离它约500米的地方，我以一个军人的直觉，似乎听到了杨家将老老少少点将时震天撼地的呐喊声，似乎看到那猎猎军旗，在高原风沙的吹打下，高擎向天，呼啦啦飘扬，似乎感受到杨家将士们对民族的热爱和忠诚。

停车处，有二十多位当地百姓，牵着自家的马等在这里，如果游客需要，他们会积极地劝你，花上五十元钱，骑上马儿，由他们牵着，沿着草甸上的小路，溜达过去，沿着金代的古长城遗址，转上一圈，让你在海拔 2700 米的高山大川上，亲身体会一番信马由缰的乐趣。我曾在京北康西草原上策马狂奔，假日里放纵一下自己依然保留下的一点点狂野，我也特别希望能在这里找一点新鲜的感觉，可条件不允许，只好调动所有的想象，随着远去的马儿神往。

在荷叶坪大草甸子上，似乎有一丝的风。这里的太阳似乎比山下的太阳大，热得像在蒸笼里。考斯特车刚刚停下，几头放牧的老牛，远远地从吃草的地方赶过来，拥着挤着在车的一侧背阴处，耷拉着脑袋张着嘴乘凉。

草甸往下，是一条深沟，沟坎上有一大群山羊在嬉闹、吃草。听这里的老乡说，芦芽山上的羊，吃的是中草药，喝的是矿泉水，羊肉格外香，“椒盐羊腿”是招待客人必上的名菜。如果来这里旅游或做客，在街面上选个烤串的摊位，大吃一顿，那才叫当一回神仙。当然，也可以到烤串人家里，让主人到自家院子菜园里摘一把豆角、黄瓜、西红柿之类。在院子里支上一张小桌，与朋友小酌几杯，选新宰杀的羊肉，边烤边吃，边喝边聊。

说芦芽山，有名的还有蘑菇。据说，夏秋季节，雨水偏多的时候，满山的原始森林像是一家盛产蘑菇的工厂，有名的几种是：白营盘蘑菇，红营盘蘑菇，紫营盘蘑菇，鸡腿蘑菇。8 月中旬，正是集中菜蘑菇的季节，山里山外的大人小孩，男男女女，挎上背篓，也有用自行车筐的，顺手拎上一根木棍，带上干粮，半天时间，就带着收成兴高采烈地钻出林子，向客人们讨个好价钱。

许多游客图的是好奇和蘑菇新鲜，一般不会讲价钱，直接买下来。接过钱，采蘑菇的人又会乐颠乐颠地跑进林子，再一次满怀喜悦寻找山里的美味菌菇。

沿着山谷、小河沟向下，两边几乎全是斜坡和土岗子，上面长了一片一片的土豆和莜麦，还立着几个由破衣服和树枝捆扎成的假人。假人顺风而动，不时地转一转身子，挥一挥袖管，驱赶偷偷前来尝鲜的鸟儿和野兔。

离开芦芽山，我有点累，在车上打了个盹儿，做了一个梦：节假日的某一天，带一只吊床，拿一本自己喜欢的书，躺在老林子斑驳的阳光下，勾勾画画……

2007年8月

云门山的黎明

2007年冬天的齐鲁大地，似乎都是在暖冬气候中度过的，以至于我有早晨登云门山的念头时，朋友还一个劲地劝我：寒流来了，明天是今冬最冷的一天，零下八摄氏度，还是不上为好。

12月30日早六时，我和同事粤鸿出酒店，在黑魆魆中摸到了景区入口。原以为，六时应该是天放亮的时间，可是依然是月高天黑，冷风飕飕，似乎提醒我们，今天不是一个适合上山的日子。抬眼望去，山的轮廓，山脊上的亭和其他建筑，都在黑暗中，有深蓝色天空相衬，像是黑色的剪纸平贴在蓝色画布上。

半亏稍多的月亮，高高地挂在天上，月光透过树梢，洒在台阶上，只剩得斑斑点点。

石头山路，台阶不十分明显，我们试探着拾级而上。我们穿着皮鞋，脚步比较扎实。山上静悄悄的，有咚咚金石之声从脚底下传出，不知山神是否像我们一样早起，到他老人家地界上走走，也许还在睡梦之中，为我等没有买门票而着急哪。

山路盘旋，边上尽是约15米高的柏树，影影绰绰。即便路边有任何景点，很难注意到。忽听得前面有人说话，好像还是几个人。待走到跟前，只见路边的石头上，有几个裹得严严实实的游人，正在享用自带的早餐。他们在这黑天的景区里，就着大风，和着淡淡的月光，东拉西扯地聊着天，有的还蹲在石头上，也算是我们登云门山看到的第一个景吧。

自认起得早，还有早起人。我们走到半山腰时，有两人从上面下来，其中一人还打着手电，像是一对老年夫妻，穿的一身运动装。这时的我身上已经开始出汗，已经感觉不到袭人的冷风。山上还有其他游客，有人大声地喊道：“我来了！”还不时传来喊山的声音：嗷——嗷——。我想，如果我们的脚步声，没有吵醒山神的话，上面的喊山声肯定会把山神惊醒。当他起身掀开黎明前的黑暗，一定是一个风清气爽的早晨。

在一个稍突出的岗子上，我们停下，回过头来看着青州市区五彩斑斓闪烁的路灯，我分不清是哪个街道，更分不清是哪个小区，和以前来这里时比较，今天的青州，市区规模比以前大了，楼房比以往高了，有城市的灯光作证，有脚下的云门山作证，有天上的星星作证。青州古城没有路灯，但明清街巷的踪迹，棋盘街、昭德街、卫街、偶园街、北门街、北关街等痕迹尤在，首尾相连，绵延5公里，现称为“十里古街”。

天开始放亮，我们来到了天门。说它是天门，其实是悬崖峭壁上留出的石洞。与湖南张家界的天门山比起来，有小巫见大巫的感觉。见得一位正在路边伸腰打拳的老者，问去山顶的路，老者说，向右绕着走，就可以到达顶峰。我和同事冒着被风吹起来的危险，深一脚，浅一脚，绕了过去。眼睛余光过处，便是墨绿色的山，既像是穿着的大褂，又像是戴着的“帽子”。我想，这是在黎明时分，如果是在晴天朗日，周边的景致会是另一番山色吧，留给游人的会是一道道奇异的人文风光。

山路崎岖，左边是悬崖峭壁，峭壁上好像留有凿开的洞窟，洞窟里立着几位模糊不清的菩萨。登顶，看到上面不足2平方米的“天池”，我真想为青州文人学者鼓与呼，真的太有才了，上面的仕女祠、八仙亭，都印在我的记忆里，那是抹不去的。

下山的路总比上山容易一些。我们穿过天门，见到了二龙池，相隔3米的两个池子里，尽是蓝盈盈的水，投一粒石子进去，嘶的一声，水面薄冰裂开，无声地沉入水底，再也寻它不见。

这时，天已放亮，在视线的下方有一庙宇。庙宇大门紧锁，我们无暇进去。沿原路返回，才发现路的左边还有一座小亭，叫作“望寿亭”，看了说明，才知道从这里，可以看见天门山上那个大大的“寿”字。

此时，我想起一代名臣刘珝游览云门山时的感慨：“巍巍自古峙东齐，万壑千畴望欲迷。”刘珝出生于青州阳河，对家乡的山山水水颇多情感，他身居高位，居官清正，本来没有多少闲暇游走山水，但到天门山却有“我欲盘桓寻乐事，不知红日薄山西”的诗句。

青州是座古城，青州又是一座文化名城。京剧《秦香莲》中有一位刚直不阿的王丞相，给人深刻的印象。这个艺术形象的原型就是青州籍的一代名相王曾。王曾是北宋人，幼年父母早逝，成年后参加科举考试，在乡试、会考、殿试中全是第一，解元、省元、状元连科报捷，连中三元。走上仕途后，王曾官至宰相。

按古代五行说，东方属木，木色为青，居于华夏东方，青州有了契合自己的名字。青州具有丰厚的文化底蕴，尚耕读、重教育风习浓厚。明清时期，有一个青州人叫李南涧（1730—1778），读书、藏书到了如痴如醉的程度，他为官一生却家无余产，只留下万卷书籍。李南涧是金石学家，每逢出游必随身携带笔墨，一旦于寺院、岩洞、崖壁等处看到石刻，就马上拓印下来。

有一次，李南涧奉命乘船出迎上级官员，途中下船在庙中休息，他发现庙中有许多碑刻，就秉烛夜读，通宵达旦，亲自拓印，忘情之时竟然错过了官船，耽误了迎接上级官吏。为了学问，我辈弗如！

青州城也是一座弘扬民族大义的古城。鸦片战争期间，青州兵调防江苏镇江，曾经与英国侵略军殊死战斗。1842 年 6 月，英军调集装备了新式枪炮的 7000 余人，攻打镇江，而镇江城中只有旗兵 1500 人，其中青州旗兵 500 人，他们手持大刀长矛，与侵略者浴血拼杀，取得了毙伤敌 160 余人的胜利。据镇江“青州驻防忠烈祠碑”记载：“六月十四日，天将午，火箭齐发，东、西、北三城楼俱被焚烧，贼乘势攀跻，其他守兵以千数，皆震慑，独青州兵奋勇格杀，至血积刀柄，滑不可持，尚大呼杀贼。”对青州兵的英武不屈，当时有人写下了《镇城竹枝词》：“云梯一搭上城头，火箭横空射不休。若问何人能战死，最怜兵苦是青州。”

2007 年 12 月

凤凰古城行与思

乘小舟到万寿宫码头上岸，刚才雾一般的细雨，忽然变得疾了。

晴天朗日，观景是比较平淡的，而在雨中欣赏古城建筑的美，却另有一番韵味。沿江的吊脚楼，望江楼，古巷，依山而建的楼房，几乎是黑的或者是灰色调的，雨丝倾斜着下，像薄纱做的幕帘，使建筑群变得神秘而庄重。沿袭徽派建筑风格，在雨中，黑色的廊檐更黑，白色的墙体更白。这风格，融合了凤凰古城沿江小城文化的韵味，使得江南水乡的味道更浓郁，同时还体现出湘西苗寨的古朴和内敛。

沱江上原来共有四座廊桥连通两岸，方便出行，去年一位商人捐资在江上建起了一座桥。这是一座水泥桥，整体现代建筑风格，水泥灰色外立面，与周围凤凰古城的风格相去甚远，不论从哪个角度审视、欣赏，总觉得像一个穿金戴银地道的苗家阿婆，戴了一条引领时尚的欧式外饰飘带。

古城的人文很美。外面的世界精彩纷呈，人们对物欲的追逐，把每个社会的自然人打造成了一个个急速旋转的陀螺，几乎没有时间和精力找寻一下自我。没有人自问身体和生活前行了，心，是否随行，心境，是不是我想要的。而慢半拍、比较闲适的状态，在凤凰古城当地人已经常态化、生活化。

早晨起来，沿江走走。有一两片小舟在江边缓缓前行。披着蓑衣、戴着斗笠的环卫人员，熟练地清理着水流中的树枝、水草和垃圾。江边着水靴洗菜的阿婆，穿着睡衣洗头的妹子，认认真真涮洗拖把的大嫂，小巷里边看店铺生意边给娃娃喂奶的少妇，江岸上早起开始生火的店家，他们都显得自然而淳朴。

在沈从文故居门口，我遇到两位当地老人。吸引我的是坐在门口看书的老爷爷，他戴着眼镜，书本的一边放着一个碗口大小的放大镜。据老奶奶讲，老头儿 94 岁，自己 87 岁，早年在学校教体育，退休三十多年了，身板依然硬朗，爱读沈从文的小说和散文，家住热闹地界，唯独他们家没有开商铺。其实两位老人从面相上看，实在不像 90 岁左右的老人，像 60 多岁。

在古城东关门，遇见一位身着苗族服装的女画家，她的身后是沱江。颜料盒放在她的右侧，手中是一支细细的工笔画笔，画板上是正创作的作品。她正在描绘一只鸟的羽毛，聚精会神，转身蘸颜料的时候，早上的光线照在她的脸上，映出大体的轮廓。

她叫吴永艳，是凤凰县人，是当地小有名气的民间艺术家，读过高中，已出嫁，老公在杭州打工，自己在凤凰靠卖画为生，曾经想在县里办一个画展，把苗画艺术发扬光大，因自己实在拿不出这笔费用而搁浅。她说，这里只有她一人做苗画，卖出最贵一幅作品是两千元，手头几幅小的几十元钱就可以拿走。她已和老公商量好，过些日子去杭州团聚、卖画。

湘西苗画，是在传统单色绣花样稿基础上发展起来的一种独立画种，常用牡丹、凤凰、鸳鸯等鱼虫花鸟元素反映喜庆吉祥和民间传说，构图大胆，线条有致，色彩丰富协调，艳而不俗，反映出苗家儿女对幸福生活的向往。苗画是苗族文化的奇葩，已经列为国家级非物质文化遗产保护名录。

凤凰古城，也是一座名副其实的美食城。这里宾馆饭馆一如欧洲小镇般的招牌风格，菜品和其他食材都富有浓郁的湘味特色，如牛肉米粉，血粑鸭，石锅鱼，锅巴饭，土家合渣，苗家酸汤鱼……

我和朋友们在虹桥头上的一家老字号米粉店用早餐，店家的米粉，顺顺滑滑，弹性十足，牛肉煮得稀烂，汤特别地入味。这里几乎每个店外墙上都挂有几百上千个啤酒瓶，店门口内挂满红色招牌菜名。街道上经常遇到肩挑竹篓卖水果的，有阿婆，也有年轻人，卖的多是荔枝、水蜜桃和新鲜黄瓜。

沱江，浩浩荡荡从城中流过，留下一路风情。棕红色的小船，在船家的吆喝声和对歌声中，带给客人满船的湘西风情。在桥下，一位年轻的歌者，用自己的歌声迎送着来往的客人，她虽然没着苗家服装，但唱的几乎全是苗家民歌。

跨江成S形的小木桥，是游客留影拍照的好去处，身着民族服装的靓妹辣妈成了江上的一道风景，她们是拍照的人，而在这整个江面上，她们又是水上的亮点。

木桥北端，是一座高10多米的水车，江水流过，带动水车转起，像碾过成堆的“雪花”，带起一个个竹筒，筒内的水倒进侧面木槽里。除了江上的船，水车就真成了江上的灵动，以水车为背景拍照的游客，留下一脸的幸福和得意。

早起的不仅仅是商贾和行人，还有像我一样爱拍照的疯子。江边泊了许多小船，想必是昨天江上穿梭的船儿们，晚上也聚在一起歇息。许多爱好者将停泊的船当前景，拍摄江边的高脚屋。

我从一家小楼口沿石板小路下去的时候，转身看了一眼楼上沿江开着的窗子，那里只有窗帘在飘动。在沿江小船上我边看边拍，约有十分钟时间，准备回返的时候，刚才那窗口一位穿粉色衣服的女人，眼睛望着窗外的远处，边看边梳理长长飘飘的头发，嘴上含着像是红色的梳头绳。

所在是老房子，一条绿色的藤伏在墙面上，稀疏的几片绿叶，廊檐下红得有些掉色的灯笼，两扇古董似的窗，窗下是扎入江中若干支撑的圆木，上面写满沧桑。

这分明是一幅画。

待我举起相机拍照，那位主角似乎发现了我，倏地转身离开，留给我三尺飘动的窗帘。这瞬间的惊奇，没有画面，只留下深刻记忆。

在沿江酒吧或者饭馆的外边，有一些招牌，上书：就餐，上网，聊天，唱歌和发呆。我等来去匆匆，实在没得发呆的机会。

沱江两岸，湘西文化积淀丰厚。江，还是这条江，水流滔滔，已是过往，而每丝水流，谁又能说不曾是江岸的过客。江水流过，已经把江上皓月，船工号子，两岸灯火，风土人情，化作美好的眷恋和记忆。

这记忆，已经不仅是湘西的记忆，湖南苗乡的记忆，还是华夏文明集体的记忆。

2014 年 6 月

再上华山

再上一次华山的念头，几年以来一直住在心里，不时地拿出来揉揉，就像盛进碗里的面，等待香辣可口的臊子。

我头一次上华山是2008年10月，当地几个朋友陪着，因为是第一次，身体发烧的我勉强成行。

我们从北峰乘索道上山，走到苍龙岭，我浑身没劲，实在迈不动腿脚，就在一间小客栈和衣休息。同事和朋友还把军大衣给我留下。他们继续上岭。午饭时，他们下来，叫醒发烧沉睡的我。

我们就在隔壁一家小餐馆，就着带上来的肉夹馍、黄瓜、咸菜，又向店家讨几杯开水，每人泡了一碗方便面。同事和朋友们登山体能消耗大，都吃得很香，而我实在没胃口，只喝一点咸汤水，便下山。我曾经来西安多次，那是第一次，也是唯一一次爬华山，留有遗憾，也留下了念想。

2016年6月，我和夫人到西安疗养。按照临潼疗养院规定，正式请了假，自己租车来到华山脚下。

一般游客或者旅游团上华山，多数选择从西峰上，北峰下。主要是考虑西峰海拔2000多米，索道线路长，下索道后上行去顶峰距离近，转往北峰往下全是下山台阶。而从北峰上山，索道只有1000多米，往上全是上坡台阶，而真正的风景，恰恰在北峰这一段。

我和夫人商定，迎难，选北峰上山。

索道行驶非常稳。沿线净是百米深悬崖，如雷劈斧削，崖缝中挺拔怪异的崖柏，傲视群山，挺拔而生，蓬勃向上，有的探出山崖在风中摇曳，显出坚韧和自信。山崖缝隙中还有绿茵茵的灌木和杂草，顺着岩石缝隙延伸，与苍松比肩叠翠。在这陡峻的山崖上走过，全身阳刚之气倍增。

北峰是一处较大的平台，显眼处立着一个“华山论剑”招牌，招牌边上立着几件仿真刀剑。承租拍照摊位的主人，像导演给演员说戏一般，认真地向客人比画招式。北峰上面游客较少，客人多自己拍照或者请人帮忙。

从这里远眺，黛色山峦，绵延起伏，山里微微升起的薄雾，把远近的山展示得错落有致，层次清晰，浓淡有序，美不胜收。华山一寸高一寸险，一分险十分美，确也贴切。

一处岩石凿成的洞，洞中间两块歇脚石。说它是洞，两三米深，两边敞开透风透光，倒像是半扣着的贝壳。两棵粗大的枯树，枝杈冲天，像天线似的，向空中的仙道们讲述华山的传说故事，我想，如果坐在洞中的歇脚石上，山风当会徐徐送来“吹箫引凤”“沉香劈山救母”等脍炙人口的故事。

华山留有无数名人足迹，自隋唐以来，李白、杜甫等文人墨客咏华山的诗词、碑记和游记不下千余篇，摩崖石刻多达上千处。中国历史上，有56位皇帝曾到华山巡游或举行祭祀活动。

从北峰下来，刚过“擦耳崖”石门，一阵豪放的秦腔从身后传来：“毛主席来到咱农庄，千家万户齐欢笑呀，好像那春雷响四方。”转身看去，过来一位挑山工，年龄有50多岁，高个，健硕，大嗓门，灰白头发，扁担一头是几大包矿泉水，另一头是一个沉甸甸的竹篓。他边唱边稳稳前行。

我们几乎都贴在崖壁上侧身让路，他走过我身边时，沉重的脚步咚咚作响。在这里，他的歌，像城市里大街上开道的警笛，更多地展示的是他们昂扬的精神风貌。这擦耳崖，一边是万丈深渊，一边是崖壁和诸多摩崖石刻，最窄的地方须脸面紧贴崖壁蹭过去。明代文人袁宏道曾有诗描写擦耳崖：“逋客时时属耳垣，倚天翠壁亦可言。欲知危径欹危甚，看我青苔一面痕。”诗人经过这里，贴崖擦耳，脸皮都沾上了青苔。

苍龙岭下，夫人累了，我们坐下来休息。我好奇地找到当年那家小店。店家重新装修了店铺，黑红色木房，外边是储藏室，里面是床铺，崭新的卧具，侧面房间是几张餐桌，看起来还算干净。我们不买不住不吃，进店只是看看，店铺老板迎过来怪异的目光。

华山金锁关北接五云峰，南至华山主峰，东西两侧壑深千丈，关前是 1 米多宽、约 500 米长的台阶。金锁关是一座近似城楼的石拱门，是经五云峰通往华山东、西、南峰的咽喉，锁关后无路可行。杜甫《望岳》诗：西岳崚嶒竦处尊，诸峰罗立似儿孙。安得仙人九节杖，拄到玉女洗头盆。车箱入谷无归路，箭栝通天有一门。稍待秋风凉冷后，高寻白帝问真源。

杜甫当时被贬为华山（今陕西华县）司功参军。诗中书写了西岳华山的雄伟，字里行间也流露出失意和彷徨，其“通天一门”指的就是金锁关。这里，四周劲松黛翠，石刻多处，山风送爽，景色迤丽。

关内关外登山路两侧铁索上，挂满了情侣锁、平安锁，长的、短的，铁锁、铜锁，有的锈迹斑斑，有的明亮如金，系在铁索上的还有重叠叠、密麻麻的红绳，迎风摇曳，上面金黄的字写满吉祥话，或寄语自己，或寄福家人，或求平安吉祥。这或许是金锁关，乃至华山令人难忘的一道风景。

走到东峰最高处，就是华山三大险峻之一鹰嘴崖。鹰嘴其实是山崖顶部探出的一块上平侧斜的岩石，岩石悬空，下面是深不见底的山谷。提示牌告知，在上面拍照应系安全带。

有一位女士，展开红色披肩，尝试着不同的姿态留影，蓝天白云陪衬，显得十分漂亮扎眼。摄影师像似山上有摊位的专门人员，那位女士非常投入，似乎把脚下的岩石当成了舞台。

从东峰下来，我们没有走台阶，而是选了一条捷径，路径几乎全是岩石，有的地方需要手脚并用。快要往顶峰南峰转向时，才走上正路，有了台阶。

刚刚转了一个弯，那豪放的秦腔又传来，刚才遇到的那位挑山工下山来了。他用竹篓背着六袋废弃塑料瓶，三袋高出头顶，捆扎得很紧，扁担绑在篓的一边，仍然唱着他的歌。歇脚时，他把丁字竿垫竹篓底下，腾出腰来歇歇，顺手从背后掏出一只硕大的饮料瓶，那瓶子模样已变灰了。他喝了两口水，抹了抹嘴，又把瓶子熟练地放回背后。

下山的他，竹篓高处别着一张绿色的硬纸板，上书：多一份自觉，炎黄子孙华夏人，多一份清洁，环卫文明己做起；人人皆携作，美德天下众知晓，美秀我中华，世界温馨心极乐。

读过著名作家冯骥才老师写的泰山《挑山工》，领略了他们的坚韧，今儿遇到肩挑重担唱着沧桑情歌的华山挑山工，领教了他们的艰辛。

眼前这位唱红歌、做环保、乐呵呵的挑山工，真让我们刮目相看。他的歌，给游人带来快乐，让爬山累了的人忘却身心的疲惫，他如飞的脚步，把废品和垃圾带走，让华山洁净，受益八方游客，他那精气神，满满的正能量。

趁着他停下来休息的空当，我们走过去递给他钱和矿泉水，表达由衷的敬意。他说，他姓张。我想，不论他是脚力打工，还是个人尽义务，都让我等尊敬、仰视。

那天，我和夫人披着满华山的彩霞从西峰下山。

2016 年 6 月

庐山云雾

来庐山主要是疗养，其次是看云海。

原南京军区庐山疗养院，就在庐山风景区的核心位置，与美庐、庐山恋影院和几十座知名别墅相邻，疗养、参观景点都非常方便。几位兄弟单位的疗养人员都带夫人，我带老父亲前往。我们每人买了八十元的旅游通票。这票七天内有效，早六点半至晚六点半，各景点均可持票上下车。

庐山年降水量在 1500 毫米左右，全年有雾时间平均达到 192 天。多雾成因：一是长江和鄱阳湖水汽蒸发，水汽顺山势涌上庐山，庐山雨量极其充沛。二是庐山多沟壑山涧峡谷，大量的水汽在其间不易扩散。三是气温多变，充足的水汽在山里集中，当环境温度下降时水汽就可能凝结成雾。

6 月的庐山，多雨的季节。下了几乎一整天的雨，下午四点渐渐停了。我去庐山含鄱口，在门口乘晚五时的车，赶过去，像走进了云里。周围能见度 20 米，沿左侧小道台阶上坡，那含鄱亭隐约在烟里、雾里、云里，水汽蒸腾。

再往里走是一座石亭。亭下，有一家人索性坐下来，歇一歇，吃些东西，老太太念叨着：来两趟了，没见着鄱阳湖的影子。再往前几乎没路了，周围依旧在雾里，但是可以清晰地听到山下汽车鸣笛声和火车声响。这正是如了郭沫若先生的《雾中游含鄱口偶成》所及："人到含鄱口，望鄱新有亭，湖山云里锁，天籁雾中鸣。"

在庐山景区，几乎所有的公交车上，座椅背上都印有"不到三叠泉，不算庐山客”的广告词。对我这时隔十八年二上庐山的客人讲，我已去过三叠泉，再去意义不大。可是，这一回如果在含鄱口看不到鄱阳湖，将会留遗憾。

第二次去含鄱口，口外天上浓云，眼前300米空中云雾，云雾之下山脚处楼房河道水田清晰可见，甚至还能看到楼房在水田里的倒影。而那云雾，像白色的没有完全落到舞台上的幕，挂在天上，仿佛随时会拉开幕帘，上演云卷云舒的美景，也可能完全下拉，关上这脚下难得的光影，而此时的山下，湖面波光粼粼，看得清清楚楚。

我先给老父亲拍纪念照。他说：咱今天来这一趟还真来着了。现场有索道工作人员吆喝着，坐索道吗，去哪里哪里，没有人应和。看出来，游人都无暇顾及他们。忽然，一阵风吹过，刚刚我们转了一个方向，换了一个位置，而刚才那幕云雾就真的关上，遮挡住了山下的光影。含鄱口，眼前满眼的雾似流水般向口外漫过、下沉，以至于我们父子近在咫尺，几乎看不清对方。我想此时在五老峰方向，看这里应是庐山的经典——瀑布云。难识庐山真面目，只缘身在此山中。

此时，我们选择再往高处走走。含鄱口右首上山，约70度，陡峭，拾级而上，我们三步一回头，不想错过任何云海中的景致。直到山顶，才能看到五老峰方向含鄱亭那圆圆的亭子顶，在云雾里时隐时现，以至于手中的相机镜头难以自动对焦。远处山里的云雾好像没有眼前这么浓重，好像有风，扯动得云雾从山谷飘起，越过山梁，慢慢消失在空中，而此时的山梁由黛色变成了蓝色调调，那飘起的云显得更白细而富于幻化。

庐山五老峰，第五峰最高也最险峻。五老峰顶有一巨石像鹰的尖嘴一般，翘向天空，就着山下云海背景，我站上去，做了一个单腿支撑飞翔的造型，同时收获着些许的得意和胆战心惊。

山下像海浪般翻滚的云，白得刺眼。那偶尔在远处露出的山，只剩一个小得像草帽尖似的顶子，空悬云海上，有时稍大点变得像一座孤零零小岛。那高处U形山坳里，从山下涌上的云，蒸腾向上，被山那边吹来的风，沿着山脊线，齐刷刷刮向空中，如数条白色丝巾般向上蹿起，而每每在稍高的山顶尽处，均消失得踪影皆无。

龙首崖是观云雾的好地方。脚下，石涧峡谷里涌动的云，把远处的山遮掩得严严实实。在龙首崖上，眼前仅有悬在崖顶的那棵龙冠松。云雾涌到眼前时，我们便坐下来喝口水，而拿过杯子刚刚喝一口的工夫，这眼前的雾又急速地退去，露出对面山腰和山谷底部两栋红色的房子。

同行的几个朋友拍照完，那云雾又从沟外涌入山里，又把那刚刚显出的红房子隐入雾里。这时，崖下顺着山、石、松间飘上的云雾，把左侧 30 米远处拍照和观赏龙首崖的亭子淹没了，再也寻它不见，只听得那边有朋友像似山东口音在喊：我娘哎，龙首崖不见了。我循着台阶到那小亭子处，回望龙首崖，隐约中龙首崖和崖上那苍松成为淡淡云雾中轻点笔墨的元素，浓淡变化，难以捉摸。

亭下青石板上坐下来，静静地等候云海打开，是我最为得意的选择。约有十分钟，感觉有些风吹来，远处铁船峰像一艘海上的巨轮，缓缓驶来，越来越清晰，山峰与山涧翻腾的白色云海，时而急，时而缓，时而大，时而小，时而近，时而远，时而溅起浪花朵朵，时而卷起松涛阵阵，壮观至极。

对面石涧峡谷渐渐露出些许的绿意，而谷底的云雾却是急速地旋转着，似乎看到悬索桥一侧，似彩虹横卧，旋转的云雾圆心处，就是浅绿映衬下的桥，两三秒的时间，雾多一分就会遮挡一部分桥，雾偏移一分就会打破画面的平衡。

剪刀峡就在庐山牯岭镇山下，镇上到九江的公路开始一段可一览峡谷风采。我和父亲都穿红色外罩，在马路观景台上，看到对面山上那红顶的亭子。

庐山的雨，说下就下，庐山的雾气，说起就起。刚刚还在山谷底下慢慢涌来的云雾，转眼工夫飞到眼前，能见度三五米，刚刚玲珑剔透、清晰无比的世界没了，除了朦胧还是朦胧。突然间感觉“只在此山中，云深不知处”这句诗写得真美，云境、雾境就这样子萦绕在周围，闭上眼睛，深吸一口气，感觉自己像置身仙境。

过了十多分钟，视野没有一点变好的趋势。对面山上也会是这样吗？我和父亲就步行试着找过去。沿路过去需要二十多分钟。一路上我们只能看到眼前来往的汽车，看不到山和上面的亭，倒是学校一位男老师教歌声，和班级同学们一句句的学唱，从云海深处传来。

我们边问边找，误打误撞撞到观云亭，再次踏入云海里。观云亭正是庐山观云海的最佳去处。往下看，云雾在峡内，像浪涌一样从山外漫过来，从松林里穿过，而后没过松林，从一道道山崖越过，直到漫过红绿相间楼顶的小镇。这峡谷里的云海，与大海相比，虽无声，胜似有滚滚雷声，虽有涛起涛落，却比海浪多了坚韧和持久，虽沿着峡谷三上三下，却每一次都变换阵势，幻妙莫测。

我和父亲因观赏拍摄峡谷云海忘记了中午饭。第二天，庐山摄影网站推送专题片，发出的图片作品，看到第一张，我知道，着红外罩的我们爷俩，那天成了对面影友画面中的模特。

周明老师是我来庐山新认识的朋友。一天上午，他提醒我们再上观云亭。

到达时，那里已经在雾里。亭下有几个年轻朋友，在划定的黄色安全线里自拍纪念照。话语间，他们多是对刚才那波云雾的赞誉和身临其境的兴奋。我听到还有人兴奋地给朋友打电话：快来吧，路不远，来了，说不定能赶上下一波次云雾漫山。

这一次，云雾不再从峡谷涌上山，而是从对面山顶压过来的瀑布云和从峡谷升起的云雾对流云，那阵势，有如千军万马包围之势。那从谷底一次又一次涌上的云雾，先浸染镇上靠近的松柏，那印在雾幕上浓淡相宜的松柏，仅仅算是云海大幕的前奏。

你诧异的瞬间，那淡淡的雾，再把那低处的红顶楼房浸染，再慢慢涌上牯岭镇，山那边顺山势压过来的云雾像宽大的瀑布，一帧帧慢放。上下相遇的云雾，渐渐飘向谷底，过一会儿，那山上的云渐渐弱了，最后一绺贴着山崖倾泻下来，像浩瀚银河的一撇从九天落下。

2017 年 6 月

狼牙山散记

从驻保定地区某部营区，到易县狼牙山约有九十分钟路程。

公路两边有许多柿子树，村庄房前屋后也几乎全是柿子树。快要进山了，山沟里、山坡上成片的柿子已到了收获季节，只是坡上的树叶要少一点，叶子的颜色浓一点而已。柿子树许多叶子已落，只有稀稀拉拉的树叶坚强地挂在枝杈上。光秃秃的枝条上，挂满了黄澄澄的柿子。有几个乡亲吃力地拉着满满两板车柿子向村里走来，村子里的交叉路口，买的、卖的紧张地忙碌着，约有两百多个装有柿子的纸箱码放得整整齐齐。

进山了，车子开始爬坡。不知从哪里开始，路边多了成排的枫叶，绿中透着红。地堰上许许多多的野菊花怒放，金黄金黄的，在阳光下十分耀眼。一串串紫红色的爬山虎粘在山崖上，爬在石缝中，像似冲着我们笑，显得那么地热烈而奔放。

搞旅游接待的农家院，已经开门迎客。农家院里垒得像小山一样的玉米和缀满枝头的柿子，成了最好的广告招牌。有两家院子里的柿子，坠得弯弯的枝条伸出墙来，像农家调皮的娃娃在墙头四处张望。狼牙山下经过战火洗礼的乡亲们，在党的富民政策感召下，在用勤劳和智慧，收获他们金色的秋天。

曾经在中学课本里读过狼牙山五勇士的故事，一个个生动的活灵活现的英雄形象，早已在我心中深深扎下了根。在狼牙山五勇士陈列馆，我们参加司令部团以上领导干部轮训班的五十多名同志，认真地听讲解员讲述了太行山军民抗日和狼牙山五勇士的事迹。

在太行山这块红色的土地上，侵华日军的高级将领阿部规秀被杨成武的部队炸死，当时的报纸称“东洋之花凋谢在太行上”。在狼牙山这座英雄的山上，马宝玉、葛振林、胡德林、胡福才、宋学义五勇士为掩护大部队和群众转移，阻击几十倍数量的日伪军，弹尽路绝，砸烂枪支，英勇跳崖。三名战士壮烈牺牲，葛振林、宋学义被崖边藤条树枝绊住，伤愈归队。聂荣臻司令员高度评价五勇士，说“他们身上体现了中国共产党领导的人民军队的优秀品质，体现了中华民族的英雄气概”。

五勇士，因狼牙山的险峻和特殊使命而成壮举，狼牙山也因有五勇士的事迹而流芳百世，成为爱国教育基地和华北有名的旅游胜地。沿着青石板小路上山，心里老是在嘀咕，这是不是当年英雄们走过的路？随行的解说员讲，当年勇士们走的路在山的背面，那时其实并没有路，有的是非常险峻的山崖。现在通向顶峰的路，是地方旅游开发时修的，还修了空中索道。我听后感到有些遗憾。

山路弯弯，两边多有奇石异草，树林间建有亭台屋舍，每每有漂亮的景观，同事们多有驻足，甚至发出惊异的呼喊。路随峰转，抬头望去，刀劈斧削般的山峰，绵延向上，直把视线引向天际；层峦叠嶂，每一层山崖的顶上，总有红的、黄的、绿的灌木或草丛，在瑟瑟秋风里，摇摇晃晃，亮出十二分的妩媚，把山峰打扮得越发挺拔和多姿。三步不同天，五步不同景。最让人惊讶的，或许还不是面前的山、树、花、草和弯曲的小路，而是驻足、转身、远眺，那远处、再远处的山和层次清晰的山脊，渐离渐远，虚幻飘逸，好像有一种引力，要带上你的心再去远行。

有腿脚特别利索的同事，已经上到山顶往回返了。他们兴致勃勃地告诉我，纪念塔在上面，快到了，山顶上的风景最漂亮。我们同行的几个人，加快了脚步，甚至于走小路、走捷径向上攀登。过了千年古松祈福台，不远，就是顶峰棋盘坨。

顶峰北面，是一座突兀耸立的山峰，较为平坦的地方，设有观景台，观景台下，就是100多米高的悬崖。解说员指着前方崖下一座明显的山峰告诉我们，那里就是牛壶峰，是五勇士跳崖的地方……

顶峰最高处，是狼牙山五勇士纪念塔，塔高21米，塔身、底座全是白色花岗岩，“狼牙山五勇士纪念塔”，聂荣臻元帅书写的九个金色大字熠熠生辉。塔底座朝东的墙面上，挂着一面鲜红的党旗，党旗下，是一块大理石雕刻的纪念牌匾。此时此刻，身为党员、军人的我，思绪万千，深受教益，心灵得以净化。

狼牙山，因群峰形状好似狼牙而得名，是八百里太行的余脉，有五坨三十六峰之说。千峰巍峨欲比天，苍松翠柏祭英灵。那五彩斑斓的是山中的画，还是画中的山？

远处，山连山，峰连峰，那峰高万仞，像大海中汹涌的波涛，跌宕起伏，那山坳里的村庄，一团似烟、似雾的薄幕，罩着，飘着，给村庄和大山带来神秘和梦幻，也带来生机和活力。

近处，以绿色为主调，红、黄、蓝、紫，争奇斗艳，像山水画里的前景，又更像一幅油画，诱你抚摸她，亲近她，顿生无限爱恋。或许有一天，我用一架超宽画幅的相机，把此景定格；或许有一天，我请一位画师，用一块天大的画布，将眼前所有的景致描出。那时的您，那时的我，一定都在画里！

自以为上山饱览诸多的美景，乘缆车下山，是应该收起相机的。我错了，真的错了。

从上往下，随着缆车的移动，山形随动，影随山动，景随人动，眼前，是天、是影、是树、是花，是大自然在狼牙山所独有的美景动画。这一切的一切，已经把包括五勇士在内的先烈们的英雄事迹，演绎诠释得明明白白。顿悟之后，当是我等奋然前行的时候。

峭壁上，一丛丛、一簇簇的山菊花，比上山时显得更加鲜艳夺目，由下到上，由上到下，由远至近，由近至远，它们是仙人种的吗？是岩石托付的吗？是自然赋予的吗？不，都不是！那分明是，我们一行所有同志、所有军人朋友，向狼牙山五勇士献上的花！

2010 年 10 月

兰州听雨

兰州，是一座少雨的、海拔较高且属于黄土高原的城市。忙了一整天会议准备工作，我晚上睡得很香。

后半夜，一阵阵滴答滴答的雨声，闹醒了我，再也没有睡下的意思。多年养成的开窗睡觉的习惯，在这里亦然继续。昨天我曾经立在窗前，欣赏在运动场上踢足球的战士们，听久违的嘹亮的军号，特意留着的半扇窗，让潇潇春雨，悄悄走到床前，入得梦来。

我披上外罩，走到窗前，拉开帘子，倚着沙发背站立着。外边黑黢黢的，从办公楼上漏下的灯光，能看到院子里绿地和运动场的轮廓，近处道路和路边小树似乎更清楚一些。不知道楼里正在加班的同志们，有没有意识到，有没有与我一样开着窗子，让外边湿漉漉的气息溜达进来，变成伏案工作的灵感，抑或冲消加班的疲惫，或许兴致来了，思如泉涌，轻敲键盘，和着滴答滴答、淅淅沥沥的雨声，共同迎来营院里春雨洗过的黎明。

兰州的春天比内地来得稍晚些，但3月底，已经春意初现了，树枝杈上已经露出小小的叶芽。在夜暗和楼宇的微光里，这些枝丫曾渴望并挺过一个又一个无雨雪的冬天，现在，应该是和我一样贪婪地呼吸着春雨的养分。她们翘首以盼春雨浇灌的日子早早来临，她们或许没有想到，还没有等到园艺师们打开浇灌花草的阀门，春雨先到了。

即便在昨天早上，我还看见几名战士正做浇灌的准备。不知道这些平时睡得很沉的战士们，此时此刻，是否和我一样站在窗前欣喜不已，也许班长早已把他们叫醒，正一同欣赏外面的雨。

雨，一直没有停下来的意思。看不到雨丝，唯窗外屋檐流下的水，砸在楼下铁皮上，滴答成颂，那节奏或紧或慢，或急或缓，或轻或重，由不得你的性子，由不得夜半窗子里面这颗多感的、怦怦跳动的灵魂。“好雨知时节，当春乃发生。随风潜入夜，润物细无声。”这脍炙人口的诗句，是古人为今夜的雨题写的吗?!

尽管开关就在手边，我不想打开房间的灯。生怕打乱了眼前和周遭诗一般的氛围，生怕惊了兰州城雨夜的神秘，生怕误会了上帝无声润物的良苦用心。我在想，在这座营院里，领略这番景致，赏析雨的小夜曲的或许是我一个人，而拨动我心弦，或者与心弦共鸣的是深深的渴望和希冀。京城干旱的冬，挥之不去的霾，让我对春雨的感觉，对春雨的期盼，在出差兰州的今夜成为现实。

如果说眼前雨帘后边是一幕春意盎然的舞剧，幸运的我仿佛是剧场里唯一的观众；如果说雨丝的落下和打在窗玻璃上的声音是一场春之声音乐会，幸运的我仿佛是这里唯一的听众。湿漉漉的风和着雨，不仅惊醒了我的梦，还打湿了我的心田。

像是起风了，雨下得稍稍急了一些。

我依然不想打开灯，依然不想看见雨丝落下。但明显的是雨还在下，仿佛在回应我这个倚窗之人。

院里多了鸟儿的叫声，那是一种名叫北红尾鸲的鸟。开始还像是一两只，后来似乎多了起来，鸟鸣声此起彼伏，听得出，它们也按捺不住兴奋和喜悦。我看不见鸟，看不见鸟飞，但能听到鸟扑棱棱地飞来飞去，一声声的鸟鸣成了雨夜的伴奏，鸟儿们欢唱着，迎接兰州第一场春雨的到来。

早上跑步时，我注意到院内土坡上的杏花开了，桃树枝头也长出了一串串紫红色的花蕾，不知道这雨水中的花儿们是否在低吟轻唱，彼此诉说着对春天的热切向往。我闭上眼睛，听雨的声音，闻雨丝裹挟而来杏和桃的花香，淡淡地沁入心扉。

我真想走到一个廊檐下，伸出手去，收获雨滴砸在手心里的那份感觉，任溅起的雨水打湿我的衣衫。

我真想走近那个土坡，与千姿百态的杏花桃花分享雨的沐浴和滋润。

我真想抚摸一把雨水洒过的树干，看颜色变得重了、浓了，几片花瓣贴在上面，像热恋中的少女少男，扭扭捏捏、恋恋不舍地离去。

这雨的夜，这夜的雨，这雨的美妙，是属于我的。

这春的夜，这夜的春，这雨的旋律，让我再不能眠。

出差几天，邂逅一场美妙的春雨，让我忘却一身的疲惫。这里没有江南烟花小巷的朦胧，这雨却使北方黄土高坡平添了几分秀气和丽质。

雨，还在下，天，渐渐亮了，已经看清窗子玻璃上挂满了雨珠，雨点前赴后继地打在窗上，从上往下，形成了一道道细细的流痕。这流痕模糊了窗外的景致，却又赋予了油画或者水彩画的味道，似与非之间，把营院里的楼宇凝固在三尺窗框里。

春雨，真正唤醒了春天的记忆。昨天，地上绿的柳、返青的草，还带有冬天的色彩，经雨水浇过，像调了饱和度，瞬间变得丰富而厚重起来，忽地变得如此隐约而富有诗意起来。

春天，真的来到兰州这座金色的城池！

2014 年 3 月

知性秋雨

夏天最后一场雨，和入秋后的第一场雨，不知不觉地如期而至。

如果说是夏天炎热的落幕，觉得还似乎早了些，午后三十摄氏度的高温，短袖短裤，稍稍活动，大汗淋漓。而感觉不一样的是那种黏人的热，真的已经告别，化为人们对夏的记忆，没有半丝流连。其实，老祖宗留给我们的文化遗产，包括四季二十四节气的准确研判。处暑正过，秋就急匆匆地来了，这下的雨，应是乙未年秋第一场雨。

秋雨是夏秋季节转换的标志，是秋歌金曲的过门。恋爱中的男人女人，想了，盼了，禁不住念叨，真的来到心舍，那半开的柴扉，不知是你我早早打开静候的，还是她悄悄走来轻轻推开的。被雨打湿的对夏天的几点印象，已经随着丝丝缕缕的雨，落在叶上，吻在地上，渗入土里，化为滋润，等待冬藏雪裹。

说秋雨是知性的，是因为周末，老的少的，领着挽着抱着推着到公园休闲，满园的转盘般的人潮，水里游泳者，岸上跑步者，手拉手的白发老人，老天实在不忍心浇灭游人或远足人的热情，只是隆隆雷声，提醒朋友们做好防雨准备，或到廊亭檐下。此时，是否还要提醒那些执着的园艺工人，可以放下水管，收拾工具回家了。

秋雨是知性的，还像是为国事唱和。“九三”，是中华民族反法西斯胜利日。华北人民损失自己利益，也要共同献上阅兵蓝，为这旷世盛事的到来，用惊天的雷鸣，震慑东洋妖孽，使其惶惶难终。

秋雨是知性的，晚七时人民大会堂乐器鸣响，九时，纪念演出结束，这期间那滴答稀疏的雨点，和着秋天的节拍，像衬托主题音乐的旋律，那么和谐顺畅，不差半分节拍，不抢一丝音律，约十时，待观众和参演人员回家坐定，那豆大的雨点才一阵疾似一阵地敲响门窗檐瓦，瓢泼似的瞬间而下……

秋雨是知性的，发生在初秋的夜。当京城的喧嚣趋于宁静和安分，当霓虹灯亮度和颜色渐淡渐弱，人们带着微笑和幸福以及对朝阳的期待，进入梦里。楼宇的窗只有个别亮着灯，有一两扇的，也有三五扇的，它们成了夜的标志，成了大街小巷的点缀。

楼下静静的，对面宾馆穿着西装的门卫，在来回踱着步子，楼门口有些许透出的光，把楼前的雨水照得亮光闪闪。

秋雨是知性的，低调潜入夜的京城。夜里起来两次，一次是看下雨大小，筹划明早的着装与晨练，另一次是雨打楼下的铁板，往常是滴答滴答落下，而今却流水潺潺，似飞瀑冲下，觉得奇怪。两次均闻夜雨声，不觉一回有雷鸣。莫不是这雷公显灵，慈悲为怀，把往日天际风雨雷电并行的全部程序，在今夜，减得，只剩下雨！

秋雨还是知性的女人，知道邂逅的任性和怯懦，纵然有得体优雅的欣赏，或悔不早识的明示，都默契地在微笑中理智地起身收手，转眸离开。

昨晚的雨下到今早，应该是五时三十分左右才停止的。

过往，有多次下雨，到晨起时分收住，送来一天的清新，送上班的人们匆忙而行。而今早这雨它好像是突然停下的，这收了雨滴的夜的奏鸣，美妙得像曲子刚刚出现华彩乐章，乐团指挥的手突然悬在空中，戛然而止，欲续不能，欲听弗愿。

而今这雨停下，窗灯一盏两盏、三盏五盏地陆续亮起来，大小无序、形状各异的楼宇，似骨牌一样有序亮起灯，像信号指示灯一样，让整座城市又喧闹起来，人们已经一夜休整后上满了发条，高速地运转起来。

2015 年 9 月

胡杨雨

十月中旬的额吉纳旗胡杨林，美景即将落幕。这时去拍胡杨，是需要勇气和运气的。

那天，风暖暖地，送我们几个影友到了一个叫三道桥的胡杨林区。天像调了饱和度，蓝得深邃而浓重。林子里苍劲挺拔的胡杨，叶子已经开始飘落，有的树枝已经稀疏，但仍以饱满的精气神等候着影友们一年一度的检阅。

黑河静静地从林中穿过，波光粼粼，蜿蜒幽曲。岸边的胡杨，倚水矗立，倒影连连，随风挪移，像一幅抖动着展开的长轴画卷，由近及远，伸展开去。

偌大的胡杨树，像是得到老天的眷顾，树形伟岸，枝叶茂盛，顶着一身的金黄，在蓝天的陪衬下，越发地光彩夺目。它们或独立，或连成片，或聚成林，让你每按动快门，都会美图尽收、品赏半天。仔细看去，有些枝杈上的叶子还泛着绿意，依然坚守在枝杈上摇曳弄姿，它们在用自己的顽强和娇美身段，装点并尽量拉长胡杨林的金秋。

忽然，一阵风吹来，整个林子里的胡杨像是听到口令，树叶纷纷飘下，一片、两片、几片，旋转着，舞动着，似仙女般轻盈婀娜。我试图伸手去接，那叶子或上、或下，或左、或右，或快或慢，飘忽不定。总算接到一片，拿在手里仔细端详，些许的得意之后，心里不免有些伤感。

春天，细雨携带着黑河丰富的养分，培育出胡杨壮实的枝芽；

夏天，少有的雨丝融进沙土和着还算富有的地下水，浇绿了百里胡杨；秋天，风儿把似雨似雾的空气搬来，抹在林中变得满目金黄；初冬的晨雾，蘸着寒意刮过枝头，让胡杨亮出健硕的风骨，准备迎接大漠里的第一场冬雪。

胡杨的美，引得天南地北的影友前来采风，以至于近处的宾馆或农家院悉数爆满，在林中守着胡杨搭起一顶顶帐篷，红色的，绿色的，黄色的，白色的，这些来拍风光的人们，自己先成了这里的一道风景。

我想让风小一点，再小一点，让胡杨的叶子在枝杈上多留一会儿，再留一会儿，或许还有晚到的影友，正千方百计地往这里赶，希望胡杨的枝头给他们多留一点兴奋和希冀。

我又想让风大一些，再大一些，让树上的叶儿，忘却与枝杈的缠绵，解下丝丝情愫，真的像雨一样，尽情飘落，那就是摄影人期待的神来画面——胡杨雨。

风，像似知道我的心思，渐渐地吹得紧了些。眼前成片的胡杨树叶，随着风影，划着斜线，慢慢地落下，像金色的雨。已经落地的树叶，被风吹成一片一片的，一堆一堆的，有的已经发干，但金色犹存。

新的叶子落在干枯的树叶上，发出轻轻的、嘀嗒的声响，连成片、连成串，分不清谁前谁后，谁左谁右。此时的我，似乎忘记了按动快门，忘记了把美好的感觉变成图画，忘记了把美妙的瞬间变成永恒，任凭叶子撒落在眼前、身上、手里……

此时，伤感已逝，我心底忽然升起对胡杨的羡慕来了。或许胡杨在用这独特的方式，为今年压轴的美景谢幕，或许在用片片树叶连缀成句句诗行，向大地倾诉依恋和衷肠，也或许在用当下秋的枝叶，向创造千年不朽神话的老胡杨轻声吟唱，送上由衷的礼赞，热切期待着迎来另一场崭新的轮回。

远处，一对新人身着红色新婚礼服，正在拍摄婚纱照。新郎牵着新娘子的手，迎着人工撒下的胡杨叶片缓缓走进林中，摄影师在后边指指点点，忙得不亦乐乎。我想此时的这对新人，已经把自己当作胡杨雨的主角，身上落满的是树叶，升起的是希望，播下的是真爱，收获的是一生一世的幸福。

胡杨林的深秋是短暂的，短得如同《诗经》里的句子，又如哼唱半句的歌，容不得我们去辜负。

下午，我们再次走进那片胡杨林，那里只剩下耸立的树干、光秃的树枝。每一棵树底下，均匀地撒落着大片大片的叶子，有的零散地伏在千年枯树身上，一缕阳光斜射过来，发出耀眼的光，有的漂浮在水面上，顺着水流，把一路的诗话送往远方。

夕阳下，树杈，拉长了树的影子，重新把地上的叶片“编织”在一起，远远地望去，又是“一棵”怪异挺拔的胡杨！

我为见到另一种形态的胡杨而心动不已，我为拍到胡杨林的另一种光影兴奋不已。我想，那一定是额吉纳旗胡杨飘落的美景。

胡杨雨，我心中永不落幕的风景。

2012 年 10 月

雨

近两年记下有关雨的文字，有四五篇，除摄影札记外，超过其余所记所思。突然想静下心来思考一下原因，只是久思不解。

雨，是自然徐徐拉开的幕。北方，春天来了，万物复苏，之后是炙热的夏，是暴雨连连，雷鸣闪电。抑或是多彩的秋，枫叶争艳，遍地金黄。

雨，是自然的馈赠，而我得到的似乎是灵感。雨时常牵动我的心弦。有时老天下雨，滋润到心田的某个角落，某个兴致的触点或者伤感的幽思，而经过滋润的思绪，往往很难收住。

下雨的时候，选一帘窗，沏一壶茶，愿幽幽茗香，飘入雨里；或雨中草香，透过窗，浸入茶，约一俩仨朋友，品评雨的句逗和时政的光晕。待朋友离开，迅疾铺开纸张，任由刚刚迟滞的思绪，随心恣肆地流淌。

雨，是涤荡心灵尘埃的甘露。它滋润万物，还清新洁净于世。雨里，我们静思过手的工作，走心的思绪，悟而有获，那被冲刷过的心灵，留下的是金子，是铭刻的心经。

雨，是怀旧时那服浓浓汤药的引子。让你彻底地牵肠挂肚、翻江倒海一番，收获畅快淋漓的清醒和血脉的通达。

雨，是弥补岁月欠缺的桥。在雨里，走进她或他的情感小屋，哪怕是约在屋檐下，亦是按捺不住的欣慰。你或可以携一缕乡愁，怯怯地选一紧闭的柴扉，在雨滴答的话语里，回应里边那声轻轻的问候。

我想，沉在心底的某种情感，往往被眼前某个景致所展示的意境所打动，甚至是重合，那重合点，正是手痒痒呼唤笔墨的时刻。而在雨中，这样的所见、所思，会来得更快一些。我知道，那是场景美学结构的一次扩展，是情感世界在雨中的释放。

细究起来，许多时候，我们的司空见惯，我们的日常时间，某个细节和气氛会唤起你很多记忆，自觉去联想周遭的事物，在游移中，与心底的沉淀撞击出绚丽的火花。由此，那关乎雨的文字就不再特别，不再是偶遇偶得，而是心存所念，触景生情，是自然且必然！

雨，是诗人湿淋淋的情愫，有时是愁，有时是怨，有时是盼，有时是念，有时是命运的挣扎，有时是隽永的颂歌。纳兰性德的“相逢不语，一朵芙蓉著秋雨”，林黛玉《葬花词》中“柳丝榆荚自芳菲，不管桃飘与李飞”，李重元词句“欲黄昏，雨打梨花深闭门”，诗人常把雨中的芙蓉、榆荚、梨花，轻轻捻碎了，糅进不一样的爱恨情愁，而那些脍炙人口的诗词，就是诗人稔熟洒下的雨花。如此，那么多写雨的诗词，那么多以雨抒情的歌，往往被贴上写景状物的标签，确真是罔顾了作者的心。

雨，是缠绵的情丝，借一缕春风，剪了还续，裁了还连，有时借南北的劲风，还任性地要要性子。说雨缠绵，最终还是云朵情深，云是蓝天的纱，雨是云抽的丝，心是初拟的诗章。由此，雨中的人，像平静水面上石片打下的圈圈，一个连着一个，像风儿吹皱的波，起不了浪花，却也涟漪片片。雨丝砸落的花红，聚散点点，肥瘦之间，生发出多少不舍、怜悯和惆怅。

我们寄存的故事，有时像一坛陈年老酒，雨天里，往往是启封的时候。而雨，是由头，或是佐料，或是最后的勾兑，雨，埋不下那么多情，藏不住那么多话。只是人多情了，会触雨生情，亦如亲情，爱情，友情，乡情。雨中，亭下，我愿做那么一个性情中人，笔下千言，抒发情怀。

见过北方大山大川的雨，有时像轻柔的小夜曲，一丝丝，一点点，有梧桐落雨的细腻和缠绵；有时像雄浑的交响曲，浓云翻卷，风裹雨挟，大气磅礴，那会儿思考的常常是人生，是命运，是激越后的平静，是亢奋后的吟唱。激越、亢奋是过程的描述，而平静和吟唱才是归宿，是收获。

见过江南小巷的雨，那雨中流淌的小河，河上薄雾遮掩的小桥，桥上飘过的红雨伞，那定格的是诗意的画，是画中的诗；小桥会写满沧桑，红雨伞还会再来，而河水泱泱，奔流而去不复回，只能细数泛起的涟漪和浪花，那是经年里的诗，是岁月回放的歌。

见过广袤草原上的雨，雨丝从雪山方向飘来，融进雾里，大地连同它的牧群，时隐时现。车窗上雨滴一串串，一片片，一颗接着一颗，流星似的从窗框上滑下，那么随意。雨滴落窗上的声音，滴滴答答，时疾时缓。快时密集如织，慢时像醉汉的脚步，无形、无序，了无节奏。

见过青藏高原的雨，来得快，像骑马的藏胞，忽地来过，转瞬疾驶而去。那些穿着厚重藏袍的牧民，雨来了，他们没有一丝的在意，该劳作的劳作，该朝拜的朝拜，不躲，不急，不慌，坦然而淡定。笃定的信仰，使他们坚定而沉着。敬佩之后，留给我们的是反思，是力量。

见过沙漠胡杨林的“雨”。注意过那枯而未死、残而顽强的胡杨树，亲吻过那金黄温润的树叶，欣赏过那朝阳晚霞洒下的光影。希望有一天，风儿扬起树叶飘飘洒洒落下，阳光斜射进来把落叶打亮，欣赏一场梦寐以求的胡杨“雨”。或许若干年后，胡杨在，胡杨“雨”会再有，我等写满希望的星点文字会化泥重生。

谁能告诉我，九百年以后，谁是胡杨林下赏“雨”的那个我。

2016 年 9 月

[8] 生 活 琐 记

小陈庄的榆钱儿

小陈庄的西头路北，有一棵大榆树。每到清明前后，绿色的榆钱儿缀满枝头，迎候来这个老村子祭扫的亲人们。

每年临近清明，我和夫人都随着姐姐和哥哥们，到廊坊永清县后奕镇小陈庄去祭奠我的岳父岳母。1987、2006 年岳母、岳父两位老人去世。我没有见过岳母，对岳母的印象都是听夫人和姐姐们说的，然而在家里见过岳母的像，那是一个茶色相框，里边是她的一张黑白照片，瘦瘦的，长长的脸，眼睛很有神。你注视着她，她也会注视着你，眼睛里，满是慈祥和关爱的光。

我和夫人认识，因为我们是战友，但是我们能够走到一起，恰恰是因为岳母。小陈庄岳母家姓高，是名门望族。岳母亲眼看着前面的四个女儿成家，夫婿进门。岳母说，老五再找对象，就要找姓高的。就这样，我和夫人走到了一起。如此，我一生感谢我的岳母。因为有了老人，我和夫人才有了这份缘分，因为有了岳母，才有了我们现在一家的幸福，是岳母成全了我们。

岳父代国忠是一位老建筑，是北京市二建公司的一名中层干部，新中国成立后就参加北京市政建设。年轻的时候，他曾经和李瑞环同志一起参加人民大会堂建设，曾是建工区青年突击队员，岳父为此很有成就感。

听岳父讲过，他年轻的时候在廊坊永清参加过民兵组织，和国民党部队打过仗。有时候在老百姓家吃饭，老百姓都给民兵们做好吃的，拿出最好的葱油饼，吃饱了还要带上。有时上边突然来指令，吃不完就要赶路，匆匆忙忙拿上一两块烙饼，拎起枪就出发了。

岳父离休以后，一直在家休息。他爱喝北京二锅头。对二锅头，从口感到品质他都有研究，喝习惯了，他熟识来往的建工集团的老哥们儿，一块喝的也是二锅头。

有一年过春节，我和夫人回山东老家，带回来几瓶景阳冈酒，圆瓷壶，酒是父亲朋友送的，就让我带回北京给岳父喝。岳父也很得意，自己不舍得喝，等几个老朋友聚会时，他把酒拿了出来，还显摆说：是老五回山东过年带来的。

可是，酒入杯，岳父老哥几个喝得味道不对，岳父就把酒又带回家。后来我品过尝过，觉得是真酒，还用酒杯点燃做了实验。后来岳父说，喝惯了二锅头，是喝不惯你那景阳冈。我这是为酒的事，害岳父大人丢面子。后来，我们爷俩再提起这个话题，都成了笑谈。

与岳父喝酒，与山东老家的规矩不大一样。第一次与岳父喝酒，我和夫人还没结婚。在家吃饭，岳父常喝的是北京绿瓶56度二锅头，手头一个九钱竖纹玻璃杯，谁来，喝啥酒，都用它。按山东老家的规矩，与长辈吃饭，长辈不拿筷子，晚辈是不能开吃开喝的，同时长辈撂下筷子，晚辈也应停手。那天，我给岳父倒满了一杯，我也倒了一杯。他右手拿筷子，左手几乎不离酒杯。等着他放下筷子，他始终不放。两杯酒下肚，他把筷子和酒杯往桌上一放，说：我喝好了，小高你慢慢喝。岳父是急脾气，多少年了，从没有在吃饭喝酒上多花一分钟。说话办事，亦如吃饭喝酒时的简练、直接与痛快。

2001年，岳父查出得了癌症。虽是离休干部，费用国家承担，但经常到医院去治疗，放疗、化疗的痛苦，却是任何人替代不了的。疗在岳父身上，疼在我们心里。为让岳父精神上能保持旺盛斗志，我们一家人都瞒着老人。岳父对自己病的严重程度不十分清楚，有时候去医院住一段时间，输液治疗缓过劲儿来，再回到家里调养恢复。到了后来，岳父体质变得非常弱，身躯日渐消瘦，走路都有些困难，上身总是往左边斜着歪着。

住院时间长了，留给老人的时间不多了，我和夫人商量，能不能带着他到京郊熟悉的地方走走，岳父曾经参加过定陵地上部分设施建设，想带他去那里看看。我们给岳父说了，他高兴地说，那当然好，有多年没去过了。

那天，我们陪着岳父，带上轮椅，开车到了定陵公园。我们推着他从正门进去，有的地方是石板路，我们走得很慢，不能走轮椅的地方，我和夫人就把轮椅抬起来，公园里的工作人员给了我们很多帮助。从中间甬道，到几个重点景点，我们多次停下来休息。岳父给我们讲了当时建设围墙的一些情况。那一会儿，岳父仿佛找回了他的年轻，回到了他的建筑工地。那个高兴劲儿，不像一位病入膏肓的老人。

平时聊天，说起小陈庄，岳父时常提起他小时候的事，早年打游击的事。家里没有粮食吃，就到村庄头榆树上捋榆钱充饥。榆钱中间那鼓包，嫩得几乎能滴出水来，吃了不顶时候。2002 年清明，我们去小陈庄给岳母扫墓，从墓地和那村头的榆树上，摘了一些榆钱儿，带回来，给岳父尝鲜。择过，洗净，用玉米面裹了，加一点盐，放屉上蒸五分钟，就可以吃了。岳父高兴时不说吃，说"开"了，那榆香里带点甜的味道让我难忘，岳父只吃了一点点榆钱，却勾出来他老人家一车轱辘又一车轱辘的话。

岳父最后的日子，是在石景山医院度过的。姐姐们排班儿，轮流看护他。我夫人也排着班儿，尽管只能周末过去，她十分珍惜陪老父亲的时间。有一次，我们两个去医院。岳父说话已经不是很清楚，但是听力很好，神志很清醒。他想说话，动动嘴，我们猜测再三。后来，找来纸和笔，我们用纸和笔写来对话。他不能握笔，我们就把猜到他要表达的意思写纸片上，请他确认，猜对了，他轻轻地点点头，鼻子上供氧气的管子，也跟着轻轻地晃。

夫人拿水壶去打开水，我给岳父正了正管子。他想给我说话，嫌管子别扭，就拿到了一边。我实在猜不出岳父想说的话，他似乎有些急，一只手勉强伸出五个手指，然后再伸出两个大拇哥，往一块并了并，两只手无力地落在被子上。看出来岳父连举手的力气也没有了。

我问他：您是不是说我和老五，两个人好好过日子。他睁大眼，点了点头。我握着老人的手说：爸，请您放心，我以前以后一样对老五好。

岳父掉下泪来，我急忙用纸巾给他擦过。他微微地笑了。

岳父去世，我急匆匆赶到医院，抬他，帮他换的衣服。我手上，岳父最后的体温，至今还在。

每年清明，我们回小陈庄，给两位老人上坟。那棵老榆树上榆钱儿已经长出来，在村庄头等我们了。我们开车过了那个小石桥，转过一个弯，就能看到它，看到树上缀满绿绿的榆钱儿。

老代家祖坟在村庄西北角，岳父岳母的坟地，还有爷爷奶奶们、大伯和伯母他们都在那里，有七座坟茔。坟边，长有六棵老榆树，有二三十米高，树冠直径也在 4—6 米之间，树冠枝叶手拉着手，连在了一起，像几位故去的亲人，有说不完的话。烧纸时，每每是三哥景华点着几根香烟，我夫人带去的二锅头，给老人敬上，嘴里还念念有词。

袅袅纸烟升起，绕到榆树枝条上，在一串串一簇簇榆钱儿间盘旋。仿佛送给老人的，不仅仅是纸化的“物品”，纸化的“钱”，还有树上的榆钱儿。

岳父岳母坟前，立着一座石碑，石碑后边长出了一棵小榆树，主干由当初筷子般粗细，长到现在小孩胳膊粗两三米高了。或许多年以后，在岳父岳母坟边上，又像隔壁的爷爷奶奶和大伯大妈坟边那样，这棵小树会长成大树。每到春天，有那么多的榆钱儿陪伴着两位老人，希望天堂也有四季，也有属于他们的春天。

今年，我们又去小陈庄给岳父岳母扫墓。在那里，姐姐们烧纸钱的时候，我在一边念叨了一些话，说给岳父岳母听：老五工作很顺利，做老干部工作很辛苦，她很热爱这份工作，把工作当事业干。她这几年，自己学会了打竹板儿，学会了吹笛儿吹箫，学会了吹葫芦丝，学会了拉手风琴，最近刚学会了打鼓，教会许多老同志，深受老同志们喜爱。老爸老妈，您在天堂，您家老五一点就通的音乐天赋，是哪里来的，我得埋怨您二老，老五小时候，您就没有发现，她有这么好的音乐天赋，给她报个班儿什么的，学学音乐，说不定，现在是大学音乐系的教授了。

我希望把纸钱“支票”换成一个手机，附上一个微信号，请二老扫个码。这样，我们能常和二老说说话，聊聊天，也能给您的一帮孙辈们一个撒娇的机会。

我知道，我说的话，两位老人听到了，收到了，有那顺着春风飘起来的纸灰为证，它们一个旋儿一个旋儿地飞起来，飞上了榆树梢，有那树梢上的榆钱儿为证——榆钱儿们在春风暖阳里正频频地点头。

2017 年 3 月

时光如梭

近日，闲来读《蒋勋说宋词》，读到介绍晏殊《踏莎行》一词时，被结尾两句镇住。这两句是“一场愁梦酒醒时，斜阳却照深深院”，“斜阳”一句，说的是作者感觉到斜阳在移动，时光在慢慢消逝，写光线，在自己身上一寸寸慢慢移开、退后。由此，自然联想到自己。

过去在工作状态，从手机和表针上关注时间，时间多少，时间流失，关注时间起始，关注白昼和黑夜明显的角色变换等。

近来，脱离工作状态，整理自己曾经记的一些文字，归整未来得及整理的书籍和照片等等。当然更多的是读书，读自己喜欢的、不错的书，体会到真正如饥似渴的感觉。与之而来的，感觉到是光阴流失，真的是快了，时间是快了，真的感觉到光阴如梭。

早晨，黎明时分刚过，对面楼宇阳光斜射到楼的墙上，由少而多，由远处到近处的楼，由楼顶孤立的排风口，到我家的门窗，一直到我家窗子前面。细数太阳照到窗口的时间，再到照进室内书橱位置，稍不注意，这光线就从柜上到柜下，窗上到窗下，桌前到桌后，溜到正对着窗的座椅上。

这时，我到厨房烧一壶开水，来回走一趟的工夫，似乎刚才的阳光就不在那个位置了，几乎就是这样短暂而迅速地离开了我的书房、我的窗台。至于上午看不了几页书，抬起头来的时候，阳光已经从眼前移走。

书房内有两盆几乎见不着阳光的花草，天天陪着我。我见到阳光照进来，便把那花草盆儿挪过来，让它们充分吸收阳光的滋养，它们像被短促的闪电吻了一下，甚至连看手机时间都来不及，匆匆错过直射的光线，又沐浴在阴影里了。

从窗前洒过的这份阳光，有时转过去以后，直到太阳落山，直觉告诉我，那太阳就在天上，就在楼顶上。而对于我，像这一天就这么一会儿就过去了似的，感觉非常明显。

晾晒在阳台上的被褥衣服，总想让它们能更充分地晾干杀菌，阳光正盛的时候放在那里，自己颇为得意，抓住阳光，为家人为自己做了一点事而欣慰。可是回到书桌看几页书，或者看书累了起来活动一下筋骨，再去看那被褥衣服时，阳台上的光线已经悄悄离开了，只把被褥和衣服留在阴影里，而那窗外是亮亮的天，高高的楼。

午后时间就更禁不住折腾。窗外的阳光已经不再灿烂，甚至余晖已经早早地打在对面楼的墙上、窗子上。翻开上午合上的书页，或者打开手机看看短信的当口，就觉得光线渐渐暗了下来，本能地伸手打开台灯，以期让光线对得起面前摊开的书行，给不怎么大也不怎么不圆、近视而又带散光的眼睛补点光。

昨天上午跑步，听中央人民广播电台经典音乐节目，主持人晶晶说到，老一代音乐人出磁带，或者光碟，一般把最具时代感、最感人、最有名气的曲子，排到A面第一，而B面第一首也是名曲。由此想到，自己年已奔六，也像磁带一样，以前是A面，对于我来讲，是属于国家的，是属于国防事业的，是属于党和人民的，我无怨无悔，有所贡献，成就了最好的自己。时下，像磁带一样，已经翻到了人生磁带的B面。这第一首曲子，或者说第一步，应该是学习为重，把工作上的心收到家里，补上孝敬父母这一课，把自己的爱好，埋在自己心底的那一方田亩开发出来。

我明明知道，光阴如电，永远不复往昔；明明知道，过去的日子光阴，本来就是这样过得去、过得来，我们又是这样送走的光阴。而在当下阅读过程中明显地感觉到，过去三十年、二十年、十年、五年、三年，自己曾经忽略过什么。如果重来，或许就会认真，就会像现在这样珍惜，执着于工作，珍惜时间，醉心读书。

这以后的日子，当更加珍惜才是，或许这重新的认识，重新的努力，在可预见的时光里，尽可能再遇到那个最好的自己。

我想，读些闲书，做个闲人，梳理一些不咸不淡的文字，让自己在悠闲中变得更灿烂。

2018 年 5 月

书房有棵幸福树

细数起来，这棵树来到我们家已经有九年了。是搬家时候朋友送的，那时只有一米多高，三株一盆，名字，就叫幸福树。

后来养着养着，只剩下了其中的一株，而这一株也差点不能成活。后来，我换了花盆，换了新土，把枝头剪掉，包上塑料纸，扎紧，有好长一段时间，没有再去管它。

不知哪一天，在它的顶端，鼓生出了几个豆大的芽苞。几年过去了，这棵树从签字笔那么粗，长到擀面杖般的粗，长到了房顶，发出了三个枝杈，都茂盛如初。那三个枝杈，莫不是先前那三株，演绎而来的绿？

这树我很少管它。农民出身的我，喜欢花草，可从没有专门地侍弄过它，只是在它落叶较为集中的时候，给它浇些水。常羡慕南方的树、花和草，寻一个枝条，插土里就活得恣肆随意。我曾给朋友开玩笑说，在我国南方，似乎种下一根水泥电线杆，都能长出芽叶，熬过一个四季也会绿树成荫。

这棵树也让我熟悉窗外的四季。它在太阳偏南、北回，日升日落中，把绿色融进书房，成了书房一角的点缀。

去年下半年，到现在，它突然地长出了浅黄色的花，那花像一个深筒状的，更像农村电线杆上的扩音喇叭。那花有大拇指那么大，淡淡的香，有时一个枝条上长出一串儿的花序，而开花的却只有其中的一两朵而已。花开在树叶的顶端，不事张扬，默默地开了，悄悄地落了，以至于落到地上的花，夫人清理房间时，不知这花是从哪里来的，而待到哪一天仔细地端详，确认是这幸福树上长出的花，才欣慰地信了。

好奇的我，剪了树上带有木质的树杈，枝头也有两三片叶子，试着插在了一个花瓶里，瓶里面放上清水，它竟然慢慢地从顶端又新长出枝条，放到靠阳面的窗台上，阳光射下来，那绿的都能浸染我家窗台上的吸水石，更能浸染的是情绪，看它一眼，心情能顿时平静下来。过一阵子，瓶内深入水中的木条，那底部已经长出了胡须般的根。

到现在，这棵树长高了，树干上打了三个节芽，最上面的树尖儿，遇到房顶，已经弯了下来，约有 20 公分长，似乎贴在了房顶上，向下弯曲的树尖儿，有一串树叶探下头来，像似冲着我打着招呼，又像躬身陪我读书上网的朋友。只是，打弯的地方已见不到直射的阳光。

较矮枝杈上的叶子，风吹过来，飘起来，摇起来，有时像电影，静下来的时候，它的叶子上落有上边叶子的影子，有时是一半，有时是几片。

有的几片叶子，中间漏些光下来，在叶子上形成绿色的晕，像玛瑙，像冰种的翡翠。阳光下，不论春夏秋冬，它们都会迎向阳光。

树叶的纹路十分清晰，阳光射进来，像相机里对焦点般的清晰和透彻。

早晨起来，书桌上落的树叶，一片三片五片，从来也不与我商量。有落到昨天半掩着书面上的，有掉到台灯灯座上的，更有的落在了网络盒子上面的，而且是两片，也有时整个树条落下来，掉在木地板上，静等我过来把它们捡起来。

读书的时候，习惯半开着窗子，冬天窗子会开得小一些。当然开窗子透风的同时，也往往是落叶的时候。读书，读到静处，只能听到自己翻书的声音，而翻看几页的时候停下来，有时记下来所思所想，而这时，打乱思路的往往是落叶，那些树上落下的叶子，和细的发干了的枝条。

树叶有时落在书上、桌上和手背上，而落在桌上的往往是带有细微的、脆脆的“咔咔”和“嘀嗒”的声音，有时听到声音了，循着声音看过去，才能意识到那刚刚的落叶，那会儿觉得声音很大，像惊了自己读书的心。更有好奇的，看到一片叶子刚刚落下，好奇没有回过神来的时候，另一片叶子又掉了下来，而且如影随形，掉在了那个叶子的附近。似乎这两片相继落下的叶子，有那么多说不出道不明的联系。可是具体有什么我也猜不透。

落下的叶子，有两个归宿。一部分，落在根部大口陶瓷花盆里。人家养花盆土表面往往放一些陶粒，我家这么棵树的底下，放的是树自己的落叶。往往放进花盆时是绿的浅黄的，而过些时日，它们就变成灰色的浅黄的叶子了，手摸上去沙沙地响，似乎更像地上的秋叶。这时，叶上的汁水全无，蒸发变成了书房的湿气，不知这些叶子在变化的过程中是否沾上了柜里的书香。

还有一部分树叶，被我收集到书里。放进书里的树叶，它们是幸运的。叶子形状较好的，大都是金黄色的，顺手放进书里，有的放进正在读的书里，也不看书的页码，有的放在没有读或者已经读过的书里。已经读过的，往往在放叶子的时候，能看到书中我画过的线，或记下的边批。

多年了，我从来没有专门把叶子们再翻出来看一看，从来没有。只是在翻阅曾经读过的书或在读二遍三遍的时候，它们会在某个地方突然给我一个惊喜。它们还保持着初始的姿态，有头有尾，有纹有路，有叶子有叶柄，身段平展开来，出奇地诱人。有时，我真的不忍心拿起它，怕错过了它曾经吻过拥抱过书里的文字，怕惊了它在书里睡熟了而美妙的梦，怕书中前后互相不搭界的叶子们断了联系。

它们，毕竟从一棵树上落下，它们同根同源同祖，或许它们共用一个微信识别码。

有多少树叶落下我没有数过，有多少树叶落入盆中，变成了泥土的一部分，也没有算过。有多少树叶藏在我的书里，至今都是一个谜。

我知道，我放在书里的树叶，藏的是读书时的心绪，那是属于我的美妙。

那棵树，它叫幸福树。

2017 年 12 月

蹭　课

我微信关注的内容，放在第一位，一个是，我女儿的微信，第二个就是订阅号。订阅号置顶的是“北大清华讲座”。

从这个微信公众号里，可以查阅清华、北大以及北京市内，许多大学的课程安排计划，有的是两三天的，有的是一周的，还有某个大学的季度课程安排表，也有临时调整通告。方便查询，去听自己喜欢的课。我感兴趣的是文学和摄影课。许多大学，都开有这方面的课，像北大、清华、首师大，都有类似课程安排。

多数大学，多数课，一般不对听课人身份有要求，网上报名（不报名也可以去），现场出示身份证即可。也有特别要求，需要有大学的学生证。

有一次，我去北大蹭一个文学课，在教室门口，遇到一位同学，问我要学生证。我把军官证拿给他看，他说：哎哟，还是个大校。那位同学善意地悄悄告诉我，今天的课，校内校外都有好多同学来听，人比较多，你进去吧，找一个不太显眼的位置坐下来，不要吭气。

去清华大学蹭课，蹭得多了，故事也就多了。去年，我去清华大学蹭一个摄影课，学校请校外专家讲述摄影后期软件使用技巧。进门的时候，我把军官证押到了门卫处，换了一个三元钱的门票。

教室在清华大学图书馆。时间早，我到教室外面的一个休息室等候，跟前有椅子，有几张小桌子，桌子边上有电源和网线插孔，不远处还有开水间。

我所在的位置是第七层，中间是天井。那么大的地方，有八九层楼那么高，许多同学在那里静静地看书。灯火通明，非常安静，那个场面非常震撼。我为清华有这么好的学习环境感到由衷羡慕。楼上各层，都是玻璃幕墙，看到的有桌子、有人读书的地方，都清清楚楚。那些穿着花花绿绿不同颜色外罩的学生们，都在图书馆里不同的位置，翻书，有的靠个墙角，拿着个水杯，或者可乐瓶子，在那里喝水，还有的在用电脑，有的奋笔疾书，像是在做作业。那天上课的，只有我们十几个人，教室也给我们每个人提供了一台电脑，在老师的指导下学习抠图技巧。

有一次我去北大蹭课。我准时到了教室，门口有几个同学，很热情地把我引进了教室，教室里已经放好了大屏幕投影，长条桌上整齐地放着文书。我恐怕，是第一个到了那里。还没有等我坐下，有个同学热情地给我端过来一杯水，可是，看桌上摆的资料，是某某历史研究课题，我感觉自己走错教室了，起身问一个同学，他也好像意识到问题。

原来我来上的是美术色彩课，教室走对了，但美术课报名人多，临时改到隔壁大教室上。我拿上背包出来，那个同学还主动带我到隔壁教室。结果，这个教室的同学看我这年纪，热情地接过我的包，领进教室门，她问我：老师，您车放哪里了，说好我们接您的。

我叫住她，诚恳地说：我不是老师，我是学生，来听课的。

她愣了一下，诧异地打量着我，眼睛里似乎瞬间闪过孙悟空七十二变。我接过背包，径直走进教室，找座位坐下，心里平复了许多。那节课我听得很认真，不然，会辜负北大同学们的热情。

2017年冬天，一个傍晚，我去清华某学术报告厅听晚上的课。订阅号原发讲座通知，无须报名。我与校外听课的同学一样顶着大风来到现场。去后才知道，举办单位有补发通告，须报名参加。一些没看通告没有报名的同学，自然没有报名验证码，我等三十多人被拦在门外。

这时，报告厅外过道已站满人，有晚来的同学在室外排起了长队。有同学见不让进，索性在现场门外往里面拍了张照片，扭身离开了，不知是留个纪念还是回去跟女朋友好交代。

现场工作人员平静地让我们耐心等候。离讲课还有十分钟，从门外看到场内前面的同学已经坐定，有的在看书，有的在用电脑，后边两排是空座。临上课前二分钟工作人员让我们进场，我们有序而入，成了最生动的暖场序曲。

主持人真诚的歉意，让我们感到融融暖意。那次，等候在室外的所有人都能挤进报告厅听课。我坐在最后一排，身后是两层站立的人墙，几乎能感受到他们的体温和呼吸。

从清华西门，乘特19路回家，我坐进车的二层第一排。对我还是头一次，新鲜，视野开阔，能居高临下看路上的小车。前边有一台大公共，似乎我伸手就能摸到那车顶的后沿。高挂在线杆上的路牌，伸手可及，能看清路边饭店二层热闹亮堂的灯火。来往的公共汽车，车内都亮着灯，乘客不多，三三两两的。干枯的树枝挂着几片倔强的叶子，不时地磕打着车顶，发出“咔哒”“咔哒”的声音。

马路对过，硕大的特19路车，整个侧面涂着明星广告。遇红灯，车前过斑马线的人影拉得很长很长，一双双高跟鞋，影子一长一短，一长一短。

一个包，一瓶水，一个笔记本，一张公交卡，让我业余时间穿行在大街上，偶尔在文学和影像艺术课堂上徜徉，有时觉得像打开了精神世界的另一扇窗。

蹭课印象比较深的有：人民大学阎连科老师的文学课，北海部级干部国学课，林大止庵老师的阅读写作课，单向空间诸多文学创作课，北京青年报诸多文学写作课（宁肯、李大兴等讲课），东城区第一图书馆组织的“书海听涛”专题讲座赵兴红老师文学写作课，中国艺术研究院郝庆军老师的创意写作课，等等。

明知，这是业余时间的闲读闲学，不求收获的，但自己从中多多少少咂摸出一些人生的味道，文学的味道，学习的味道。随着蹭课次数的增多，这味道似乎越来越浓了。

2017 年 6 月

沐浴阳光

一不留神，春天到了。

和煦的阳光下，路边的小花小草已经新发出好大的芽，迎春花、杏花、桃花都悄悄地开了。小朋友们闹着让大人给他们脱去冬天的衣服。在场院里，在马路边，有老两口手牵手的，有老奶奶领着孙儿的，也有年轻的妈妈，用小车小心地推着熟睡的娃娃……

大院楼宇间有处空地。太阳升起来，几位中老年人，把麻将桌子支了起来，围在一起，正在起劲地垒着“长城”。像是其中的一位急了，远远地传来叫喊声，有时还传来一阵阵朗朗的欢笑。边上还有两位奶奶，抱着小孩，在一边引颈观战。

真羡慕老家农村的叔叔大爷们，他们冬闲时节，穿了老棉袄和手工千层底的棉鞋，几个人找一个坐北朝南的墙根，盘腿坐下来，抽着老旱烟，说说家长里短，聊着今秋的收成和明年春播。连他们参加村里大会，都是在室外，在阳光下，宽阔的场院里。

忘不了曾经在东北深山密林连队的日子，那里山高、林密、沟深，每天日出到日落只有四五个小时，大棚里种的蔬菜，温度低生长得慢，老炊事班长郑连喜每天无奈地看着菜地着急，恨不得拿根绳子或伸出手来，留住急匆匆西下的太阳。忘不了执行驻训任务，官兵们吃住训在坑道，整整半个月未见太阳的影子，没有日出，没有骄阳，有的是对阳光的向往和期待。

又到踏青季节了，周末加班几乎成工作常态，如果周末不加班的话，我准备带上夫人和女儿，去爬城西边的百望山。去看看那里的树林，去摸摸那久违的小溪，更重要的是去领略沐浴在阳光里，沐浴在春风里的悠悠惬意。

阳光对于我，对于像我一样早出晚归上班的朋友们十分珍贵。

早晨，离家上班的路上，太阳公公刚刚睡醒，施舍般地挤出一点点光线给早起的我们。从家到食堂，再到办公室，匆匆走过也只能是十几分钟。在钢筋水泥的楼宇中办公，又有多少阳光能透进来哪。以前，我的办公室在楼的阴面，太阳不能直射进来，好在工作之余还可以欣赏一下窗外的阳光。后来，办公室调整到了阳面，阳光直射进来，照在桌子上和仅有的一盆绿植上，显得室内多了生机和温馨。

中午，去食堂吃饭有点像“放风”，实际上是可以充分晒晒太阳的。办公楼到食堂直线也只有200米的样子。食堂下面，隔一条马路就是一个大运动场。每天吃完了午饭，我总是绕着它转大圈，多亲近一点阳光。政治部有七八位同事，午饭后常到运动场转转，阳光下聊聊时政、聊聊工作、聊聊家庭、聊聊上网的乐趣，效率非常高。我给几位同志开玩笑，戏称“运动场七君子”。不过，大风或有霾的天气，运动场上几乎看不到他们的影子。

冬天或春天稍有树荫的时节，我是不从树荫里走的，而是选择没有树的路线，那样可以多接受一些光线。夏天，烈日高照，只是循着树荫一路走过。医生“防紫外线”善意的忠告，已经放到了脑后，况且我的确已经到了不必太要好、不求“颜值”存续的年龄。秋天，踩着落叶，顶着日头，依然兴高采烈。

下班的时候，太阳早已落山，晚霞余晖洒下，华灯溢彩初放，人们脚步匆匆，人影长长……

我相信，现在还有许多共和国军人守候在缺少阳光的阵地上，这正是军人的价值、使命所在，是共和国旗帜下的责任担当。

2003年3月

奥森公园跑步

一轮明月挂在西边的天上，我走，月儿走，我跑，月儿也奔跑起来。它一会儿在树梢上，一会儿在树行中跳跃前行。

冬天的杨树，只剩下秃枯的树干，形成若干的竖格，我跑步向前，月亮则一格一格跟进前行。

我跑步应有八年多了，着装是一身普通运动衣和跑鞋。夏天，着绿色短袖训练衫，软软的，出汗也不往身上沾，比以往买的衣服都适合跑步穿着。冬秋春，是一套穿了五六年的加厚运动服，建依牌，蓝色，洗得已经掉色，裤角磨破了边，两侧裤兜部分也磨得起了毛，有些开线。

运动服装不一定贵的好，喜欢它，适合你，甚至穿旧了，穿在身上，依旧精神抖擞。一双鞋，是勾牌子的，轻盈，合脚，耐穿，后跟外侧磨成斜坡，鞋里的衬布靠鞋帮的地方已开了线，夫人说过几次，都没舍得换新的。

公园内，晨跑不论春夏秋冬，跑半小时，约5公里。春天沿途的柳和花一步一景，夏天的朝霞和秋天的多彩一步十景。

公园里有园艺工人，有跑步晨练的人，有往返的巡逻车辆，有值守在洗手间的工作人员。日本作家村上春树写《当跑步时，我在想什么》，我自己平时管事不多，不敢有丝毫懈怠，跑步时先想明白今天要办的事，怎么办，谁来办，有什么问题，之外，不再去想，放空一会儿自己，跑哪看哪，看哪赏哪，一路上总有美妙之处与心底深藏的意念合拍、叠加。

进公园时，月已西下。首先看到自己的、别人的长长的影子，背向跑去，影子越拉越长，将到路灯下，灯影又像是接力，影子在跑道上继续延长。六点半左右路灯灭了，那月儿明显挂在天上。从南园往北园跑，路西侧高大的杨树林几乎铺满天空，树干和枝杈几乎均匀地挂在天上，一轮明月在树杈中移动，有时落在树干上，有时落在树干中，有时正好卡在一枝斜的树杈上。

我在路上跑，月儿在树枝间跳动，仔细看去，在月亮左边还有一两颗星星相伴，那是月亮的卫星吗？还是月亮的知己或“粉丝”？月圆时它在，月缺时依然在，只是月亮周围星星太多，显不出它的亮光，月亮初上时它在吗？在哪？月上中天时它也在月亮身边吗？还是月儿西下，它才陪伴左右，送走月光的朦胧和夜的静谧，迎来红彤彤的朝阳和充满生机的早晨？

相比朝阳下的影子，假日月光下跑步，影子一会儿在左边，一会儿在右边。路灯底下拉得长长的影子，从一盏路灯下跑往另一盏路灯，影子从一个点慢慢拉长再拉长。

跑在东西向跑道上，月亮已不甘在树枝间跳跃了，而是升到路边的树梢上，它平行地陪我前行。这时我身上已经出汗，刚才进园时觉得的一点凉意，已全无，心跳加快，出汗后觉得有些热，边跑边解开衣领，一股凉风嗖地钻进怀里，顿感舒适了许多。

夏天，进公园时日头已上枝头，没有雾霾时公园里树林间，空气湿漉漉的，跑步均匀地几乎是贪婪地无所顾忌地呼吸，有时能遇到工作人员往红色步道上洒水，这时所有晨练的朋友们会由衷地心生敬意。

雨后，林中多雾，早晨太阳光从枝头射过来，像若干射灯光芒四射，间或落在林间的花草上，有的更像舞台上打来的追光。

秋天，红色和黄色是这个季节的主色调，树上是，树下也是。飘落到跑道上的树叶，是幸运的，有那么多跑友浏览和检阅，一会儿是枫叶，一会儿是银杏。那红叶儿，有圆的，有五角形的，多姿多彩。

柳树叶子落下一地金黄，微风一吹，分分钟各显姿色。秋风渐强，诗行般的叶子被风吹散，拆成满地的点横撇捺，依依不舍地在树影里，手牵着手，旋转过来旋转过去。

跑步，路过一片树叶，脚底踩着向后飞去，有时，跑出20米、30米、50米，未曾见到一片叶子，干干净净的，而转过一个弯，那迎候目光和有序脚步声的，又是那树的叶子，而这时，是另一片新的、俊俏的模样。

这落下的树叶，一片片，而路边上的是别的树种，在阳光照射下，漏下斑斑点点的光，有节奏地展示出来。3公里、5公里的步道，等到再转回来的时候，那光一会儿短了，长了，有时直了，有时斜了。这时，前面有一位园林工作人员，在清扫一段步道时还拿出自己的手机，对着地上的落叶拍照，留下这秋的美妙记忆。那个画面里，不一定有我的身影，但一定有我的脚步声。

冬天，晨练的人比较少，跑道两旁一盏盏路灯陪伴左右，偶尔有迎面跑者过来，对视一下，相互鼓励之后，各自继续前进。风大的时候，戴着耳机，风声嗖嗖地从耳边吹过，甚至压过耳机里早间新闻的声音。

树干骨骼般的影子落在草地上，形成一道道影，富有韵律般地，长长短短，宽宽窄窄，断断续续，树木疏密不同，叶片大小不同，枝杈高低不同，角度不同，跑步而过，常常让我惊喜，甚至停下脚步用手机拍下来。

此时跑步，应该说已经不仅是身体的锻炼，而是藏在心底的美与眼前景致的多次碰撞，是精神的释放，什么压力、纠结、烦恼，都抛开远去，升起的是兴致是兴奋是释怀，是放空之后的踏实，是发自心底从里到外的舒坦。

北京奥森运动场跑道上，路边的树，路边的花，路边的草，以及跑步的人，每跑几步，眼前多是一帧一帧而过的图画，有时看到一棵枫树，看到时只有一尺树梢，边跑边看，直到跑过，到跟前才能看到一棵周全的枫树，它是那么地美，而且这往往是从一点红一点黄开始的。

跑步中这样的景致，犹如人生，一年一年地过，一帧一帧地放，放过了，再想回到过去，只能在回忆中存放，而不是眼前即时的情景，是一年一年串行的。好在人生，经历过一次次考验，克服一个个困难，就有可能在前行中有所收获，只是有时来得迟缓一些。

让我们跑起来，跑下去，再塑一个最好的自己。

2013 年 2 月

野　猫

老杨喜欢猫，是从那年抗震救灾开始的。那一次，他去四川汶川抗震救灾现场慰问部队，而且还有创作任务。

他看到，现场有些房屋倒塌了，房屋主人死了，住户的小猫小狗，有的受伤了，有的没有受伤，都找到自己家，在家门口守着，还有的在房子那里趴着，似乎是在等着自己家人醒过来，或者是等着自己家的人再回来。

回京以后，老杨就开始学着照顾大院里的野猫。要买猫粮，他自己到市场上买回猪肝等猫粮和纸杯，下了班到楼下的猫窝，去喂它们。那些猪肝，他提前一一在家里的案板上剁碎，放到干净的纸杯里，然后用托盘托着，到楼下，去喂那些可怜的野猫。

刚开始那些猫们还不是很熟悉他，他去喂得多了，那些猫就熟悉他了。时间长了，他去5号楼楼下喂猫，刚刚从自家楼下转过那个拐弯儿，他的脚步声已经被等在那里的猫咪感知到，它们条件反射似的灵光得很，猫们翘着尾巴，迎过来，跟着他，到喂食的台子那里，等候开饭。

猫们吃饭，有一个人性化的好习惯，它们还很讲究。群猫里边有一只小猫，长的个头比老猫大了，每一次吃食的时候，母猫都是让给那个大个子猫崽子先吃。还有一个讲究，公猫让着母猫，每一次吃猫粮都是如此，彼此像一家人，你谦我让，其乐融融。

猫粮一般分为几部分，一部分是老杨从家里搞一些，一部分是从市场上买一些，像猪肝和鸡肝之类，这些都是猫爱吃的食物，再就是买的成品猫粮。他最擅长从机关食堂带回一些剩菜剩饭，鱼头巴脑的。有鱼刺时，为了不让猫们卡喉咙，他把剩菜剩饭，一一碾过，剁得稀碎，然后才盛到杯子里，端给猫吃。

有一年春节，大院周围放起了鞭炮，有的在南门放，像雷管爆炸似的，声音特别大。有一只猫胆小，吓得跑到一家灶台底下，第二天，没有人放鞭炮了，那猫才从灶台底下出来，全身烟灰，油腻腻的，冻得直打哆嗦，在一个墙角灰溜溜地待着。

老杨见了，把猫带回家，给它洗澡，用浴液洗得干干净净，用毛巾擦干，在家里的地面上放了几张厚报纸，让猫躺在那里把毛烘干。那天老杨给猫喂食许多好吃的。到了第二天早晨三四点钟，猫开始抓挠老杨家的门，要出去。后来老杨起来，发现猫在铺报纸的地方，拉了好多便便，老杨放猫出去，把猫便擦干净，再去睡觉。

老杨夫人是我们同事，她曾经开玩笑埋怨过老杨，说他对待猫，比对待女儿要好，对待保姆，比对待老婆要好。

在机关大院里，有几位领导同志夫人，也是富有爱心关爱野猫的人。有两位，一个是王晓宇的夫人，还有一个是刘景的夫人。她们两位，2017 年已经搬到四季青小区居住，自己经常开着私家车，来到礼士路院里，继续喂猫。比起老杨，那些猫们，更熟悉这两位夫人。特别是王夫人，她从新楼出来，稍稍拐个弯，就到 11 号楼下，还有 30 米，那些猫就集体过来迎接她，在她面前穿来穿去，一副副兴高采烈的样子。

那天是个周末，中午十二点半左右，王夫人来了，她穿着一套浅蓝色的便装，头戴浅红色的毛绒帽子，背着背包过来。她把包放在半地下住房红色的隔雨棚上。几只猫懒洋洋地伸着头看着她，慢慢走了过来，有两只在铁皮上站着，看夫人向它们两个挥了挥手，呼唤它们过来，就径直跑了过来。

王夫人从包里拿出饭盒、勺子及水瓶，给两只猫分食。有三只在离夫人 1 米多的地方看着等待。王夫人把食物从食盒里取出来，用小勺分到几个大小不等的小碗里，还有的是个平板容器。猫们都吃得很欢实，有两只还同时翘起了尾巴，直挺挺的像老虎尾巴。

在雨棚底下，有一只黑猫没有出来，夫人就转过去，把猫食从栏杆外边放进去，那里面有一只固定在栏杆上的塑料碗，那猫吃了两口，又躲到了黑影里面去了。

王夫人跟我说，他们家 2004 年就搬来了，搬来住的时候就开始喂院里的野猫，一直到现在，十四年了。她说，喂猫的还有政治部的杨画家，他们一家都是热心爱猫的人，他们常在 5 号楼那边喂。王夫人在附近上班，来时顺便从四季青家里把猫食带过来，中午休息时间过来喂猫，前后也就是二十到三十分钟。还有三五只猫在雨棚的东侧，树根底下，王夫人又取了猫食，走过去喂它们，喂的时候还和它们说话。

王夫人告诉我，那只土黄色的和黄白色花猫是奥运猫，是 2008 年出生的，花猫是姐姐，土黄色的猫是弟弟。猫，繁殖能力特别强，她专门找了猫医院宠物医生，给母猫做了绝育手术，否则在这大院里就大猫小猫成群结队了。

来这楼底下吃食的猫数量不固定，有从 5 号楼过来的，大概有八九只。王夫人不停地走过来，走过去，追到这边，撵到那边，给这个添一点食，给那个倒一点水。猫们吃饱喝足了，有的穿过绿植，钻到附近的车底下歇着。王夫人才收起碗和盆儿以及勺子，背起书包离开。不过她离开的时候，我没有看见有猫送她，但我看到了来时猫们的精准迎候。

喂野猫，需要有耐心。老杨出差的时候，就会把喂猫的任务交给家中保姆，保姆喂得也很认真，她会按时端着那些食物，到 5 号楼下喂猫。如果他们两个都不在家，杨夫人就去喂。

因为上班远，喂猫的时间不见得那么准，有时早一点儿，有时晚一会儿，但每次去了以后，都会有几只猫在那里等。

大院里的猫不是随便谁都可以去喂食的，猫不熟悉的人，你送去食物它们也不会吃。它们把你当成朋友，才会吃送去的食物；如果陌生人，它们会躲得远远儿的，甚至你看不到它们的影子。

有一年，大院管理人员清理7号楼半地下室，安装地下室外窗护栏。快安装完了，突然听到里边有猫叫声。几个工人感觉奇怪，封上窗子了，里面怎么会有猫叫。结果打开一看，里边有一窝猫，一只大猫，几只小猫在里边叫。工作人员说，这猫够聪明的，安窗子这么大动静不叫，到该封死时才叫唤。工人们费了好大力气，把装好的窗户护栏拆了，把一家子猫从里边逐个“请”了出来。

朋友Kan，先后收养了三只野猫，从大院7号楼领回家时猫无形无貌，仿佛被俘虏的伤兵，眼神充满疑惑，像被吓傻了似的。

Kan想把猫养肥养漂亮再放回院里。她让先领回的花猫随自己的姓。那猫，在家里熟了，常往衣柜顶上跑，爬柜顶上不下来，Kan就给起名叫“刘顶天”。第二只是黑猫，特能吃，养了两周，皮毛变得黑油油亮，常坐沙发看电视，像吃饱了剔牙有不雅习惯的某些人员，就起名叫“王局长”。王局长很忠，很乖，晚上固定在Kan的床下毛毯垫子上睡觉，等主人睡下了，就顺躺在床边呼呼大睡。

这两只猫，在家彼此熟了，适应主人了，吃饱了，可随时随地由着Kan蹂躏。Kan有时把皮靴扣猫头上，任猫喵喵地叫着往外缩脑袋，有时放进软购物袋里，挂在衣帽架上，折磨那猫。或把枕头套套另只猫脑袋上，拉上拉链，放地上，看那猫在地上翻滚，特别好玩，逗得Kan笑得在沙发上翻跟头。

一天周末，Kan休息。午休起来，看两只猫在沙发上，一角躺着一只，半眯着眼，像人一样，互相看着不顺眼，懒得睁眼看对方，稍睁开一半的眼睛，与对方眼神一碰，就马上闭上了。Kan录了视频发朋友圈，引来众猫粉们的一致称赞。

第三只猫，就是Kan的猫朋友们看了视频后送家来的。Kan说，起个名字吧，大家见这厮脑袋顶上的毛较厚，还向后抿着，管它叫“总统”。

Kan 说，抹点金黄色就更像，说不定能给美国杂志贡献一个画报封面。

2017 年 5 月

那几棵丁香树

机关办公楼西南侧的树林里，有八棵丁香树，沿树林小路走过去，南侧有六棵，北侧有两棵。

丁香树据说已有两百多年树龄，20—50 公分粗细的胸径，黑灰色有点歪斜的树干，两棵树各有拳头大的疤痕，还有一棵较粗的长有板凳大的瘿木，粗大错落有致的枝杈，树冠算不上标致匀称，密密实实的树叶，小树林里的它们普通而又低调。丁香树具有极高的观赏价值，有的开淡淡粉白色花，有的开浅浅青白色花。

这几棵丁香树开粉白色花。

营区经历过四次大规模的建设，表层土被翻过几次。没有翻动过留下来的，一处是大院东侧袁世凯老营区的半截砖墙，再一处就是这几棵丁香树。

那年办公大楼建成，修整楼前小树林时，施工人员在丁香树周围垫了土，后来又用鹅卵石铺了路。去年，不知哪位同事有心将一条旧长椅搬到树下。几乎每天中午饭后，机关的几个同事常去那里走走、坐坐。

这几棵树，见证了营区历史的变迁，见证了导弹事业发展壮大的历程。寒来暑往几十年，风雨雷电里，见证了多少好儿郎来来去去、分分合合，用忠诚续写着火箭军史诗般的辉煌。

这几棵树，多次见证了党和国家军队最高领袖亲临视察工作。在楼里、楼前接见官兵鼓舞军心士气的讲话，铭刻官兵的心田，萦绕在近在咫尺的树梢。那几棵朝向大楼的枝条，比你我的军龄、年龄还长，说不定就聆听过首长的谆谆教诲。

这几棵树，排成两行茂盛地长在那里，春天晚些的叶芽，初夏沁人心扉的花香，夏秋浓密的阴凉就在那里。说不定，哪一天，雨来了，你从树下走过，丁香花瓣落在身上，应了南唐后主李煜写的词句“拂了一身还满”。我想李后主咏梅的词，言过了，眼前这丁香花落满一身，是眷顾，是稀罕。有时，错过了时节，再落下的说不定是斑驳婆娑的影子，或者早熟的叶子。如果错过了季节，还要再等来年。

这几棵树，就在那里不卑不亢地立着，不同级别、军衔的军人到树下，它都会朴实真诚地面对你，香熏，遮阴，送风，挡雨。如此，当感谢园艺师们，是他们的专业水准，以及对历史和园艺价值的判断，把这几棵有历史文化价值的树寄存下来，把美洒向新建的营区，把希望和变化留在今天，把厚重的历史和丰富的文化韵味传给明天。

丁香树是富有灵性的。丁香们或许听到过机关同事们在树下说的悄悄话，或者曾在树下交流工作上的事情，或许谁谁在那长椅上为朋友排解过某些不快，或者谁谁曾在那掉漆的长椅子上沉思落泪，或许年轻的战友在这象征爱情的树下，向心仪的他或她，发过誓，许过愿，多的会是像我们一样几个同好同趣的战友，互相讲述军营里生动感人的故事。

丁香树真是富有灵性的。逝去的过往和曾经，风吹过，散了还会集结，雨淋过，流淌融入树下的泥土里，还会滋养出新的生机。你说过保密的话，丁香树会生命不息缄默不止；你说过知心的话，连你自己都忘记了，丁香树会记得；你发过的誓、许过的愿，树梢上圆圆的月亮记得，眼前的丁香树也记得。那些只在雨伞底下说的体己话，说不定哪一天，沙沙的树叶们会讲给你的儿孙们听。如果你是一个性情中人，曾对丁香们说起知心话，它们或许还记得；如果你在树下编排吟诵过诗文，它们应该会记得。

沈从文的信笺，能将湘西曾家河摇橹人的歌声浸透，说不定这丁香树干深深浅浅的沟槽里，压缩存放了营区里无数高亢洪亮的口令和军歌。多年以后，待信息智能技术发展了，丁香们会把这些话、这些故事、这些诗文歌声，原汁原味地回放出来，讲给、唱给新战友和新同事们听。

由此，我觉得，眼前的几棵丁香树，应是我们的一笔精神财富，共有的集体记忆。这里面，不仅仅有挟雷纳电的东风，还有根植于这方泥土里的军旅情怀。从中，我们会掂量出青春年华的价值，咀嚼出这段拼搏人生的况味。

有人说，若干年后，我们每个人仅会留下一个可识别的二维码，甚至连二维码都留不下。或许丁香树们会延续生命和记忆，亦如过去留给现在，现在留给将来。说不准哪一天这其中的几棵被移栽往新的绿化点，相信会风采依旧，丁香常新的。前几年，有四棵树移栽到办公楼的周围，在风雨中飘来清香，扮靓楼前楼后的景观。

这四棵树真的不太显眼，有的树干弯多，弓着身子，枝杈和树冠不是很均匀，不时有小树枝干枯。好在，这几棵树，不因换了地点位置身价高了，而摇头晃脑，依旧是由着性子，慢慢地扩叶散枝。以至于有的战友来了，工作若干年，常在树下走，到退休了，都不曾在意它的存在，甚至沐浴在花香中而不觉得是它香，亦或许产生错觉，以为身边的花香是从别处溜达来的。

仔细想来，这些丁香树是低调而又含蓄的，似乎比相邻的雪松多了几分朴实，少了几分傲气；春天，娇艳的月季、玫瑰和芍药盛开在眼前，而丁香树才冒出鲜嫩的枝芽；春末夏初，是丁香花开弥漫花香的季节，空气中飘过，散过，闻过，香过；夏天，法国梧桐硕大的树冠列队为主干道遮阴送凉，而丁香树们却在绿化带的一角默默守候着绿色；秋天，丁香枝头举着像逗号更像雨滴形状的果实，恐怕还会输给相邻的枫和柿叶几分红晕。

这是一种生命力非常顽强的花树，你打理或者不去管它，水多水少，肥薄肥厚，严寒还是酷暑，它们都随季节按自己的生命律动生长。夏雨没有来临之前，它们已恣肆忘我地完成了一年的绽放。如果说丁香树发芽是报春的使者，那盛开的花则是夏雨的前奏，顽强无私就是它高贵的品质。

我倒觉得这几棵丁香树忽然高贵起来了。发芽抽出枝条，从绿豆般大小的蕾长成白色的花，一枝一枝，一簇一簇的，从树下走过，闻香气，它们却在八九米高的树上，甚至藏在密密实实的树叶里，悄悄藏在枝条里摇曳，即便是有风吹来，它们也只是弥漫花香在院里，飘上楼、沁到窗里。

我想，花香里，工作之余短时的闲适和调整，会让我们离诗和远方更近，会让我们唤起心底的强音，扛起责任，再次勃发。

2017 年 7 月

[9] 军旅痕迹

敢死队故事

1984年3月的一天，从营部往沟里去的大路上，多了一支特殊队伍。

一行十二人，头顶军用栽绒帽，身穿军冬棉衣，没有外罩，脚穿翻毛大头鞋。棉衣都没有扣子，都把棉袄的对襟缅在一起，外边用8号铁丝缠上，再用钳子拧紧，棉裤脚扎得紧紧实实，塞进鞋里。队伍里有俩老兵，帽耳朵也不系，任凭张开了，边走边呼扇。

他们手拿肩扛，工具有，三把大锯，锯板长1米5，两头木把，扛在肩上，弯下来像个字母“C”，扛三把铁柄钢斧头，有一个左肩右斜带一盘铁丝，还有两个手里各持一把手锯，大家都戴了军棉手套。

领队没下齐步走口令，一哨人马稀稀拉拉前行。这身行头时间要倒退四十年，在长白山林中，说是威虎山上下来的，肯定有人信，可偏偏他们是当年少剑波的队伍，只是不去林中剿匪，而是上山拉木头。这就是某团临时抽组的拉木头战士小分队。

我们自称“敢死队”。

走在队伍第一个的，是敢死队队长董成立，他是团机关干部，新兵连是我的排长，很会带兵，个子不高，瘦小，不像东北人，但确实是吉林人。昨天苗团长给我们开动员会，明确的任务是，在军事禁区内，寻找林中风倒木，利用一个月时间，收集两百多立方原木，以利于下一步营房扩建。严禁砍伐生长林木。

董队长表态，坚决完成任务。而后又专门给我们开了小会，只记得两句，看谁是英雄，看谁当狗熊。路上的这一行人，穿戴不怎么整齐，却精气神十足，个个像听号角冲锋的战士。

我是唯一一名新兵，走在队尾。

3 月初的林区，营房阳面的积雪，中午时间已经开始融化，山上还是冰封雪国。因为是军事禁区，林子里几乎没有上山的路，必须在雪里蹚新路，个子大点的，还能露出大腿根，像我这一米七的个头在林子里几乎见不着腿，他们说我像一个只有上半截身子游动的精灵。

真正上山，一路走上去，里面穿的绒衣也是汗津津的了。风倒木，有的没倒，需要大锯伺候，一般开始就看好树倒的方向和位置，下锯时在方向的反面。树干比较粗大，有的直径 50 多公分。开始锯，几乎没有什么危险，到最后一是有夹锯的可能，二是大树有倒偏的可能。组里都是老兵，他们对我十分关照，到最后树倒的时候，都会提醒我离远点。一名姓唐的老兵，还是党员，表现突出，同志们称他为“党员同志”。

为便于拉木头下山，我们会把树的枝杈清理干净。我们选的下山的路，基本在大路边，主要考虑方便往团机关拉木料。树干粗，一般需两人合作往山下拉。用 8 号铁丝，捆绑上树的大头，两个人同时用劲，就可以拉动木料下滑。

直径五六十公分的 10—20 米长的树干，重量可想而知。即便是风倒木，干了，也有几吨重。可是在雪地里，在三四十度角的山坡上，一根 10 多米长的树干，是可以从山上拉到山下的，借助木头的重力，老兵只需一个人，就可以将木头拉下山坡，其实有的地方你不用拉，木头也可以自行下滑。坡越陡，越容易。

坡度越陡，也越危险，掌握不好，拉木头的人有可能被木头拉倒，挤倒，挂倒，严重的有压倒碾过的危险。时间长了，大家逐渐掌握了拉木头下山的技巧，有的可以把下拉变成下放，遇到山石或树卡住，就用一根木棒翘起前头，那木头又会自己滑行下山了。

最高级，也是最有水平的，是蹲在木头上，抓住树的枝杈，顺着山坡往下滑。遇到脚下树干往侧面倾斜的时候，顺势往边上一滚，就安全了，几乎1米深的雪，柔软得像铺在地上的海绵垫子。董队长一直禁止这样做。但有的老兵，胆大，经验丰富，常常这么干，既省力气，又特别刺激，同样也是最危险的。我在老兵们后边，试着干过几次，好在林中这季节树叶少，注意躲闪树枝就行，颇有点意思。

敢死队里，每个队员干一天的活，回来累得趴下。每个连队两名战士，我们连还有一名姓陈的老兵。拉木头回来，我和老兵们开着玩笑，一身汗水，一路说笑。他们说我新兵蛋子不知道累。

我不记得代号283的老兵姓名了，我们不在一个组。一天下午，我们锯完木头，从山上往下拉的时候，283只顾用劲拉。他这种老黄牛精神，非常值得学习，值得佩服。可是，他不知道，他拉的木头，树杈在雪里顶住了石头。我禁不住提醒他，往侧面使点劲拉一下。可是，他老人家就是不动，还停了下来。

我拉木头，在他后边。他转过头来看了我一眼，像哥伦布发现新大陆，好奇地打量我。他回过身去，蹲下，扒开树干底下的雪，好像看到了树杈和石头，站起身，瞥了我一眼，吸了一下鼻子，接着回过头去，又转回来，眯起眼睛看我。我从他那会说话的眼睛里，解读出了六个字：新兵蛋子，闭嘴。

团里规定，敢死队吃住在各自连队，不参加连队工作。一周下来，累得想随时找个平地睡一觉。周日休息，本想睡个懒觉，可是看到自己满盆该洗的衣服和四床脏兮兮的被单时，心里有一股说不出的滋味。打来两桶水，抓紧洗。洗完没有晾就该吃午饭了。

晚上睡觉，觉得肩部火燎燎地疼，同班老兵刘维敏看到了，原来是被拉木头的铁丝勒出几道红印。那天，班里安排我后半夜站岗，刘维敏站完上班岗，不忍心叫我起来，他替我站了那一班岗。

在山上，等于在雪窝里滚，鞋里和棉裤管里都灌进了雪，暖化了，湿漉漉得难受，没有替换。队长给团里反映，第二天给我们敢死队每人多发一双鞋和一条棉裤，大家激动万分。

3月14日，阴天，我们在山林里锯木头，“嚯嚯嚯”的带锯声音，从三个组点位上传出来。大锯来回，锯末飞下，刷刷落在我的大头鞋鞋面上。同志们干得起劲，多数把棉袄脱了，穿一件米黄色军绒衣，头上直冒汗。

忽然，山下传来喊声：“在哪里呀？”

我们有人随口答：“在上边。”

不知是谁，幽默地喊：“一直朝上莫走岔，顺着脚印往上爬，新路旁边一趟树，林里两个树下仨。”然后就是一阵大笑。谁也没有再问山下什么人，只管干活。

不一会儿，团长苗发远和魏副政委、后勤处长三位领导气喘吁吁地上山来了。苗团长喘着气，头上和抓在手里的棉帽，冒着热气，扶着一棵小树，对我们说：“怎么样，累吗？”

“不累。”不知谁在林子里树丛中回答一句。

团长说：“不累是假的。上山拉木头，挺辛苦，体力消耗大，生活上多想些门道，吃饱吃好。特别要时刻注意安全。”三位领导又跟我们聊了十多分钟，告诉我们有困难及时反映，又转去林子里另一个小组。这没有通知的慰问检查，连敢死队董队长都不知道。我们深受鼓舞！

部队所在长白山林区，经常下雪。3月的天，灰蒙蒙的，片片乌云从东南西北四面八方向长白山上空集结。松树林死一般的寂静，树枝树叶不摇不动，动物的蹄印一串串清晰可见，整个林子里只有我们拉锯声说话声。偶尔有几棵无名的小树，大拇指般粗细，湿润的灰色树枝上均匀地冒出一个个绿色芽苞，枝头的一个竟然羞怯地分了瓣；瘦小干瘪的山葡萄，常常从抖落雪的枝杈上探出脑袋，让我们的味蕾一刻不得清闲。平常的它们，无名的它们，送来了春天的气息。这时，如果有一丝温暖的风吹来，对它们，对我们，都会感到愉悦而幸福。

深山老林里的平静，意味着风雪即将来临。顷刻间，颗粒状的雪从天而降，像从天上抛撒下来的碎沙子，那么快，那么急，打到脸上，就像钝刮胡子刀割了一下似的疼。雪的颗粒毫不留情地砸在不知名字的树上，它们不屈不挠地立着，和我们一样接受着大自然的挑战。

“让暴风雪来得更猛烈些吧！”不知谁在山林里喊。

小树们好像听见这声音了，频频地摇摇身子，我心底升起敬意。大家穿上棉衣，戴上帽子，拉下帽耳朵，继续干活。

飘飘洒洒的雪花落在身上，当你想仔细地端详这美丽的六角花时，它又会“坐化”，慢慢地浸入外衣。

衣服里面是汗，外面是雪，我觉得衣服快要湿透了。那会儿，我想，可爱的山林，薄情的雪，今天我们又要穿着湿漉漉的鞋子和棉衣下山了，那会儿，雪里的我们，有点像一组雕塑；那会儿，漫天飞舞的雪花，成了山林春天的使者。

敢死队接近完成任务的时候，回家过春节的张副连长回到连队。我们新兵，下连后还是第一次见他。那天探亲归队的还有我们班副，他带回的花生，一个宿舍的我们丢了满地花生皮。

第二天，副连长来检查宿舍卫生，我刚刚帮排长整理完内务，宿舍里就我一个人。副连长批评我说，应该早早地把地面打扫干净。我起身从大通铺上下来，扫地，清理花生皮，全部撮到外边走廊火墙底下。副连长站在宿舍门口一直看着我。

这时，集合上山的敢死队战友们，排队到了宿舍外边，大声地喊我。我急忙换上上山的行头，扛着锯，转身出门。这时间，外边的战友等了五六分钟，副连长站在门口看了五六分钟。

三天后，敢死队圆满完成任务，受到苗团长表扬，十二名队员全数安全归队。

归队第二天是个周末，连队点名，我离开四班，到连队炊事班工作。

2013 年 10 月

炊事班纪事

（一）掏下水道

郑连喜班长，河南新郑人，1980 年兵。

夏秋季节，炊事班的泔水过滤后，从地下管道流到房外附近的坑里。冬天下水管道上冻，炊事班剩汤剩水，洗菜的废水，须用大铁皮盆往外边抬，往坑里倒，山沟里附近的几个连队都是这样。开春了，盼着地面开冻，下水道能通。五一节过了，还没通，连队已经开始安排午休。

炊事班共四名战士，班长郑连喜，班副陈国华，战士胡志鹏，我。这天午休，眼看着四人上床休息。我中间醒了，发现睡下床的班长不在。

外出上厕所，看见班长一个人在那污水坑里掏下水道。污水坑在炊事班烧火间外边 10 多米处，地冻，全部土层化冻有待时日，坑内表面污水已化了一些，黑乎乎的一层。班长下着长靴，军裤上已半腿的污泥，上身着军白衬衣，外罩米黄绒衣，敞着怀，脸上冒汗，右半边脸上有抹的污泥，从脖子向上能看出汗的热气。他手执一支十米竹批，从黑洞洞的下水管出口正往外掏泥。

我跟班长说，班长你这是干啥，等化了冻不就通了。班长说，你们天天往外抬泔水，到这季节，天暖和了，掏掏就通。我说，要干，咱四个一起干。他说，人多使不上劲，你回屋睡觉去，这也快通了。

说着他咧嘴笑了，用标准河南话说，咿，通啦，通啦。他让我进到操作间往下水道冲了些水，又喊，通啦，可通啦。喊这话时，他拿着那沾满污泥的竹批，从坑里跳上来，粗看像一尊黑泥塑的雕像，那眼神，又活脱脱像一个手持爆破筒拿下敌人碉堡的战士。

老班长对我关爱有加，连里往沟外去拉军粮，多是高粱米，少量大米和面粉，除面粉外，都是200斤一麻袋。卸车时，他总是把我支开，指使我去灶下看火，或者安排先去择菜，有时也让参与卸车，只让负责入库记账，或者卸50斤一袋的面粉。他把话说到明处，说我是新兵，班里四个人里个头最小，别压坏了身子骨。

每周开班务会，炊事班也不例外。别看只有四个人，我们都认认真真地讲评。说到评选先进，我们一般是一人一票。我说班长工作好，胡志鹏说陈国华，陈是班副，他说胡不错，最后班长把我表扬一番。我十分敬佩班长，他模范带头，工作出色。报到连里时，只剩我一个人了。连队周点名表扬的经常是我。

（二）“打倒李梅娣”

班长年长我4岁，小学文化，正在处对象，常信来信往。他对象，叫李梅娣，是个高中生，听班长说长得很漂亮，自己和家里老人十分满意。

每逢来信，不论是连通信员送过来，还是我们去连部捎回，班长很少第一个看到。我们四个，几乎最后传到他手里。不论我们谁先拿到来信，都先大声朗读一遍。有时还边读边带起哄的，高喊：“打倒李梅娣（美帝），打倒李梅娣！”

班长憨憨地红着脸，笑着听我们读信。其实，信里多家事农事，让班长安心工作之类，几乎没有什么热词，少有值得脸红的句子。但是看得出来，听的时候，班长心里美滋滋的。

等班长自己拿到信，他一遍一遍地沾着口水，看得津津有味，仿佛他的手指缝里藏着无数个热吻，亦或许字里行间，藏着属于班长和李梅娣两人的爱情密码，需要一遍遍模拟的热吻方可解开。

班长看完信，一般锁抽屉里，有时压在被子底下，没人时自己拿出来“复习”一下。该回信了，班长先让我根据来信内容，打个草稿，他再细细誊写清楚。写信封我也常常代劳，至今还记得邮寄地址。

我代班长回信，平时自己也记日记。那年4月下旬，部队开展学张海迪活动，全团组织讲演比赛。我自己写稿参赛，还拿了奖。那些日子，郑班长比我都高兴。

（三）开小灶

1984年前后，东北部队还没有冰箱，其实也用不着冰箱。连队一般两三天出沟买一次菜。冬天，冰天雪地，猪肉买回无事，夏天怕放坏了，我们就把肉装进编织袋里，扎紧口，背到连队后边的河沟里，找水深的地方，放进去，用石头压实。

做饭前取肉时，班长穿上深靿水靴，提了菜刀过去，掀开石头，割回肉来做菜。有时头一天压紧了，第二天河水变小了，袋子露出来，附近的乌鸦就扑过来集体过年。有时袋子里的肉被吃掉一半，我们才发现，害得班长常常自责，其实真的没他半毛钱的责任。

连队吃肉机会很少，做个熘肉段就算是大菜。过节包饺子，才开洋荤。

一次过节，包饺子，炊事班负责给各班分馅和面，由各班组织人员自己包，包好后拿到炊事班煮。那次，全连分完面和馅，还剩下一点。到晚上，全连熄灯后，我们在炊事班走廊里开工，把剩下的面和馅包了饺子。几个熟手，一会儿工夫包好。

负责烧火的胡志鹏捅开晚饭后灶里压的火，快开锅时，张副连长来了，敲了半天门。我们开始都不敢出声，以为副连长发现了煮饺子的事。平时厚道老实胆小的班长，却大着胆子过去开门。

副连长说，都在吧。

班长应，都在。

副连长又说，你看看灶下的火好像没压好，冒烟了。副连长转身又去查哨了。

那回，我们几个心怀忐忑惴惴之念吃完饺子。四个月的炊事班生活，唯一一次开小灶，记忆犹新。

（四）杀猪

1984年初夏。连队要杀一头猪，副连长把这光荣任务交给了炊事班。

那天，开过早饭，饭堂卫生打扫完毕，郑班长问我们三个人，陈班副、胡志鹏和我，会杀猪吗？

我在农村见过杀猪却没有下过手，没敢吭气。他两个老兵，主动把杀猪的任务承担了下来，向班长表示瞧好吧。郑班长也没有多问，就把从兄弟连队借来的杀猪刀具——一个帆布包，交给了陈国华和胡志鹏。

郑班长从班里临时找来了几名战士，把连队的那一头黑猪，捉了，捆了，绑上，用一木杠子抬到了连队西边树林里。那头猪好像知道要挨刀似的，一路嚎叫，树林两边的山谷，像装了扩音设备。

平常，沟里各连队杀猪，都对其他连队保密。那片树林，我们常去，有一个大树桩，上边儿平平的，约有半米高，直径接近1米，像个小茶几。那几个战士，把猪抬过去，胡志鹏让他们把猪放树桩上，几名战士就离开了。郑班长见他们俩胸有成竹，就没有留在现场。我跟着班长回到了炊事班。

那个时间，应该是上午九点钟左右。可是，等到十点钟，该准备做中午饭了，我俩在班里还能听到那头猪的惨叫声。班长说，副连长让悄悄地杀头猪，省得几个连队来蹭油水，这猪嚎得，沟里值班的首长都能听见。

我跟着班长一路小跑过去，

循声到跟前，只见陈国华、胡志鹏两位，自己浑身是血，站在那头猪的一边。那头猪在树桩下边，猪头斜靠在树墩子上。好个胡志鹏，上衣袖撸到腋窝处，双手握着我们平常劈木柴用的长柄斧头，往那猪脖子上抡，他自己身上溅得猪血还多一些。那猪，脖子像断了一半，还在咴咴噢噢地嚎叫着。郑班长让他们停下。胡志鹏说，班长，这头猪我俩快整完了，那啥，你不用过来，这家伙命还挺硬。

我那会儿扶着一棵树，笑得肚子疼。郑班长也笑得不行，赶紧把胡志鹏拉到一边，问，我给你的那套刀具呢，胡志鹏指了指边上的帆布包，那包原样捆着没有打开。

郑班长蹿将过去，抽出长刀，摁着血糊糊滑溜溜的猪头，顺猪脖子往下一送，一股紫红色的血涌了出来。我递过去一个盆，勉强接了一点猪血。这时，那头可怜的猪才停止叫唤，整条山谷顿时安静下来。

那天中午饭后，几个连队的司务长或炊事班长，都跑来说借点猪肉……

2018 年 2 月

电影组逸事

（一）

1984年8月，我调到团政治处电影组，学习放电影。作为一个刚入伍的新兵，这个岗位光荣，也非常具有挑战性。

电影组一共我们四名战士，一个是班长，孟令华，他是河北枣强县人；一个是陕西汉中人，和当代明星一个名字，叫黎明，他瘦高个子，擅长书画，精于美术字；一个就是王木明，吉林四平人，特别能干，比我早一年入伍。

电影组任务主要有三项：一是担负全团电影放映工作，以及兄弟部队之间相应的传片送片；二是负责团机关放广播，起床、操课、工间操、集合广播等；三是打扫政治处几个房间卫生和打开水，做一些细小服务工作。有时我觉得电影组更像政治处的工勤班，我们很团结，是一个非常能战斗的集体。

刚开始我学习放电影，一边跟班长学实际操作，一边自学一些电影理论知识，准备参加长春市的全国统一考试，考三级电影放映证。这是电影放映的一个技术等级，三级最低，是入门级，再往上有二级、一级、特级。我当时一门心思背题，练习操作。班里那三位都是高手，主要由孟班长直接手把手地教我。

一周时间，我学会了放电影，熟悉了单位之间传接片流程，接电，固定银幕，安装扩音、放映设备，放映等等，都可以独立完成，只是放映时换片速度，还有些慢。半个月后班长才放心让我跟他到沟里给部队放电影。

电影组用的机器，一种是16毫米的提包放映机，一个人提着就可以走，接上电源就可以放。另一种是两台35毫米长江牌座机，放映的时候需要一人一台两人合作。前一台电影胶片尾部，有一个黑圆点换片信号，看到后另一台开机，影片信号前后衔接丝毫不差。这种座机一场电影放映下来，观众几乎感觉不到换片痕迹。但需要放映员认真仔细，一旦错过，早了，银幕会重影、重音，迟了会出黑幕。这也是一门练出来的技术，我经过一个月的训练，也可以独立地上机操作了。如果放映的是宽银幕影片，还需要在放映机镜头前加装专用镜头架。

（二）

部队都在山沟里，进沟去放映电影，都是申请团里小车班的吉普车。下午带设备进沟，连司机在内自己找连队吃晚饭，哪个连队同年兵老乡多，伙食好，就去哪里吃。

小礼堂，连队之间的拉歌声，几乎把房顶掀翻。我们在震耳欲聋的歌声和整齐的呼喊声里，做自己的准备。那时，装运电影胶片的是铁皮盒子，有点掉漆，面上印有电影名字、胶片顺序。出发前，我们手动倒胶片时，已经检查完毕，分别放在固定盒子里。在为部队放映之前，按顺序摆好，顺手能及。如果是双机，还应分清各自负责放映的片子，免得放错，出洋相。

返回机关的路上没有路灯，整个山里边就我们这一台车，车灯，照得通亮，蚊虫在光里翻飞，密密麻麻，有些一头撞在前风挡玻璃上。

山沟是军事禁区，没有地方车辆和行人，两边是茂密的森林，拐过一个大弯，一边的树林变成20多米的深沟，隐隐看清树冠和枝杈，河水在沟底哗哗作响。车开得很快，辗过小水坑，水花飞溅。

突然，司机喊了一声，快看，兔子。眼前，一只野兔，顺着车灯光方向往前狂奔。司机加了一下油门，冲上去，稍微一带方向，就把那可怜的兔子辗到了车下。回到机关，我们在电影组，拉上窗帘，用电炉子炖了，美餐一顿。司机班长讲，晚上跑车，有车灯，兔子看不到路两边，只能顺着车灯方向往前跑，即便两边是树丛，兔子也不会跑进去。夜里，车走山路，容易遇上兔子。

（三）

八十年代，港台多宽银幕电影故事片，部队官兵非常喜欢。我们主要用两台长江座机，放映时，需要到附近兄弟部队去借宽银幕镜头架。

一次，我和吉林兵王木明两人进沟放电影。我跟着车到沟里做准备，架机器。他到20公里外的某团电影组去取镜头架。我们说好，他拿到镜头直接到小礼堂，部队先集合，晚七点钟开演。

可是，等到七点，不见他回来。两台机器已经架好，部队集合完毕，在一遍一遍地拉歌。我有点儿着急，那时候也没有手机电话，小礼堂也没有电话，我也不知道怎么找他。到了七点十分，实在不能等了，就用普通镜头放电影。

我记得那是一个港台武打片儿，电影里的人物本来长得就有点瘦，电影放出来，人脸变了形，身体是瘦瘦的长条，但是故事情节清清楚楚。我能听到官兵们的反应，有画面畸变严重，还引来一阵阵笑声，害得戴红袖标的值班员一次次站起来维持秩序。我给两位营里领导作了解释，他们说看上电影就好，没关系。

那回，是我一个人同时操作两台座机，有点紧张，脚忙手不乱，按照班长教的要领和时间节点来，竟然能让影片接得严丝合缝，直到电影放完。

部队带回，有几个同年入伍的战友从我身边过，说今天的电影人都挤瘦了，咋弄的？我说缺镜头。我自己收拾机器，等到收拾完毕，王木明还没有来。我担心他的安全，就想办法找他。那晚，按宣传股领导指示，小车空车放回机关，我留在沟里营部。

第二天早晨，营里给我安排解放车，装放映设备送我回团机关。后来听说王木明在当地找了对象，他拿着镜头架子，到对象家耽误了正事儿。后来他被关了禁闭，退伍后与对象结婚，留到当地，生活幸福。

（四）

电影组放军号广播，用一张黑胶唱片，歌曲也是一批黑胶片，一台电子管功放机，真正的核心是一台电唱机。电唱机是个宝贝，不往外送音时，电影组就用来播放室内背景音乐。早晨起床号，出操，早饭，操课，工间休息，多是放军号，个别是放歌曲，主要由孟班长负责，他是老兵，心细，可靠，没有放错过，有空他教给我，但是一个多月没有让我单独放过。

黑胶唱片中间有个孔，周边是歌曲名录，表面有细细密密实实的纹路，仿佛是大树的一圈圈年轮，而电唱机的指针，就像划过年轮的笔，把岁月的声音解析得清晰、透彻、迷人。那张唱片，只属于军人，解析的是火热的军营生活，调节的也是火热的军营生活。

记得，唱片上起床号和紧急集合号，两个纹路靠得比较近，要仔细看才能够分辨清楚。

有天早晨，我提前起床，打开电子管功放机预热，等班长过来放号。班长没在房间，已经接近六点二十了，等到还差几秒时，班长过来让我替他放号。我没有心理准备，比较紧张。毕竟那号声就是整个团机关连同直属单位的动令，来不得半点马虎。我在连队听的是集合哨子，到了机关没有认真分辨过军号。

我在放电唱机针的时候，看着是起床号，轻轻一放，拧开功放机旋钮，楼里楼外的广播响了，嘀嘀嗒嗒嘀嘀，听惯了的起床号声，今天有点别扭，我没有在意，就守在机器边，等着放完号声，再放音乐。班长在认真整理内务。

等过了五分钟，苗团长扎腰带急匆匆来找班长，大声喊道，小孟，怎么回事，嗯？谁通知的紧急集合？班长我俩都傻了，才意识到刚才我把军号放错了，我放出去的是紧急集合号。班长看了我一眼，说，自己不小心放错的。

我没有当面给团长承认是我放的，很内疚，觉得给班长丢脸了。后来，听政治处的干事们说，那一天奇了怪了，正常起床时间，听明白紧急集合号的，只有团长一人，扎腰带，跑出家属区。其他机关干部们都正常起床，拿腰带，戴帽子，到机关办公楼门前集合出操。

为此事，团长没有再批评我们，而是利用这件事，用五天时间，集中对全体机关干部战士进行战备教育。

我的老团长叫苗发远（后任某基地副司令员），是一位忠于党、善打仗、尚清廉、懂带兵的优秀指挥员。

就在我刚刚写完电影组这段故事的时候，我听在三亚的战友讲，老团长他于两天前去世，享年 79 岁。

2018 年 4 月

徐辛庄纪事

（一）

1984年8月底，我入伍不满一年，在团政治处电影组当放映员。一天，干部股王金泉股长通知我，后天到上级机关参加考试，考语文和写作。股长还说，参加考试资格，是报纸、电台上过稿的，而你是个新兵，也没有新闻作品，好在高中学的文科，爱好文学，重要的是表现一直很好。团里推荐，上级政治部认可，特别是二炮政治部宣传部批准，缺了哪一方面，我都不能参加考试。

考场在军机关政治部会议室。我们四名战士，一个长方形的大会议桌子，桌子一边儿一个，宣传处鄢佩之干事负责监考。我们四个人分别来自四个旅、团级单位，彼此不认识，我年龄最小，兵龄最短。

考卷装在一个大文件袋里，灰色的密封条和红色的密封章非常醒目。看过考卷，我感觉比较熟悉，应该是哪一年军队高考语文试卷，但是又不太确定。其中作文题目是《我难忘的一件事》。这个作文内容，中学写过多次，随便复述写一篇很容易，但忽然觉得，这样的选拔考试，写以前写过的“事”，再怎么难忘，似乎意义不大。作文开了几次头儿都不如意，划掉重来，憋了足足十多分钟才开始动笔。

那是自己的故事。我上小学三年级，语文老师是本村的辛保苓老师。我的脚不小心受伤了，不能走路。老师每天上午到我家背我去上学，放学后再背我回家。学校离我家有三四百米远，有一天还赶上下大雨，老师背着我，深一脚浅一脚地往学校走，我自己心里很不情愿，但是又确实不能自己下地走。那几天，我每一次都能按时到校，没有耽误一节课程。这事过了十年还鲜如昨天。

考试中，作文开头大意是：我能坐在这样一个考场，考语文，写作文，让我想起小学启蒙老师教我看图作文的故事。我把当时学校上的课，具体到了三年级语文“看图作文”课。主要把老师去家中背我上学，写进了作文里。文中还突出了下雨，有“雨丝斜插着大地”等描写大雨的句子。结尾点题，记得是“老师不但教会了我看图作文，还教会了我怎样做人”。或许这件小事微不足道，毕竟是因为考试作文联想起来的，亲身经历，真情实感，十分难忘。

等待录取的那段时间，我几乎没有任何煎熬，因为自己没抱任何希望。感觉自己没有发表的作品，不会被录取，就没有把录取当回事，回到电影组继续放电影，集中精力备考三级放映证。

考卷密封后送往北京二炮政治部宣传部，由当时的郭庆生干事（后升任二炮后勤部政委，陆军少将）负责判卷。后来听郭干事讲，他觉得我的作文不错，给了满分，属破格录取。录取意味着学成能直接提干，这改变了我的人生轨迹。我是东北山沟里的一名新兵，与远在北京总部的郭干事，从未谋面，对他一无所知。后来我们同录取同学习同干报道工作的战友们，都经常得到郭庆生首长的指导帮助，他为官为人为文，堪称典范，是我们大家公认的好首长好师长。

同录取的，我们部队三人，另两位是史玉申，1981 年入伍，河南新郑人，基地文化站战士；李清泉，1982 年入伍，河南焦作人，某部宣传科报道员。来京报到前，政治部张庆余主任和鄢佩之干事给我们“约法三章”：一是严格遵守纪律，二是学有所成，三是为部队争光。

1984 年 10 月，盛大的国庆阅兵刚刚结束，我们拿着机关政治部介绍信，带着自己的行李进京。出北京站，坐地铁，到宣武门，再倒102有轨电车，到缸瓦市二炮招待所报到。

我们三个都着“三块红”军装，在电车上，看到一对青年男女，坐在最后一排座上，两人拥在一起说话，偶尔还接吻。我们都表示出某些不屑，但又不时地转过脸去欣赏。以至于车到缸瓦市，售票员拿着棕色带油光的票夹子磕打售票台，喊道“缸瓦市站到了”时，我们才回过神来，匆忙下车。

（二）

京杭大运河的起点在北京城东的通县，古称通州。而通县的徐辛庄却在那年的浅秋季节热络起来——北京卫戍区教导大队红砖灰瓦的老式营房里，迎来北京军区、武警部队和二炮三个大单位的八十名学员。

同学们很兴奋，心里美滋滋的，走路哼着歌曲，梦里吧唧嘴能发出笑声，都处在美学临界点的亢奋之中。也是，每个学员都是按照预提干部招生录取的，只要圆满完成一年学业，就能提干，穿上“四个兜”，这些接近退役的老报道员看到了当新闻干事的曙光。

我自己却兴奋不起来。与同学们较强的新闻业务能力和丰富的经验阅历相比，我深感差距大，压力大。同学们是熟门熟路，是再出发，再提高。我则是一张白纸，从零开始。同学们兵龄都比我长，他们多数是1980、1981、1982年兵，在本系统有较高的知名度。二炮当时还没有报纸，北京军区有《战友报》，武警部队有《人民武警报》，他们已经在报纸、电台发表过许多文章，是小有名气的报道骨干。许多同学，上稿都在百篇以上。我入伍不满一年，没有一个铅字见报。二炮的同学不了解，北京军区、武警的同学更有疑惑，说我是二炮司令、政委的亲戚，在部队肯定有过硬的关系等等。这些议论，我只能苦笑以对。

学习期间，刘波任校长，赵军任副校长。教导队大队长王锁群、教导员刘昌武。分三个区队，武警二十名学员为一区队，区队长李清华；二炮二十名学员为二区队，区队长史国云；北京军区四十名学员为三区队，区队长何祥华。我和1981年兵李介兼做通信员，主要为校领导和教员上课做些日常服务工作。

学员们在老部队听惯了军号，在这个教学环境里大家似乎从熟悉的军号声里，咂摸出了新的味道。

“咸味”来自校领导给我们指出的问题。包括生活阅历、文化水平、道德水准、知识面、文字功底、思想作风、新闻素养等多方面的问题，要求我们珍惜来之不易的学习机会，不能把这次学习作为当干部的敲门砖。赵军副校长用唐朝李颀《送魏万之京》的两句诗来激励我们：“莫见长安行乐处，空令岁月易蹉跎。”我把这两句诗，写到课堂笔记本的扉页上。一班班长、武警部队来的张国领同学，把这种“咸味”化为积极进取的力量，他为此写了一首长诗，题目叫《思索》。

“苦味”来自课程的饱满。学习一年，前六个月集中时间学习，后半年安排新闻单位实习。集中安排学习新闻专业55个学时，军事训练22个学时，政治教育35个学时。新闻专业所开科目，与享有“国内新闻界，相逢皆人大”称誉的中国人民大学新闻专业课相近，设哲学、新闻史、新闻理论、新闻采访与写作、报纸编辑、新闻摄影，军事地形学、军事摄影等科目。

“甜味”来自强大的授课教员阵容。学员队课程安排有计划，每天请一位国家和军队新闻单位的知名记者，来给我们上课，如新华社解放军分社社长阎吾，人民日报社记者艾丰、陈祖声，解放军报社记者雷新龙、刘代文、范廷宇、刘均孔、刘书忱、袁良，中国青年报社记者部主任郭梅尼，工人日报社记者胡舒立，体育报社记者杨迎明，社会科学院新闻研究所杨润时，人民大学新闻系讲师刘志筠，北京军区新闻处处长董福生，等。

（三）

这些部队选拔来的秀才，满腔的抱负和才气，使新闻教导队的学习生活日渐丰富起来。来自北京军区某团的学员毕永军，新闻作品经常出现在《解放军报》《战友报》上，他牺牲一个周末时间，写出《新闻学员之歌》歌词，二炮学员杨生友，是湖北武汉人，来自陕西驻军某部，他为这首歌谱了曲。这支庄重豪迈的队列进行曲深得同学们喜爱，操课训练和上下课的路上，我们踏着歌曲的节拍行进。歌词分两节：

挽着金色的阳光，踏着秋菊的芳香，我们相聚在欢乐的课堂。扬起理想的风帆，荡起奋发的双桨，我们用那汗水，浇灌绿色的希望。啊，我们是光荣的新闻战士，笔尖下播种，稿纸上耕耘，为新闻事业发热发光。

肩负着时代的重托，身带着战友的期望，我们相聚在欢乐的课堂。珍惜美好的时光，展开矫健的翅膀，蓝天下谱写一曲，灿烂的乐章。啊，我们是勇敢的新闻战士，涛头上歌唱，风浪里成长，为新闻事业发热发光，发热发光。

按要求同学们必须完成军事科目训练，这些在部队平时有些“稀拉”的战士，真正进了教导队训练场，也是生龙活虎，没有丝毫懈怠。以班为单位队列会操，有时还难分高下。我学习和训练是在五班，班长是黎政祥。我年龄小兵龄短，个子也不高，班队列里十个人，我排在倒数第二。

1984年底，由济南军区作家李存葆写作并改编的电影《高山下的花环》在全国热映。教导大队组织我们新闻班学员观看了这部电影。看电影时，我和许多同学一样感动得掉了眼泪。

（四）

我那时 20 岁，第一次知道有萨其马这种食品。开始还觉得它是西方食品，与同室的李介分享时，两人还为此发生争论。仔细查阅报刊，才知道是我们老祖宗宫廷里的食品，自己错了，有点像“陈奂生进城”。在徐辛庄学习期间，萨其马是我的常备零食，那香甜软糯的感觉，一直喜欢到今天。

羡慕同学两件事，一是他们各自多种样式的剪报本，里面贴有自己在军地报纸上刊发的小块文稿，又有报纸杂志上的长篇通讯，还有国家级报纸杂志刊载的小说散文。二是他们生活井井有条，从容老练。几乎每人有一双三接头皮鞋，甚至个别有两双。到周末课余，拿出一个袋子，挽起袖子，把皮鞋、鞋刷、鞋油、擦鞋布摆开，有点像连队老兵周末擦枪一般认真，先是用黑鞋油，挤在鞋面上，前后蹭蹭，抹匀，然后用一块细长布条，来回打磨，直到皮鞋变得黑亮为止。

教员中，有一位山东平阴老乡，他给我们上政治课。他看到花名册上我的名字和籍贯，课间休息时找到我，才知道是一个县的。他姓刘，给我们上课时，讲起王勃《滕王阁序》一文，其中有两个名句，也称“文眼”，他问大家谁知道，我看同学们没人回应，就举手示意，说出“落霞与孤鹜齐飞，秋水共长天一色”。没想到，曾背过的古文，在这里冒出了个“泡泡”。刘教员对我印象不错，其间我们一直保持联系。后来自己想，那个时候就我一个新兵，有点二杆子劲儿，站起来答出来了，或许班里那些老报道员学长们，道行深，知识面宽，已经不屑去回答这样的问题。

北京军区部队学员张跃林，印象比较深。他应该算是我们这批学员里边最老的同志，人长得有点黑，说话文绉绉的。有一天中午，休息过后，我提着水壶到教室，为下午上课的老师准备开水。我推开教室门，看到张跃林一个人在教室里。他没休息，在认真誊写自己的一篇稿子。他用的是 20×20 较大的绿方格稿纸。他的字清晰漂亮，誊写好的一摞稿纸放在一边。我粗粗看了那个稿子，感觉文章立意高，文笔好，羡慕不已。像张跃林这样高水平的老报道骨干，在学员中还有好多，像我们二炮部队的潘吉慧、史国云、伍旭东等，他们都在报道员岗位上，发表了许多很有分量的稿件。虽然我们是同学，但作为报道工作，我接触的晚一些。他们是我的学长和榜样。

我是新兵，服务工作自然做得多一些。李介是湖北恩施人，土家族，1981 年兵，白白瘦瘦，尖嘴巴，大眼睛，一口浓重的湖北口音。他写一手好钢笔字，笔画清晰，字形稍偏且扁，书写规范，很有特点，时常帮校领导抄写文稿。

学习结束时，二炮宣传部领导和郭处长来到教导大队，要我们认清部队整编体制改革形势，保持清醒头脑，拥护党中央、中央军委决策，精简整编期间不要过多考虑去留、待遇问题，不要打听传播小道消息，思想上要保持稳定。要在提高业务能力上再下苦功夫。在实习中，要遵守宣传工作纪律，尊重所在实习单位的老师，及时向原单位和宣传部汇报思想学习工作情况，为今后任职提出参考意见。实习期间要多练笔，多写稿子，主动下部队，严格要求，谦虚谨慎，圆满完成实习任务。

（五）

我在徐辛庄学习期间，一直和部队团里领导保持联系，写信汇报学习、生活情况。所在团任伯常副政委、政治处李会成主任和干部股王金泉股长给我回了信，至今我还留着。

任伯常副政委来信：

黎明同志：

你好，来信收到，内情尽知，望勿念。来信阅后，我很高兴，你学习成绩优良，表现突出，正因如此，校领导还安排你做临时性通信员工作。这对于你来讲是一个全面锻炼全面学习的好机会，特别是对于你来讲，入伍时间短，社会经历少，工作经验也少，更应该借助这一大好时机勤奋学习，全面锻炼，争取在原有的基础上学出更好的成绩来。

今年，全军工作任务较重，面临三项大的工作，一是精简整编，二是实行新的工资制度，三是实行军衔制。三项工作几乎同时进行，上半年这几项工作都要有一个眉目，特别是部队精简整编工作已经提到当前部队工作的重要议事日程。目前我部同全军一样，主要是对机关干部、技术干部职务进行部分调整，数量不大，这项工作正在进行之中。

祝你学习进步，身体健康。任伯常，1985年1月22日。

李会成主任来信：

小高：

见信如面，你好，近来学习一定很紧张吧，身体还好吧。

你前两封来信都收到了，但由于工作较忙，没有及时给你回信，望请见谅。

接到你的来信看后我很高兴，了解了你的情况，同时知道你在那里学习很努力，很刻苦，望你要继续发扬，一定不要错过这个良机。通过你来信看，我感到学习条件是十分难得的，别说是你一个战士，就是咱们处里的这么多股长、干事，从来没有遇到这样的学习条件，那里还能听到教授专家讲课。因此不能错过这样的学习机会。学习好了，对部队建设有利，对自己也只有好处没有坏处。

现在可能有很多传说，特别是你在北京，可能听到的消息会更多一点，希望你千万不要听这听那，干扰自己的学习，动摇自己学习的信念。你来信讲在那里，还兼做通信员工作，希望你尊重领导，注重礼节礼貌，工作勤快些，让领导满意，千万不要让领导分心，同时要注意和同学、老师们搞好团结，这是我们走到哪里做好工作、完成任务不可缺少的条件，就是学习也是不可缺少的。

现在，春节快要到了，因你在外执行学习任务，不能和全处的同志一起过团圆节了，希望你不要想家，要和领导及学员们一起愉快地过一个传统佳节。

此致，祝你春节愉快学习努力。李会成，1985年元月29日晚。

王金泉股长来信：

小高：

来信已收悉，太忙，迟复为歉。从你来信中，知你得以参加新闻教导队，乃破例之举，应该感谢那些敢于破例的人，但更应珍惜这宝贵如金的机会。这里想嘱咐你的是：一要用功，你的语文基础还算不错，这是你能进教导队的主要条件，但深究一步，功底尚浅，万不可引以为傲，放松学习，只有扎扎实实地打好基础，才能在实际运用中自如，才不会出现捉襟见肘的现象。二是要用心。就是要开动脑筋，你来信中谈到，你们还要学的科目不少，要在这短短的一年工夫，掌握这么多知识，不动脑筋是不行的。动脑筋在这里，第一是要学会科学使用力量，做到既不平均使用，又不吃偏食，还要学会弹钢琴；第二要改进学习方法，长久以来，你习惯于注入式的教学和死记硬背，用这种方法应付考试还是会奏效的，但是今后会有害无益。要掌握理解记忆方法，记不清是哪位大人物说的话：只有理解的东西才能够牢牢记住它。所谓理解记忆，就是抓住所学的核心要点，弄懂弄通，其他枝节问题，则一般了解，要下狠功夫。三是要练品行，常言说文如其人，这是说一个人的作品总是要打上个人的烙印，因此要使文章好，品行更应好，如锦似绣的文章，应该加上高尚的品行才对。这种情形的练习，除了要靠学习之外，我看其一，要写东西对得起读者，不搞哗众取宠。其二，要实事求是，不逢迎某些个人的趣味和意志。其三，语言要生动，但还要朴实，不要靠华丽的辞藻来粉饰。还是古诗说得好：清水出芙蓉，天然去雕饰。这种追求自然和谐之美的观点，值得发扬和效法。

以上拙见，仅供参考，祝你学习进步。王金泉，1984年11月18日

留在手中还有学员毕业赠言本。四十年后的今天，同学们年龄都过六十了，再一一读取同学们当时给我的赠言，像重温和抚摸当年青春的痕迹，心底依然澎湃。这些存放四十年的文字，让我“穿越”回到四十年前的那个教室、那个操场。

我们自己有时怀疑已经忘记某段时光，其实没有，只是暂存，说不定一句话，一行文字，一段歌词，一个电话，就能打开全部记忆密码。看到同学们的笔迹，他的音容笑貌就会浮现在眼前。这四十多年里，其实多数同学之间没有断联系。近几年，联络方式的信息化使我们几十名同学又接续前缘。

退休后，我把家安置到北京通州，离徐辛庄很近，我和夫人去过多次，看到老营区的一栋老楼还在。听说有好多同学回来，和我一样，寻找当年的记忆和曾经的那份朝气。

2024年4月

追思刘琦

从接到来武汉指挥学院学习的通知那天起，我就下决心，到武汉后一定找到刘琦，看看他，这么多年没有联系了，他在做什么工作，家里都好吗，女儿小刘悦，已经长大成人了吧。

通过出租车司机了解到，原武汉武泰闸批发市场，已经全部搬到城南白沙洲农副产品批发市场。上周末，我打车到那里，问了几位在现场的经理级人物，有的说七年前见过刘琦，这几年没有联系过。有位李同志给了熟悉刘琦的朋友手机电话。

当时我高兴极了。可是，今天上午我和对方联系，这个叫刘志刚的同志告诉我，刘琦已经在两年前患癌症去世了，当时是在徐家棚工商所走的。问他刘家现在情况，刘同志实在是不知道。

怎么会是这样？在部队他的身体是那么好，1998 年我来武汉时，去市场看他，他还好好的，九年不见，怎么就见不着了呢。

1983 年 10 月，我报名参军。体检和政审都过了，当时负责我们乡里接兵的就是刘琦和一名姓姚的医生。家访的时候，好心的村民兵连长留他在我们家吃饭。

母亲简单做了几个菜，他也没客气。山东人的规矩，有客人来，小孩子不能上桌吃饭，当时我弟妹都在另一个小桌子上吃。刘琦见状，便让我把弟妹都请到桌子上来一起吃饭。他没喝酒，吃饭中间还问了我两个问题：一是全电路欧姆定理公式，另一个是尿素的分子式。我准确答过。他说，接你们这批兵，从登记表上看，有二十多个高中生，实际上，真正读过高中的只有七八个人，而你，我觉得才是真的。

刘琦对我说，部队比较苦，自然环境比较恶劣，要有足够思想准备。部队需要的多是理科的，你是学文科的，考学不一定好考，等等。家里当时要送他几条烟，他严词拒绝。后来，听一起入伍的战友讲，刘琦只让装了半麻袋红薯。

1983 年 11 月 3 日，是我离家入伍去部队的日子，父母、村民兵连长到县城送我。换过军装后，没有戴领章帽徽的我们样子有点别扭。打背包时，当过兵的民兵连长叫我打一条龙，刘琦说那样不行，要打成三横两竖式样，结果两个人争执起来。我跟着他走，当然按他的要求做，最后还是按刘琦说的打好了背包，那次真的让我认识了他的认真率直。

快登车了，刘琦给我们分了三个班，“任命”我为一班长。我们都很高兴离开家，也有战友和家人当场掉泪哭鼻子的。

离家前，刘琦给我讲：你们这批兵，说的是到大连，那里是个海港城市，环境比较好，但咱去的地方不是大连，在沈阳以北，比较冷。他让我为此保密，直到抵达部队为止。首长交给我的第一个保密任务，我当然守口如瓶。

火车在沈阳站停下来，我们喝水吃饭。快到柳河车站了，有几个同车厢的战友问，怎么还没有到大连？

刘琦说快了。

到部队的时候是个上午，刘琦带我们下火车，整队来到新兵连。自此，刘琦圆满完成了接兵任务，我们入伍顺利来到了部队。我的“班长”任命，也就在到达的那一时刻，自动免去了。

这是我人生的重大转折，也是我和刘琦结下兄弟缘分的开始。后来，有战友与刘琦混熟了，开玩笑说是他“骗”我们来的。

部队驻在东北深山密林里。我的第一次站岗是在新兵连，刘琦任新兵连副连长。

我们刚刚开始了解半自动步枪构造、功能，还没有摸过几回枪，就开始带枪不带弹上哨。大雪后的一个晚上，我接过上一哨递来的枪，穿上皮大衣，壮着胆子就到营房外大院里转悠。

院子里黑乎乎的，还有几个大煤堆和横七竖八的木头。有点心虚害怕的我，头发丝都竖起来了，冷不丁蹿出的一条狗，吓我一跳。可能是出了汗的缘故，我没有感觉到冷。

刘琦查岗，看见我在雪地里溜达，告我：你们上的是流动哨，不要老在外边转悠，可以到过道暖和一下再出来，不然一会儿就把你小子冻坏。

在新兵连我是一排二班班副，班长是宁汉生，是1979年陕西汉中的老兵。班里平时训练，班长常常让我组织，轻武器射击训练也是这样。我学着班长那样，按要求逐个检查班里每一名同志瞄准训练情况。

新兵连实弹射击考核，队伍还没集合好，刘琦走到我跟前问：有把握吗？能打好吗？

我说：心里没有底。

他黑着脸对我说：你打不了优秀，我踹你！

从新兵连驻地到射击场2公里，我不知道是怎么走过去的，一路上想着刘琦的话，心里惴惴不安，七上八下。

实弹射击开始，连里安排让在家打过枪、号称“老民兵”的张中河先打，结果他10发子弹打了67环。

我着实有些发毛。

该我们这一组上了，刘琦走到我身后，告我：一切按训练要求来就行，不要慌。然后他就一直站在我身后。

我打的是冲锋枪，10发子弹，6发单发，4发点射。我一发一发地打，争取有个好成绩。要打好，后4发必须打两个点射，每个点射2发，其中每一个点射都要保证第一发10环，第二发保证上靶。我有些紧张，精神过于集中，打的时候好像没有听到战友们的枪声。射击完毕，关保险、报告、起立，我有些战战兢兢。

刘琦在我身后说：小子，打得不错。

我是8号靶位，前面1至7号靶位环数很快就报了出来，轮到我时远处报靶员迟迟没有动静。那一会儿，我有点像一个在面试现场等待打分的学生。那次我打了 86 环，优秀，全班第一，全连第三名。

当兵二十多年，参加过多次轻武器实弹射击，那次一直是我的最好成绩。我明白一个道理，严格要求对一个战士的成长进步意义重大。

从这个意义上说，我一生感谢刘琦。

新兵下连时，有同乡战友劝我找刘琦，跟他到机关军务股。我没找，分到了新兵连连长陈文武所在连队。

1985 年 9 月，教导队毕业以后，我分到警卫连当排长。刘琦当连长，戴光明当指导员，有两件事印象很深。

警卫连是个比较穷的执勤连队，每年 5—6 月，连队都要组织上山去采山芹菜，搞点小收入。除上岗带哨的干部战士外，每人都有任务。

那时，皮箱在战友们眼里颇有诱惑力。连队明确全连第一名奖励皮箱一只。为了我们排能拿到这个第一名，我把自己上山采的山芹菜，都算在了我们排数量最多的周礼义名下。论数量，自然，他就是理所当然的全连第一。

在讲评总结会上，周礼义得到皮箱。刘琦没点名地批评我没有完成任务，我也认了。会后他问我，你怎么一斤也没有采哪？我把真实情况告诉他，他说你这个排长太狡猾了。

1986 年，刘琦已经 28 岁，对象是武汉市人民医院的医生，两人已经到了谈婚论嫁阶段。一个午休时间，刘琦找我到连部，说对象来信，有一个去非洲医疗支援队的名额，去两年，征求刘琦的意见。

当时，那个国家战火不断，条件十份恶劣，刘琦不想让她去。整个中午，我们两个绞尽脑汁，给她对象写了一封长信，既讲了局势问题，又讲了自然条件艰苦，还讲了想今年回武汉结婚的打算。

刘琦当过军务参谋，字写得非常漂亮。我离开连部的时候，信还没有结尾。刘琦在信的最后又写了什么，我不知道，后来他对象没有出国我是知道的，也是刘琦第一个告诉我的。

后来他们结婚，嫂子生孩子时刘琦请假回武汉伺候月子。回连队后战士们都分享这份喜庆，抢着去吃刘琦从武汉带回的食品。关于孩子起名字的事，还没有定下来。刘琦一口气给我说了四五个，让我参谋，我选了“刘悦”。他说他也很喜欢这个名字，就这了。

后来，刘琦提拔当了团后勤处长。我调到上级机关宣传处当宣传干事。我们见面少了，每逢回团里，我都去看他。我调到北京工作后，他转业回到武汉，安排在武泰闸工商管理所，工作还不错。1998 年我随首长到武汉出差，专程去市场看他。那时他放弃了工商所工作，在市场里租了一个场地，做批发生姜和大蒜生意。

万万没想到，那次见面，竟是我们两个的诀别。

2007 年 3 月

那兵那哨所那只烧水壶

二炮机关要建军史馆，发文向各单位征集文物，又勾起我想那只壶了。

三十年前，我在某部警卫连当排长，全排负责二号哨所的警卫任务。连队在深山沟里，哨所在深山老林里的小沟岔里。冬天下大雪，去哨所的小路几乎被雪埋上，加上平时拉木头的小路，不熟悉的经常走错。

新兵娄奎槽告诉我：上山小路往哨所来的是斜插上来的，可以顺着林子树梢之间的缝隙，找上来，就没错。现在我还清楚地记得，他是江苏六合农村入伍的，1985 年兵，瘦瘦的脸蛋大眼睛。他不知道，他这简单的提醒，让我找到了晚上上山带哨不迷路的诀窍。也让我对这个只比我早到哨所半年的新兵，多出几分喜欢。

哨所 15 平方米大小，红砖砌的，三组双层床，中间是个火堆，常年支着三角铁架子，架子的中间常常挂着那只壶。它曾经深深地牵动着我的心弦，是我三十年军旅生涯中珍贵的一份精神财富。

哨所执勤，担负警卫阵地洞库的任务。如果没有威风八面的哨兵，外人也许会误认为哨所是猎人避风挡雨的小屋。我第一次到这里带哨时，就注意到了那只在小屋中央用三角铁吊着的黑黑的水壶。

它是把铝壶，原配提手已经烧坏，现用 8 号铁丝拧成麻花状代替，壶盖还是原配，盖子中央用铁丝穿进拧了个“8”字当抓手，壶嘴像是被校正过，但看上去还是有些歪，壶体浑身上下有十七个小坑，但没有一处漏水。

战士们执勤一天都离不开它。早上我们用背包绳拴上，吊到近处一口水井里打水，供大家洗脸刷牙。全天还要用它烧开水，满足饮用水的需要。冬天，遇到大雪封山，我们就用它煮方便面，不再回连队就餐。

记得那年春节，四名战士中午轮流回连队吃过饭，下午就飘起了雪。回连队的两名同志，一个是老兵周礼义，河北元氏籍，他是四班班长，比我还早入伍两年，另一个是新兵娄奎槽。他们很晚才回到哨所，每个人用自己的棉帽子托着一些东西，神神秘秘的。上哨军容不整，我还说了他们几句。他们没有辩解，悄悄地找了一堆厚雪，把帽子里的东西埋了进去。当天晚上，六名战士正常站岗。

老天爷没有闲着，大雪一夜没有停。第二天起床后，积雪很深，来往连队的小路上雪淹没了膝盖，下岗的战士回连队吃饭成了问题。只见周礼义他们两个从雪里面扒出来两个报纸包，里面包的是冻饺子。

他们用那只水壶打来水，挂三角铁支架上，待水烧开，把一半饺子倒进壶里。我们除站在哨位上的两名战士轮换吃饭外，其余几个围坐在水壶边上，一会儿工夫，就吃上了水饺。虽然有的煮破了，往外倒的时候费了一些工夫，但毕竟是热乎乎的年饭。

周礼义是个老兵，我和他聊起这只壶。他说，1982 年入伍，到这个连队就分到二排，担负二号哨所的警戒任务，来哨所站岗，就已经有了这只壶，只是这几年多添了几个坑。

他说，连队 1.5 公里的山路，一般回连队吃饭结合换岗，但是晚上站岗有的战士会觉得饿，历任班长就想出这个办法，上哨时从炊事班拿点主食，一般是馒头花卷之类，战士们饿了，放火上烤烤吃，过年了就带饺子上来。

这只壶，烧黑的模样，煮过饺子，煮过方便面。春天，山上有山芹菜、刺挠芽，烧开了水，烫一烫，就着带来的主食当夜宵吃；夏秋，下岗的战士到附近林子里采蘑菇，放壶里煮了，放点盐，汤味很鲜，许多南方来的战士非常喜欢。

那年春节，是周礼义那批兵在部队过的最后一个春节。后来，他们复员离队，我调到机关工作。那个哨所后来改建了，面貌一新，连队把那只壶收了起来。

希望有一天，我再走进那条沟，看看那个哨所，找到那只壶，给正在执勤的战士聊聊那只壶。

2011 年 7 月

万泉庄租房纪事

1990年6月，我从东北调到北京机关，我和夫人才算有了家。由于家里原因，不便住到夫人娘家，我们两个商量，在外边租房子住。

海淀人大西门，有个万泉庄路，路南有个小南庄。我们在那里租了一间小平房。东家是航天某单位的职工，是当地住户，家里有一个院儿，四间正房，一间南房。我们租的是南房，红砖房子，3米高，6平方米。我们新买了一张床一台冰箱和一张折叠桌。三姐家支援一台14英寸电视机，放在折叠桌上。那桌子，既当饭桌又是加班办公桌，还兼电视机柜。留出冬天生炉子的地方，屋里再放下一个小脚趾都难。

租金是一个月六十元，那时候租房子，部队也没有特别政策，没有任何补助，是我们自己掏钱。那时，我们机关还发一点福利，两个人吃不完，就送给东家一点。春节，我们回山东老家，带回一些土特产，也送给东家尝尝。

东家五口人，两位老人，儿子媳妇，育有一个男孩，叫盼盼，胖乎乎的，很好玩，我们也愿意和他一块玩儿。两家关系一直处得非常好，有时晾的被子衣服，我和夫人上班回不去，天要下雨，他们都给收起来。

我们那间房与西面院墙中间，有一米半宽的一个夹道，东家给夹道搭上顶棚，尽管比我们住的房子矮一些，又多了一间厨房。厨房有灶台，没有灶具，我们在灶台上做饭，里边是东家放的一些杂物。

我从人民大学院里乘班车上下班，夫人骑自行车。我们每天早上到各自单位吃食堂，晚上回家，自己做饭。那时候，烧煤气用罐装，一个语录本大小的黄本，有指标计划，我们没有。我们从商场买回一只煤油炉，用时先往气罐儿里打气，气多，压力大了，把煤油气化出来点火，一开始很好用，三个月后就不听使唤了。那炉子的火苗只能着二十分钟左右，两个人的饭很简单，常常费老大劲才鼓捣熟。

那间房子，一扇门，有一个朝东的窗子。我们冬天生炉子，没有蜂窝煤煤票，当时也没有高价煤可买，就借用三姐家的煤票，找东家的平板三轮，去三义庙煤厂买蜂窝煤。那时的蜂窝煤按家庭人口定量供应，煤分两种，一种是引火用的炭煤，手感比较轻，一种是烧火煤，用黏土和煤面制成，大约五分钱一块。

我平时见街道上骑三轮车的，像没事似的，行人中能穿行自如，想着也不需要什么技术。可等我真的骑上去，蹬一脚，那车三歪两转，去煤场的路上一边歪歪斜斜前行，我一边喊："借光了嘿，没铃没闸没技术。"两站地的路，我出了一身汗，也出尽了洋相。

拉上蜂窝煤往回蹬，似乎好一些，主要还是掌握了要领。我开始是骑车，走到胡同里，多进进出出的车和行人，便下车推着走。那天是周末，夫人在家洗衣服，见我推着煤车进院子，放下衣服帮我卸车。在小厨房门口，两个人就用铁簸箕往屋里搬，可能是我骑车推车紧张出了些汗，自己抹了抹。等卸完车，我俩手上满是黑色的煤灰。夫人趁我不注意，猛地往我脸上抹了一把，说：你这右边脸有黑道道，左边没有，补上点，这样就匀称了。

装上炉子，东家提醒我们说，用这样的炉子必须在窗上装风斗。我在东边窗户上挖了一个孔，用纸壳折了个出风口，放到窗户孔上。屋里有了通气口，我俩踏实了许多。但是通气口也差点要了我们的命。

有一天早晨，夫人洗漱时，在门口摔倒了。我刚刚起床，头疼，浑身酥软没劲，推门去看她。好在她摔得不是很重，自己爬起来了。这时候，东家过来问了情况，我们才知道煤气中毒了。我体质好，受影响小一些，还是坚持去上班。夫人后来等到身体舒缓过来才去上班。

我给东家说，装了风斗。老爷子过来房间看过，说：风斗样子还行，只是装反了，煤气窝在屋里，这就出危险了。后来，我仔细检查一遍，最应该感谢的还是那扇房门，门下面还有两条门缝透风，晚上多少会进一些空气，不至于我们受那么多煤气“熏陶”。二十多年了，我和夫人至今说起来，都感谢那扇透风的门。

我当时在学术部工作，部里老同志比较多。我在外边自己租房子的事，也如实向领导们汇报过。最熟悉我们住处的，是部里的司机张勇。他是山东桓台人，大眼睛，人瘦得有点嘬腮，开车技术好。当时机关发福利，逢过节会有一些蔬菜、食用油、大米，入冬还发过大白菜。

记得是 1992 年春节，还发了几斤带鱼。领物品一般都是部里邱忠生研究员、我和张勇三人办。集体领回来，再按人头分给每一位同事，最后我和张勇负责给同事们送到家里。部里唯一的一辆车，是黑色伏尔加小轿车。部里我最年轻，20 多岁，也是不知累不知疲倦的年龄。一般按缸瓦市、南礼士路、人大路线跑，最后到万泉河小南庄我们家。

机关发大米，每人 50 斤，同事们家，多住楼房，有的没有电梯，我和张勇两个扛着大米，挨家送。我下楼来，感觉到头晕，晚上回到家里，给夫人说了，夫人说：大傻子，你那是低血糖，你肯定扛大米跑着上楼了，以后带点糖块儿。张勇说，还是像我住平房好，车可以开进胡同，直接送到院子门口。

我和夫人，在小南庄生活很有趣。三姐代玉芬和姐夫周景华给我们帮助最大。不远处就是三姐的家，我和夫人常到三姐家去蹭吃蹭喝，后来三姐还借房给我们住。我和三哥很投脾气，两家来往一直很密切。

记得当时给夫人讲过，我老家，是济南有名的泉乡平阴洪范，我是从泉乡来到了北京的万泉庄。虽然这里没有泉水，但是这地名具有诱惑力，感觉很亲切。这是我到北京工作的第一个家——命里注定和万泉庄有缘。

1993 年上半年，机关为单身干部解决住房问题。在我们机关大院东侧，有个某团留守处，机关租了一栋筒子楼，楼道分左右门，门里有四间房，朝东两间房子面积比较大，15 平方米多，还有阳台。

当时我出差在外地，是我领导崔春林参加的分房会，去管理局抓阄。老崔手气特别好，给我抓了一间最大的。当时大家伙儿说他年龄大，手气好。他说，我们这个年轻干部，自己掏钱在外边租房子住两年了。当时有的人不相信，存疑：机关干部怎么会有自己掏钱租房子的？

那个时候还真有，我就是，不知道是不是机关第一个。

2018 年 5 月

将军 士兵 丰碑

仲夏，骄阳似火的季节。

我有幸随同导弹部队的一位将军到一个神秘的导弹试验发射基地，执行一项特殊任务。

乘车去 8 号山，路过基地烈士陵园，将军问陪同的领导同志：“基地建设时期牺牲的官兵都安葬在这里吗？”

“是的，首长。也有部分烈士的坟，被家人迁回了原籍。”领导同志回答。

他们彼此的一问一答是短暂的，问话像是随意的，答话也有些前后矛盾，但从将军那凝重的神情里，我似乎感受到将军深藏着的思念和遐想，似乎看到将军激荡在心底的情感浪花。在首长身边工作的经验和直觉告诉我，将军的心里藏着心事，藏着故事。

当晚，将军指示我们，做必要的准备，明天去烈士陵园。

第二天上午十点左右，完成导弹发射现场的工作，将军带我们几个工作人员，带上酒、香烟和水果，带上我们自己用柳条、鲜花和野草捆扎的花环，乘车来到烈士陵园。

将军说，1972 年，他任工兵连副指导员时，曾经带领官兵在这里打坑道。当时，部队施工使用的工具只有铁锹、洋镐和小推车，分班作业，肩挑，车拉。一次，施工现场突然发生塌方，四名战士被埋压，由于救治条件非常有限，这四名战士经抢救全部牺牲。将军说，在部队初创时期，先后有三十多名干部战士把青春永远留在这片神秘的土地上。

三十多年过去了，在将军随身携带的小记录本上，依然清晰地记录着这些战士的名字，他们是：

胡秘艳、黎作保、杜家文、李英胖、纪建清、郭新华、柳广厚、王泽民、张迪文、陈中录、王正东、张伯华、赵胜民、谢江文……他们中年龄最大的27岁，最小的16岁，来自四川、陕西、安徽、湖北、河南、湖南、河北七个省份的不同地区。

将军沉思了良久，说："他们要是活着，现在应该是子孙满堂了。"

沿着碎石铺就的小路，将军走到战士墓碑前，把放好的花环摆了又摆，正了又正，一一敬上一杯酒，鞠躬。将军用浓重的湖北口音深情地说："老战友，指导员来看你们了。"……

将军那刚毅的神情，像是回到了那为导弹腾飞而艰苦奋战的岁月，回到了与他摸爬滚打胜似兄弟的士兵们中间。

将军是个非常随和的人，身材也并不高大，但在这夏日的阳光下，站在他的士兵的墓前显得非常高大。说将军高大，不仅是因为他能指挥千军万马，更敬重的是他心里永远记着他的士兵；说将军高大，不仅是因为他是我们的首长，更钦佩的是他对士兵生命价值的诠释；说将军高大，不仅是因为他们那一辈人为这里的建设发展奠定了基础，更看重的是将军正在用行动褒奖军人的无私奉献精神。

烈士无语。烈士们或许没有留下轰轰烈烈的事迹，或许没有更多的文字记载，坟茔或许微不足道。但是如果把他们的牺牲和奉献放在国防和军队现代化的历史大背景中，把火箭城放在共和国繁荣强盛的大版图上，烈士是功臣，墓碑是丰碑。烈士们当年打通的一条条坑道，现在已经变成一座钢铁长城，那一次次挟雷纳电般的导弹起飞，都凝结着他们的希望，都是他们火热青春的呐喊。在陵园的碑铭上有这样一段文字：……他们属于过去，属于今天，更属于未来；他们虽长眠在此，但生命与阵地同在，与火箭城同辉！

将军有情。烈士的墓碑前，放着将军送的花环，花环枝条间插着几枝即将绽放的芍药，虽不是那么精致，但一枝一花都系着将军的关爱之情，让我们思考为人之道、爱兵之道和为官之道。

据陵园管理人员介绍，原有的三十三座坟茔，烈士的家人已经将其中的十九座迁回了原籍，但为永久地纪念烈士，依然保留了他们的坟茔和墓碑。

离开烈士陵园，将军又带领我们来到一个村子里，到与老战友们共同生活的地方看看，找当年的老房东家聊聊……

2008 年 8 月

嫂子，天堂一直有信号

2017年12月31日是三末的日子，年末，月末，周末。朋友间在微信里互祝三末的时间。那天下午，我和夫人到天津参加完送别嫂子的简短仪式。回到家里，打开手机，找到嫂子的微信：沙漠绿洲。给她发了一封短信：嫂子，天堂一直有信号。

2009年刚入秋，我和机关四名同事去西安二炮工程学院出差。哥、嫂让我抽时间到大院一边的家里吃饭。嫂子是做美食的行家。哥对我说，为你来吃饭，你嫂子已从昨天开始做准备了。上午，六个小菜，主食是猫耳朵和陕西饸饹，可口的小料卤汁。那一顿我吃了整整三碗。那天吃高了，以至于晚饭在学院招待所没去吃。

哥嫂都是火箭军工程大学（原第二炮兵工程学院）教员，上课科研任务都比较重。他们从认识到结婚，直到侄女梦蕊上大学了，哥的生活衣食住行都由嫂子照顾，周到细致，在学院教员和他们的学生们中间，赞不绝口。

对哥来说，生活上依赖倚重嫂子，嫂子则是习惯了，惯了哥近四十年。没有嫂子在家，哥生活质量下降。对做饭，哥只会做方便面。嫂子用她陕西带内蒙古味的普通话开玩笑说：黎明，你哥一心上课，搞他的科研项目，回家大小衣服都我洗，洗好，叠好，放好。做好饭了，把他从书房那里像请神一样请出来，我还得把筷子放他手里。也就我伺候他，换个人很难。哥腼腆地笑，嫂子接着说：这主儿，谁愿领谁领去。

嫂子名叫马文彦，有自己的事业，她是涉核材料检验方面的专家，做科研课题，为了拿出可行方案，常常加班做实验，常常进出装备坑道，有时几天坚守在坑道里。实验合作厂家大多在外地，也有在北京地方工厂的。

嫂子来去匆匆，有时我知道来京了，打个电话，后来联系还在，问过才知，她回了趟西安又回来了。她的学生在机关我们是同事，都说马教员是个事业上拼命的主儿，直到检查出肺癌晚期，还坚持上完本科基础课，在病房里用电话和电脑指导研究生完成课题。

表哥，李正生，是 1977 年国家恢复高考后第一届大学生。在平阴老家农村，他的爷爷和我的姥爷是亲兄弟。哥嫂管我母亲叫姑姑。他家离我家三里地。

哥一年春节回老家，来我家看我母亲。他穿着绿军装，佩戴两块红领章，军帽上缀红五星帽徽，外边罩一棉质军大衣。母亲说起哥成家的事，他说有了，是军人，快结婚了。以至于我第二年再去他家看三舅和舅妈时，要了一张他和嫂子穿军装的合照。那张照片，一直在我老家的相框里放着。从那时开始，三舅和舅妈嘴里多了个好儿媳妇，又像多个好女儿，十足地满意。

那是哥嫂给我最初的印象，他们是我最早接触的二炮军人。

肺癌，查出来一般就是晚期，嫂子也是如此。火箭军领导和工程大学领导非常重视，批准可辗转到北京解放军 301 医院治疗。

来京前，哥陪嫂子到陕西太白休养，从那里给我们家带来了两袋杂豆，一袋红色的，一袋花皮的。临来，嫂子发来微信：黎明，我昨天从太白回来，从老乡那里买的新豆子，一种是熊猫豆，一种是花豆。由于是新的，有点潮，我今天做了几个布袋装在里面，比较环保，透气性好，明天让人给你们带过去。

嫂子说：没有啥，只要你和弟妹喜欢，我就高兴，本来还买了一些野生栗子，由于潮湿，放在塑料袋里生虫了。栗子虽然小，又香又甜！可惜吃不着了，明年再说吧！

近一年过去，那豆还剩了点，放在罐子里。

后来哥哥嫂子又从西安带来柿子和石榴。她在微信上说，黎明：我们已经到了301医院。从西安带来了一箱小火金柿子和一箱石榴，今年气候不好，下来得较晚，也不是很好。我在老乡那里一个个挑的。

2016年下半年，嫂子住院期间看些书和杂志。我从微信读书上发给她一本书，是电子版名著《瓦尔登湖》。这本书是十九世纪美国著名作家梭罗的名作，在美国被公认为是最受读者欢迎的非虚构文学作品。至今，此书已有两百多种不同的版本，更有着不计其数的不同语种译本。

作者主张回归自然，崇尚简朴生活，《瓦尔登湖》是他独自一人幽居在瓦尔登湖畔自筑木屋的生活实录。他在描述田园生活与大自然迷人景物的同时，渗透了睿智脱俗的哲理思辨。静静地、细细地品读此书，能唤起我们对人生很多美好的事物与情感的遥远记忆，也能改变我们的生活态度，获得心灵的纯净与精神的升华。

后来我去301看嫂子，在病房，谈起书的内容，她说，《瓦尔登湖》文字很美，梭罗在那湖边过最原始简单的物质生活，追求高大上的精神境界，那电子书翻译和文字疏漏较多。但对瓦尔登湖一年四季的描写，像一幅幅优美的山水画，真的很想能和作者一样，有类似瓦尔登湖畔的经历，感受大自然的美。

嫂子说，待她身体好些，让哥带她去外地疗养，说不定能遇到自己的"瓦尔登湖"。嫂子嘱咐我说：我们这样的军人，对父母双亲都有愧疚感，有空多回家陪陪老人。嫂子知道我常跑步锻炼，鼓励我坚持下去，有时个人健康不仅属于自己，还属于父母、家人。

2017年6月，嫂子由哥和侄女陪着，乘飞机来京做靶向治疗。我去首都机场接机，看到机场服务人员送嫂子出来，哥和侄女搀扶着她，手里拎着行李，嫂子身体明显虚弱许多。我开车送他们去301医院。嫂子一路很少说话。我在车上再没心思跟嫂子聊天，准备的那许多树立信心战胜病魔的话再也没说出口。嫂子下车时几乎站不住，极度依赖我哥搀扶，我看到了，心里咯噔一下。

治疗过后，嫂子到天津她的姐家休养。我和夫人定好，元旦放假去天津看她。12 月 29 日，我在三亚出差，上午接到哥的短信，嫂子在解放军二五四医院平稳故去，享年 61 岁。我下午回京。

2017 年最后两天，计划和期待中的医院看望变成了哀乐中的送别。我和夫人陪哥和侄女女婿送走了嫂子。那天，知道消息的亲戚，哥嫂的同学，外地工作曾经的学生，都赶到医院，送别这位他们心中的好教员，他们心中的好大姐，我们的好嫂子。

我想说，嫂子，您倾注生命的事业，您的学生们在继续，天庭那里也有微信号，您会收到他们成功的佳音；天庭那里会有您的瓦尔登湖，有湛蓝的湖水，调皮的旱獭松鼠，唱歌的棕鸫鸟，有盘旋的夜鹰，粼粼湖波中的灯芯草，陪伴着您……

2018 年 1 月

后 记

我在部队机关工作多年，养成了记笔记的习惯。记工作中经历和处理的重要事项，记生活中有趣、印象深刻的人和事，记老家乡亲们和自家亲人有意义的故事。前者，退休时已经全部销毁，后两部分文字有 40 多万字，有少部分在报纸杂志发表过，大部分没有细细整理。退休，回归家庭，就像磁带翻到了 B 面，开始有时间有精力整理这些闲文闲笔。

这些文字，内容涉及军营生活故事、老家乡音农事、假日笔记和读书心得等，总体反映了工作之余的部分心路历程。

故乡是鲁西平阴县山区农村。工作原因我回老家不多，几乎是每年一次春节探亲。假期时间有限，我多陪父母聊天，听二老讲故事，回到村里，大部分时间找乡亲们说说话，听他们讲自己和家人难忘的经历，讲有趣的故事。听过后，晚睡一会儿觉，趁热乎劲信手记下来。工作和假日外出，所见所感有时也信手记下，草草写在宾馆招待所便笺信纸上带回。整理时发现，部队生活和外出所记，基于当时的印象和记忆，不便也不需要做较大修改。家乡农村的内容，比较粗，素材不集中，放在乡土文化背景下，落纸成文略显牵强，想多做些补充。

疫情 3 年，回乡受限，集中读了一些文学方面的书，更感觉到自己的不足。2022 年秋，我请邻居乡亲们帮忙，重新整修了村里我家的老院子老房子，方便自己和家人回去吃住。回村里次数增多，与乡亲们聊天有了方便条件。其中，有老邻居，有童时伙伴，有前街老乡亲，有老生产队长，有现村领导，多数直接到他们家里拜访，个别请到家里喝茶闲聊，人多就请到村头召亮饭店，集中两三个话题，边吃边聊。乡亲们热情很高，抢着讲，积极补充，有时连续三五个小时不愿离开，过后有记起来新内容的就径直找到我家里。这样，除原拟定篇目得以扩枝散叶外，又新添了一些题目，内容扩展到过去乡村生活的许多方面。文字，像滚雪球似的增加了许多。

小时候，我在乡亲们中间，觉得他们普通得像田垄上的庄稼，像拉犁推磨的老牛，像山上一棵棵不显眼的侧柏；离开他们二十年、三十年，对他们有所了解，父母常念叨，个别还有亲戚来往，常常为他们生活越变越好而高兴，也常常为没能早早地为他们做些事心感愧疚；这几年走近他们，越了解，自己感动越多，与他们心贴得越近，越觉得乡亲们伟大。他们苦过别人不曾受过的苦，累过别人不曾挨过的累，拼过别人不曾拼过的命，哼过别人不曾哼过的调调。

回头看看人生“磁带”A 面的自己，这其中也包括书中第二辑所述，似乎和乡亲们有点像。从这个意义上说，记述他们也是在审视自己，成全自己，还可以说，我的成长进步，托了乡亲们的福。这里，我由衷感谢乡亲们，感恩父母双亲和诸多亲朋好友。

我有一个初衷，涉及村里乡亲们的内容，乡土气息尽量重一点，乡情乡味尽量浓一点，文字中用了一些当地土语，也涉及诸多乡亲的名讳，尤其是个人角度的称谓，基本如实呈现，就像回家见到他们一样。这些老爷爷老奶奶，爷爷奶奶，叔伯婶子大娘，辈分高，有的年龄并不大。似乎我离开他们就不会说话，走近他们笔下就会有风，文字就会生根。我知道，读者朋友乍读，会有些别扭，待您看多读顺了，您就离这些乡亲们近了，离济南有名的洪范泉乡近了，离自己的故土老屋老乡亲们近了，也许会像我一样，呼唤乡土里的自己，想念自己的白发爹娘。

涉及部队生活和外出记下的散文，我曾经给亦师亦友的火箭军老首长程宝山副政委汇报过，他鼓励我整理出来发表、出版。我发小、好友肇虎兄弟，我俩开车从平阴返京，聊了一路书稿内容，我想再新整理一部分老家内容后，单独成册出版。他说，听你的计划和拟定的题目，再三五年你也写不完，建议先出版再说。我夫人先后多次帮我打印修改书稿并鼓励出版。

首长的鼓励，兄弟的支持，家人的赞许，我倍感欣慰，照单全收，并表示感谢！

感谢中国作家协会赵兴红老师大力推荐书稿出版，感谢作家出版社编辑李亚梓老师的特殊关照和精心编辑。

作者

2024 年 11 月于北京通州　润坡草堂